王金昌日记收藏系列——

北平日记

（1939年—1943年）

（一）

董　毅 ◎ 著

王金昌 ◎ 整理

人民出版社

策划编辑:孙兴民
责任编辑:孙兴民　薛岸杨
装帧设计:徐　晖
责任校对:高　敏　张　彦

图书在版编目(CIP)数据

北平日记:1939 年~1943 年/董毅 著;王金昌 整理.
　—北京:人民出版社,2014.12
ISBN 978－7－01－013780－3

Ⅰ.①北…　Ⅱ.①董…②王…　Ⅲ.①日记-作品集-中国-现代②北京市-
　地方史-史料-1939~1943　Ⅳ.①I266.5②K291

中国版本图书馆 CIP 数据核字(2014)第 173243 号

北平日记(1939 年—1943 年)
BEIPING RIJI(1939 NIAN—1943 NIAN)

董 毅 著　　王金昌 整理

人民出版社 出版发行
(100706　北京市东城区隆福寺街 99 号)

保定市北方胶印有限公司印刷　新华书店经销

2015 年 8 月第 1 版　2015 年 8 月北京第 1 次印刷
开本:710 毫米×1000 毫米 1/16　印张:105
字数:1558 千字　印数:0,001-6,000 册

ISBN 978－7－01－013780－3　定价:180.00 元(全五册)

邮购地址 100706　北京市东城区隆福寺街 99 号
人民东方图书销售中心　电话 (010)65250042　65289539

目　录

《北平日记》概述

——编者的话

本日记是收藏者王金昌先生从北京报国寺文化市场偶然购得的,一共为20本,时间从1938年至1943年。

(1)日记作者董毅出身于民国初年的一个封建仕宦家庭,家境殷实,但随着时代变化,军阀混战,社会紊乱,经济式微,民生凋敝,其家庭逐渐衰落破败,在由少年到青年时期,便历尝人间冷暖、世态炎凉。到1937年日本发动侵华战争,1938年他上了辅仁大学国文系,作为一名学生,他饱尝日寇侵华、社会动乱给中国人带来的苦难。

(2)日记时间跨度正好从1938年到1943年,乃是日寇统治下的北平时期。自1937年"七七"事变后抗日战争全面爆发,中国正经历全民抗战时代。

(3)日记内容大多是关于作者上学时期在学校的学习,家庭生活和社会人际纠纷,与社会各层人士的来往,风俗礼节及其爱情经历和心路历程等等,反映了在日伪统治时期北平老百姓日常生活状况和社会人文。限于作者自身的生活圈子和人生经历,日记较少直接写日寇侵占北平屠杀抢掠的罪恶行径,但是对于日寇给北平普通老百姓带来的生命威胁和造成的生活困苦以及生活在恐惧、压抑环境中的生存状态却有细腻的记载,同时日记中也反映了像作者那代正值风华正茂的北平爱国青年对日寇侵略兽行的愤懑仇恨和沦陷区人民日益高涨的抗日情绪。

(4)随着作者进入大学和社会经历的增加,日记内容也日渐丰富,不但有日常生活记叙,还有对方心理揣摩和自我心理剖析。从他父亲病危去世,到大家庭解体,家道衰落,作者不得不承担料理一家的生活重压,因此其对人对事在情感心理上都发生了微妙而深沉的变化,日记也越来越记叙详细,环境的状

写与人物的行为活动和心理变化相映成趣,心理情感描写尤其细腻深刻,对他身边经常交往的那些人物性格形象刻画深刻,读来如置身其境,具有很高的文学欣赏价值。

(5)日伪统治时期的北平,社会市民生活方面的资料能完全保存下来的不多,特别是关于中、上层社会生活情况的记录尤为缺乏,这无疑给当代历史学者研究北平沦陷时期社会生活情况带来了难题。本日记作者出生于民国初年仕宦家庭,从社会分层来看,属于中、上层社会,日记记载的既是作者个人在日伪统治时期北平那段历史的写真,也是北平中、上层市民日常生活最生动翔实的材料,虽然作者由于生活局限对日寇侵略中国的残酷性记录得不够,但是对于日寇侵占北平时期北平市民生活的真实性记录,可为历史学家、社会学家、民俗学家研究北平提供真切的第一手资料,具有很高的史学价值。

(6)日记作者系辅仁大学国文系学生,有很深的文学素养,日记在记述其日常生活活动时,不是像我们见到许多名人日记,只是简单地把每日吃喝拉撒和与人交往的行为罗列,而是描述事件的过程和作者对人对事的思想态度及其由此引起的细微心理活动,用笔生动,语言流畅,有很强的可读性。

日伪时期北平的一千六百多个日日夜夜

——读《北平日记》

王金昌

　　读《北平日记》，我们是在读北平沦陷时期的真实历史。而且，日记往往比回忆录更加准确更加真实。

　　历史书往往是抽取社会生活中的大事，而忽略了决定和影响历史本质的丰富的生活细节及其支流。实际上，历史是由千千万万个体生活共同构筑的画卷，每一个个体生活的真实记录都是构成历史的珍贵材料。

——王金昌读《北平日记》题记

　　继 1939 年的《北平日记》在 2009 年出版以后，笔者又经过六年整理，1940、1941、1942、1943 年的日记手稿终于脱稿，合计共约 150 余万字。几多心血，今日终于在纪念中国人民抗日战争暨世界反法西斯战争胜利 70 周年之际完成并付梓。抚书而叹，感慨良多。

　　缘由还需追溯到 2006 年 10 月份，那是个周末，我在北京报国寺文化市场，发现了一沓很厚的手写日记本，我数了数，编号从第 2 本到第 21 本（第 1 本已丢失），计有 20 本，约 150 万字，记载了作者自 1938 年 4 月 11 日到 1943 年 12 月 15 日这段时间的生活历程。其中 1939 年、1940 年、1941 年和 1942 年的日记完整无缺且一天不漏，1943 年 1 月至 4 月，中间隔了五个月又从 10 月起到 12 月 15 日止，共计 1700 余天，150 余万字。看着整洁的日记和漂亮的蓝墨水钢笔字及行云流水般的书写，我坐在摊主铁皮简易屋前的小板凳上，不觉看了两个小时，站起来时手脚全麻木了。阅读这部日记，感觉到无论是在史料性还是社会民俗性方面这部日记

 北平日记

都具有很高的价值，特别是，北平这个古老国都中的人民在外来倭寇统治下的生活状态和被扭曲的心态在日记中都有着细致的描写，其记载日寇侵华后社会凋敝动乱之苦难群像，可以说是一部辞典，一部北平沦陷时期的史书。

从出让日记的旧书商手里获得一个邮戳为 1982 年的信封，上面写有该日记作者董毅的地址。书商说，这些日记本是 80 年代从作者家中流出，之后辗转到市场的。我们按照信封上的地址找到了日记作者。经与作者及其家属协商，同意将日记交付出版。

作者董毅是伪北平时期辅仁大学国文系的一位青年学生。从日记中可以看出，他出身民初仕宦家庭，家境殷实，父亲曾在北洋政府所辖天津任职，生有六个子女。但随着军阀混战，异国入侵，社会紊乱，民生凋敝，家境逐渐衰败下来；同时因为其庶出的身份，在家族中地位低微，也让他形成了倔强敏感的性格。他从小读私塾，诵"四书五经"，在北京志成中学毕业。1938 年 9 月，他考取了辅仁大学国文系。1937 年日本发动全面侵华战争，作为一名青年学生，他饱尝日寇侵华、社会动乱之苦难。

在日寇统治下的北平，老百姓的生存状态，生活上的艰难困苦在日记中也如实展现。

如 1940 年 2 月 21 日记载：

    自阴历年以后，物价飞涨不已。白糖迄今已一元八分一斤，比肉还贵；肉有行无市，有钱买不着肉；豆腐四分一块。昨买三块豆腐，两把菠菜，代价二毛。大米一百廿八元一石，次米三毛七八一斤，还没处买；面一元八一斤。其余无不奇，即不知以后如何生活也！言来不胜浩叹，见面时人人皆为过日子问题暗暗切齿发愁不已。下午小刘来，小坐即去，下午买米一百廿三斤，代价四十四元七毛，合三毛六分一斤。从前亦只一毛余，三元一袋之白面，今涨至七倍，而闻昆明一袋面售四十元，真为前所未有之现象也。

1941 年 5 月 15 日记载：

    回家来又与娘等谈及家务，不觉一想起来便愁烦之至。本来

2

每月六七十元，在此时生活程度如此之高，只够苦过的，零七八碎的用项，一切米面房租等皆无着落。食衣住为三项大宗，皆无办法，而又无额外进项，每月非典当即卖物，以维家计，每月不足用，精神实极烦苦。而家无恒产，又值此时局又有何妙法?!至佳之法为发二笔横财，买马票，买奖券皆无把握，碰运气之事！除非现在我便去谋事，但是只差一年就毕业，在这种恶劣的环境中，我的成绩同心绪大受影响，要好真难也，恨我不幸，遇此时艰！恨我年幼，负此重担！……

透过作者的日常生活往来，读者也可以清晰地感知当时抗战的氛围。如1939年3月12日他在日记中写道：

常常想到许多亲戚朋友同学，认得的，耳闻的，许多许多都到南方去了。有的告诉我南方生活之奇事与困难，一路上之苦况，而我必心中立刻美慕他们，钦佩他们的勇敢，而自惭自己不能去南方。

这里所谓南方包括重庆和昆明非沦陷区。北平有志青年都一个个跑到南方去了，说明当时抗日情绪的高涨及作者因家庭拖累而不能施其抱负的苦闷心境。

1940年11月30日写道：

总观近来在"以文会友"栏中所见之文章，于"自序""与友人书"二题目中看来，大多数皆系受此次事变（指"七·七"卢沟桥事变）之影响，家中受打击，因之高中毕业不能升学，或因其他种种原因停学二三年后上学，但受战争而中止，因事变关系，家人、兄弟、好友相离散，南北相隔，不能相见。回思往事，不禁依恋，向往之至。可见此次事变中国物质上之损失以外，精神上的损失不可胜计，不知此次断送了、堕落了、成就了、落魄了多少中国有为的青年！思之惘然！

字里行间流露出沦陷区人民对日寇侵略兽行的愤懑仇恨和北平爱国青年日日高涨的抗日排倭情绪。

1941年1月5日的日记记载：

北平日记

日前因西皇城根有二日本兵及一日中佐白昼被暴汉阻去打死，传为骑一无车捐之自行车人，于是一时查车捐特别紧。

1943 年 10 月 10 日又写道：

今天又逢双十佳节，在此环境下又是什么心情！想想大好河山，如今如此破碎，不知何时方能收拾清楚，国土破碎，同胞受苦，不知何时方能恢复原来面目。这个可怜的古老的国家，这些可怜受罪的人们，不知什么时候才能享到普天同庆的快乐！

从父亲病危去世，到大家庭解体，家道衰落，作者不得不承担料理一家的生活重压，因此随着作者人生阅历和社会经历的增加，其对人对事在情感心理上都发生了微妙而深沉的变化，日记也越来越记叙详细，内容也日渐丰富，不但有日常生活记叙，还有对方心理揣摩和自我心理剖析，环境的状写与人物的行为活动和心理变化，耐人寻味。

恋爱是每个青年都会触碰到的青涩的果子，无论环境好坏都无法压制住他们心底那一丝温暖的光。作者生逢乱世，家道中落，虽与女孩青梅竹马，但爱情却难以表白。且看他是如何用细腻的文笔写自己初恋的心理感受及其与心上人相互闹别扭、生烦恼的经过。

1940 年 7 月 2 日的日记写道：

我这支笔太笨，一点也写不出，我现在是多么热烈、疯狂、不顾一切的那么爱着斌，偶尔翻阅以前的日记都不足以表示出我内心热情的十分之一，她简直是成了我的第二生命，她的一举一动，我都留心，甚至极琐碎的地方。为她想的地方的周到，她随便说的一句话和她所喜好或缺少的事物，我都尽我的力去办到，有时连她自己都不知道，都不留心的事，我有时都会注意到。为了她甘心去奔跑去忙碌，甚至于不顾一切的忍受他人的闲话或讥劝。以前向来所不甘受的也都受了，各种的委曲也全都忍受，简直甘心为她的奴隶！我是那么的爱着她，做个爱人的奴隶也不算什么！何况并不是那么简单的问题，我简直是写不出我现在心里是多么的爱着斌，至于为了她而受怎么样的委曲，那都是我自己甘心愿意。

　　……她又把那个可爱的小弟弟抱来，胖胖的，两眼黑漆漆的，天真无邪的看着人，是十分的好玩。斌十分的疼他，对这胖子小弟弟，咬呀亲呀的吻个不停，十分表露出女子的天性，与母爱的潜发性来。我看了十分的好笑，和她在一起站着，逗着她怀里抱着的胖 Baby，便幻想出哪一天斌抱一个她的小宝贝我来逗她玩玩呢！看她疼小孩子的样子，简直无以复加，我向她挑逗一句："如果以后你有了小孩，一定是只知疼小孩子，不顾得爱大人了。"她立刻毫不迟疑地说："那不干你事！"我听了心里一阵凉凉呆呆的，一时说不出话来。

　　我总是那般热烈的希望着，她始终绝望的当头给我一瓢冷水。我真不敢想到会有一天我爱的人完全在别人的怀里！但恶魔似的幻影在我眼前闪出，向我狞笑，一把尖刀刺入我心中一般令我痛苦，不由得使我退后一步，她这一句话，简直把我和她隔离得十万八千里还远，虽然现在是站在相距还不到七八尺远的地方，我近来觉我自己变得有些神经质，她却常在不介意中说出一两句令我十分痛心、灰心、悲哀的话，她自己却毫不晓得，而我更是习惯地努力抑制住我的反应，极力把她完全埋在心中的一角，现在或许已经积下了不少，就像今天偶尔的一句话，在不到一分钟内，我内心所起的变化都是那么大呢！站在院中默默无言，静立了一刻，她遂招呼她小弟一同回去午饭了，我一直目送她走出大门，才怅怅进屋看报。

　　……我不明白的是，她会和陌生的男子在深夜一起看电影，吃饭，跳舞，而和我在一块出去看晚场，像避毒蛇般的可怕，而她又是说那么爱着我，岂不是矛盾吗?！（也许是因为我请不起她去新月食堂，又没去过北京饭店，晚上回来没有汽车送她回家的缘故吧！不过这是我这么想而已，我爱的斌不会这么想的，就是爱慕虚荣，也不至于这样被享受所迷惑吧！）她又半似浅笑、半似鄙视地说："你不请罢了，说别的干吗？"嗳！我没有请过她看过电影？一时不觉脱口答道："我怎么请得起呢？"说出了以后，

5

她似有点变色，我也很后悔，她生气了，明明地叫了她小弟就往亚北走，也不再理我。我那时，为了自尊心当然也有点生气，虽是仍然爱着她，真想回家算了，但终于忍住，随他们上楼，吃了两根冰棍，静默默的，他俩的脸色真比冰棍还冰冷呢，一路上也没话，不高兴最好少讲话，勉强陪着她走。又到菜市口她给五妹买了东西，绕土地庙回来，一路上心里又气又难过，真是何苦，早知如此不去好不!? 哪里是遛大街，简直是遛了一肚子的气，回来，真是难得痛快！想起早晨和晚上自己的痴呆，不觉可笑自己，又可恨自己，太无聊了。

今夜的举动，大半仍是神经过敏的缘故吧！或许是在热恋成熟的时候，互相爱的太过了，不免因"求全责备"而不时闹些小意见，可是使我心中十分的难受，却不是好玩的事，晚上自己折腾了半天，气吼吼地来回走，约十一点半才睡。

这段炽热的初恋烦恼和心理独白的文字像火燃一样，读来真是活蹦乱跳，如发生在身旁。对于自己这段初恋，作者一开始就有交代，他在1938年9月3日写道：

我今天一下午写下了这些一半是追记我和斌初识的情形，一半是万一我死了，有人翻开了我的日记，也知道我曾经爱过斌这么一个女孩子！

可见作者也是有意识地将自己的初恋经过和情感体验通过日记真实地记录下来，传诸后人。尤其是对他身边经常交往的那些人物，总是从心理、性格等角度来传达自己的感受和认识，形象刻画，令人如置身其境，感同身受。

作者在记录北平当时的市民风俗、生活习惯时也是用笔无处不到，对他父亲逝世的记载，从丧事安排、灵堂祭奠、出殡过程及灵柩安放等等记录得非常细致，读后可以想见当时北平丧葬礼仪和风俗。如1939年4月21日父亲过世，他在日记中长篇累牍地表达了自己的哀痛和年少失怙的无助与凄惶：

丁父忧，民国二十八年，尧历三月初二日。

呜呼，苍天！伤极，痛亟！吾最热爱之父亲令日舍我等而仙逝矣！

昨夜失眠，今晨迷惘中听见娘在唤我："老二！老二！快些起来，爹爹不好了！"此一语惊得我一跳而起，急忙匆促穿上衣服，头未梳，脸也未洗，时快九点，大哥在床前，娘在床边上，父亲仰面朝天地躺着，脸色黄极，鼻青色，眼睛微睁，有些向上翻，定定的没有神，口微张，胸口一起一伏地在喘气，正在和死神做最后的挣扎，我和大哥把父亲两手放直，手指握拳，大家帮忙穿上布衣裤褂，眼看着气息渐微，这时九姐及九姐夫，李娘亦来，终延至九点十分正，最疼我的父亲竟离我等而长逝矣。唉！那时眼泪不自主的流出来了，悲哀极了，痛苦流涕地哭了半晌，换下被褥，父身上盖好一层红单，脸上蒙了一幅白色绸巾，就这样很安静的西去了！

……娘移至书房睡，想系悲哀过度，疲倦十时许即睡，我心中悲痛，杂乱不能入眠，起至北上屋者数次，父亲一人独卧至空无一物的床上，直挺挺的躺着，穿着一身朝服，想不到昨夜还能转动看视的人，今天竟去世了呢！昨天下午刘大夫来了，心里十分明白，还举手给先生拱拱手示意呢！星期三星期四二日已是舌头僵硬不能言语，父自病后，每日皆一心一意地望他自己好，并未绝望说是自己好不了，心里一点不糊涂，说什么话都听得明明白白，一直到去世的前夜，若非年青平素身体强健，这种磨人的病早就不能支持到这么久呢！……想到人都要有个死的，将来谁也逃不脱这个关，真是无聊得很，一切都完了，在人吐完最后一口气以后，想到此，人真是无意思极了，万念俱灰，徘徊寻思，独自凭吊，至午夜十二时半始寝。

一尽哀思之余，作者以极为详尽的笔调，描写了父亲入棺、出殡、下葬，家人守灵、祭拜、吊丧等过程，反映了当时的殡葬风俗。1939 年 4 月 21 日还写道：

给父亲穿上预备好的孝袍子，一身白了，指挥仆役搬东西，下房摆好做帐房，堂屋搬空了，都堆到东屋，隔扇折开，堂屋门亦折了，父亲卧的床上，帐子去掉，床架折下，一时上午各处打电话，把上学的小孩子全叫回来，一面又打电话通知亲友，一面写稿子叫人去印报丧条，摆好供桌子在床前点上烛香，跪拜哭泣，下午郑家，王缉庭，陈书琨，老墙根一帮都来了，行礼时得在旁边陪着跪拜。七姐五姐亦来，哭了半天，下午四五时许穿衣裳，裁缝来，预先把衣服一件件全都套好，领子，下摆都绷好，计上身共十三重，下身十一重，头戴朝帽，领挂一串木朝珠，衣均是绸子及丝棉，脚穿丝棉袜一双，登朝靴一双，手亦用丝棉裹好，左手并持一小纸包，内包些许茶叶及画，不知是何用意，衣服不用扣子，皆用带子连紧，每一件衣服系好以后，即用剪，剪下一点，称之为子孙带。晚并供饭，晚饭即在一处吃，菜钱由西院处付，米由我处取出，纷乱了一天，香不能断，即叫昔日厨子老孙及周先生在屋内看守，尚有拉车孙姓及李姓仆轮流上下半夜看守火烛，香不能断。

4月22日父亲入棺：

　　昨日爹爹尽天年，计生于清咸丰辛酉年四月十三日卯时，于大限中华民国巳卯年三月初二日巳时，病故，享寿七十九岁。年岁不可谓之不老矣，惜于此离乱之际故去，经济不充裕，一切均草率简陋。然此时甚乱，以后更不知变成何样局面，且子孙不少，名望亦有，此亦一喜一忧也。今日上午起亲友即陆续前来，不时屋中传出哭泣之声，我耳听麻木，竟不下泪，但衷心之难受与悲戚，又非第二人所得知者也，下午三时许四时左右，实行大殓，力家，陈家，郑家等亲友，均聚集于堂屋，寿材抬进来（做此寿材之日，取一二块木料，在祖宗位前供一下，意思意思）盖放一边，然后由大哥捧头，我捧父足，再由裁缝，弟侄等相助，抬至堂屋搁在寿材盖上，其余诸人均跪在一旁痛哭，我亦往棺内垫深约半掌厚之锥木末，木末上铺上一层大张豆纸，上盖一块七星板，棺内沿边均钉有一周红绸子，此时裁缝等七手八脚，用一床丝棉被包起来，连头亦包上，此生除看像片以外，不能再睹父亲之庐山真面目矣！呜呼，痛哉！丝棉被包好，上捆以花样，用棉绸撕成条，系好，即高举安置棺中，父即永远安眠其中矣。旁边空隙，以备好之灯草包塞满，不使晃动，上再加以许多灯草，再盖上一层板子，用竹钉，钉好，再上盖按上元宝钉，削平，沿边一道黑漆封口，然后供桌摆上日常父亲所用食具以及零星用品，如牙刷，脸盆，木背挠，暖瓶，小帽，痰罐等等，香火仍不断，旁并有一长明灯，家人拜后，孝子在旁答跪，每一个行礼，如此一幕入殓大礼至此遂告完成，并烧纸钱，晚又供饭，供茶水，每供前并问小钱卦，在香上绕风匝，坠落如系两泪。"闷"则所问之话对，否则不对，则再想别话询问。至对了之时为止，今晚与大哥及二仆同宿堂屋陪灵，凄凉，惨淡之灯光下又是一番光景，我就在这冷清清静谧谧一口黑棺旁（里边是我最亲爱的父亲），这么一种说不出的悲痛悱恻哀婉的空气中睡着了，今日《古学丛刊》寄来一本，可惜爹也未看见。

4月23日亲朋都来祭拜：

今天接三了！三天了，一清早大鼓小鼓吹手等等都来了，孝帘子是白布缝成的，用竹竿子挂起来，里边我和大哥及四、五二弟跪的地方，外边是孙子跪的地方，灵右是女人坐的地方，前是供桌上放点心，长明灯，立着一张大像片，早上来的人还少，下午渐渐的多起来，一直跪着磕了不知多少头，同乡来的真不算少，后来在来宾薄上一查，计有七十余人，下午，维勤，雯，晏来了，孙祁也来了，更想不到的是王庆华治华金大信大智四兄弟也来了，中午吃的是北方面席，好不难吃，下午请客人，据说还是那个，真难看死人！晚上五六点才去送库，只有两个顶马，四人抬的一顶前清二品大员坐的蓝顶绿边大纸轿子而已，太少了。忙乱了一天，晚上很快地就睡着了，白事一出来，墙上本来挂的满墙书画全都摘下来，一眼望过去，显得那么空似的！今天妈妈又哭了半天，悲痛之极，我虽挣不出眼泪来，可是听见他们大家

9

哭，心里一抽一抽的更是难过极了，像一把刀在胸口上扎一般！

在亲人故去的头七天内，作为儿子是要守灵、上供的。在这七天内断断续续地写道：

在未出殡以前是得陪灵睡觉的，晚上还得供饭供茶，这样供到七七四十九天。到七七以后（六七那天是由女儿家送菜），则每逢每月十四，三十两天供，一直到三年以后方才截止，夜里供桌上的长明灯，恍惚的陪我于朦胧中去会周公，又于一天之末休息了，今日下午大风遮天而起。

……今天是头七，下午三四点许上供，五姐回来，七姐未归，今天的供菜比平常的多，上供时子孙一行跪在灵前，由一人司仪，先杯箸，而后汤、菜、饭、元宝等，皆在长子手中盘子中一放，向上齐额一举，而后行礼此仪，然后举哀，家人拜罢烧箔，然后进晚餐。今日决定五月一日出殡，在家不过一七，连二七都无有，反正此次一切都是由大哥一手经理，我不懂，亦不过问。一切随他去办，并言此次出殡只通知亲戚，其余一切朋友同乡均不通知，我不懂，亦不管，唯唯而已。不觉回眼一看父亲的那口棺木和慈祥和蔼的像片，不禁愀然。

回来晚了，已供过晚饭，大家尚未散，大哥告诉我说先头问钱，问什么也不对，后来问你尚未回来，父不放心？一下就对了，所以这钱是真灵，下次早些回来，免得爹爹不放心。钱是两个制钱，用红绳穿系，在父临终之日，在他手上沾一沾掷下来是两个"闷"，则以后问钱在香上绕几下，心中默祝，掷下是两个闷的就对了，否则不对，再想别的话问，其实上供、问钱等都是无用，无济于事的，在生时多孝顺些比死后一万倍都强，不过哭了，上供了等等都是一份为人子之心，表示悲哀，和不忘罢了！正是"何曾一滴到九泉?!"

5月1日父亲出殡，作者记录：

清晨五时半即起，夜中未好安眠，时睡时醒（昨晚九时动棺，以红布一块，清水一盆，举布假拭棺上，搁在一旁，俟今日出殡以后再倒，并置盐一包秤一个于棺后，谓之压煞气，迷信也)。早起沐洗早餐以后，即将做孝子之全副行头，白帽，帽带，白袍，麻带，白腰带白鞋，一律布制，穿戴好以后，静等亲友来齐一块起行，不知大哥何意，此次父在家只摆一七，固然是时局不靖，火烛留心，以早出一日为安心，然终觉难看，为亲友所笑，此次一切归他办理，知者当能谅，我年幼无知也，吾父在天之灵知我苦衷亦，必恤我也。晨九时左右，陈书琨老伯来，继之力家亲友均来，今日大哥对诸亲友均未通知，意谓不需大事铺张，时局如此也，只至近之亲友，如五姐七姐，力家等而已。国娃前日人尚好，昨日竟病倒不能起，昏迷竟日，今日当然亦不能随殡而行，亦可谓之巧矣。九时半吹打两番以后，大哥我四弟五弟等以次随行，棺出，后随家眷，哭哭啼啼起行出发，门口上围满了人，完全又表现出中国人那么无聊的，好参热闹，起哄，或是乘火打劫的心理来看一些不觉见的事故。小槓抬出了大门，爹爹永不再进此门了，换上了三十二人的大槓，顺老墙根走。今日天晴，无风，老墙根有三寸厚的土，弄了两脚鞋的土而做了一个白布逢子，由四个孩子撑着挡太阳，还不觉得怎样。走五条，达智桥，再顺宣武门大街往南翻，经菜市口往西，一路上有十余个茶桌，都得跪着饮，经菜市口往西，至教子胡同南口走小道，此际四处即像郊外，阡陌纵横，野趣苍然。小道狭仄，抬殡者谓不能行，须换小槓抬，大哥不允，于是将就抬过，至万寿西宫，抬至大殿内停好，预备油漆以后，即暂权栖于后面空地内，俟时局平定以后再行起运回闽安葬。此则更不知在何年何月何日矣。拜罢，同至后面空地择大松下一空地，距李宓庵约一丈左右，地下有友伴矣。约十二时半归来，此行去时马车七辆，回来我与五姐七姐一车，我意以为可稍谈谈，五姐七姐皆劝我要听大哥的话，一切由他去办理，我本来就是听他话，一切他喜欢怎样做就怎样做。归家进门迈一火盆，接三那日吃麦席，坏极，都是北方味，怪极。今日午饭尚佳，娘因心中悲痛过度，至家即卧倒，发热不

思饮食，午饭未食，至三时左右，始进挂麦少许，三时许五姐七姐归去，我则在屋中陪娘坐看书，消遣。父之像片安位于堂屋北墙西边，日供早点午饭，晚饭，晚茶。

日记记录了天气状况以及气候特征，写了北平春天的野花和鸟鸣、夏天的沉闷和雷雨、春秋天的风沙和黄尘、冬天的雨雪和冰冻等生态环境，这都为今天研究北平的气象和物候留下了第一手的资料。日记还多次记录儿童的猜谜、过家家，成人的竹战、逛庙会、看京戏、上影院等市民主要娱乐形式。

本人对抗战题材的小说尤有兴味，出版有《沦陷区的女人》及《北平四合院》等。当朋友们知道我整理出版民国时期的日记，大都感到不解，认为自己既有大量的抗战时期的写作素材和题材，用那么多时间整理出版别人的日记对自己的文学创作没有多少助益。而且在文化浮躁的大环境下，记载七八十年前生活琐碎的日记也不可能成为当代畅销书。

在笔者看来并非如此。反映日伪时期小说之类的文学作品，著名的比如老舍先生的《四世同堂》，祁家四代人的生活非常贴近北平百姓的生活现实，但那毕竟还是文学作品。读《四世同堂》，我们是在读反映北平沦陷时期的文学作品；而读《北平日记》，我们更是在读北平沦陷时期的每一天的真实历史，而且，不只是文学性更佳，日记比回忆录也更加真实。《北平日记》的作者所处的家庭背景，虽然有极大的局限性，但他记载的既是作者个人在日伪统治时期北平那段历史，也是北平中层市民最生动最翔实的日常生活现实。大至政治环境，抗战氛围，小到百姓家常，比如每天的天气状况，邻里矛盾，世情恋爱及婚丧嫁娶等等，都有涉猎。这些可为曾生活在那个时代现仍健在的人或许提供一些回顾重温那段历史的素材，可为历史学家、社会学家、民俗学家研究北平社会生活提供真切的第一手资料，还可为广大读者提供一扇窥视旧北平的窗口。基于此，既然日记最终落于自己之手，出于作家的社会责任，责无旁贷，也应将它公布于世。

中华民国廿八年

（1939 年）

NOTE BOOK

Diary N≗ 9.

kept By

Henty Fang

(1939年1月1日—12月31日)

1月1日　星期日（十一月十一）　晴

　　时间之神,慢慢的已经把二十七个年头拉走了,今天又是元旦日了,可生活方式还是那样,十点半才起来,过九姐家小坐,伯津和她小孩也刚回家来,十二点左右回来,黄家一家全出门了,由早晨到下午七时左右才归。虽是星期日又是假期,天气又好,可是我心里并没有想出去玩的意思,所以下午也一直呆

1939年1月1日—1月2日的董毅日记手稿

在家里也不想做些什么事情，闷睡了一会，抄了一张文（替父亲），六七点钟的光景，斌突然来了，原来是寻小弟，也未坐着，谈了几句，匆匆地就走了，说是跟她妈妈玩去了，去了好多的地方。晚上抄老刘的论文，一边听着无线电中马连良等的《春秋笔》，戏很长，因为是新排的，不懂词，也就觉无多大意思。

1938 年 12 月 27 日—12 月 28 日的董毅日记手稿

1月2日　星期一（十一月十二）　晴

本来约定今天去真光看早场，为了斌昨日的以"起不来"这无理的理由拒绝和我去看以后，心中就凉了半截，所以迷迷糊糊的，起来一看已是九点半了，吹灯！还看什么，于是坐着看《科学画报》，十一时许，孙祁忽来，谈至一时许方走，吹嘘其学校数学教授大捧特捧，真几如中国只此一人而已。神气得咧！并谓昨日去中山公园，索颖等当然去，碰见舒，他二人也未招呼，孙祁反正是一天到晚无忧无虑，足玩一气。我也不知是怎么回事，回家来看老父的病体，家中经济之窘竭，不胜焦急，来日方长，众口待食，来源无从，每思至此，仓皇不知所措。下午领父命往前门访沈经理未在，归途虽过中山公园及中南海，皆因心灰意懒未入。访庆华一家,皆出看电影,遂独自怏怏而归。昨日四弟五弟二人去中南海遇多数熟人皆问我,必皆以我为哥者应去,国国、行佺二侄亦去。今日归来,黄表嫂过来,稍坐,谈未几时,旋即去。闻伊谈,今日小孩三人皆在家未出门,下午小弟陪斌去尚志医院看手,涂碘酒起疤,不知何症,甚念。过西院看见许久未看见的庆成侄女,不知伊现任何职,每日要人也似的总不露面。今日总算哪也未去游玩,闷闷的过了一天。下午娘与小妹去西单购物,四弟与李娘一早即去东城,五弟下午要去孙湛家,至黄昏始归,七姐夫来,只我陪老父对坐,灯下将老刘论文抄完! 真不易!

1月3日　星期二(十一月十三)　晴

　　早上起来九点左右,因为心情不好,所以放假三天都未曾出门玩,只是闷坐在家中。今天早上决定玩一玩,虽然昨今尚泻肚前天夜吐了,还是要出去。到中央去看以前早就看过的片子,柯尔柏主演的《倾国倾城》(与《罗宫春色》同为不朽之作),虽是看过此片,再看亦感觉十分有趣,柯表演尤好,几幕歌舞场面皆相当伟大。战场镜头也够紧张。此片确实很好,外国影片公司真肯花钱,此片非百万美金莫办。午后二时许至北海团城古学院代父领津贴二十元,真少! 北海人虽不少,然心始终不快。乃仍骑车赴校,三时半到,进门一看,济华亦方由津归来,握谈甚欢,陪其一同到地下室洗澡,洗完看会书,谈一阵子,即与大、小马二人与华子共四人一同吃晚饭,归宿舍后觉身体甚累,卧床上休息,未做什么事。今天晚上郑夒和我谈,谓昨日下午彼去中山公园溜冰遇索颖及很久欲追求未得之王淑洁姊妹,后孙祁,郑维勤,大宝,二宝等皆去,遂与之一同溜,彼与猴同溜二次,与王淑洁同溜一次,计共四男五女,言下大有得意非凡之概,至临睡时又来谈其事,并谓溜后目送彼二姐归家,直至灭灯始回屋去睡,神气得很! 得意得很!

1月4日　星期三(十一月十四)　晴

　　除了上课下课外,简直就是无事可记,下午下课至学校在恭王府跨院修道

院内所搭冰棚溜冰,代价一角,同学不少,约有数十人,场小显得很拥挤,冰平极,我尚是滑第一次这么好的冰,很痛快,沈祖修亦滑,他会许多花样,很好,一直由五时许至八点才回来。把老刘论文一章空子都补完,也就快十点了,今日甚是过瘾,睡在床上很累。

1月5日　星期四（十一月十五）　晴

中国文学史教授法不怎样,可是他自己却讲得神采飞扬,高兴非凡,有声有色,有时竟和台上小丑一般可笑。国文堂是作文,题目是拟友人某君传,我将刘藻如君事述其大略,下午复仁符信,并与华子,树芝,思浚三兄同溜冰于北海,直至五时半方归。昨日在学校溜很是用劲,今日稍觉吃力。今日待客,庆沄告我明日去聚贤堂,中午听别人说原来是他结婚,真想不到,这么快他就和宗德英结婚了,我想这样子一定到将来会后悔的。

1月6日　星期五（十一月十六）　晴

十点多出门到真如镜郭宅取回二十元,把车存亚北,步行至聚贤堂,杨辅德,唐振鹏这两个宝贝早就去了。人不太多,可是几乎都是青年人,所以够热闹的。由大门口到礼堂这一路上站满了人,像战士似的,打得真够厉害,几十个宗德英协氏的同学都打袁庆沄,原来都不满意宗和袁结婚。糊里糊涂的过了二三个钟头,开了饭胡吃一气,不客气,吃的倒是很饱,回家来大约三点多了,休息半晌,抄了半晌的账目,吃完点心即回宿舍,中午十一时许,过黄家,只斌一人在家洗头,与她谈了会话,谈宗和袁的结婚,谈郑夔,星期二遇见猴等的事,也不知她心中做甚感想,只是沉默的不大说话,谈了一会子,又遇到这种沉默的空气,我就受不了,立刻就出来了。今天她说夔讨厌,我也讨厌,我问她为什么讨厌? 她又不语了,一路上我想也许是我寄给她那一本《沙漠》的缘故吧! 讨厌! 还有许多在后头呢! 今天不知是什么事,又没有去学校,像这样学什么也学不出来呀! 想劝劝她,但又不愿惹这一肚子的烦!

1月7日　星期六（十一月十七）　晴

天气不坏，只是微微有一点风，和前几天比起来，也不算得多么冷。下午决定不回家。中午在大马屋谈了一会，回来和老刘，树芝二位老兄同去北海漪澜堂溜冰，人不太多，遇见些熟人。今天又是很烦，不知是为了什么?！溜的也不太起劲，到了黄昏才又出后门回校，连着几次看不会溜的摔跤，真是可笑。我最初练滑冰时却没有这么样子摔过，老王进步很快，今天是我今年第九次溜冰。

1月8日　星期日（十一月十八）　晴

为了上星期回家次数太频，回家去全是跑这跑那，眼睛看的，耳里听的无一不烦，精神苦恼极了。所以决定本星期日不回家了，早上八点左右起来，理了发开始整理中国现代文学笔记。十一点一刻和老王大马去吃饭，因为老刘回城去了，午后继续整理笔记，二时左右去平安看阿雷弗斯坦和晶姬罗洁斯的片子，名叫《狂欢艳舞》英文名 Genuine Fly。剧情很是无聊，有些滑稽，只跳了约三幕，此片以晶表演较佳，阿辰的太难看，踢踏舞技似已穷尽，只是很简单了点，不过音乐配得好罢了，四毛却不太值，回来遇老王即一同吃晚饭。

从王府井大街等热闹街市过，五光十色，各式各样的东西，各种味觉，发出各种不同的诱感力来，令人心旌摇荡，极思皆据为己有。人的欲念是无穷的，眼睛不能看，看见什么好吃的，用的，穿的，玩的都想以身试试，欲念亦可名之为虚荣心，此字不知陷害了多少青年男女！

今天看的电影，内容有一幕是"女主角做梦，梦见了男主角和她一同跳，后来并爱上了男主角……"不由我心弦也震动了，因为在前天夜里做梦，梦见了斌与我相拥而行，并与之接了一个吻，就在此时突然醒了，梦境！都是空的，不要再想了吧！

1月9日　星期一（十一月十九）　晴

老刘一天不高兴，我也是满肚皮的烦闷，我说不出是为了什么？老刘因为上礼拜日遇见了一个同他小时候耳鬓厮磨的腻友，如今已是做了他姐夫的填房，今天想她会打电话来找老刘，结果是白等了一下午。天下真是不平等，有情人多不能成眷属。据老刘言，他认得这个叫英的远在许久以前，最近又想找人家一块玩，自己又结婚了。各得其所相安罢了，偏要找到一起去寻烦恼，何苦来，半劝他几句，他却说我不同情他。同情也有个界限，也分什么事情，难道老刘要杀人，我说要多宰两个，如果别人和你妻背你一同出去玩玩，你又该做何感想，一时感情的冲动，我只微微一笑不便再说什么。

今日午后得铸兄一信，告我相片已收到，劝我努力读书，连日心中烦闷异常不欢，言笑皆甚勉强，自觉在家中无意思，而学校生活亦并不感到有意思，心中空荡荡的，无处放似的，无处托似的，晚饭后看点国文数学，吃些零食谈笑半晌方睡。

昨夜与小马（永海）至大学部听书，由后台进去，看的，听的比花钱的还真，美兵音乐队演奏共十三节，继之独唱、钢琴独奏后为旧剧，奚啸伯饰薛平贵，同学黄德继之妹德珏饰王宝钏，女角声音较低，只是难为了她。归来已十二时余矣。

1月10日　星期二（十一月二十）　晴

上午满贯，上了四小时课，在大礼堂上体育真冷，下午虽然没有课，可是也没有出去，饭后替老刘抄些论文，补上二日的日记，开始追记星期日的"慈善夜"，勉强于同学谈笑声中完成，又写了几条学校新闻，一同寄至《立言》画刊，投进了邮筒，才舒了一口气，真是不易。晚饭后洗澡，略看了些书。

真的！从心里来说，从前看见了斌，看到了那红红的双颊和红红的嘴唇，一种在情理上，礼教上非分的想念自然难免，但是现在彻底觉悟了，我俩在各方面来看，绝对是没有结合的可能，虽然我可以承认在几个月以前我是热烈单独的热爱着斌，并且在我方认识斌时，竟和斌密切的来往，使我一直苦恼了自己许多日子，但是我仍愿意和斌永久维持一种淡漠的友情，绝不希望我们会变成两家在礼仪上极该亲近，在感情上又极该疏远客气的亲戚。如果有人对于那种洁净的友情也要加以抨击或摧毁的话，那正显示他们的浅薄、无聊及心地的卑劣……提起了泓，自己也好笑，本来是没有什么，由于大马、郑夔、老刘等同学的起因，遂姑且写一封信给泓，结果是来了回信，就这样子又通起信来，可是始终未见着。我觉得泓爱看戏可不好，我不喜欢这样，我一年也未必看一次戏呢，各自志趣不同，友谊就达到此了吧！不见也好。斌，我只觉得她的虚荣心，现在渐渐滋长起来了，不大方，又有点骄傲，不管好坏，绝对不听人劝的一套，至少意志够薄弱，前途有易被人引诱的危险……再看泓来的几封信，好像是家中还不大赞成她现在交男友，我找什么麻烦呢！再说，也犯不上不是？还是认得王庆华的姐姐好，我见了她很高兴，见了面谈谈笑笑，毫无拘束，我只是拿她当大姐姐看，毫不掺上些别的什么意思，况且她谈话等都很爽快，坦白，至少在见了她以后我精神得到些安慰……所以说，到现在，在我烦闷时无一个知己（无论男的或女的）来和我诉一个痛快的衷肠，心是飘飘的无处托放！

1月11日　星期三（十一月廿一）　晴

今天课虽是不多，只有五小时，可是下午五点才下课，中午写日记，看会书和同学谈一会话，下午替老刘写一封信，晚饭后又买了些零食，练习了一会字，不，胡画了一会的大字，看会书就睡了。国文系主任余老头讲目录学，对许多人都不满意，连欧阳修也不满意，但未免口气过火些，不论人家被他说的怎样不好，可是到底流传下一些小名声在后代，至今还被别人所讲他们的作品，名字也常被人提到，可是余老头他死了以后，还不是无声无息，和平常人一般，未必会像他现在所看不起的那般人那样尚留一些声名于后代吧！他还说，现在一个国文系的大学生，提起来什么古书，什么都不知道，都未看过，真是惭愧！自然，如果要像他老先生年青时那样的读书，至少我们也能念了些现在人听起来不算少的书。可是要想想，现在什么时候，而这时的大学生都是高中毕业考进来的，在高中普通科目是一切均衡发展的，科学的功课，更是使得每一个学

生都要在课堂下,花许多时间预备温习,哪里有多少时间去读,看古书?而且现在的环境,风气,社会潮流所趋,都与前清大不相同,这些对于血气未定的青年,自是大有影响,如今想找一位现在国文系的一年级大学生,看过书目答问里的每本书,或读过《古文辞类纂》等的大量书籍经史,那我绝对敢担保是没有一个的。一来他老先生总看不起这个,看不起那个的,本来先生如果不比学生好,还算是先生吗?而且先生除了生活以外,就是需研究一样东西。虽然是大学,每系也有不少的书籍,你要是努力的念,各科的书都读,我想不久也不会比先生差多少!许多人不假思索,不先想清楚了来因去果,张开嘴就说,真是可怜又可恨!

1月12日 星期四(十一月廿二) 晴

上午四堂,午后一小时的日文,老刘拉我出去走走,我虽然心里很烦,可是不高兴出去,并且下午我还有一堂,中午点了几课国文,点得高兴,一直到二点多才停止,看了一会打冰球,才去上日文。看了打冰球的就可以看出来中国人和外国人的体格,学生打不过修士神父们,外国人凶、快、强得很,学生较弱,精神也不强,半小时休息时,学生都去休息、烤火,可是外国人还在那里跑来跑去的打着玩,也不休息。晚饭后到学校冰场去溜冰,人不多,冰刀没有什么刃了,不大过瘾,几天没有溜,右腿练起外刃来,容易酸痛,不知是何缘故,溜到八点回来。近一星期老刘想见一个名叫刘月英的,是和他在一小学时相好朋友,可是长大了,嫁给他的大姐夫作填房,月英行六,命真不好,老刘想见她,见不着,简直是有点精神恍惚,真差劲,一来就要我给他想个法子,我又有什么法子想?我真有点怕见他面,怕他让我替他想法子呢!

1月13日 星期五(十一月廿三) 晴

今天过的日子,算是无聊透了。早上起来八点多,上了一小时中国现代文学,午后看了几本小说,下午又上了一堂日文,回来继续看小说,一会看完,晚饭后看些书即睡。

1月14日　星期六（十一月廿四）　晴

　　一堂电影似的英文堂过后,即是入冰窖似的体育堂,冰凉得很。又上了一小时现代文学,一堂的逻辑学刷他个整个的,穿棉袍骑车回家,老父仍是委顿在床上,心中猛的蒙上了一层灰色的幕布,老父什么时才健好如初呢!?

　　由于老刘的介绍决定去中央看电影,片子名是《武松与潘金莲》,是国产片子。一个人去,觉得无意思,去找庆华,果然在家,进去一看,他大姐也在家,一个名叫黄哲的也在那里,说了缘由以后,她二人(庆华大姐,黄哲)也要去,又等大姐烫头发,耗了老半天才去。以前黄哲和庆华不停的说笑,竟动起手来,闹着玩,真怪事,大姐看起来神气不大喜欢;今天她又有点着凉,老咳嗽。快三点了才去,得! 我本来想看前排也看不成了,后排都未必有地方。果然,到了一看,楼下已满,楼上空地也不多了,摸黑坐在楼上一角。人真多,简直是楼上下都满了。剧情很简单,潘金莲因苦闷,而要和武松好,武松未必不爱潘金莲,可是为了礼教的关系,所以杀了潘金莲,潘金莲说得好:"许多人都爱假正经","……武松,……我死了也爱你!""害死你大哥的第一个凶手是张大户,第二个就是你! ……嫁了你又矮又胖,又蠢的哥哥,偏偏又碰见了能把老虎打死的你……"一切都是由于情势环境所逼迫成的,喜欢武松,不能达到她的目的,所以不得不寻其次,暂时用那有几分像武松的西门庆的虚情假意的爱来安慰,她自己末了终于被武松杀死了。有的人同情潘金莲的遭遇与环境,有的人不同情她,按事实我同情潘金莲,但我觉得以情理来说,我是不同情她的。此片女主角是顾兰君,虽然不很漂亮,可是很会做戏,几幕表演的很是精彩,金焰有时真像个大傻瓜,面部表情很少,末了几幕和顾兰君的对白毫不紧张,以致那时将要杀人的凶狠紧张空气反变得松弛了! 更显得潘的理由入情入理,充足多了!

　　看完回来,步行到庆华家,去是我和庆华,大姐,黄哲四个人去看的,想不到会和他们一块去看,惭愧得很,袋中无多余钱,不然请他大姐了。回到庆华家以后,又和他们一大堆的小孩谈笑了半天,他们那一群真是心里毫无牵挂,一天到晚快乐的过着,大姐又搬出许多她的相片给我看,还有圣诞节她们一班

在学校照的"五世同堂"化妆相片,真是有意思得很,又看画报,庆华又点着本生灯烧玻璃管子玩了半晌,一直到八点二十分我才回家。又在他家打扰了一顿饭呢!

才进屋,便听说老父又吐了,冷了,还好,没有痛,真烦恼,方才一大圈的高兴被迎头击得无影无踪,安慰看视父亲一会,和四弟谈了一会,才知道今天下午他去中南海溜冰,碰见许多熟人,看见许多同学,他每天只知游乐,心中毫无牵挂,念念书,玩玩乐乐,哪里像我的环境,老早的就训练成我来应付世故人情,心里不时的要想到这,想到那,生生的从苦生活中去寻一些乐趣,可是暗影连一刻时间都不肯离我而去。片时的欢乐中,看见别人的欢笑,我就会联想到自身的悲哀,我自己有一种顶不好的毛病,就是虽是身在欢乐中,不定哪一阵子一晃,脑中立刻映出一幕与现在相反的景象,朋友相聚的时候我便会想到分离的相思的悲哀……活跃的,火一般的,快乐的青春,我是无福享受。家里的环境只允许我享受一些毫无意义的幼稚少年眼里所谓幸福的生活罢了!不过只是烦恼中挣扎出几滴欢乐的笑泪!

1月15日 星期日(十一月廿五) 阴(微雪)

又是九点才起,补写三天的日记,一上午就这样过去了,反正在家耳濡目染都是令人烦的事,总之,经济恐慌的情形非外人可能想象得到的。下午四弟五弟和伯慧、伯英、伯蕙去中南海溜冰,我陪爸爸妈妈,小妹在家待着听了会无线电,看看报,就这样子又过来了一下午。父亲的病转瞬一年了,今日一天都委顿在床上,毫无精神,半睡状态中过来一天,这病老人怎么办,殊令人忧急莫名也。晚饭后,小妹鼓起她的如簧小舌,讲了几个故事给我听,大家都笑了,小嘴巴顶会说话,爸爸最疼她多一些!

我想我最怕的,就是听病人或受伤的人的呻吟声了,一听见那种声音,立刻全身的毛孔都不自在,精神上受一极大的打击,难受极了。

1月16日　星期一（十一月廿六）　阴冷

作者读初中时与同学合影（前排左一为董毅）

起来以后，立刻紧张地收拾完毕，骑车上学校，老远的，早上很冷，路过庆华家还他借我的手电灯及他妹妹的纪念册。两小时目录学没什么大意思，下午两堂也很快的过来了，下课以后到图书馆把《梁任公小传》抄出来，已是五点三刻了，和大马一块吃过晚饭回来替老刘抄了一些论文。晚饭回来，听说李国良把一本《十万个为什么》借去了以后，我想起来，那里边还夹有两张庆华大姐送我的相片，于是急忙前去寻找，无一人在屋，找了四趟也未找着，无法留下一个条子给他，心里很是着急，结果待了三十分钟李兄亲自送来，恰好大马在那，要看是谁，结果给他看了，以后老王，老刘也看见了。老刘又问了我半天，讨厌得很，多无聊，奇怪吗?!

每次回家想对兄弟妹妹们温和一些，可是总不成，见了他们面，不自主的就收起了笑容，看他们一眼，立刻就感到他们受到了无形的拘束，弟兄们无甚欢乐，有什么意思?! 下次起来不摆颜色给他们看，和美的过一个星期日。

1月17日　星期二（十一月廿七）　晴

昨夜屋里不似那么热，冷一些，臭虫先生没有打扰我，幸甚幸甚。为了昨天庆华大姐的两张相片被同学翻出来看见了，于是又有新的开玩笑的口实了。下午没有课，犹疑不定是出去还是不出去，结果一赌气躺在床上睡大觉了。一

下午什么事也没有做,起来以后头有点晕,不大好受,晚上沐浴,觉得好一些,抄了会老刘的论文,今天心里很乱,家中情形会如何不敢想。

1月18日　星期三(十一月廿八)　晴

今天的课除了英文、目录学以外我都觉得无大意思,下午末一堂的文学也没有以前讲的能够引起人的兴趣了,回来接着抄论文,晚上老张来谈久之,至九时四十分始回去,我刚抄论文,后来临时又想起明天背国文《后汉书》上的《吴裕传》,赶快放下念,结果不会。倒霉的事,洗脸房没有热水,只好到一层楼去洗。

1月19日　星期四(十一月廿九)　晴

早上老早就被一个老刘及老王,吵醒了,一吹一唱,老生、青衣都来了,这是他们不想睡了,要是他俩要睡,门关重点,开灯,都不愿意,更别说嚷嚷唱唱了,不讲公德的两个家伙!一肚子气起来,谁也不理他们,洗完脸就上课去了。念了两堂,国文将就背下来了,可是到了,国文堂恰好没有叫我背,免得出这回丑,下次决定背他个烂熟。中午到图书馆把《左拉传》抄下来寄给庆华的大姐去,上面没有说什么,这次不至于叫她再挨一次训了。一堂日文上完回到宿舍去,休息一刻,到地下室打了一会乒乓球,许久没有打了,生疏得很,打了一会,很用力,竟出了一身微汗。

老刘本学期末了就毕业,在毕业以前,他请了几位同学在一起吃饭,聚聚,小意思,同屋三人,我,还有一位叫徐宗一(?)聂克中,林传鼎(福州同乡),大马,宁震,杨枪(恒焕),张思浚,刘厚沛,老王(树芝),济华共十一人,都是青年小伙子,起初都很客气,直到坐席以后,三杯酒入肚,吆五喝六以后,便赤裸裸的各自原形毕露,毫不客气地吃喝,全桌子人都划拳了。只有我和大马二人沉默地坐着,一直到散。吃饭的地点是西长安街西口西黑阳饭庄,十元一桌的饭菜却是不少,末了竟未吃完,大约八点左右方散,我因已在西单,就回家来住,其余分头各奔宿露,大半仍回学校睡……我突然地回来,大家都很奇怪,又听小妹们说了半晌的笑话才睡,家里总觉得冷。

1月20日　星期五(十二月初一)　晴

昨夜回来,小妹告诉我她今天去黄家,听说老三下午坐电车回家,碰见两个男子,看她打扮的很是奇怪,惹人注意,于是在电车上就显出恶意,在宣武门下车,老三雇洋车到下斜街,那二青年也叫洋车向她车指了指跟着去,一路走老三一路想,于是车走到了力家前门,她叫停住,下车,气的给了洋车夫多少钱也不知道,进了力家门,由门缝向外一看,那两个坏家伙也走了,于是她出力家后门,进我家前门,由西院回的家。她倒是聪明,不然一直跟到她家门口看她怎么办?! 我听了又气,又好笑,又可怜,气有这两个坏家伙,眼睛认不清人,好笑会有这种事,竟被老三碰上,可怜老三思想偏倚,老爱修饰。不客气讲装扮太小气,妖妖气气的,俗得很,以致有此结果。本来想今早过去安慰她一下,趁机可以劝劝她,可是继又一想犯不着,万一她并不高兴听那一套呢!? 那我不是自找烦恼吗? 有人追我了! 那骄傲的未经历什么的,目空一切的女孩子,想到这,还是算了吧! 省一些我的口舌和精神吧! ……回学校曾寄她的信未见回复,再想起以前待我的情形,真把她恨得牙痒痒的。真的,我的精神,时间,邮票,信封,信纸,就那么不值钱吗?

早上起来以后就一直去学校,上完一堂,休息一会便和大马一同吃午饭。回来半晌,张思浚兄突来,与老王一起,非拉我和老刘一同去溜冰不可,真不想去,抄一些论文做一点笔记休息休息多好,可是一半为了天气是真好,一点也不冷,一半张兄的情面不可却,老王答应请我,就去了,后来人愈来愈多,打电话给可同,答应就来,一会来了,再待一会,他的女友马女士也来了,一块携手溜着,让我看着怪眼熟的,可是我觉得马一点也不漂亮,为什么喜欢她?! 溜到五点钟,我就回校了。到许久未去的小桥吃饭,晚上吃零食,抄论文忙个不停,今日如果不溜冰,不是多抄一些吗?

1月21日　星期六（十二月初二）　晴

　　头一堂英文作文，没带纸，一点心情也没有，耗了一小时就完了，没作。又冻着上一小时的体育，一堂现代文学，第四堂逻辑学不感兴趣告假。看了半天的本校美术系同学与先生一同画的画展，大约有百余幅左右，斐然可观，都画的不错，只有少数稍嫌幼稚，西画组也很好，有一个叫白文鼎的，画的另创一格，画出来又像是黄昏时的情景，很好。中画多半都很好，虽是为赈灾，可是标价太高，买不起。中午抄了点论文，换了衣服骑车跑到 Rex（芮克）去看保罗穆尼主演的《左拉传》，个人表演确实是不错。院中十分热，空气太坏，人真不少，加价两毛，前排五毛呢！看完从旁边走，到青年会地下室，看打乒乓球，遇见张振华和杨杰、林宪义弟弟等人，打了一个 game，玩玩，桌台子很好。黄昏时回来，父亲今日下午又犯病了，只是胃没有疼，真令人烦透了，上礼拜即犯了一次，犯完了，人软得厉害，软得吓人，一回家心里就不会欢喜的。

1月22日　星期日（十二月初三）　晴

　　昨夜听无线电中广播的《二进宫》直至午夜方寝，故今日起稍迟。上午看看报，萨幼实老伯来稍坐，又与弟妹们打了会乒乓球，下午写了点文件，账折子之类，带小妹一同去中央看王人美，韩兰根，金秀衿，华志直，刘琼等出演的《离恨天》，不坏。何大夫六时许来诊父病，晚抄了同学朱君泽吉的两篇文章，看人家的确实是比自己的强的太多了，人家念的看的背的，记得的书都比自己多得多，典故也记得多，文章自然做出来好，自己肚子里墨水太少，文章怎么做得好？惭愧得很，把他的抄下来留作自己借鉴！今天想不到在中央电影院碰见了鲁兆魁和张汝奎二人，昨天下午想一定会碰见大姐，偏偏没碰见！

1月23日　星期一（十二月初四）　晴

　　余老头目录学讲了半天，又发了老半天的牢骚，又说这个不好，那个不成。

下午上了两小时也是无聊得很。天气倒是不坏，也不冷，比较起来暖和的多了。天黑的也晚多了，六点才黑下来，不像前几天五点半就看不清人了，晚上抄了几页论文。

1月24日　星期二（十二月初五）　阴冷

阴阴的天气有些冷，尤其是体育又冻了一小时，下午虽是没有课，可是也没有出去，尽量地抄老刘的论文，只剩下几页，总算是抄完了。可弄完了，这一学期一有空抄论文的时候占去大半呢！计算起来不下七十余页，可舒了一口气了，平均一页要用一小时那么久，算起来也要七十多小时，要是我都看了书也该看了不少呢！今天有点冷。

1月25日　星期三（十二月初六）　半阴晴

就属今天下课下得晚，五点才下课，声韵学无意思得很，逻辑学也无聊，可是要考了，听听也罢了。目录学因其无一定系统笔记，材料复杂，所得无几，英文更甭提了。今日末了，一小时的文字学讲到鬼字，先生就讲了两个鬼故事，听起来也相当的紧张有意思。

1月26日　星期四（十二月初七）　晴

国文作文今天是最后一次了，过了下星期就要考了，今天已把大考表贴出来，星期五无考试，星期六又考一门，真讨厌，今天数了数，论文共七十七页，拿去订。吃完饭到鼓楼后门大街走了一圈，回来佟佟告我，父于昨夜又一次犯病，我听了心中十分难受，此病不知为何缘故总是不除根，真是奇怪，听了以后心里不好受半天……连着几天心里总像有点惦念着大姐（剑华），不知是何缘故……自己警告自己，不要胡思乱想，不要把自己再加上双层的烦恼吧！如果是父病好些，好了，就是家中经济拮据一些，也是心里比较痛快一点，否则面上虽是很高兴，心中终难欢乐的。

1月27日　星期五（十二月初八）　晴

因为昨夜听了侄侄报告，父亲又犯了一次病，所以决定中午回去看一次。十一点半回家，路上遇见李培，谈了几句，回家一看，父亲说不要紧的，待了一会，弟妹们都回来了，一块吃过午饭，本来下午四点才有课，可是文学史先生却补习两小时笔记，二点又上课，只好走了，赶回来恰好尚未上课，抄了两小时笔记，又上了一小时的日文。

（昨天打电话给庆华问他，原来上星期大姐她去 Rex 了，因为去晚了，所以没有看见，还有庆华那天也去了，还下楼来找我也没有碰见，来晚了只好坐楼上）。晚上看了几页小说和画报，也没看什么书就睡了。宿舍地下室下半年不许住人，并须交五元，同学不干，在地下室吵，敲水管子，吹喇叭，吵了许久。

1月28日　星期六（十二月初九）　晴暖

连着几天天气真好，尤其是今天更是觉得可爱，太阳晒在人身上暖洋洋的，好像是天知道今天是我的生日似的，安排得气候这么合适，令人觉着舒服，（自然不是为了我的生日，天气这么好，而这样写下来，自己骗自己，看着也高兴，反正天下自己骗骗自己的事情太多了，偶尔开开这么一个小玩笑，也不算什么!）上午只上了三小时，第四堂先生未来，一哄而走，提早一些去吃饭，回来打了一会乒乓球，换了衣服就到真光去了。到那尚未买票，等了半天，今日是头一礼拜，规定好了请华子的日子，一共是七个人（马永涛，华子，张思浚，宋毓瓒，刘厚沛，王树芝连我），掏出伍元一张，后排七张，神气得很，片名是《龙凤呈祥》，男主角纳尔逊埃第，女主角爱莲娜鲍蕙尔，男主角面部缺少表情，女主角表演尚好，这场全满，女孩子去的不少，美丽的也不少，老王眼都直了。散场以后，我们七人一同步行至王府井大街同坐，摄了一张合影，老马因要去协和找他哥哥有事，所以不能参加。我们六人一同杀奔东安市场，各事周旋即直往东来顺楼上，吃喝完毕，已八时许，又绕了半天的市场，他们又陪我去国货售品所买了一条麻纱手绢,代价三毛大洋,又绕一会,大家便即分手各奔宿处了。回来把今日下午经过,又据实报告给爸爸妈妈听,弟妹们都用羡慕我似的眼光望着我。照规矩又在祖先堂前拜了,给妈妈拜了,父亲在床上不好拜,等下床再说吧!到西院走了一趟,大哥未在,回来直困,也许是喝酒了?累的?我生日,半天快乐的生活在睡乡中去温习吧!

1月29日　星期日(十二月初十)　晴

反正哪次回家也没有闲待着过,我自己倒没有做些什么事情,连一礼拜的小报都没有看完,多多少少总是有点东西给我写,从父亲那方面,照例今天一上午又写了点。午饭后即骑车去找趟祖武,因彼亲戚陈志刚君告我,祖武今日上午回来,兴高采烈跑到一问,已出去,后又至叶于政兄处,果然正在那里,三人见面之下高兴得叫起来了。青年人真坦白,那一刹那,我们三人的心境是无法形容出来,我一进大门,于政叫起来"来了!"一进房门,祖武跑过来和我热烈的握手,微笑挂在脸上!互相谈说个人学校的轶闻笑话,生活状况等等,十分融洽,好朋友们久别重逢心中的快乐是不能形容出来的。谈了一会,于政要来四圈,经我二人极力反对,又只三人未能成局,又聊,刘纪常(与于政是表兄弟)突来,坐顷之始去。我们是又笑又说的一直到四五点才散,仍是依依不舍的劲,于政这家伙,学问可算是不错了,行动不免喜欢摩登讲究些,他会喜欢上了 miss ma,我真替他可惜,并且他还露出口气,要在明年下半年转经济系呢!我可不赞成,但望他能贯彻始终不变宗旨才好,赵君因其亲戚陈志刚去找他,他们有事去了,于是我就独自去找王庆华,一到那里王也去了。一块谈笑半晌,小孩子真多,大姐也出来和我们一块谈笑。他们隔壁有一个才四岁的小女孩子过来玩,她会背圣经,背圣歌,知道上帝在哪生的,圣母是谁,庆华问她"我要打你左脸,你就怎办了?"她不知道说"我再给你右脸",就不假思索地说"那我就笑了!"当时她说完以后不由得我们全体大笑,有的笑得打起折来,有的笑得直不起腰来,她却圆睁两只小眼睛,满脸上莫明其妙,不知是怎么回事的神气。那种天真无邪的聪明小样,真是可爱得很,可惜她家里信什么外国教,把这么小的一个孩子就训练成满脑子这些无用的东西!谈得忘乎所以的

北平日记

时候又在他家吃晚饭，和他们的父母等一同在北屋吃饭，大姐和我挨着坐一块，吃着时又说笑，吃完大姐就回校去了，我和王贻、庆华、治华谈了半天，约九点才去。我又在西单买了些东西回家。到家说说一下午的经过给老父听，解解闷，睡下已经十一点多了。

1月30日　星期一（十二月十一）　晴

一大早往学校跑，够瞧的，头一堂英文刷了，走到半道碰见大袁往回走，一问原来余老头告假了，得！一上午没有课了，到了宿舍碰见赵君德培，一同到李君国良处谈了一小时，回来自己在宿舍待了一小时，下午上了一小时日文和一小时的声韵学，遇见陈志刚说今天祖武上午来辅仁，没有碰见，下午下课后在宿舍中打字，想把"When love comes my way."这题打下来，晚上做些零星事就睡了。

1月31日　星期二（十二月十二）　阴冷，有风

昨夜下雾，今早空气和地下室都很湿，有些冷，上午四小时以后在乒乓球室玩了一小时，午后到平安看妲妮黛尤主演的《巴黎尤物》，脸相当的漂亮，可是太瘦了一点，也不肉感，还将就，可惜我是一个人去的，无什意思，回来到胡鲁生洋行，虽然减价，还是贵，东西我需要的很少，而且货色也不好，货也少了，不好意思白进去，买了一条白背心出来，七毛大洋换来的，够贵的了。晚上写些笔记，昨晚得向云俊寄来的信，内中有一张是许久没有接到的庆昌来的信，真是高兴极了。

学校里一切都舒服便当，就是有一样讨厌，有臭虫，每天咬得人不好睡。气管子热了，臭虫也出来，可恶极了。

2月1日　星期三（十二月十三）　晴

头一小时没有课足睡，可是老王和老刘这两小子足吵一气，哪里睡得着，

20

中午把现代文学笔记抄完了,下午把文字学及声韵学都结束了,英文也没再进行了,晚上老张来聊天,一直到九点半才回去。

2月2日　星期四（十二月十四）　晴

　　文学史今日结束了,国文聊了半堂,讲了一点书,第二小时没上,午后日文我告假,饭后休息一会骑车到北海旁团城内古学院取回津贴二十元,到庆华家,二金(大信,大智),祖武,庆华都在院子里等着我呢。我到后于是就一同去进康球社打乒乓球,玩两小时许才回来,又在庆华家待了一会就分手了,回家来说这个,呼那个,说个不停,黄昏时又来了一个姓王的,替铸兄带回来三十元,晚上写点逻辑学笔记及看些别的笔记。

2月3日　星期五（十二月十五）　半阴晴

　　从从容容在家收捡好了一切,骑车上学校来,路过黄家门开着,于是走进去看看,一则许久没有去了(大约有一个月左右吧?),二是今天有些时间,三是平常门总关着,我也懒得叫门,怕麻烦,也怕惹人讨厌。今天进去一看,我还以为小弟们放假在家呢,没想到只有表嫂和斌在家,谈了几句无关紧要的话就出来回校了,斌已放假。上了一小时课,回来给同学,铸兄们发了几封信,下午无课,抄笔记,看笔记,晚饭后看些书即休息了,老刘的论文出了一点麻烦。

2月4日　星期六（十二月十六）　晴（昨夜下雪）

　　都快立春了,昨夜又下了一场大雪,和这几日暖和的天气比较起来自然是冷一点。上午只上了二小时的课,那二小时都不上了,先后抄了些东西后骑车回家,绕道到东城取回相片,照的不太好(合影),走前门西河沿来。今天突然又冷得很,小风尖利得紧,风吹得凉甚,顶着小风,加上道路泥雪混杂,费力得很,骑车显得很轻,到家满头大汗,休息一会,抄了一篇文章,和四、五二弟玩了一会乒乓球。晚饭后四弟清唱了一会戏,有些句子很够味,看会报和笔记

北平日记

等,就睡了。

2月5日　星期日(十二月十七)　晴冷

　　一上午乱了半天,把院子雪扫扫,出了一身微汗,很是舒服,看了会声韵学笔记和报纸,午饭后把方桌子漆布换了,才回校去。顺道去找王庆华,这小子和王贻一块出去了,没有找着,真差劲,不等着我,在他家耗了半天才走。大姐这星期也没有回家,回校路途上到古学院送了一封信,由北海东夹道回来近得多,晚饭后看了会英文和文学史。今天、昨天除中午较暖以外,其余时间也够冷的。

2月6日　星期一(十二月十八)　晴

　　头一小时就考英文,题目不算太难,只是后边的几个问题,答得差一点罢了! 但总可以考及格了,目录学无法预备,当堂做了一题策论式的文章,下午考声韵学,也很容易,一天就过了三门。如果这样连着过三天,就可以考完了,偏偏要考一礼拜,真是烦得很。下午考完回来看文学史,预备明天的考试。今天下午刮风有点冷。

2月7日　星期二(十二月十九)　晴

　　文学史在许多同学的喻喻声中,胡乱的答了下来。头有点不舒适,在椅子上,挤得要命的坐着,用毛笔写字答卷子,这事真不习惯。字写得很潦草,可是没有法子的事! 体育也很容易,考的大半我会,下午无考的,本来想出来玩去,可是有点风,打电话给庆华,这小子简直要被大、小二金子迷住了,每天见面,连我叫他和我一块去平安也没有一定,一生气我也不去了,庆华好像是和我疏远了呢! 听治华说他最近又买了一辆新自行车,花了几十。治华很好,他说我管不了他,也管不着,他爱干什么就干什么,我有车骑就得。由这几句话看来,治华比庆华强,庆华比治华能花钱会玩,治华还知道点念书呢! 庆华值此时期

22

还是瞎花一气,不知钱来之不易。下午思浚来,稍坐即去,带来八册《海外缤纷录》,看了几册解闷。晚上看会书,想不到下午接了令泓一信,叫我替她女友介绍一个男友,晚上回她一信,告诉她如果急的话,在本星期六去真光看电影就介绍了。灭灯后尚看书,至十二点左右才睡。

2月8日　星期三(十二月二十)　晴

九点左右才起床,十点去考逻辑学,先后到护国寺庙会陪济华走了一圈,到了四点考文字学,晚上思浚处送来两册画报,看了会国文写日记后即睡。晚饭吃炸酱面吃的较多,胃甚不适。

2月9日　星期四(十二月廿一)　晴

上午十时考国文,不甚难,答的还满意。下午考日文,马马虎虎,考完日文出来听见篮球场有球声,一看原来是大马和老刘在打篮球,于是进去打了一会,有一会子,我抛的很准,一下就进筐去了,打得兴起,大马又借了一个排球来玩,打了半天,半说半笑地说我下半年可以当校队,笑话,比我打得好的人多得很呢!玩了半天,出了一身汗,大马请客喝了一大瓶酸梅汤。回到宿舍,老王和厚沛告诉我适才令泓打电话来找我,于是我又打电话找她,说了一会,原来她那女友又不愿找男友了。女孩子的心理瞬息万变,这种事不管也好,晚上和大马下了一盘跳棋一盘象棋,都是我胜了。一会老张(思浚)来了,谈到九点三刻才走。今午帮着老刘收拾东西,心里不好受,他已毕业,这星期六或星期日就回天津去了,再见面不知在什么时候,虽是只同屋住了半年,感情却不算坏呢!而且下半年屋里没有了他,免不了少了许多生气,不热闹了,沉默多了!生离!唔!

2月10日　星期五(十二月廿二)　晴

今天一天没有考的,早上起来,收拾些今天预备带回去的东西,包好以后

下楼理了发，就骑车回家来了。在家待到五点，和四弟打乒乓球耗到那时候，到学校已是快黑了。快六点了，进屋一看，一人没有，老王冰鞋不在，预料一定去溜冰去了，于是拿出冰鞋来，一直也奔学校的冰场去了，果然老王和老张都在滑冰呢。国国也在，还有些熟人，老张先回去，我、老王一直到七点半才走，一同吃了晚饭，回来在屋中聊了会。因为滑冰今天也没有洗澡，在大马屋待了一会，什么也没有做，一直到来了灯，华子才回来，大马先说老刘不回来，我说他会回来，果然回来了，明天他就回天津了，今天算是最后一次和他同屋睡了，谈了半天，迷迷糊糊睡着了！

2月11日　星期六(十二月廿三)　晴

七点半起来，帮着华子把他的行李收捡好，我也把我自己应带回的东西包好叫老马拿到行佺屋去，赏了老马和门房老刘、老张的钱，立刻笑逐颜开，对你又是一番的面孔，噫嘻！但也难怪，半年才盼到这么一回呀！十点到十二点考完中国现代文学，到小随园和大马，华子，老王一同吃的午饭，吃了一块多，回来一直耗到两点多。因为我和泓约好今天下午去中央看《复活》，是前天在电话中泓约我的，因为那时候，华子说是星期日走，所以我答应了泓，可是到了星期五，昨天他又变卦了，决定和老王一同走，于星期六今天回津去，我本想送送他，但因与泓有约在先，没法子。他一劲催我去中央，到两点多，他尚未去车站，因车四点才开，我只得走了，心里却是十二分的过意不去，以致我去会泓的兴头也减了一半，到了中央一进门，我就看见泓了，她也才到，和她同学一块去的，她虽在前排有了地方，可是没有我的地方，于是她就出来换了票和我一同坐在后排，在她换票时，想不到，突然王家大姐也来了，我只得上前招呼了她一声！后来泓换完出来，我只好先陪她到后排找好地方，无巧不成书，偏又碰见了刘曾华和刘曾履，也不得已招呼了，后来王大姐进来，东张西望好像在找我，只好过去，请她向我这边来坐，她碰见一个她的同学在最后一排，有一个空位，她和我说“太远，不坐”，还是跟我走，脸上满是高兴的样子，后来看我和女的在一块，就又说太近了，坐在我的后二排，和曾华在一排，后她又嫌一人太闷，打电话叫来一个同学一块看。不然，如果不是和泓一同坐着，她不是和我一块看了吗？后来我回头和她说了几句话，她脸色远不如刚才自然，冷冰冰的了，散场以后我即和泓分手，和她也没有谈什么！我今天看这第二次《复活》，心里乱得很，因为今天遇的事情太乱，是我想不到的了！回家来休息，十点左右即睡。

2月12日　星期日（十二月廿四）　忽阴忽晴

董毅上辅仁大学时留影

昨夜心里乱极了，于是写了一封信给华子，道歉昨日下午没有送他，一半还告诉他昨日下午我所遭遇的事情，今日一早自己跑到远智桥寄去，回来顺道到许久未去的孙祁家去找，未回来，和孙湛谈了几句即走。下午去庆华家待半天，大姐还好，今天见我态度没有什么异样，可是我自己却觉得很不自然，一会她骑庆华新买的自行车（男子骑的）竟去太庙了，我也想去溜冰，于是就招呼治华一同到金大信家取了鞋。太庙人真不少，可是黑的厉害，冰和雪花酪差不多，碰见不少熟人，郑夔，孙祁，索颖，大宝都在那！我们俩看见冰如此坏，就不下去，找着大姐和徐伯伯一块去青年会，临行看见索颖，和她点点头，她也向我点点头，有点害羞的意思。到了青年会溜进来，起初只有十余人，不一刻，嚇！人多如虫蚁，小小的一个场子简直是全满了，大姐碰见她同学在一块滑，我也遇见许多志成旧日同学唐振鹏（未滑），王燕沟，王燕堉，王杰臣等，本来是和治华约好六点半回家，谁知大姐瘾上来，老不肯走，一直玩到八点左右才走。沈祖修（老二）在场中大滑其花样，为人所注意，甚出风头，快走的时候，大姐和我挽臂溜了两圈，出来徐伯伯请我们一同到五芳斋去吃饭，谈起来才知道徐伯伯在浙江兴业会计课办事，提起来父亲的名字他知道，并且还认识九姐夫力舒东，今日一照面，就打扰了他一顿饭，怪不好意思的，今天算是沾了大姐的光，因为昨夜大姐请徐

伯伯在市场大鸿楼吃包子来着。吃完饭出来,已是九点,三人买了三个灯笼骑着回来,大姐骑的还是很快,胆子不小,骑术也高,到了大栅栏口才分手。到家已快十点,十一点左右才睡,又玩了大半天!

2月13日 星期一(十二月廿五) 半晴

昨日的行迹都是前天夜里打好的腹稿,今天不打算出门,也是昨夜预先想好了的。早起来,到午后四五点,都是大半消磨在报纸和整理旧画报的工作上,没有做什么事情,未做作业也未出门,四弟,娘,小妹都去土地庙了,我也不想去,只在家闷呆着,晚上写这几天的日记,今天寄一封给庆昌的信,得孙翰来一信。

2月14日 星期二(十二月廿六) 上午半阴半晴,下午晴

早上起来洗脸吃过早食后,看看报,听一刻无线电,一晃就又是中午了!我总觉得上午比下午过得快,下午老不黑呢!上午没有做什么事情就完了!午后无聊,到刘曾泽家玩,就他一人在家,玩了半天乒乓球就回来了,下午的天气真好!大半都是出去玩去了,只是我在家里待着,觉得十分无聊,也不觉得什么地方可以值得去,没有什么兴头出去玩,在家又闷,走投无路真不知是怎么样子才好!晚上想早点睡,还是十一点才上床。家中多一病人事情多出许多。

2月15日 星期三(十二月廿七) 晴

这一上午跑了不少路,先到上海银行,次到浙江兴业,和沈范思经理老伯谈了两句,并同在王家认得的徐伯伯谈了会话才走,到源利银号把爸爸中的三角换了两张奖券,又到盐业取回折子,到交通去取丁统一公债利息,说是又改变了办法,还得等半月,真是讨厌得很。又到商务印书馆和朱老伯谈了两句才回家,提起今天走的地方好不神气得咧!可是我一不去各银行银号存钱,也不

买东西,穷光蛋一个,哈哈!好不可笑,真是瞎忙,瞎跑一气。午饭后妈妈去五弟小妹学校赴家长恳亲会,我一人在家陪父亲。写了几张大字,五点多到许久未去的黄家看看,稍坐即出,表嫂和斌皆未在家,才出门碰见斌坐车回来,我低头先未看见,后来看见已过去,斌未招呼我,不知是成心还是真未看见,我也未回去就回来了。上礼拜五,中午我回来在西单碰见斌,下午回校,在下斜街又碰见斌都未打招呼!不知是没有看见我还是不愿理我了!前天夜里,灯下小妹问:听伯英说,斌和松三好,我和泓好,这事是真的吗?我在问我自己!当我听见此话以后,哼!(晚复孙翰信一封,与光宇、树芝各一片),斌若是不理我,那倒没有什么!我才不像以前那样傻,还去将就她!摆的那份臭架子!不理拉倒!夜得华子一信,立复。

2月16日　星期四(十二月廿八)　阴雪

睡过久了,九点才起,懒甚,这些日子也不知是为了什么?既懒得出门,又懒得看书,许多要看的书,都还没有看呢!一上午看看科学画报,先后听了会无线电,闷甚,又下雪阴天,精神不佳,给五弟小妹送衣裳去学校顺便去找祖武,他去理发,洗澡,找到楼上谈了几句就下来了。没地方去,就姑且到郑家走走,许多日子没有去看他们了!和三哥谈了半天,他们家也在预备过年,乱糟糟的,小孩们却很安闲的在一旁坐着看书,维勤和克昌去太庙溜冰,不在家,我就和大宝谈他们学校的事及孙祁、索颖的故事,说笑半晌,一直到黄昏才回家,一下午又在谈天中过去,原来郑雯和索颖不大好,说了许多在学校中闹别扭的事,小孩子气不小。下雪以后在大街上绕了一个圈子,闻闻清新空气,精神好一点。

2月17日　星期五(十二月廿九)　阴

阴的天气,可是一打开帘子,耀眼生光,反映到屋中也够亮的,可是不见太阳光,一上午收拾祖先龛挂画,足那么折腾一气,一点歇着都没有,瞎忙一阵,反正在家招呼一切,待不住。午后正要去找孙祁一块玩去,正好他来了,于是

一同去太庙溜冰。才到,索颖也来了,原来他俩约好了,郑奎也去了。和索颖招呼以后即下去溜,孙祁却不好意思立刻和索颖一块溜冰,老和我们在一块玩,不一会大宝和二宝突然来了,孙祁又教一个男孩子溜外刃,教了半天,我问他那人是谁? 不言语,后来大宝拉我和她一块滑,据她说那人原来就是索颖的弟弟。郑奎这人也真绝,人缘太坏,无论哪一个女孩子见了他都有点讨厌他,据大宝说王淑洁也不喜欢他呢! 今天大宝总拉着我一块溜,不愿和孙祁及郑奎溜,一共一块玩了三四次,溜得我满身是汗,和她一块溜费劲。索颖现在脸也大了,见人也不再低头,也有说有笑的了! 今天还和大宝闹着玩,打到我的身旁来了,临走时大宝说"想不到今天二叔会来了,今天溜的真过瘾。"可是她过瘾了,我也累了,汗出的不少。晚饭时铸兄由保归来,旋即出门,少顷,父又犯病发冷呕吐,九姐过来,坐约一小时始去,父病不知如何方好,真令人焦急,不知所从也。

2月18日　星期六(十二月三十)　阴

今是阴历年三十晚上,早上把画什么都挂好了,又这个又那个的也不知道干了多少零碎事,自己什么正经事都没有做。下午出门去,找了庆华一块去看电影,大姐割扁桃腺,住了五天,今下午才出来,还和我在电话中说了两句话。我和治华骑车先去,一到真光已经满了,于是又到平安去看《苏黎世运河》,楼下已满,我不愿坐楼上,等了半天,楼下有一张前排退票,于是就在前排了。片子可以算是有点历史性的,是描述法少年雷塞布情场失意及开发苏黎世运河的艰难,在困苦中奋斗的经过。此片系由泰伦·宝华、罗伯·泰扬及安娜·蓓拉五人主演的,由此片更证明了坐实了我从前以为的那样主见,就是一个人一生中最难得的是朋友中之知己,而一个既可以帮助,又可以安慰鼓励你的女知己更是难得,此片即是初雷塞布和尔郡主爱悦,被拿破仑所夺,后雷父又被拿氏所害死。雷父死,爱人被夺,昔日欲开掘运河之雄心大志,顿时心灰意懒,幸有一女知己唐妮在旁鼓励其志气,寂寞失望破碎的心都被唐所安慰痊愈,而得继其伟志雄图,卒成影响全世界人类生活、文化、交通等等空前工程,埃及之苏黎世运河沟通红海,绕地中海。我受此片感动不少,尤以末尾由其被夺去其所爱之人授以奖章奖杯,心中不知作何感想。此片摄制实够伟大,大风一场十分逼真,与《南海潮》不相伯仲,不知如何摄得?安娜蓓拉出场时在沐浴,够动人的了,作男装,顽皮好弄,举动甚似男孩子,很好玩,后改女装不如男装美。归来购许多东西到家里,即上供,拜祖先,又辞岁,照规矩表演一番。晚过九姐一家,九姐夫无线电改可听短波,听至十一点许方归,但因声音太乱听不清。

2月19日　星期日(正月初一)　晴暖

大年正月初一啦!屋子摆的收拾的比较整齐,早上上完供以后,老没露脸的大哥出来了。互相拜过年以后分手,每年皆来的老陈和孙宇安也来拜年了,两个诚实憨厚的好仆人,两院收拾的也满好,像过年的样子。午后,从前在高一时教过我的陈先生和现在是春明中学校的校长陈灼孙突然来拜年了,和他们谈了会才走。今年头一个来家拜年的是斌和她母亲,斌穿的是一件白底蓝花长棉袍,夹大衣,长头发,没有烫成要飞的姿势,脸上也没有涂那么紫红,红得那么怕人。还好,坐了一会才走,下午我去真光碰见王家一家子,小孩都去了。真光片子名是《飞航壮史》,是人类发明飞机到现在的小史,可是剧情弄得很乱,不太动人,有几处不合逻辑,譬如甲飞机掉海里,怎么那么巧一下就找着了。末了情形也和说明书不相符合,且女的显得那么老,男的一点也不显年老。总之没有《苏黎世运河》好,但给人一种创造苦干,奋斗向上的精神,鼓励并暗示人以勇敢勿只顾安适于快乐幸福中。归来一看,原来维勤、孙祁早就来了,和小孩子们推牌九玩,一直到我回来,孙祁回家吃年饭,维勤留在家中一块吃,饭后少顷,孙祁又来一块玩,到十点方始散去。

2月20日　星期一(正月初二)　晴暖

今、昨天气都那么好,只是下午有点小风,别的没什么,据说昨日下午力家几家全来了。今日真是我拜年的日子,早上早餐后即去力家九姐处,二太处,看见八姐回来了,并且有喜,已是 MORNING,果然一看就不像是一个处女,胖多了,明显的身体也宽起来,一切书中所述孕妇的象征都在她身上表现出来

了,谈了一会南方的情形就到大嫂处,大嫂不在家,与伯许谈了一会,伯许很美。又到陈大姐处稍坐,又至六嫂处,转了一周以后,到隔壁刘家,再到黄家坐了半晌。斌今天又换了一身衣裳,粉搓了不少,胖了似的,一笑眼睛就小了,坐了一会即回来在家待了一会,郑夔忽来,谈顷之,又同过黄家,后孙家、力家,四大人去黄家,屋小人多,我即归来。午后骑车去找春明,未在,留片而去。到王炎老伯处稍坐,鲁家亦在吃饭,谈了一会即出来,又到祖武家谈了一刻,到强表叔处去,因病拒见,闻说甚重呢!可怜!老人多病!陈书昆老伯处亦未在,留片而去。末了,到小酱坊胡同郑家,孙祁、陆方俱在作竹战戏,我甚不喜玩此,无法,只好敷衍他们玩了一会,我即叫四弟代打,大哥亦去,稍坐即走,四圈完后与四弟即归,本留我在彼处用饭,因父在望我早归,遂回家。昨日看完电影又在庆华家稍坐,与其弟妹谈天,其妹因扁桃腺炎不成声,二妹昨日打扮得真美,妹俩都是瘦点,胖一些也许更会美一点。今天走了十多家,算是我拜年日子吧!

2 月 21 日　星期二(正月初三)　晴暖

一上午糊里糊涂过来了,下午 2 时许和四弟一同到郑宅去,一到那已经有了不少的人,大宝三同学,王淑洁,索颖,还有一个很皮脸很讨厌的那么一个叫什么檀美的,由郑家到宣武门再雇小毛驴,我因为和她们女的在一块,一定跑不快,觉得过瘾不了,可是因为许久没有去白云观了,乘这个热闹和他们大家一块去看看,所以骑着自行车和他们一块出西便门。到白云观一看,一切热闹的东西摊都收了,原来四点就关西便门城门,好冷落的紧,一看表快四点了,不好,大家开跑,于是一齐开始和自己的腿过不去,女孩子们不知是装的还是生来比男的娇弱,跑得一个慢,好容易警察开了一条缝在等我们,她们一到城门就怪声娇气的叫累死累活。一路走回来又说又笑,又打又闹,大呼小叫,令人注目不已,后来我提议把索颖拉到孙祁家去,索颖本人倒是没有什么,别人似乎不甚愿去,一路我引领他们到了孙祁家一阵说笑喝茶乱过以后,天已黑下来了,孙祁母亲,孙翰母亲也进来了,大概一半是瞧人多凑热闹,一半是看索颖,那也就不得而知了。结果待了约有一小时左右,即各自回家,孙祁可是又约我

北平四牌楼

和行俭饭后去他家,饭后去已经是九点多了,到了一看,维勤,陆方又回来了。于是开始竹战,五人连做梦,结果四圈完后已是十二时半矣,郑维勤与陆方二人是夜即宿于孙祁处矣,可谓好大的瘾头。

2月22日　星期三(正月初四)　晴暖

早上睡到九点多才起,指导一些弟妹们的寒假作业,午后到王庆华家,到了一问,原来治华和他出去了,大概一会就会回来。和他大姐谈了一会就回来了,一位什么杨太太,他们母亲的朋友,大姐拜年给她两块,被治华庆华二人知道,非和大妹分不可,嚷闹了半天才解决,好不热闹。我和庆华骑车先去芮克买票,路上遇见曾泽,一路谈到真光分手,他去真光。未到芮克(Rex)以前,就遇见熟人,告诉我说早就满了,到了一看,可不是,听说中午十二点买票,一点半来还有买不着票的,我们两点多了才到,更不用想买着了,等着治华他们,一等就是快两小时,才慢腾腾地来了。一个大姐的什么同学叫孙毓秀的,在卢木斋家作家庭看护,和卢木嵩两个儿子同去看电影,和我们一处谈笑,这两个木斋的儿子是孪生,长得太像一个人了,猛一看简直就分不出来,现在崇德高三,这两人性情沉着幽默得很,说话也很隽永有趣。第一场看不成了,于是大家到

东安市场绕圈,碰见徐伯伯,一块走,绕了约有一小时,又回到芮克尚未散场,这一等又是一小时左右,闻人说程砚秋来了,没地方去了,小梅兰芳,李世芳也去了,在我们前边站着等第二场,瘾头也不小,散场以后这个挤!男女也不顾了,挤得几乎出不了气。碰见已嫁的陈德滋,初中同学,不认识我们了,也没理她,坐的后排大洋一元呢!可是又是人家请客,一见徐伯伯就叫人请客,真不好意思,惭愧。片名是《侠盗罗赛汉》,埃洛尔佛林和欧利文狄·哈葳兰主演的,哈葳兰饰演的女主角不美,男主角埃洛尔佛林确是英武得很。箭要是真的,射的可够准的。全片几乎可称全武行,看得是相当的过瘾,散场已是黑了,和庆华一同骑车先归,晚上得津市老王来一信,没什么事,说老刘在旧历年前就去东北了(二十八日)。那我第二封信不知他收到否?为了生活,又赶奔到东北去的两人。

2月23日　星期四(正月初五)　晴暖

今天一天没什么可记的,大年下的,中国商店因为积习,差不多仍未开张做买卖,大街人似乎较少,大半多去娱乐场所和庙会去玩了,熙熙攘攘的,不是去拜年就是玩去的多,下午跑了一趟北海团城,上次交的两篇文章被一个张姓工友送到院长家去了,古学院没有接到,所以当时没有派出酬金来,经我交涉结果,应允调查后再说,我即先回,白跑了一次,真倒霉。到王庆华家待了一会,他们小孩在和一个从前用了很久的老妈子在竹战,借了几张话匣片子,回来唱,晚上却被刘曾泽来借了一半去唱。晚上父亲无缘无故的又犯了病,冷的表情和呻吟声及冷后软弱无力的样子令人害怕,真是令人烦透了……烦!终夜侵袭着我。

2月24日　星期五(正月初六)　阴冷

一早上就到九姐家去,请九姐打电话,因前天上午听李石芝说萧龙友好。想请萧龙友来给父亲看病,一到那,九姐说电话已打,石芝三哥已允代请萧龙友,回家来顷之,李石芝忽来,谓其意父病非一二剂药所能就好,老年人只在于善自保养,且我(李自称)亦非直接与萧相识,间接认自一王姓者,至于减低报酬的话未能办到。只是一大夫,无论他多好,初看几次也是试下药,如果萧多试几次尚未正式治好,我们已经数十元出去了,多不值! 而且萧年岁不小,有烟瘾,家庭经济状况又很好,不愿出来与人看病。还有一层,如果说北平萧最好了,萧看的万一再不见差,我们还请谁来呢!? 所以我(李自称)意先请刘幼雪来看,不行再请萧来,我和九姐听其意甚佳,于是从其言,石芸又亲自进去与父言,骗他老人家说萧去津,先请刘亚农(幼雪)来看,父首肯,于是我即去请,下午四五时来,谓父病不重,不过样子吓人而已! 一月内可大好,今日我本约郑大宝二宝来玩之日,今日五时许他们才来,孙祁、维勤、陆方等人可不少,小孩尤多,孙家的,黄小弟等拿着刀枪在院子耍弄,他们来了,也没有什么玩的,聊了半天,吃完我所预备的东西就开路。我起初以为他们不会来了,来得快,走得快,我也很欢迎,就是因为屋里有先生,在给父亲看病,哪还有心情去照顾他们玩,心里那时乱得很,黄昏时又出去,买药回来,拿老父吃。连日天气极好,暖如阳春,今日突阴冷。

2月25日　星期六(正月初七)　晴,有风

虽不阴,有了太阳,可是不见得有太阳就暖和,有微风,上午到孙祁家打了几处电话,和久未见面的庆璋小友谈了一会,庆璋又提到斌。说起来也奇怪,也许是为了我住校不常见斌的缘故吧!? 最近一两个月几乎可以说只见一二面,相处的时间没有持续在一刻钟以上过,见了她怪不自然的,没什么话讲,不像暑假的时候,恨不得每天见面谈谈,至今想起来也好笑,也不知哪有那么许多话可讲的,现在她找他的同学朋友去玩,我找我的同学,除了初一初二见了二次面以外,即未再见着,大概她总不在家,老出门的时候多,就是有时自己觉得她现在或者在家,可是又不愿去没有话谈,僵了多没意思,于是一直到现在尚未见着她。无缘无故不知不觉之间,似乎显得生疏了似的,她们也不常来玩了! 实际讲起来,最近一二月,虽然不时和舒通通信什么的,可是说良心话,对不起! 舒,我并不怎样喜欢她,主要原因是性情不同,我比较好动,她好静,嗜好不同,我爱看电影,她喜听戏,这怎么能在一块呢!? 还好,暑假以后,毕业分

别以来,只见了一次面。庆华姐姐我以大姐姐看待,且她也以小弟弟待我,黄和我现在变成半生不熟的了,而且种种关系,也不允许我和她怎样再亲近,并且我不满意不赞成她那特别的、有点骄傲的别扭性情和俗不可耐的修饰,故如今我可以说是没有女朋友的。再说男同学,像不时见面的王麻子、沙果等不过就是认得罢了,不会有什么互助的交情,新认识辅仁这一群更谈不到,老刘比较好一些,可是又毕业,远去东北了,庆华马马虎虎,别的差不多就是那么回事,不是比我差的,就是和我差不多,将来能否助我尚不可知。比较有点钱,我又讨厌他们那股子神气劲,不会吹牛拍马,只是朋友而已;比较好一点的,就算光宇,祖武,于政,庆昌们了,可是都不能时时聚首,庆昌且远在陕西,相见不知何日,于政在燕京,其余均在津工商,现在去津者去津,上课的上课,故一时想起来,老友分别,感到十二分的寂寞与悲哀,无一知己(得以)令我和他痛诉衷肠呢!寂寞!包围了我!午饭到平安看电影消遣,片名是《豆蔻年华》。狄安娜庄萍第四部片子,剧情描写少女热情的奔放,表演无遗,内容相当有趣。遇不少熟人,孙祁亦去,不知是否和索颖一块,散场后在王府井大街溜了会才往回走。昨夜突接祖武一请客片,今日下午六时吃饭,不知何事,到那一看,有四五个不相识,大半是他工商的同学,大、小郭,陈志刚均在,开始吃饭,将完时于政才来,面皮厚不烧牌,足吃足喝,笑笑说说,风生四座,吃喝完毕,大半归去,我们却被拉住竹战四圈方始放行,结果不输不赢,归来已是十二时半矣!今日聚会一次,再见面即是暑假矣,因祖武明日走,后日上课故也。夜间稍冷。

2月26日　星期日(正月初八)　半阴冷

阴历新年各影院的早场,几乎全是我看过的,所以一次也未照顾他们。每天几乎都是过九点才起来,懒极了,晚上不知做了些什么事,睡的够晚了。下午去西四北强表叔处,据表兄说病势沉重,怕不易好呢!谈了一会即辞出,王叔鲁本允月助百元,近一月已停,父甚焦急,路过郑家(大宝、二宝家)进去玩了一会,孙祁,陆方,王淑洁等均在,后他们竹战,我即归来。今日随随便便即过来了,夜修手足甲,闻李娘言王姐女二妹与其夫今日离婚,可怜三个无母之小儿,性情不洽,夫妻分离,实亦天下一惨事也,令闻者忧心忡忡,戚戚然欲泪矣。

2月27日　星期一（正月初九）　晴

天气不算坏，可是近两日精神不好，哪里也不想去，要是和我们家庭差不多的人家，唉！我们下午请刘大夫回来等着，大夫说病好多了，一月之内可复原，晚习大字数页，退步。

2月28日　星期二（正月初十）　半阴

一看这样的鬼天气就不会令人高兴，阴不阴，晴不晴，最令我生厌了。起来的够晚了，十点左右才离床，十一时半去刘大夫那里去改父亲的药方，下午烦甚，听了一会无线电，困了，于是睡呀！电影不好就没有我玩的地方了，戏是多好的也提不起我的兴致来，不知是什么缘故，性情不好吧！可是平常也爱哼他个一两句的，怪事！打烟筒的来了，吵醒了我，不睡了，烦得要命，带四弟五弟去东升平洗澡，人真多，没有地方，等了半天，真热，洗完又绕了一圈一年一度的厂甸，人不少，不算不热闹，没有什么可买的，旧书摊不少，想看看，四弟、五弟不爱看，只好走开，下次再说吧！到家已是六点半了，闷闷的过了一天，无意思透了！

3月1日　星期三（正月十一）　上午阴，下午晴

起的不早，午十一时左右孙祁来稍坐，谈顷之即去。午后无聊，寄信以后，至厂甸遛遛旧书摊，突又遇孙祁及维勤，和他二人绕了一圈，旋二人即归去，我独自又遛到黄昏方归，结果买了两本小说，张资平著，一名《北极国上的情妇》，一名《脱了轨道的星球》，代价一角伍分正。归不久，父又发冷，今日下午方经刘幼雪来看，突然又发寒吐酸作热，只急得人不知怎么好！大哥九姐等来了，也是束手无策，后还是由我跑到孙祁家打了一个电话到陈家，托刘午原之子。纪常来说，请他去请刘大夫一下，免我跑一趟。回来不久，刘大夫即来了，开了一个方子，据刘大夫的意思，是没有什么关系，病不危险，又是由我跑去抓

药,出校场口到菜市口去,到了南口被警察叫住,说我没有点灯,意思是要罚我,我说明只出校场口,又抓药,拿出药方证明,以我有特殊原因放过,亦未受罚,幸甚。到了药铺一看,西鹤年堂铁门已关,幸而急把药方交过,门却关了,只好伫立门外静候半晌,方由旁边一个小门洞里拿出,又买了一个小纸灯笼,骑车回来。今天跑了三次,烦的要命。

3月2日 星期四(正月十二) 阴雨

十一点已鼓过我还在床上,懒极。一半是阴天看不见太阳,钟又停了,不知时间,还以为很早呢!未吃早饭,吃午饭,饭后听了会无线电增慇音乐。父昨犯病,今日仍软甚,但较昨夜好,尿又红,又有痰嗽,肚腹仍胀,稀饭只吃小半碗,午后有雨。去刘大夫处改方,抓一剂药回来,虽是毛毛雨,可是无论大街小巷泥泞难行之极,归来四时许,无聊甚,看科学小品《十万个为什么》。心中烦躁,无聊闷甚,父病,这个天气真不知如何是好?急死人!连日闻不祥之语,周熙民老伯于旧历初五故于沪上,郑乐全三哥昨日下午八时许死于协和,强表叔病亦危,闻之令人不快!

3月3日 星期五(正月十三) 晴

一上午没有出门,等中午四弟回家吃饭骑回车来好出去,吃完饭以后同九姐一块去法源寺。我本来不愿去参加这种应酬,可是为了亲戚的关系和母亲的督促只好去了,到那等了半天亲人才等到,看见那种悲惨的情形真令人难过得很,棺材安放好了以后,一个个行礼,女眷放声痛哭,引得我也洒了许多眼泪,真是何苦来,那种情形真是悲哀极了,看他们差不多事情告一段落了,忍不住这种场面空气的压迫,急急骑车走了。一路上想起郑家乐全三哥生前的为人,心里很是难过,进城到了团城古学院交代完了稿件,顺路到郑家取回话匣片子,还王庆华。三哥在家和孙祁、陆方、维勤三人在玩扑克,我待了一会儿就走了,话匣片子送到王家以后没进去,又跑到许久没去的松三家和他母亲说了一会话,还有一个有点面熟的人在那,说是叫林从敏,在协和学医,谈了半小时左右即辞出，又跑到许久没有见面的李永家去神聊，到黄昏就回来了，在李永家看见了李准和向云俊。他二人都没有怎么变，嘻笑谈了又有半小时之久。回家来，父亲说乐全死了，你知道吗？一问妈妈原来是刘幼雪先生说的，这真是哪里说起？本来是怕他老人家着急不告诉他，以前周老伯初五在沪上去世也未告诉他老人家，谁知陈福丞老头子来说了，讨厌得很。今日下午父亲还好，只是昨夜起，尿变得更红了，几乎和血一般，令人看了害怕，不知是怎么回事？！急死人。

3月4日　星期六（正月十四）　半阴半晴

　　起来的还是不早，收拾好东西被褥等预备搬到学校去，下午跑到学校预备交费，谁知下午不办公白跑了一趟，只好把拿去的东西放在屋中整理好了，回来，在西鹤年堂抓了药，又到王庆华家去待了一会，没在家。出来在三星商店买了点东西回来，又在绒线胡同口碰见陆方，小三，大宝，二宝，家猴姐妹，维勤，孙祁等，只和陆方谈了几句就回来。只看了一眼，猴比她妹妹似乎美得多，回家来陈老伯在家和父亲谈天，久之始去。晚饭后过黄家谈天，神聊一气，聊了有一个多钟头才回来，我不知道为什么，每次五弟过去，回来时，我必定要问到斌在家吗？做什么呢？对她的一举一动我似乎都很注意，怎样冷漠似乎也忘不了她的倩影，今天更只穿得薄薄的短袖蓝布衫，倒很苗条，发育的结果比去年暑假那时胖了许多，露出的胳膊好像比我还粗还黑一些。晚接华子信，报告我他抵奉天以后之情形，名为事务主任，月薪六、七十元，生活甚苦，仍愿进关，他信中劝我对舒如满意，则积极进行，不合则应早绝，以免后患，缠绕不开。我虽不喜舒，可是想什么法子渐渐疏远了才好，可是我知道，总不和她会面，交情也不会进展到什么地方去的，再找个朋友，谈何容易。但是年岁青青，看机会，正是"天下女子之多，何患得不着一个"耶？

3月5日　星期日（正月十五）　晴

　　上午带五弟和小妹去中央看早场，片名是《金银岛》，由华莱斯比雷买克

古柏主演的,还好,遇见了孙祁、维勤、王淑洁、索颖、陆方、小三等,没有和他们坐一块,现在我觉得和孙祁玩不到一块了似的。下午本来想去真光看电影,和四弟一块去晚了,没有票,碰见廖增益谈了几句话,出来和四弟到国货售品所,一人订了一条蓝布裤子,出来在同升和碰见了五姐和二姐,招呼以后即行分手,又到东单绕了一圈,穿东交民巷回家,很无聊地过了一个下午。陈书琨老伯来和父在床边谈天,久之始去。晚上整理一些明日带到学校去的东西,抄了两篇文,一直到十二点才睡。

3月6日　星期一（正月十六）　半晴

到学校以后,略加整理好东西,即去上课,两堂目录学都上了,中午看见大马,下午日文先生未来,声韵学先生发了一小时的牢骚,也未讲书。上课的第一天就是这个样子过去了,下午无聊殊甚,乃出门去强宅,因今日系强表叔接云之日,回想起表叔生前之温和言谈笑容,令人倍增感戚不止,七姐、五姐、九姐俱去。我拜后,坐有二十多分钟,即出来,遇一名沈查理者谈有五六分钟,原来此人即是八大怪,二怪之沈昌黎,昌惠之弟,与刘曾颐友善,遇四、五二弟与小妹等,故知我名,先亦在志成,呼表叔为表外公？旋辞出,至小酱坊胡同找维勤聊天,不意索颖、王淑洁、陆方等均在,并有另一未见过之大宝同学,和他们大家玩了一会排球,黄昏时即归校。今日刘厚沛未在学校睡,宋、王二人在津未归,故今日我一人睡此屋殊感冷清了呢。夜于灯下独自一人复华子一信,畅述离怀之心,夜睡感冷,幻想迭出,令人睡卧不安,久之始入梦。

3月7日　星期二（正月十七）　晴

上课,今天是本学期开始的第二天了,总觉不出什么新鲜味来,第四堂体育是测验百码的成绩,穿着平常的衣服和球鞋来跑,跑了一个十三秒一,好不泄气。下午无课,和大、小马,吴道恕一共四人,去真光看柯尔门主演的《我若为王》,看后颇失望,觉得比《侠盗罗宾汉》相差远甚,在此片中柯尔门之演技大不如以前各片中好。晚上看些杂志和画报,与舒打了一个电话,神聊了半天,回来又和郑夔谈了半晌直至灭灯以后,在床上又和厚沛谈了半晌,宋毓瓚今天回来,老王又病了,稍隔几天才能回校。今日虽有时仍觉烦闷,但较之昨日好点。

3月8日　星期三(正月十八)　晴

连着这三四天,下午总有点风,虽是不冷,可是扬起尘土来却也有点讨厌。在学校睡了两晚上,早上有点冷,把我冷醒了,似乎多少来点暖气才好,九点上课,迷迷糊糊八点半才起,今天一天上课时间较长,下午五点才下课,中午夔来坐许久始去。连日一切如常,只少一华子,总觉得少点什么似的,寂寞得很,屋中因此冷静许多,要是再没有常和大马往还,更无趣味了。老王回来,或是可以热闹一点,因为和他可以打打闹闹,说说笑笑,解解闷,现在只盼他早点回校,晚上和大马,老刘三人吃饭,饭后与庆璋打了一个电话,又胡聊了一阵子。

3月9日　星期四(正月十九)　阴冷

两小时的国文讲了一课书,先生留的寒假作业一点未做,惭愧得很,下午只一小时的日文,本想不上了,可是在地下室和同学打乒乓球,打得高兴,玩到两点多,于是就上去吧!虽然没有讲书,先生去了上海一趟,讲了些新闻,着实过瘾。乒乓球一个月没有玩了,打得坏透了,下午回家一趟,到志成去玩,和庆璋四弟们一块打乒乓,几乎赢不了他们呢!真泄气透了,回家来。晚饭后,看会报纸,习了一会大字,父亲病连日尚好,没有什么变更,没有什么特别的好办法,只好静静养着吧!这些日子,对于什么都不感觉兴趣,看见什么,想起什么,都是索然无味,无聊之极,不知心里为什么这么想?!意气消沉得很,对于自己这样年纪的人,却不是什么好现象,一天到晚不知做了些什么事情,多少书,摆在一边,等着我去看,多少事情在,要我去办理,学校的功课尚未应付的裕如,何况再加上自己课外想做的呢!太懒了,太分散了,太不知分配时间了!真笨呢!

3月10日　星期五（正月二十）　阴

昨夜回家,今早起,九时许回校,上了一小时的中国现代文学,只随便谈谈,看了一会报,午饭后写了一些时候的大字,总写得不满意,许多时候不练了,总差一点,和打乒乓一样,什么事不常常练习是不会好的,不会有进步的。四点又上了一小时的日文,仍是未讲,胡聊有半小时,又下课了,和大马小马一块吃饭,我请的他们,一共约五毛许,厚沛回家没有回来,又是只我和老李在屋里,我在看画报,他在拉胡琴,我和他也不知是怎么回事,总没有谈的,觉得别扭得很,也许久了熟了以后会好的。正在沉默的时候,忽然听了打门声,待了一会,慢腾腾地进来一人,抬头一看,原来是老王回来了,本来他说礼拜天才回来,今天突然提早回来了,令人惊喜得跳起来了,是时已是八点了,他尚未吃饭,宋陪他去了。待了一刻,厚沛回来了,非拉我去找老张谈谈不可,只好和他去了,坐洋车去了,有点冷的意思,到了以后在客厅中小坐,嘛,满屋子是古色古香,梨木花架,檀木椅子,石凳,踏脚矮凳,书画,字,应有尽有,满屋子墙壁挂满了;还有许多水仙花,梅花等,进门来扑鼻的香味;有孙星衍的对子,朱彝尊的手笔,乾隆的御笔,真是了不得,可是不知是真是假? 对了,还有一个阮沅写的一个匾,听厚沛说他父亲的书房,排场也够瞧的,书包的讲究得够,漂亮极了,可是不知他父亲懂得否? 看过否? 聊了一会,一路走回来,到鼓楼才雇车回校,不一会灯就灭了,熄灯以后,三人又谈了半天,今天是四弟生日。

3月11日　星期六（正月廿一）　半阴,大风

最讨厌的,最可恨的风,今天刮了一整天,到下午还没有停,真是可恶极了。上午体育测验单项双项成绩坏得很,单项四次,双项二次,真惨。午后,一点多到东皇城根郑三嫂处看大弟岳先,他正在睡,一会醒了,谈了一刻,夔亦在。四点钟我才回家,大风吹得满头全身是土,讨厌极了,眼睛又难受得很,好容易回家来了,五姐七姐来,少项即去。林十一哥又来看父,不一刻亦去,回家来,看见老父病的在床,令人焦急欲死。又闻父脚肿不好,烦极了,心中不知如

何是好？别的事更无意思做了！父病老不好怎么办，今日家中竟无分文，语人人必不信！窘极！丑极！烦极！急死！在校中只是苟且偷生一般，这样坏的心情哪有心思安安静静的去读书呢!? 混一天是一天吧！

3月12日　星期日（正月廿二）　晴，微风

八点半起来，林四哥又来看父亲，坐了一会就走了，我去请刘幼雪来看父病，并到明明配了一个眼镜，代价五角呢！找袁庆沄去，才起，在门口谈了一会就回来了，也未进去，又到大陆代铸兄取回两张相片，在路上遇见维勤，谈了几句，就分手了。中午和四弟五弟玩了一会乒乓球，午后看看报和书，闷坐的时候，黄小弟来玩了一会，四弟小妹和李娘到东安市场去看牙。昨日起，已无一元在家，偌大门面排场，真令外人难以置信，实际外强中干，纸老虎而已，加以多年诸人之吃用，时局影响，岂不中落?! 而家人先在外嚷，传闻家中尚富，夫复何言?! 天自有眼！今又把一把金牙钻卖掉，换来三十九元，不一二日又是用完，不知日子如何过法，老父又病，大哥不顾，其余妇人小孩，何用？我无自主能力，变金妙术，又不能使老病人得知，真是两头为难也。想不到我在如此年青，即须使我为生计所迫，为吃饭而发愁，环境造成，夫又何言？他人得享青春快乐我唯有羡慕而已，别人吉祥是别人的，我自奋斗中得之，故他人总以为住校为苦，每届星期六假日回家为乐，我适相反，回家来睹父缠绵床榻之苦，衷心如割，家中奇窘，令人焦灼，不知如何是好，视弟妹之吵闹，母亲之怒骂，以及一切之琐事，令人心烦已极，头疼！在校极力使自己返老还童，尽量的发挥出我儿童天真活泼的性情，任己意之所为，纵声言谈说笑，苟安于一时，忘忧愁于片刻，但终不定持久，而我最恨一般人所谓大学生的尊严，装的那份子假面孔，摆给谁看，故我认为大学总比中学虚伪得多！不如中学同学之间坦白诚恳。常常想到许多亲戚朋友同学，认得的，耳闻的许多、许多都到南方去了，有的告诉我南方生活之奇事与困难，一路上之苦况，而我必心中立刻羡慕他们，钦佩他们的勇敢，而自惭自己不能去南方。可是现在想起来，自己也没有什么可以惭愧！也没有什么不如他人的地方！个人有个人的环境，环境及一切允许，你自然可以毫无留恋的远走高飞，但是我是不同的。家庭里，第一样经济是不允

许我走,第二样尤其是重要的,母亲没有人照顾,弟妹们都很小,父亲既老且病,所以我为了父亲的病即便暂时也得留在家中,至少我觉得我在家中比不在家中好些,可是什么事都不能太圆满,至于别的不合适,只有顾不到了,所以我不去南方有我自己的一番道理和苦衷,或可以说是理由吧!

为了父亲一年多的病痛侵扰,最疼我的,我心中最爱的妈妈,也累得消瘦了许多,憔悴了许多!

3月13日　星期一(正月廿三)　半晴

早上回来迟了,又刷了一堂英文,中午去了许多日子未去的小桥吃饭,下午下课回来待了一会,中午也没有做什么事,胡混过来,下午接到华子一信,晚上老王、宋、刘三人足聊一气。自宋来以后,畅谈戏曲,大拉胡琴,屋中昔日之风气为之一变。今天脑子昏昏的什么也不想做,在他们谈笑中,我更做不下什么去,今天下午上课外运动,全体一年级的同学全出来,也没二三百人,许多时候没有做团体运动了。今天精神不好,总不高兴,每当我想到家中的情形时,便如此。

3月14日　星期二(正月廿四)　晴

好天气,令我常在烦恼中的人精神也好一点,活泼一些。上午四堂课以后,中午给华子兄回一信,二点左右一人去芮克看《碧玉生香》英文名 FOUR DOUGHTERS,沪名《四千金》,四女主角都不坏,尤以少者为妙,新出明星,剧情前半很是轻松,后半渐趋紧张和曲折了,结局尚好,四个女主角都不坏,算是"美"了。下午接泓来一信,晚复一信,什么事也没做,连日宋、王十分松懈,比我还不用功,每日只是谈天说笑,拉胡琴,吵闹,唱,桌子乱得很。本来一个老王就够瞧的了,可是又加上一个宋,更乱了,每天晚上想使空气静一点都不可能,看点书更不成了,老这样可受不了,没有办法,只好避他们去图书馆去了。今天,除了看电影,哪一会也够不高兴的了。

3月15日　星期三（正月廿五）　晴,有风

　　春天算是到了些时候,除了中午稍暖一些,晚上可以不生炉子感觉不冷以外,告诉大家——春天来了,就是最俏皮,最讨厌的春风了,春风扬的尘土满天飞是我最腻的了,还狡猾得很,吹的方向没有一定。中午习大字,下午五时许下课以后,就骑车回家来。今天够倒霉的了,在西单北风刮的一迷眼,不留神和前边一辆车子碰上了,才走不几步遇见维勤和陆方,大宝,抹车一拐弯我又把一个人自行车拐倒,只好向人喊声对不住,真倒运,真荒唐! 和他们谈不了二三句话,因为风大就分手了。大宝对我说舒令泓和她在一桌子吃饭,我却不动声色,面貌如常,她也许在我做叔叔威严下,也只好不再说什么了,这十几岁的女孩子,什么都知道,调皮得很,不容易对付得很。回家路上,又碰见麻子,庆成,燕垺等四五个人,一抬手过去,在西单南又遇见同系朱君泽吉,点头招呼过去,又遇见黄表嫂叫她一声,车子顺风很快的过去了,宣武门火车栅栏已经修好,门洞出入还检查,真是讨厌得很。到家听说老父昨夜又犯病,但甚轻,吐酸水只半杯,冷时只不过二十分钟左右,大哥九姐均不主张吃药,只主静养,现又吃什么麦精补品,一回家来看见听见种种事物,心中更烦了! 老王每天和宋粘在了一块,不大和我一块待着,桂舟每天回家吃两顿饭上课,在屋中时候有限,宋王二人无事联袂出去溜一溜。桂舟无事静宜园走一走,所以无形中我就感到孤独了,华子在平时,总和我在一起,不觉得什么,现在分开一比较,才觉得他是和我好得?

3月16日　　星期四（正月廿六）　晴

　　教皇比约十三世即位,放假一日以示庆祝。昨天下午回来,父亲病不见恙,肚腹围腰一带发胀,人终日困倦无神,四肢疲弱无力,下体疝气所垂,小腹及肾囊亦稍胀大。父思病速痊,但以年纪老迈,久病气血两损,衰弱之躯,岂一二日数剂药所能立见奏效者,且以久病之身,脾气极燥,每稍有不如意不适即大怒,且至责人或漫声呻吟,令旁侍者不知所措,侍候甚是为难。下午由九姐转托强云门表

兄,请来北平市第一名医萧龙友来看。至晚七时许始来,坐汽车,导致看脉不外切,问,看三项,西院中兄嫂,斌,行佺,九姐等全来,无啥希奇,不过是一干小老头子而已。出马代价十一元整,饭后服药一剂。晚饭后至西院,与兄长谈,由八九时左右谈至十二时左右,为我有生以来与大哥,嫂嫂,谈天最长第一次,且可算是正式谈话,相当严肃,我甚少发言,只默听兄嫂二人说话,心情斯时异常烦复,起落不定。兄追述以前家中之大概情形,叙说李娘之历史及与我家之详细关系,并嘱我去九姐夫处声言,如果父亲有何长短,希其能够多少帮忙,彼谓并非其已不去说,而以前去过,为九姐夫所斥责,心甚愤愤,再去亦无好结果,房租事无形搁置,手折事以后与九姐夫再清算,并声明彼并无意觊觎此二千余元,早已不想,如会饿死,祖上余多少财产亦会饿死,不然总会活着。总而言之,夫妇二人大骂李娘,并谓其害得我们一家人如此。又言,彼以前几次三番皆想不归家来,后来去东北那次即抱牺牲主意,现在我之唯一希望即是送父归天,如今看父病之情形则大半或可如愿以偿矣,又其对父病之主张,不请大夫,吃药静养,嫂亦言李娘竟在父前进对其不利之谗言,而通篇言语为嘱我以后如与李娘同住则必须小心,而意尚和平,并无何争夺之意(实则此时家中,亦无何物值得一抢矣),并谓娘老实,易被李娘所骗。归来睡眠时已是十二时左右矣,临行痴思,家中如此复杂,将来如何解决生活及家庭中之纠纷甚属可虑。而大哥与李娘二十余年不谈话之原因至简单,因在天津时,大哥把李娘之物堆至楼上一小屋中,李娘不悦,父后出来责大哥,大哥怒,由此遂二人皆怀恨不交谈。听此一番话后,心中纷乱十分,今日下午曾过黄家小坐,只慧一人在家。

3月17日 星期五(正月廿七) 晴,有风

上午只上了一小时的课,上午亦只一堂,看报纸午饭后,在宿舍门口遇见小马(永海),又叫出大马,三人一同去逛护国寺,未进去直溜到大街上,看小摊东西不少,想要的却不多,瓶子不坏,可惜未买成功,小马买了一条铜腰带倒是很新颖。回来又和他二人一同去中央看电影,片子是旧的,叫《乐园思凡》,是查尔斯鲍育及玛丽黛瑞西二人主演,剧情很是无聊,不过有几个画面是很清丽可喜的,色彩很美,鲍育表情滞板,我不喜欢他。来回都是大风,讨厌得很,

去时在北新华街北口看见斌和两个同学在站着谈话，她推着车子，我快骑过去，一回头看见她也没有招呼就过去了，今天很是无聊。老王在护国寺买了一小缸的金鱼玩，看着也不觉有什么意思，华子一走，这屋就没有什么高兴的、活泼味了，和老宋谈不到一块，老刘（桂舟）又不常在学校，一下午闷甚。

3月18日　星期六（正月廿八）　晴

英文下了以后，上体育，柏、古二先生不知何往，只斯蜜斯一人上，今天由同学黄叙伦喊辅仁十一，动作滑稽，口号奇怪，好不可笑，做完以后，测验三百二十码成绩，我因初跑用力过甚，末后几至跌倒，费力甚，成绩五十六秒，好不泄气。跑后因用力过甚，头有点疼，有点要吐，幸到宿舍稍息，饮水后始稍好，第四堂先生未来，一哄而散。下午无聊甚，钱被桂舟借去，遂一直回家，在小酱坊胡同小坐，静静地坐着，孙祁在那，少顷，维勤回来，陆方亦来，他们所谈我都觉得无味，且无意思，枯坐无聊，遂辞归，孙祁仍未走，现在孙祁人家走得比我还亲近呢！我抱歉得很，和他们谈不到一块，路过西单，因心绪无聊烦甚，亦未去访庆华，大约有一月未见了，回家来弟妹们都尚未回来。晚饭后过隔壁黄家小坐，与小弟相与谈笑甚欢。斌神情恍惚，令人捉摸不定，吃了一碗"拗九粥"。这本来是福建人的规矩，明天正月二十九日，吃"拗九粥"，长命的意思，可是今天吃，斌起个名字叫"拗八粥"，一直谈笑至九点半归来。

3月19日　星期日（正月廿九）

一早上力家，陈家等，因为父亲七十九送九九粥，忙了一阵子，到十一点左右骑车跑到东四隆福寺街福金馆，郑乐全三哥开吊，客人不太多，也不算少，我去得晚一点，后来五个人吃了一桌酒席，人少，东西多，吃不完，待到一点五十分就走了。跑到平安，遇见昌明，燕垾，金铃等人，坐在一块，后来燕匀、王杰臣也来了，片子是《海角游魂》。英文名字是"ALGIERS"，原是法属北非的一个地名，是查尔斯鲍育 CHARLES BOYER，茜瑞格丽 SIGRID GURIE，茜荻蓝玛 HEDY LAMAR 三人主演，还不坏。HEDY LAMAR 在此片中十分美，眼睛的表情

好得很,鲍育比在《乐园思凡》中活泼得多,但是我始终不喜欢他,不知是怎么回事,BOYER 一点也不漂亮,GURIE 的化妆和表演怪怕人的。看完以后,腿有点累,无精打采地回来,坐在沙发上休息,竟小睡了一觉。晚上听无线电,是金少山、谭富英的《捉放曹》,唱的真好,两个大嗓子真过瘾。一天又没做什么。

3月20日　星期一(正月三十)　半阴

昨天睡的晚,今天起的也不早,起来以后父亲又要请萧龙友来看,为了上次脉案没有叫父亲看。昨日陈福丞老伯来了,问出,父亲也看见了,大生气,骂大哥糊涂,今天一定要请,叫九姐打电话去请。九姐还不大愿意,并且我去问时,反问我是谁出的主意。奇怪?自父病以来,谁又出过什么主意?!都是大家商量而行的,下午和父亲,母亲在一起谈笑,一直到五点左右即骑车回校来了,和大马一块洗了一个澡,吃晚饭,回来看看书写点笔记,老王和老宋总不念书,只是谈天说笑,胡耗时候!不用功太不好了!

3月21日　星期二(二月初一)　晴,有风

上午四堂一小时体育未上,下午无课。中午和曹祖武一同在同和居吃饭,我请他,回来又在宿舍待了老半天,谈谈说说,抄抄笔记等,至三时许始回去。下午无课,因有风哪也没去,无聊得很,念念国文。有时间了,想玩,没时间又想读书,真不知是怎么是好,一天到晚总觉得无聊之极,只少了华子一人而已。

3月22日　星期三(二月初二)　晴

懒得很,差十分九点才起,急急忙忙的,还是晚到了一刻钟左右,第四堂逻辑学英千里先生讲的很有趣味。中午打了会乒乓球,念了会国文,到三点又上了两小时的课,下课已是五点了,晚上习了一会大字。陈保滋来和宋谈戏,很是上劲,又拉,又唱,陈保滋还唱两句青衣呢,想不到他还会这两下子,晚写一片给华子。

3 月 23 日　星期四（二月初三）　阴凉

阴暗的天气，令我不快，上午四堂，下午日文一小时后阴雨，很小，又有点像雪花似的。本来约好今日下午去庆璋家，因又下起雨来不去了，可是待了一会，又不下了，于是骑车到庆成家去了，和庆璋庆成二人谈了一会，到六点左右即回来，在东海楼上一人吃了一顿炸酱面。晚上陈保滋来谈了一会，后来和马永海谈起天来，说起两老的事和英文，一直聊到九点三刻才分手。

3 月 24 日　星期五（二月初四）　晴

不到六点多就起来了，有一年多都这样。这学期又添了两点钟的课外运动，今天早上七点到八点，整队点名就耗了快半小时，作完 FUREN ELEVEN 就散队了。待了两点钟，上了一小时的课，下课后到饭铺和曹武一同吃了午饭即到前门去看戏，本是昨日议定请他代我买一张今日荣春社的票，可是他未买到，反买了两张富连成的，我不大高兴，但拘于朋友的面子不好怎样，只好同他去了。我骑车先走，送他上电车等了半天，他才走，我才骑未数步，忽然碰见李宝澄坐着洋车，原来他也是去中和的。对了，他天天去的，我倒忘了，果然和他一说就一口答应下来，一路上许久没有见了，谈得很高兴，到了中和，他替我买了票（代价八毛茶费在内自付）。曹君以后来了，只好对不起他了，他因要去退票，一个人去富连成了。后来又来了一个姓王的叫育华，一个姓严的也不知叫什么名字，戏是不坏，小孩子都够卖力气的，起打尤紧凑热闹，新排的三出戏，一是《打瓜圆》，一是《穆柯寨》，一是《落马湖》，后二戏很是精彩，《落马湖》是尚长春主演的，不坏，小孩够精神，后来又和宝澄，王等到后台去绕了一圈，待了半天，和小孩子们谈谈，长春在后台淘气得很，前后台宛如二人，尚小云也由李宝澄给介绍了，什么宋遇春，沈富贵的，本来想去听徐荣奎的《珠廉寨》，可是被他们拉到后台去，也没有听好，尚小云人很和蔼，听说今天是小云太太的生日呢！下午两点钟的样子，老袁（庆沄）和宗德英也去中和来看戏了，向老袁点点头，宗德英不理人，真不够意思！不理我，我也不理她，我后台

出来,他二人已走,大轴十矮八金莲,很有趣,散戏后又被他们拉到西湖食堂去吃饭,谈了半天才叫饭吃,被他们灌了我二杯黄酒,一杯白干,使我这一向不吃酒的人,头有点晕起来,不好受。又唱了会,王人还不坏,我瞧着比李、严都好,和他们一块回来,头仍是沉沉的,幸而未跌倒。饭是姓严的请客,四人吃了五元多,到校已是九点三刻了,急忙漱洗就睡,幸而未吐。今日荒唐了半天,只花了八毛钱,便宜得很,但是像他们这样过活我可不成。

3月25日　星期六(二月初五)　晴

体育今天测验跳远才十三尺多,真泄气,我觉得我自己没有用,尽我的能力来跳,还能远一些。逻辑学未上,提前吃饭,饭后休息一会,大马小马不回去,去育英看辅仁和育英的田径对抗,我一人去中央看《茶花女》,坐后排,遇见王大姐(庆华大姐)和她的一个同学,叫我和她一块坐了,她那同学姓杨,是在慕贞初二,个儿可不像。和王大姐一块说笑,谈论剧情,散场后我即骑车先去庆华家,我已有一个月未去了,在中央熟人不少,看见的没有几个,索颖也去了,和他招呼,大姐也认识的。在庆华家谈了半天,谈笑很是高兴,也无什么拘束,六点多快七点了,才回来。一到家,老父又犯病了,一会蒲子雅之子伯扬来了,诊视一番,谓断定是胃肝胆的毛病,肾也有,如系长毒瘤则无什好办法,令人闻之心酸。不怡者久之,饭都吃不下,不知以后日子如何过也! 父在日家庭中已是如此歧视分离,不知以后更如何也!? 奇怪的是大哥自父病以来,近日尤不见其忧容,而反觉喜气洋洋,不知何故,即使父待他稍薄,但终是父子之情,且养你如此之大,为你娶妻养子,竟如此相报,亦赖太无人心矣! 饭后,心绪纷乱之极,苦思不得头绪。

3月26日　星期日(二月初六)　晴,大风

一早上被大风刮醒,九时许,伯长来,稍谈即去,闻何美英今午去九姐家,九姐有意把何美英订与伯杭为妇,连数礼拜皆请其至家中午餐,闻其姐何九即与洋枪杨恒焕好。中午骑车带佛照楼卖东西的去黄家,在那坐了有半小时,谈

了一会快中午了,他们要吃饭了,遂回来。午后没出去,只在家陪着爸爸,病了老不好,年老,衰弱,据医言,希望很少,真不忍再想下去。饭后看报,给父亲捶背陪着谈话,扶,抱,侍候,吃,喝等,写日记,记账,一切琐碎杂事,一到家精神就拘束到一块去了,看见了父病就烦透了,把未回家以前和同学或是朋友在一块玩所得到的快乐就一股脑儿全消灭了!每逢星期六星期日同学大多是出去玩去,我却因父病不得不在家陪着老父在病榻旁边,不能出去玩。

3月27日　星期一(二月初七)　晴

今天早起,就早点到学校去,可是走到离学校不远忽遇戒严,等了半天才过来。真是讨厌得很,中午什么也未做,下午下了两堂以后,到北海前团城古学院去了一趟,取回三十元,比以前多了十元,回来上课外运动,晚饭后,精神不好,什么事也不想做,懒得很,这样懒散下去可不是事。

3月28日　星期二(二月初八)　半晴

体育今天跳高,掷铅球,下午无课回家一趟,父尚好,七姐来坐久之始去,中午得华子一信心中甚喜,下午复华子一片,寄一本《立定》画刊给华子,又写信给庆昌、乐成各一,吃完晚饭方骑车回校。本来张思浚说来,又没来,老王收拾了半天也没来,令老王失望了许久。老早就睡了,昨由古学院处取回三十元,今日带回家去。

3月29日　星期三(二月初九)　晴

连日心绪纷乱,无可书者,每把笔不知应记何事,而日常生活亦不过如此而已,疏懒成性,书置不读,无一技之长将来赖何以维生耶!?自恨所读所看所知者过少,但又不努力,每日几致力于外务,责人则明,责己则昏,终日不知分配时间,永觉不够,转瞬即黑。今日午后课余与刘志聪、古志伟、大马、小马等玩了一会排球,晚自学看书。

3月31日 星期四（二月初十） 晴

今日天气可算在过去最近二月中最佳之一日矣，稍有云彩，无风，白日当空，暖意透衣，实春意正浓之气候也。饭后与大马郑夑等作网球游戏，汗流遍体，固乐甚也，天气热甚。下午三点一堂日文，下课后看测验田径队成绩，每日昏昏沌沌，殊不是事。近数日不知为何，心情异常恶劣，任何事皆无心思去做，殊有潦倒悲观之趋象，对我如此青年实属不佳之现象也。

中国文学史储皖峰讲的太马虎，多数只是轻描淡写即过去，我甚不满意，声韵学我殊不感觉兴趣，目录学余老头信口讲来，无头无绪，乱得很。老头子个人虽是很认真，但因书名向来就未见过，虽由余先生讲其大概，终因太生，所知者过少，讲的多了，记不清，忽东忽西，毫无章法，令人捉摸不定，笔记不易记，故实际学生得益者甚微。英文多数同学感觉无聊，日文简直是应卯，故在大学如不自己私下用功读念，则实得益者太少矣。看看这几天的日记，自己都疑惑不是我自己写的吧，为什么脑子这样的笨死，什么都不会想呢！

3月31日 星期五（二月十一） 晴，有风

又是课外运动，早上六点半起来，八点回来，看会书，十点又去上课，下课看会报，午饭后与同乡陈君保滋及江苏人马永海玩乒乓球至两点，回屋聊会天，老宋提前回津，四点又去上课，回来习会字，晚饭后看会书，打一电话与庆华，约他明日同去看电影，他却说大姐打电话来说明天她们学校，六十周年纪念，宿舍开放，并和汇文合开运动会，可以去看，于是决定明天去看运动会，不看电影了。

4月1日 星期六（二月十二） 晴

今日是愚人节，今天倒霉，被人骗了两次。先是被王庆华治华骗我跑到哈德门内孝顺胡同汇文中学，根本就没有运动会。找到了慕贞门口，虽是有周年

纪念会,可是除了校友以外概不招待,碰了一个橡皮钉子,回来到青年会待了一会,芮克的自行车不少,楼上下全满座,又跑到东安市场绕了半天,碰见不少的熟人,计有谢家驹、雷大年、寇奕鹏、李培、王贻、邓昭煦、梁秉诠、赵振华、金大智,最末遇见朱泽吉,在市场绕了个够,又在中原公司买了三双袜子,回来和朱泽吉一同骑车回来,送朱到家。才到家不久,国国写一个条来说,今天他碰见大宝告诉他转告我,今日下午舒打电话给我,说有要紧事,后来我一想这是不是又骗我,起初我倒是很疑心的,晚饭后到孙祁家待了一会,谈了一阵子他先回学校,我打一电话给舒,一问果然是没有那么回事。可是很聊了一阵子,一直到九点半才回家。近日父病尚好,吃西洋参补药,精神脸色尚好,只是脚尚有些浮肿,四肢无力,右腿关节处有时作痛,神志亦清楚。老年人得病如此之久,无什么好办法,只好慢慢养。

4月2日　星期日(二月十三)　半晴,大风

一早就被大风刮醒,上午谢道仁来看爸爸,下午饭后记账结算,与弟妹们谈笑半晌至五时左右即骑车回校。走到校场五条,车上坐着斌一下子就过去了,也未招呼,后边跟着骑车的孙祁,说了几句话就分手了,回校后与老王稍谈,出去吃了点汤面,买了点水果,晚上什么也没做就睡了。今日大风,最令我厌烦的事。

4月3日　星期一(二月十四)　晴,微风

今日看见一本《慕贞生活》,是由一个姓刘的寄给邓昌明的。他不言不语的,也认得不少女孩子,问了他半天。中午替陈保滋做了一篇《记曾文正公克复金陵》,一个中午过去了。下午下课也没做什么事,看了会《西线无战事》,和大马一块吃完晚饭,到地安门内著名的老德顺去吃奶酪,甜得厉害,比刘记好五倍,只能吃一碗,第二碗就咽不下了,晚上又是很快的过了,看了一会书,在大马屋聊了老半天,灭灯了才回去睡!

4月4日　星期二（二月十五）　晴，小风

春天本是最好的天气，令人神清气爽快快活活的过一下子，可是老天爷偏不作美，天天都要刮一会子风什么的，来点缀一下春景，反弄得满天都是尘土，令人透不过气来，连日吹的头发脏得很。今天中午和小马打了半天乒乓球，以后洗了一次头发，又等小马下了体育课，一同以十分钟的时间跑到平安去看《壕底情魂》。我本来说不好，小马不信，偏要来，结果还是不好，十分失望，断送了四角大洋，出来又到市场走几圈，绕了半天，又遇见李培和那么一个"小"外国女孩子走，中原绕一下子，小马买了一点东西，我请他吃了两碗奶酪就回校了，东安市场的才五分一碗，比老德顺的差一点，比刘记也要好三倍多呢！便宜得很，虽是一个小地方。人却不少，回来一块和大马吃晚饭。今日下午，老王回天津，老刘因他姐姐要产孩子，他得去招呼一下，今夜怕不能回来睡了，得，今晚上又是我一人睡一屋子了！孤独，寂寞，无聊又来侵袭我了。

4月5日　星期三（二月十六）　半晴，多云，有小风

今日下午起放春假，一直到十六日，计共十一日半，本学期本来就短，还老放假。中午收拾东西后，即驰车（自行车）到东城芮克去看《蛮女乱花洲》。还好，我觉得至少比昨天平安的好得多了，一个人看电影嫌闷一点，看完一直回家，休息一会晚饭，连日父病无何变化，今日又请蒲伯杨来看，亦无何特别好的办法。晚与华子一信，老王一片。

今晚所写给华子之信，多半又是发牢骚与感想的话，我也不知为什么，许多次给别人写信，都是这样，每次也都是这个样寄出去了。今晚与华子信中曾写一段，兹择录之于下："……实在的，当别人呼我为小孩子时，我也承认我自己是一个小孩子。"

今天看《沙漠》画报第二卷十一期中《友谊的商榷》，内有一段说得好，和我的意见相合，兹节录于下："……在家庭里还感不到家庭的乐趣，真个说来，这个家庭也可以不必有了，这里我愿意一再提及美国奥尔柯德女士那三部具有

连续性的教育小说《小妇人》,《好妻子》,《好男儿》,我相信这是属于家庭经典那样的大书(我也是很钦佩这三部书),希望每一个做父母儿女的皆能读它,看看一个快乐家庭的长成究竟需要些什么。以前人说读李密《陈情表》而不下泪者非为人子,我觉得看奥尔柯德这大著而不感动的,他也缺少万物之灵的那种灵性……父母爱子女是真的,但好些做父母的全然不知道怎么样来爱他们的子女,不愿为自己儿女幸福着想的父母们,对于子女真有点像婆婆'虐待'儿媳那种情形,非折磨到他们一死不止,有时他们也许会想想,这究竟为了什么(但我以为会想到这层的是太少了!)…"

4月6日　星期四(二月十七)　晴暖

放春假自然回家了。一早九点才起,天气好得很,天上云彩也不少,风很小太阳晒得人很暖的,午后去找庆华,在家他大姐也回来了,弟妹们全都放假在家,热闹得很,又和大姐谈邓昌明的事,邓认识一个慕贞姓刘的。一会金大信也来了,不一刻赵君祖武也来了,祖武是由津回平,也是放春假了,昨天打电话约好的,说笑半天,我又教大姐跳踢踏舞,一会决定一同去北海。走到门口一看,嚇!自行车就够好几百辆,游人太多了,进去一看,哪里是游园,简直是逛庙会来了,各色人等俱全,一路走去,碰见许多辅大同学,都是一对一对的,计遇见陈启,孙祁,陆方,袁庆云,宗德英,德泓等,还有刘曾泽,曾履,曾颐三兄弟等等,甚多。谁叫今日天气这么好,春光那么令人可爱,太好了,谁不想出来走走,中南海不卖票,中山公园太小,出城不便,自然全是都挤到北海来了,今天北海的船都租出去了,于是划人家租的船,划蹭了一小会,也算划了,北海桃花尚未全谢。四弟回来说,他也去北海了,并且划了两小时的船呢!可是我没有看见他!由北海出来,我即和赵祖武同去亚北每人吃了两杯冰激凌,聊了半天的天,都是关于学校的事情,分手时约定后天在于政家再会面。王大姐怪有意思的,庆华说叫我买胶卷,我说好吧!大姐急了似的瞪着眼不叫我买,说,凭什么叫我买?又很喜欢和我谈话,在北海一路上,许多人都注意她,是为了这么多(五个)男孩子和她一道走?还是为了什么,那可不知道!回来时在宣内大街碰见斌和五姐一块走着,说了几句话。真想不到去年暑假前半些日子还

故宫太和殿

是一个极活泼坦白的女孩子,谁知在这不到一年的过程中,竟大大地改变了,变成这样一个多疑、多诈的、好慕虚荣的女孩子了,四月一日在孙祁家还提到她,孙祁说她现在是很爱活动,胡交际一气。我说不常见面,不知道。祁说在中南海溜冰碰见两次,都和同学,和两个男朋友,在宣武门看见她和两个男朋友一块骑车,我说这一切我都不清楚,也不晓得,祁说她这样将来或许会被人骗的,危险得很。奇怪,他、我对斌的预料竟相同呢。今天在大街上遇见,虽是和我谈话,笑笑的,可是我一看就知道是装出来的,假的,不是实在由心中表现出来的,我看在眼里,心中确实也好笑!对我何必如此!晚上看会书,写过日记就休息了。

昨日李君国良送我一张相片,李君乃系一高材生,英文不坏,乃是在西苑认识的,还有一个梁秉铨乃系梁式堂的儿子。国文系中有几个可以交得的,一是上述两个同学,一是朱君泽吉,一勤苦博学笃实的学子也,将来必有大成就;周力中与曹祖武,二君敦厚朴实学子也,葛松龄写得一手清秀的赵体字,这几位都可以亲近一点,其余似乎都尚平平,无何特长表现。

4月7日　星期五（二月十八）　晴暖

　　天上高高挂着暖和的太阳,没有什么风,一切都很好,好的天气和昨天差不多,上午十一点左右跑到荷兰号买了面包,正预备给五弟小妹送到学校去,正好他二人竟随着同学跑来了,等他们吃完以后,我却跑到西单菜市场去吃一次许久没有去的五湖春,吃了一顿。吃完到庆华家,他下午要出门,在那泡了两个钟头,二点了,出来在那碰见了见面没有几次的,而请我三次客的徐伯伯,谈了几句话,出了庆华家茫无目的,信步骑来,不觉到了中央公园门前,无目的地进了门,漫步走了一大圈,多日未来,旧地又重游。去年暑假天气热的时候和松三、斌、泓三人来游,那时是什么情景,今年是什么样子,变得这么厉害,不知明年又是什么光景!想到此,不由人百感交集,独自一人在水榭前铁椅上默坐了半响,公园中春色更是显得浓一些,碧绿水中漂浮着雪白的鸭子,红的鸭是翻来翻去,美丽可爱之极,清趣之极。默坐许久,心里也不知是想些什么,一人游园,索然无味,出园时方三点,太阳晒得很热,顺道再接弟妹们回家,今天包车未拉,回来一身汗,搬出椅子来,在院中阴凉处看书,春光十足荡漾着,春风得意的吹着,很是快活着。到黄昏又在院中散步和弟妹们游戏,晚上老太太(李娘)又开上话匣子,我现在想把斌放在一旁,努力不想到关于她的一切,以免心烦,可是老太太也不知是怎么股子劲,每逢在大街上或别的地方碰见了斌,回来必在我面前重复描述一番,今天又说起来,我不记得是第几次了。反正第一不满意斌那种不合她身份和奇特的装束,今天更看见她和一个男孩子谈话,说她胡闹,或者也许将来会有乱子在她身上发生。我也不知自己是怎么回事!?连着两天,一天逛北海,一天绕了一圈公园,连日父病无任何变化!

4月8日　星期六（二月十九）　晴暖

　　一上午看看报,听会无线电,悠闲的过了一个上半天。午后两点多钟左右,骑车到许久未去的叶于政家,祖武已经在那,本是约好的大家见面,高兴得

很，谈笑了半天，不外乎关于学校的事，天气是十分的好，不忍说在屋中辜负了大好的春光，于是决定又去前天才去的北海，而祖武在昨天又去了一次，连今天，连着逛了三天北海了。坐洋车去的，门票我付，人不算少，船没有空，挂号也没有划上，只缩在五龙亭休息了半天，清风徐来，浓艳的春光中，觉得有些凉快，女孩子们都早已单薄薄的上了身，轻飘飘的提前过起夏日来了，腿臂早已裸露出来，令人看了怪不自在的。国侳与同学在划船，陈伯潘也和同学在五龙亭闲坐，久坐无聊，遂拟归去，买大船票穿湖而过，上船时看见王大姐和她的六个同学，一个个都花枝招展的，穿着流行半长花旗袍，露臂，且皆甚活泼，大呼小叫，令人侧目，引人注意。我与大姐举手招呼而过，看她似乎很愉快！我们下了船已是用了快半小时的时间，真够慢，步行出了园门又坐洋车到东安市场，初进北海时遇见昌明、庆成、燕埒、金铃四块蘑菇，麻子、光洁二人未露，在东安市场转了半天，于政在北辰定做了一身西服，我一时心动，儿度寻思，也定做了一身，代价三十七元，此处手工才十二元，比他处便宜多了，这一耗已是近黄昏了，又在吉士林吃的晚饭，于政请客，大洋三元，余出来又坐人力车直奔于政家去。到了已是九时左右，会见了多日未见的于良和袁兰吉二人，袁来凑成了一局，来了六圈，我实在心中不愿意玩这个，但没有法子，为了朋友同学的面子上，不得不陪着玩玩。虽是玩了不太少的次数，可是我始终不学算胡数，也总不会，可见我对竹战并不感兴趣。于良把 RADIO 开上，放的是王玉蓉的《王春娥》(即三娘教子)，配角老生唱薛保的不知是谁，唱的不坏，所得彩声，几乎比王的还多，有喧宾夺主的意思。一边打麻将牌，一边听无线电，乐何如之！可是我心里并不怎样快活，散局以后回来到家已是十二点半了，上床休息心中十分纷乱，种种想头，奔集脑中，令人烦躁，翻来覆去，久久不能入眠。据祖武谈他入的是土木工程系，光宇入的是建筑系，前者范围较大，工程类如高桥，铁路，大桥等皆可以造，光宇则只可造房，且多关于美术方面，我前途如何？茫茫不可想！太无味，无何真技能！难说得很，在此时之世界中，社会中，环境中，将来的生活是不可预料的！谁也不晓得自己将准会做什么事体的！

四十年代出版的北平城区图

北平四郊全图

4月9日　星期日（二月二十）　晴,多云

中午跑到骡马市大街赛宴春去吃了一顿,因为今天是强家表叔开吊的日子,吃完立刻回来了,怕的是老父疑心我。因为我去以前是骗他老人家去看一个同学,责我一天到晚老去同学处,总不在家待着,回来休息一刻,和四弟同去庆华处,一家子大小全去西来顺吃饭去了,只剩大姐一个人在家,我去了,她自己给我开门,向她一问才知那个杨伯伯由津来平了,一块去,今日是复活节,她去做礼拜,回来人家走了。和她谈笑了半晌,他们一家子才回来,原来庆华对我不高兴,怪我昨天没有找他去,可是昨天他去北海划船了,我没有碰见,解释清楚以后误会全消,后来因为他们要去北海,我不想再去,遂与四弟一同去东城,在大众袜厂买了两件衬衫,给五弟买了一件小短黄衫,在平平取回鞋,又买了鞋油即回来,才四时多一点,听无线电。六时过力家小坐,看见九姐夫,咳嗽老不好,样子怪可怜的。回来在院中散步和小孩们嬉戏……父今日觉痰甚多。

王大姐这人也很奇怪,我自己到这时候还不知道,不记得在什么情形之下,在什么时候就渐渐的、不很快的熟识起来。起初我时常反被她那种坦白的、大方不拘的态度,令我自己不自在起来,后来熟习些才好一点,大姐这人很

有趣,有时小孩子味极了,有时大人味极了,有时淘气顽皮极了,有时也庄重尊严极。我很感幸运的是似乎她对我这个小弟弟的印象并不算太坏,每次去都是微笑地对我谈天,说笑,完全以我是一个弟弟的态度来看,我也是完全以她做姐姐的态度对她,我需要高兴,接受一些带点温柔气息的劝告。大姐这人至少可以说很妙,说她奢华不算奢华,可是生活也不算不如意了,也够舒服的,可是她同时也知道穷人的苦处,有时举动确有点男孩子味,几张化妆的相片,歪戴着帽子,加上面部的表情,十足现出调皮的男孩子劲头来!有时很勇敢和大胆,但有时也十足的表现出女孩子味来,也会尖起喉咙来喊一声,甚至像小孩子一般的喊一声"妈妈!"但是你由她的谈话中可以看出她对那些穷苦的人们所表现的深切诚恳的同情,激烈言辞表面的神情,真有仗义勇为的雄心!我所看到关于大姐的,直到现在是只止于此,将来发现时再记下来,所以我对于她,只有一种衷心的敬爱,希望她能时常的指导我,帮助我的一切!

4月10日　星期一(二月廿一)　上午晴,下午阴

"春眠不觉晓,处处闻啼鸟,夜来风雨声,花落知多少?!"这一首唐诗正是这时的写照,院中早春的桃花已经谢了,别的树都已发了绿芽。梨,海棠,丁香等等都已有了骨朵了,再过些日子就可以开花了吧!每逢春风吹醒了一切的时候,不会直接立刻就感觉出来的,常在早晨阳光普照之下,感到无名的奇异的温暖,在临到黄昏时也常觉出一种特别的春之气息,春风迎面感到愉快,一种说不出的舒服,全身意外的舒适。

中午去女师范接在那开运动会的五弟和小妹,结果下午还有事,一个已回,一个不回来,白跑了一趟。午饭后,在人不知,鬼不觉中,突然久未回平的阿九侄回来了,家煜还显得不太老,在父亲面前谈了半天的话,三时许和刚弟同去天桥绕一绕,东西不少,可是合我们需要的太少了,碰见金大信,什么也没有买成,我花了一角代价,换回两个衣架子,走到五点多才回来。今日蒲伯扬又来看,说父亲是肠炎及肝癌,下血不能上行,故肚腹发胀,无什么好法子,思至此,令人不知所措。将来如何过,是不能想出来的,只好过一时是一时吧!但是一切事情,在你现在可以想得到的,以后不可免的将来总得遇到,没有别

的,只有挺起身子去应付,尽力去奋斗吧!

4月11日 星期二(二月廿二) 上午晴,下午阴

春天来到了人间,也许是我太兴奋了,连着几天不是游北海,逛公园,就是溜市场看电影,俗语说得好"乐极生悲",果然不幸降临到我身上。今午正在和小孩们在院中骑车游戏,我下午想出去,孙祁把我车骑去到颐和园,把他车留在我处,他车前袋气少,打打气,劲使的很猛,一不小心把手碰在气筒边上,右手中指指甲整个翻起来,吓了我一跳,一时也许是麻了,也不觉怎么疼,流了血,拿了一块手绢包上,立刻骑车到校场口外力大哥医院去看。大哥看了,他和看护都皱眉,问我疼不疼? 虽有一点疼,我因为在没有碰伤以前看了《西线无战事》小说,里边描写的更惨,炸碎了膝盖用手爬行一里半的,打烂了骨盆,打穿了肚腹,折了四肢的,惨不忍睹,所以一想到自己不过才受这一点点的小伤罢了,算得了什么?! 而且确实也并不太疼呢! 所以我回力大哥是不疼! 说起来也够倒霉的了,起码两个星期不自在,写字不便,洗脸等更不方便。手虽受了伤,但我下午带他们出去的决定并未消失,结果仍带了五弟小妹二人去东城,坐电车到真光。哈代劳瑞底《护花大使》不坏,够逗笑的了,前面加演的顽童班搞笑片,表演的很好,大人味十足,神气得很! 红绿眼镜也有意思,好像银幕上的东西出来直到你眼前一般,吓人一跳。护花大使的女主角很美,歌喉不坏,可惜不知她叫什么名字,我想将来总会出名的。据谈,哈代劳瑞以此片算是最后的合作成绩了。在影院中碰见庆华,散场以后同到市场绕了一圈,吃了两碗奶酪,在北辰试了西服样子,此次定做西服是我平生第一次呢! 不知做好是什么样子,出市场进中原公司,买了一条围巾,一条领带,一元六角,给五弟买了一条上裤,又遇见小刘(曾泽),坐电车回来已是黑了。坐的电车是公司新买的,白边,弹簧座的,白漆的拉手,很是漂亮。

4月12日 星期三(二月廿三) 晴

父亲病仍无任何进展,有时移动,如起坐大小便等等,往往觉得痛苦似的

呻吟,令在旁侍候的人难过非常。年高,气血两乏,加以久病,诸医束手,想起令人抑郁无欢。

右手中指被伤以后,诸事皆不便利,讨厌得很,幸而还能持笔写几个字,中国毛笔恐怕不易了。中午孙祁来,稍谈即去,换回了自行车,三时许至西单旧书摊,买了一本《苏曼殊小说集》,代价五分。遇见孙祁,拉他一同去郑家,谈了半天,和郑雯胡扯了半天,后来陆方、王淑洁亦来,晏、维勤亦回来,聊到六点多快七点了才回来。雯一定要叫我请吃糖,小孩子的脾气,好笑得很,爱她俩的娇憨,哄小孩子般的应允了,并且不愿令她们失望,就请了她们半磅的牛奶糖,现在的小孩亦够难缠的了,她们有糖吃了,笑咪咪的,我则送出了三毛大洋。

4月13日　星期四(二月廿四)　晴暖

暖和暮春的天气,春风吹过来,令人起一种异样的感觉,晚上受了南风的熏沐,使我懒洋洋的起来。上午又去看手,还有血,好,起码混两个星期,真够讨厌的,阿九今午回津了,下午三时许五姐和小济华来看爸爸的病,济华才八岁,很好玩,也还聪明伶俐,和小妹在一块玩了半天。今日算未出门,在家待了一天。

今日下午又请蒲伯扬来看,仍无何办法,又看肚腹仍胀,开药水治咳嗽及痰,近一二日痰更多,呼吸皆闻其声,眼球显黄色,精神不佳,惟神志尚清而已。蒲伯扬今天说,这样子能吃下东西去,通通大小便,便是最好的情况了,能够如此,算是很好的了,我问他这种情形最多能维持多久呢? 他沉思了一刻,说最多不过四个月吧! 哎呀! 最终我的老父只能和我在世上共处四个月这么短的时间了吗? 只四个月就和我永诀了吗?! 可诅咒的病魔夺去了我最亲爱的老父亲,失了我底悲依,老父一切的后事都没有预备,我今日得和九姐提一下了,无论如何得想办法,难不成摆在那里? 人有生就有死,生了死了,都是自然而不可避免了的,老父今年七十九,不算寿不高了,看开了都不过是那么一回事,不必太过于悲伤。但是父子之亲,当然不会无动于衷,哭是应当的,表示悲哀,实则无济于事的呀!

4月14日　星期五（二月廿五）　晴

连日父病有变化，精神更软弱，四肢愈无力，故今日上午去蒲伯扬处询以究竟能支几日，彼言不敢定，如果中途转成他病，则一二星期亦不敢保险。继复至陈书琨老伯处与之商谈家务，并告以大哥九姐，令我去九姐夫处商借款项事，父已言此项款子给我和弟妹们以后生活及学费等用，如动用，则以后我们之生活费即少，如果不动则将来一旦出事，难道说将老父摆在那里不管不成？为人子者心亦不忍，不能出此。与书琨老伯言及至此亦无良策，亦唯有长吁而已，后决定暂时先去尚志医院我九姐夫处。遂又骑车去和内，见九姐夫以后，与之言明此事之始末与来意，幸九姐夫面子不小，允拨此项款子，并反复声明此项小款之利害关系，对于我们将来之生活甚为重大，告我归询大哥，可将与老父后事通盘筹算一下，欲用多少？值此时局一切虚文可省均省，此时如欲使我帮忙，则力所不达，如欲令我还债，则我可去想法子筹划一下！晚归告大哥及九姐，并决定老父身后上身穿衣十三重，下身穿十一重，余手套，袜子，靴子，帽子，朝珠，披肩，枕头等尚不计在内，只看大哥九姐二人口讲手写而已，我亦不懂，也只是在旁看看而已。晚间父痰仍甚多，且其黏，白色。

4月15日　星期六（二月廿六）　半阴

父自前年冬病起，去年春稍佳，一度能起床出门，夏季末叶起又变沉重，遂不大出门，惟不时犯病，尚可起床至地下稍坐坐，犯病时初胃肠疼，继以发冷，最后呕吐酸水后始渐痛苦减少，胃疼时呻吟之声，令人泪下，至秋后胃痛渐减，不数月即无胃痛，偶一发冷，吐酸水，至去年冬及今年春发冷亦无，唯人软甚，精神不佳，每日一举一动皆须他人助力方始如意，大小便亦不大通，恒四五日一通，一日三餐，每顿约进一碗稀饭，佐以蒸鱼，鱼松，豆松，菜疏，豆子等素菜。近日约有半月，痰变甚浓甚多甚白，咳嗽，粘口边不断，恒以为苦，一月以前，腰腹发胀甚大，脚亦曾一度肿胀，家人经验谈为不好。自前日起人愈发软，愁闷

欲绝,衰老久病,加以气血两亏,群医束手,家人相对无策。故连日我未曾离父左右,只在家闷坐看书而已。

4月16日　星期日(二月廿七)　晴

　　母自父病以后,每日未尝离开屋门半步,侍候饮食以及大小便等一切,无事不经母手,精神上之消耗与肉体上之憔悴,非笔墨所能形容。父大小便除我及大哥以外非娘不可,别人不便,大哥不常在身旁,我有时亦出门,故日夜照应,无论大小巨细,皆系母亲尽力最多,每一思及未能尽人子之道,心中殊惭愧。今日父之精神在此半月以来,算是最好的一天了,下午三时许把九姐及大

董毅四兄妹及其父母。自右至左:董刚、张令华、董毅、董恭、董元亮、董淑瑶

哥叫进来,老父勉力慢慢的说话,一句一句的讲,似乎很吃力,说商务股票卖了以后余下钱分,九姐夫处所欠之一千八百元留给我和四弟念书之用,谈至此,大哥与九姐面色即变。大哥向九姐说,你现在可以晓得爹爹的意思了吧! 于是向爹爹说什么,得把名分还他,口口声声说老父不把他做长子看待,一切事得由他去做,此句话我不明白他说的是什么意思,以为是父亲把财产交给他去做,他听了就立刻重重的怒了,还骂我"混蛋"! 又搬出了许多不知多少年的老话来说,又说不是和我争什么东西,祖上传下多少东西都没有用。又举了许多例子,如林琴南姨太的儿子住会馆,一个穷的了不得。咱们家七哥,八哥也穷得很,三哥仍然能活,要饿死一定会饿死,有多少钱也不中用,不会饿死,总能活着。他的意思是讥笑,姨太太的儿子都无用处,看我的,以后事情创出来了以后摆摆看! 大嚷大闹的,我气得全身发抖,我也不和他争,老父病重得这样,他还在面前这般闹,心里不知多么难

过呢!? 我再和他争吵,老父心中更不好受了,所以当时我忍了又忍,一句话也不讲,后来九姐劝他出去,问明了,他那句话的意思是爹爹身后的事要由他去做,这本来是他去做的呀!

4月17日　星期一（二月廿八）　晴

　　一早去学校起来晚一点,刷了英文,上了两小时的目录学,余老头可算冰面人,永远见不到他笑的,老是板着一付令人可厌的老脸皮,什么都看不起。下午日文,声韵学又上了两堂,至七时许家中李娘来电话叫我回去,吓了我一大跳,赶快跑回去一看,没有什么事,只是父亲精神没有昨天好,显然是软弱了许多,还说几句话,母亲因父病不知愁的消瘦了多少?! 急得了不得,反正有能够医治好父病可能的办法都想到,都来试试了! 今晚回来在家睡。

　　上午头一堂英文刷了,上了两小时的目录学,两礼拜多没有和同学们见面了,(因为放春假)见面一阵子寒暄是少不了的,这样子看来,我在同学中的人缘还算不坏,下午上日文及声韵学,都是我不高兴的功课,中午看见大马了,谈了会话,晚上一块吃饭。大马这人不坏,想不到和他很快就熟起来了,他对我一半好同学、一半小弟弟似的看待。晚上七点多忽然家中来电话,叫我回家,吓了我一跳,以为父亲有了什么不好,幸而没有什么。天已黑了,也未点灯,就这样子跑回来,出了一身汗,父亲仍是一天到晚昏昏地睡,至多睁开眼睛看一下子,就又有气无力的闭上了,令人看了心中难过。今天没有怎么吃东西,吃了一点豆沙包子,喝些水而已,家人对父此病是想出千方百计,结果是仍无好办法。

4月18日　星期二（二月廿九）　晴

　　上午起来去九姐夫处,想叫九姐夫把其余曾答应给酬的三百不必拿出来了,九姐夫说还是拿出来吧! 事情亦都到了这个地步,四哥也是没有法子的,谈了一会,又跑到南池子飞龙桥七姐处,谈谈家里这几天的变化情形,七姐亦叹人心的不古。留在那里吃水饺子,正好大都没有回来,吃完待了会,辞出,径

往真光去看《庚午丁大战记》由麦哲伦,小飞来伯,贾利葛伦三人合演很是精彩,可惜的没有带眼镜来,看的不大真切,有些模糊,真糟糕,眼睛太坏了,坐在前排第一排,就好一些,可是仍然看不太清,几幕很是精彩。回家道上去绒线胡同,由七姐处知张之洞子张仁侃,电话局局长,所介绍的刘睿瞻大夫,谈了一些父亲病的事,希望他能减少一点出诊费,后他允打七折,本十元。回来父亲仍是如此,半昏迷状态中睡着。王缉亭老伯来,与大哥谈天,黄昏始去,今日在外院做寿材。

4月19日　星期三（二月三十）　晴

一上午都在家待着,父亲连日痰见少,但气却显得微弱,多仰面卧,双手喜抚胸,饮食不下,状殊危险。昨日寿材做好,工人十一人,赶出。木材系十年前购来存于外院东门房者,木料宽厚长大,削去许多,令人见此心殊难过,木甚香似檀,但不及檀味之醇,做好停于马车房中。下午去校上了两小时的课,母心中忧闷已极,吾心中茫然不知所措,正亦不知以后如何办法也。

4月20日　星期四（三月初一）　晴

一早去校上课,两堂国文作文,题为《春日纪游》,胡聊一阵。中午宿舍门房老张告诉我,有三个电话找我,一个是庆华来的,一个是弼来的,一个是于政来的。回电话问庆华何事?乃是托我向唐振鹏问房事,于政是请我今晚去他家吃饭,随口答应。下午先回家,今早到学校看见桌上有一张祖武由津来的明信片,还有一张条子,上面写着是弼找我,未在校,托一个姓贺的转告我,如有暇去她家代其抄一下笔记。我真想不到,她会给我打电话。那姓贺的,我原来是认识,还在一块打网球玩,我知道他叫贺云彪,他认识我可不知道我叫什么!后来我见了他,问他我桌上的条是否他写的,他说是的,看他脸色,好像是说"哦!原来就是你呀!"我心中也正好笑,但终猜不透弼她葫芦里卖的是什么药?

钟已是鼓了四下,由七姐及张仁侃辗转介绍来的医生刘睿瞻方才看完,可笑大哥竟未进来，大夫不好意思，说不能治，只说病是沉重到极点，后事可以预备。看完走后，我因父病沉重危险，本心里实在不愿去叶家，只因难驳好友的面子关系不得不走一遭，想着吃完饭就回来的，到了那里已是四点多了，可是一个同学都还没有去呢！于政于良二人穿着打扮的齐齐整整，桌上摆着糖果，我一想，这种样子相当严肃郑重，可是电话中于政终究没有言明，至此一想，恍然，今日夏历三月初一日，系于政的生日。后来的人，有的送领带，或镜框，糖果等东西做礼节，我却过晕了，一时想不起来，随身衣服，随随便便的就来了，真是不恭之至，来人有沈家兄弟，袁蓝吉等，卓家兄弟(庆来，富来)，王家兄弟(燕沟、燕埒)等人，谈笑之下，又玩悬梁不许用手吃苹果，噱头甚多，硬拉我和袁、王等凑成了一局，无法之下，只好应酬一下，我心里其实哪里又有心情来玩这个，况且根本也不喜欢玩这玩意儿。晚饭是纯粹福建味，很是好吃，乃系中美楼所办的！饭后又玩一会，王燕埒还变扑克牌戏，手影戏，卓家兄弟都很诙谐。大哥，嫂，娘皆未睡，在父床前看视，吓我一跳！跑过去一看，父亲稍歪一下头，微睁二目，看了我一下，就又闭上，神情坏极了！家人相对无言，束手无策，夜深只索先去睡了！心中顿乱之极，又自责自己太荒唐，什么时候还出去玩，到这般时候才回来，又想别人多快乐无忧，以后我们生活如何解决，看到现在的事实，摆得明白，大哥是势难兼顾，以后不知如何维持生计，心乱如麻，烦躁已极，反复久久不能入寝。

4 月 21 日　星期五(三月初二)　晴
(丁父忧,民国二十八年,尧历三月初二日)

呜呼，苍天！伤极，痛呸！吾最热爱之父亲今日舍我等而仙逝矣！

昨夜失眠，今晨迷惘中听见娘在唤我，"老二！老二！快些起来，爹爹不好了！"此一语惊得我一跳而起，急忙匆促穿上衣服，头未梳，脸也未洗。时快九点，大哥在床前，娘在床边上，父亲仰面朝天的躺着，脸色黄极，鼻青色，眼睛微睁，有些向上翻，定定的没有神，口微张，胸口一起一伏的在喘气，正在和死神做最后的挣扎，我和大哥把父亲两手放直，手指握拳，大家帮忙穿上布衣裤褂。眼看着气息渐微，这时九姐及九姐夫，李娘亦来，终延至九点十分正，最疼我的父亲竟离我等而长逝矣。唉！那时眼泪不自主的流出来了，悲哀极了，痛

苦流涕的哭了半晌，换下被褥，父身上盖好一层红单，脸上蒙了一幅白色绸巾，就这样很安静的西去了！

昨日上午，父亲还排出了不少的大便，出了些汗，也排了不少的小便，所以在今天断气的时候，胀了许久的肚子，却逐渐平下去了。嘴也没有吐什么，干干净净的，赴西方极乐，这都是大哥所想不到的。娘举哀不久，也渐渐停止，并未如我想的那样哭得那么悲哀老不停止或是竟晕过去呕吐起来，这都是我想不到的！这样倒是很好，免得我又挂心母亲！好安心去办理一切应办的事！

穿上预备好的孝袍子，一身白了，指挥仆役搬东西，下房摆好做帐房，堂屋搬空了，都堆到东屋，隔扇折开，堂屋门亦拆了，父亲卧的床上，帐子去掉，床架折下，一时上午各处打电话，把上学的小孩子全叫回来，一面又打电话通知亲友，一面写稿子叫人去印报丧条，摆好供桌子在床前点上烛香，跪拜哭泣。下午郑家，王缉庭，陈书琨，老墙根一帮都来了，行礼时得在旁边陪着跪拜。七姐五姐亦来，哭了半天，下午四五时许穿衣裳，裁缝来，预先把衣服一件件全都套好，领子，下摆都绷好，计上身共十三重，下身十一重，头戴朝帽，领挂一串木朝珠，衣均是绸子及丝棉，脚穿丝棉袜一双，登朝靴一双，手亦用丝棉裹好，左手并持一小纸包，内包些许茶叶及画，不知是何用意，衣服不用扣子，皆用带子连紧，每一件衣服紧好以后，即用剪，剪下一点，称之为子孙带。晚并供饭，晚饭即在一处吃，菜钱由西院处付，米由我处取出，纷乱了一天，香不能断，即叫昔日厨子老孙及周先在屋内看守，尚有拉车孙姓及李姓仆轮流上下半夜看守火烛，香不能断，娘移至书房睡，想系悲哀过度，疲倦，十时许即睡。我心中悲痛，杂乱不能入眠，起至北上屋者数次，父亲一人独卧至空无一物的床上，直挺挺的躺着，穿着一身朝服，想不到昨夜还能转动看视的人，今天竟去世了呢！昨天下午刘大夫来时，心里十分明白，还举手给先生拱拱手示意呢！星期三星期四二日已是舌头僵硬不能言语，父自病后，每日皆一心一意的望他自己好，并未绝望说是自己好不了，心里一点不糊涂，说什么话都听得明明白白，一直到去世的前夜，若非年青平素身体强健，这种磨人的病早就不能支持到这么久呢！我想不到父亲会这么快就抛我等而去，这么快变得这么急，我想这个主要是因为那天大哥在那么病势沉重的父亲面前大吵大闹了半天，父亲那时是没有气力去和他争，只是闭上眼睛摇摇头而已，心里一定难过极了，所以在第二天病势就急转直下,坏到那般模样。大哥在病人前之吵闹,不无功焉! 哼! 好孝顺的长子啊! 父亲死的那么快,三分之二是送在他的手里,一是不主张去协和住院误了,一是吵闹,伤病人的心,一是老弱不支。我们在父故去以前都是想尽方法使父亲好,而他们客人似的几天进来看一下,请大夫吃药不赞成,可是也不想别的法子,现在一动不动的摆在那里了。这么大官,道台,学问…全都无用了! 想到人都要有个死的,将来谁也逃不脱这个关,真是无聊得很,一切都完了,在人吐完最后一口气以后! 想到此,人真是无意思极了,万念俱灰,徘徊寻思,独自凭吊,至午夜十二时半始寝。

4月22日　星期六(三月初三)　晴

昨日爹爹尽天年,计生于清咸丰辛酉年四月十三日卯时,于大限中华民国己卯年三月初二日巳时,病故,享寿七十九岁,年岁不可谓之不老矣,惜于此离乱之际故去,经济不充裕,一切均草率简陋。然此时甚乱,以后更不知变成何样局面,且子孙不少,名望亦有,此亦一喜一忧也。今日上午起亲友即陆续前来,不时屋中传出哭泣之声,我耳听麻木,竟不下泪,但衷心之难受与悲戚,又非第二人所得知者也。下午三时许四时左右,实行大殓,力家,陈家,郑家等亲友,均聚集于堂屋,寿材抬进来(做此寿材之日,取一两块木料,在祖宗位前供一下,意思意思)盖放一边,然后由大哥捧头,我捧父足,再由裁缝,弟侄等相助,抬至堂屋搁在寿材盖上,其余诸人均跪在一旁痛哭,我亦往棺内垫深约半掌厚之锥木末,木末上铺上一层大张豆纸,上盖一块七星板,棺内沿边均钉有一周红绸子,此时裁缝等七手八脚,用一床丝棉被包起来,连头亦包上,此生除看相片以外,不能再睹父亲之庐山真面目矣! 呜呼,痛哉! 丝棉被包好,上捆以花样,用棉绸撕成条,紧好,即高举安置棺中,父即永远安眠其中矣,旁边空隙,以备好之灯草包塞满,不使晃动,上再加以许多灯草,再盖上一层板子,用竹钉,钉好,再上盖,按上元宝钉,削平,沿边一道黑漆封口,然后供桌摆上日常父亲所用食具以及零星用品,如牙刷,脸盆,木背挠,暖瓶,小帽,痰罐等等,香火仍不断,旁并有一长明灯,家人拜后,孝子在旁答跪,每一个都行礼,如此一幕入殓大礼至此遂告完成,并烧纸钱,晚又供饭,供茶水,每供前并问小钱卦,

在香上绕风匝,坠落如系两泪,"闷"则所问之话对,否则不对,则再想别话询问,至对了之时为止。今晚与大哥及二仆同宿堂屋陪灵,凄凉,惨淡之灯光下又是一番光景,我就在这冷清清静谧谧一口黑棺旁(里边是我最亲爱的父亲)这么一种说不出的悲痛悽恻哀婉的空气中睡着了。今日《古学丛刊》寄来一本,可惜爹也未看见。

4月23日　星期日(三月初四)　晴暖(接三)

今天接三了!三天了,一清早大鼓小鼓吹手等等都来了,孝帘子是白布缝成的,用竹竿子挂起来,里边是我和大哥及四、五二弟跪的地方,外边是孙子跪的地方,灵右是女人坐的地方,前是供桌上放点心,长明灯,立着一张大相片。早上来的人还少,下午渐渐的多起来,一直跪着磕了不知多少头,同乡来的真不算少,后来在来宾簿上一查,计有七十余人。下午,维勤,雯,晏来了,孙祁也来了,更想不到的是王庆华治华金大信大智四兄弟也来了,中午吃的是北方面席,好不难吃,下午请客人,据说还是那个,真难看死人!晚上五六点才去送库,只有两个顶马,四人抬的一项前清二品大员坐的蓝顶绿边大纸轿子而已,太少了。忙乱了一天,晚上很快地就睡着了,白事一出来,墙上本来挂的满墙书画全都摘下来,一眼望过去,显得那么空似的!今天妈妈又哭了半天,悲痛之极,我虽挣不出眼泪来,可是听见他们大家哭,心里一抽一抽的更是难过极了,像一把刀在胸口上扎一般!

4月24日　星期一(三月初五)　晴

本来这一礼拜想请假的,后来一想,又要补考,又要补考费,还不保险,得过了接三,反正没有什么事情了。今天懒得很,一起来一磨蹭得晚了,目录学上午考,第四堂只余二十分钟就下课,竟于半小时之内也给他编成功交上去了。下午考日文,我还不知道,临时上堂学了两句话,因为这次是考口试,翻译中文成日语,也及格了,声韵学上完,就回家了。因在未出殡以前是得陪灵睡觉的,晚上还得供饭供茶,这样供到七七四十九天,到七七以后(六七那天是由女儿家送菜），则每逢每月十四，三十两天供，一直到三年以后方才截止。夜里供桌上的长明灯，恍惚的陪我于朦胧中去会周公。又于一天之末休息了，今日下午大风遮天而起。

4月25日　星期二（三月初六）　大风

昨日风侠的威风，又撒了一天的欢！上午第一时没有赶上，未上，文字学考试，体育因风停止，抄一抄遗下的笔记，看一会书，至下午二时左右骑车至真光看柯尔柏主演的《ZAZA》，令我失望，太不满意了，数日的悒郁悲痛并未赶走多少，回来一路被风吹的一个尘土满脸。

4月26日　星期三（三月初七）　晴

上午的风虽然没有昨天前天的大，可是也够瞧的！顶风骑车，好不费劲，因为有风所以戴了那顶唯一的呢帽子去上课，下了目录学挤着就出来了，在楼下遇见陈志刚谈了几句话，忽然想起帽子遗失在208，于是赶快上去一找，早已无影无踪了，同学们的人品这么次吗？那也未免太差劲了，问同学、工友都说未见。那么那顶帽子难道说自己长腿跑了不成，真是怪事，没有法子，只好自认倒霉吧！中午在宿舍被情感的驱使，心中存着许多天的郁闷，一股脑子全写出来了，大约有六七页之多吧！一封这么长的信，不顾一切的，就直接寄给慕贞的王大姐去了，能够发生什么影响我不敢想，上完了课，考过了声韵学就回家了，顺路在西单理了发回来已是近黄昏了。上供晚饭，供茶还是那一套。

4月27日　星期四（三月初八）　晴

近日自己一半心里很乱，难过得很，一半自己对于外事老感觉没有兴趣，有点心灰，于是自然就对什么事也都显得意懒。头一堂文学史来晚了，未上，一堂英文，一小时的国文，作文题为《春日记游》给他来了一大堆神聊，午后归家。今天是头七，下午三四点许上供，五姐回来，七姐未归，今天的供菜比

平常的多,上供时子孙一行跪在灵前,由一人司仪,先杯箸,而后汤、菜、饭、元宝等,皆在长子手中盘子中一放,向上齐额一举,而后行礼此仪,然后举哀,家人拜罢烧箔,然后进晚餐。今日决定五月一日出殡,在家不过一七,连二七都无有,反正此次一切都是由大哥一手经理,我不懂,亦不过问,不知道。一切随他去办,并言此次出殡只通知亲戚,其余一切朋友同乡均不通知。我不懂,亦不管,唯唯而已,不觉回眼一看父亲的那口棺木和慈祥和蔼的相片,不禁怵然。

因为今天供菜不坏,所以大家合在一起吃饭,在吃的进行当儿,突然斌忽降临。计自阴历年来拜年以后,即未再现,已过了数月,今天真不知是那一阵风儿吹来的,我们未吃完,她一人坐在外屋等着,出来一看,她一人静默的坐在一张沙发上,谈话之下,不是电影呀就是同学呀的胡聊一气。今天也不知是为什么那般高兴,又说又笑,旁若无人,也许那一会儿功夫,她已忘掉我们家现在是有白事的,并且今天是头七,我心里烦透了,妈妈因为头痛在床上躺着,我哪有心思去应酬她,但是不得不强打精神去对付一下,结果在她豪兴畅谈之下,于九点二十分才回去。近日似乎和行佺不算生,去年吧,伯慧还托行佺给她买了一支笔呢,斌又托行佺代她去上车捐,我一住校,佺却替他们办了一些事情,这也不错。斌走时借我一本好莱坞回去看,电影迷劲不小!

4月28日　星期五(三月初九)　下午风

清晨的课外运动刷了,只上了一小时的现代文学赶回家来吃午饭,午后无事,看了半天的书,打开七八天没有开的 RADIO 听了一会增懑的西乐播音,声音还不能放太大。暖和太阳晒着,清风徐来,真是一种大自然最微妙不过的催眠曲。于是在不知不觉中,几乎睡着,一阵麻雀飞鸣而过,惊醒了我,一看钟才三点,风稍小,遂出门看手换药,在菜市口买了一些药品而归。虽是这一礼拜是季中考试周,可是赶上父亲去世这个事,心里十分的难过,乱、烦交织成的心绪,哪能再去安下心情去读书,何况家中的一切情形,与我所处的地位,都是和别家不同的呢! 难矣哉之为人也。

4月29日　星期六（三月初十）　晴,下午小风

快骑,跑,使劲,结果一头汗赶到了学校去考英文,没有念成绩怎么会好的了,大半许不至于不及格吧! 午后天气很好,暖和的很,心里可是像秋天,虽然外表接触的是春天,烦闷的很,哪也不想去,哪也不能去。大马小马约我一块去崇德看他们的运动会,我就一同去了,临时没有票,说算学生有面子,签个名进去了。笃志协化的学生来的不少,学生家长们来的只有三分之一的样,遇见许多熟人,周以耕,陈祝彭等当一组的组长,领导团体操,神气得很,而他们那一种合作的精神和无意见的态度是值得人赞美的,赛跑,拾石子,接力等等,成绩虽是都没有什么特殊的好,可是每一个人都尽力,努力地去做。末了三次,有教职员拾石子比赛,女教员五十米赛跑,拔河等三项很是有趣,尤其是拔河每一个人用力的面部表情,真是好笑。二马的父亲也来了,待了约有二小时即回去。还有一项是工友一圈赛跑,很是精彩,跑的不慢,一个人和第一名竞赛,努力的很,可惜因为没有练习,快到终点时,因腿无力跌倒了。我大马、小马三人坐在司令台旁,好似特别来赛一般,又认识了二马的弟弟永波,在崇德高一,个儿也不矮。天气热得很,我还穿了一件大夹袍子,更热得厉害,太阳老晒着,没有阴凉,渴得很,于是在找大丸子喝水。因为那里卖的凉食,太不清洁,我怕吃出病来,走到北面大楼下远远看见一个人很面熟,近一些,向我笑,我举手向她招呼,她也回应我,原来是弼,想不到她会来了。还带了小龙来,于是就陪她在一块坐着说话,说了半天,一直到完了,因马兄弟们回学校,我回家,就此分手,大姐要我陪她一块走,她坐洋车,又一直陪她到西长安街大栅栏南口,意思叫我去她家玩去,我因孝服才没有几天,不好随便到人家去,婉言拒绝。她快快也似的回去。我在亚北买了两毛的冰棍送到王家,搁在门口就出来了,也未进去,就回家,已是快黑了。在崇德,弼和我谈,贺的未婚妻叫刘婉如在慕贞,每天他们都通电话,那天正好她们又通电话,她就托刘告贺转告我,叫我在上礼拜有空去她家替她抄笔记,贺本来和我认得,但不知我叫什么,弼还告诉我说:"贺说,他非看看你长的什么样?!"我不知她说这话是什么意思?!

回来晚了,已供过晚饭,大家尚未散,大哥告诉我说先头问钱,问什么也不

对，后来问你尚未回来，父不放心？一下就对了，所以这钱是真灵，下次早些回来，免得爹爹不放心。钱是两个制钱，用红绳穿系，在父临终之日，在他手上沾一沾掷下来是两个"闷"，则以后问钱在香上绕几下，心中默祝，掷下是两个闷的就对了，否则不对，再想别的话问。其实上供、问钱等都是无用，无济于事的，在生时多孝顺些比死后一万倍都强。不过哭了，上供了等等都是一份为人子之心，表示悲哀和不忘罢了！正是"何曾一滴到九泉？！"

4月30日　星期日（三月十一）　晴

上午心仍烦闷，去看手指，换了药，一直骑到前外公共体育场去了，这地方许多日子没有去了，今天是市办公开春季排球赛，仍是各校参加，但又是一批新人了。回忆去年情景，令人怅然久之。遇小麦及孙祁，看了一会，没有什么意思就回家来了。下午又供菜，哭一阵子，还有力家等亲戚等都来了。我心里因是难过极了，可是眼泪却再也流不出来，大哥也是情感冲动的真快，说哭就哭，不哭就不哭，立时嘴一撇，鼻子一抽，呜呜的哭起来了，我可是怎么也哭不出来，后来他被人扶到床上去坐着，骂我和五弟四弟三人说："你们三人真没有良心！连眼泪都不流！"我一听此话，心中益发难受并且难受中夹杂着气愤，火烧一般猛冲上心头，但强忍住往下一压这无名火，冷笑一声回答他道："我虽然不哭，心里比你难受得多呢！"他听了，没有说什么，迟疑一会儿又道："你能知道这样，那就好了！"我也不再理他，坐在一旁心里一时真如刀绞。假哭给人看，比真的心里悲痛不哭卑下的多。心中一时乱极，头有点晕似的，于是走到书房中去休息了！心里真是又好气又好笑的很！生了半天气，自己后一想，这真是何苦？气坏了自己何苦！？晚临睡时，谈一谈关于父亲灵棺的事，大哥他答复我好好的，我也和颜悦色地回答，把黄昏时的事好似没有发生一般。据他谈是各庙中都没有地方了，他去跑了许多处，还是由李达抱的介绍，暂停在万寿西宫，在南横街南边，大殿内搁一下，漆完了，以后就暂搁在后院空地，与李达抱父亲李宓庵不远，地下长眠暂时有伴了！明天一早就出殡，今天算是陪爹爹的第末夜了，望了长明灯空空的出了半天神，父亲灵在家还不到二七，就出去了，自然是因时局等种种关系，但总未免太少点。可是这次丧事一切都是由大哥做主,办理一切,我不懂的,父亲在天之灵有知,想必也不会怪我吧!?

5月1日 星期一(三月十二) 晴(出殡)

清晨五时半即起,夜中未安眠,心中时时醒(昨晚九时动棺,以红布一块,清水一盆,举布假拭棺上,搁在一旁,俟今日出殡以后再倒,并置盐一包秤一个于棺后,谓之压煞气,迷信也)。早起沐洗早餐以后,即将做孝子之全副行头,白帽,帽带,白袍,麻带,白腰带白鞋,一律布制,穿戴好以后,静等亲友来齐一块起行,不知大哥何意,此次父在家只摆一七,固然是时局不靖,火烛留心,以早出一日为安心,然终觉难看,为亲友所笑。此次一切归他办理,知者当能谅,我年幼无知也,吾父在天之灵知我苦衷亦,必恤我也。晨九时左右,陈书琨老伯来,继之力家亲友均来,今日大哥对诸亲友均未通知,意谓不需大事铺张,时局如此也,只至近之亲友,如五姐七姐,力家等而已,国侄前日人尚好,昨日竟病倒不能起,昏迷竟日,今日当然亦不能随殡而行,亦可谓之巧矣。九时半吹打两番以后,大哥我四弟五弟等以次随行,棺出,后随家眷,哭哭啼啼起行出发,门口上围满了人,完全又表现出中国人那么无聊的,好参热闹,起哄,或是趁火打劫的心理来看一些不常见的事故。小杠抬出了大门,爹爹永不再进此门了,换上了三十二人的大杠,顺老墙根走,今日天晴,无风,老墙根有三寸厚的土,弄了两脚鞋的土,做了一个白布篷子,由四个孩子撑着挡太阳,还不觉得怎样,走五条,达智桥,再顺宣武门大街往南翻,经菜市口往西,一路上有十余个茶桌,都得跪着饮。经菜市口往西,至教子胡同南口走小道,此际四处即像郊外,阡陌纵横,野趣苍然,小道狭仄,抬殡者谓不能行,须换小杠抬,大哥不允,于是将就抬过,至万寿西宫,抬至大殿内停好,预备油漆以后,即暂权栖于后面空地内,俟时局平定以后再行起运回闽安葬。此则更不知在何年何月何日矣,拜罢,同至后面空地择大松下一空地,距李宓庵约一丈左右,地下有友伴矣。约十二时半归来,此行去时马车七辆,回来我与五姐七姐一车,我意以为可稍谈谈,五姐七姐皆劝我要听大哥的话,一切由他去办理。我本来就是听他话,一切他喜欢怎样做就怎样做,归家进门迈一火盆,接三那日吃麦席坏极,都

是北方味。怪极,今日午饭尚佳。娘因心中悲痛过度,至家即卧倒,发热不思饮食,午饭未食,至三时左右,始进挂麦少许,三时许五姐七姐归去。我则在屋中陪娘坐看书,消遣。父之相片安放于堂屋北墙西边,日供早点,午饭,晚饭,晚茶,今日稍觉疲倦,早睡。

5月2日　星期二(三月十三)　晴

昨日告假一日,今日因懒,故第一堂中国文学史未上,上午上课后决定去芮克看去年度十大名片第一名之《白雪公主》,下午与老王同去,每次和老王出门,不知为什么总是得遇点倒霉的事,也许是我近日正犯坏运的时候吧!替老王借了一个车,是小马的,我骑着,老王骑我的车,一直都到金鱼胡同西口十字路正乱的时候,一辆汽车突然站住,在我车前面,我一按闸不灵,我怕碰上,用右脚一踏前轮,不知怎么脚转到轮中去了,前边站住,后轮还前进,拿起大顶,将我掀在地下,真是使我自骑车以来从未丢过的这么大的丑!幸而脚未受大伤,只是把皮鞋面弄破了三小块,侥幸。到了芮克前排已无,坐在后排,越想越奇怪,骑的也不算快,为什么会跌这么一跤,后边还好没有车,不然小命一条不是也去找父亲去了吗?我想大概是,我本不该去看电影,在这不到三七之中,可不是,虽是厚沛请我也不成,这算是父亲给我的一个惩罚吧!《白雪公主》很不坏,画面尤其好,不然就不能荣获十大名片冠军了,一切都够美的,生动极了,尤其是七个侏儒,活现,我最喜欢这七个小东西。散场遇见庆华、大信,一同和他们遛市场,陪他们到中原,志同,大众等地方,买了些东西回来,又跑到中南海去看游泳池。到那一看,池干见底无一滴水,下去一试,深处是有我二人高深呢,上来遇一管池之经纪人,谈今年一切之原料都贵几十倍,故今年票仍不得不略增,三毛一次,季票七元,谈久之,始出。我遂同庆华至西长安街分手而归。昨日下午四时许,突财政部派一人,由云门表兄遣来,计洋三百元,要两收条,一百系叶揆初由沪寄来,二百系浙江兴业银行公送者,乃持走告大哥,要两收条,赏来使两元,大哥嘱,将此款交九姐,移时我即走访云门表兄,未在,至郑家小坐,少丹表兄谓我大哥未通知我们,或不愿我们去吧!虽仍是笑脸,但显出不悦之状,旋即辞归,今日告庆华,昨日出殡未通知他亦不高兴。

5月3日　星期三（三月十四）　晴

　　上午考逻辑学不好，中午休息时突然陈懋祄、李永二君来访，想不到李永会来，谈了一回，原来是杨承钧由昆来信托向云俊作一高中毕业文凭，托我帮忙，并有一信与我，老友久别突得其一信，快何如之。自然尽力帮忙，一口答允。因我尚要上课，李永遂辞去，晚与厚沛商，厚沛谓彼有一友人可为之办理此事，予大喜。午后下课后，大马等所组之紫黄与辅仁附中校队练习蓝球，我为之记分，赛完，与小马同去许久未去之小桥吃饭，吃完回宿舍抄笔记补写日记。

5月4日　星期四（三月十五）　晴

　　中国文学史讲师（教授?）储老头子，时以滑稽态度讲书，并每以各文学家、名流为友，烘托其地位。老来风流穿西服，怪声怪气恒自笑，声音令人可笑，诸同学随之笑，非笑其所讲者可笑，乃笑其所笑之声容貌也，亦一怪僻之先生也。英文先生年青风流，姓宋名致和，燕京英文系毕业不久，虽是满口英文讲，益我殊甚少。国文今日讲洪亮才与崔瘦生书，文殊美妙，形容春景之词藻清雅不俗，写来自然毫不费力。下午归家，去中原替老王买了一卷胶卷，今日午由大马为我摄影两张，昨日夜并摄一灯下读书影，今午又由夔为我摄影多张，一在校门口，二在校园，一试新衣于宿舍门前，由小马所摄，归来与弟妹各摄一影，预计明日去校时去洗，像画子系由国侄借来者。晚上供，今日二七，又是一行跪下，上茶饭等，晚饭后剪报。

5月5日　星期五（三月十六）　晴

　　上午只一小时的现代文学，用一个日本仿造假莱卡式的匣子给老王摄影多张，在北海绕了一圈，阴天恐怕成绩不佳，回来还上课，走来走去，够累的。晚饭后和小马溜什刹海，清风阵阵，很是凉快，又遇见陈宝滋和一个叫王贻荣

的又一同遛，边说笑，一直走到地大鼓楼大街去了，一直遛到后面钟楼，地方占的也不小，钟楼要改成新民电影院了，正在修理内部。遇见老王一人，于是把他拉上，一同走，慢慢地说，谈忽东忽西，什么都有，回到宿舍已是八点多了。我写了一张明信片给向云俊，向他要承钧的相片。今天走了不少的路，觉得有点累。

5月6日　星期六（三月十七）　晴

今天现代文学笔记交先生了，体育做游戏，午后无聊本来想去庆华家谈谈，打电话一问，都不在家，于是决定和大马们一块去东城走走，后来他们说去平安看电影，是金蕙漱的《闯祸坯》，我还是第一次看她的片子，全片毫无意思，胡闹一气，失望得很。散场后回家，到庆华家看看，他尚未回来，于是我自己独自坐在他屋里看书消遣。因为熟了，所以他的弟妹们也不在意。庆华花了一百元购了一台旧的打字机，还不坏，七成新，我练了半天打字呢。一会庆华及其姐回来了，弼在门口看见我的车就喊我，好像是她看见了我很高兴，进来以后就很快乐地谈着，治华和弼看样子似乎对于这次毕业和考大学很是着急，我记此话，亦够可笑的了，自己要毕业了，自然对于功课都很注意的呀！谈了一刻已是黄昏，我要走，庆华、弼都不肯叫我走，留我在那吃晚饭，情不可却，只好遵命，吃了三碗。晚饭后陪弼看她抄化学笔记，我一面却和庆华谈话，本来她要叫我替她抄一点笔记，可是因为治华一句话就又吹了。治华说："干吗呀！好容易才来了，一来就叫人抄笔记！"说得也是，如果替她抄了，好似我来了是为替她抄笔记才来似的。庆华谈中大的事，关于谢家驹那个俗小子的事，一切办出来的，都是无聊透了，也够可恨的啦！弼听得出神了，凝视一处，好似有什么心思似的。据听她前些日子的话似乎觉得大学没有意思，不愿上，要学护士，又想去山东齐鲁，我在上礼拜三曾写一信劝她就在北平，要走就远远的，到南方去，不知她的意思如何?！今天不见她老笑，老好像有什么心事似的，不大说话，特别发了些关于男女相识即认为是相恋的牢骚，与我见解相同，谈得高兴，不知不觉已经十点多了，够晚了，于是告辞而归。摸黑到家已是十一点左右了。这次算是头一次由庆华家回来这么晚，出乎意料，母亲并未责我，只问我去何处。四弟未睡,在画画,在床上听钟敲十二下,看了庆华家的情形,又令我起了许多感想,一时竟睡不着。

5月7日　星期日(三月十八)　大风,尘土遮天

今日辅大开运动会,大风蔽天。清晨,我竟冒风骑车去校,好费劲了,顺道去中原取了相片,我那卷照好了十五张,老王那卷照好了九张,可是都不大清楚。因为是阴天,一张四分,好贵,又绕道去王家,一早九点多就全出去了,怪哉。我把昨夜拿错了的自来水笔,和替她带去一本讲义和化学笔记,留下就走了,又顺路到郑家托大宝把我替泓借的那本小妇人带去,跑到学校,七孔都灌满了尘土,真难受,急换了衣服,去作辅仁十一,好大的风还有几个密斯来看呢,不含糊,可是做的不齐,真泄气。可是最气人的,我们做完一会,因为风太大,以下的体育项目完全停止,改在大后日举行,风大得出厅也不想回去了。中午和小马去小桥,下午哪也未去,在屋里一闷,睡了一觉,起来念英文五百常用单字,背了半天,只有老王做伴,晚饭后风稍停,六时尚明,遂去访云门表兄,与之畅谈家中情形,拟请其为之代书一信与仲老,恳其商于王处,月致百元,继续下去,或为我作一挂名差事,不知能否成功。家中情况大概均告云门,彼已允代写信,并其亦言知大哥哥脾气,谓仲老亦知。昔时吴俊川写信叫他去,说你来要做什么事,我给你多好的机会不去,云门又说如果是我,早发财了,那时候,不用别的,只在官银号做一个事,每月虽只是八十元,年底一分红就是上千,两年就发财了! 和你(指我)不客气地说,你大哥一辈子不走运! 谈至七时许,辞归学校。大哥已矣,无论亲友对其皆无何好印象,人至此,毫无人缘,亦无人味也,更听其自言,其在老墙根是天怒人怨,无之可比也,此语闻舒东九姐夫转叙。晚上小马来谈,久之始去。

5月8日　星期一(三月十九)　仍有风

风不时仍活动,但较昨日却小得多多了。上课、下课仍是那一套,无何可记,日来惟默思严父不止,每一忆及老父为子孙奔走,劳碌终生,且父平日对于

我等之慈爱,每一思及,辄不觉怆然者久之。吾意以为父故,乃是我自己个人的事,悲哀,内心的痛苦,只是我自己一人来担受,不愿表露出自己的痛苦,而让别人看见而难受,或竟分担了我的不快,那不是我所愿意的,所以我在表面上总是好像没有什么事,高高兴兴的,谁又知道我心里一阵一阵子是多么的难受呢!下午课后,被小马拉着一同去护国寺绕了一圈,买了一个大水瓶子,代价一毛五分,看见了各种各色的不同的人们,匆匆忙忙,各自奔忙着各自的事,无不是为了生活二字而已,但至逝世以后则一切成空,每念至此,则万念俱灰。

5月9日 星期二(三月二十) 晴

文学史堂上,储老先生不知为何做一声奇特之笑声,引得全堂哄笑半日,连那么有经验的储先生也禁不得起哄,竟也有点烧牌起来了。体育今日做游戏,有点小孩子劲。下午写写笔记,做做日记,看看书,一直到三时半,和小马、大白(雍琛)一同去崇实看他们打排球,好不糟糕,我看全队除大马稍好以外,无一人能及我也。差不多都是站在那充数,做样子,简直是球打他们,不是他们打球呢!毫无意味。一直到六点多我就骑车一直回家了。崇实只有两座楼各四层,地方甚小,楼倒是很神气的,另有一种风气。下午微风,每次回家,家庭琐事听满耳。

5月10日 星期三(三月廿一) 忽阴忽晴(三七)

七日之辅大运动会被风姨搅散,改在今日又开,仍有辅仁十一之表演,天气不坏,可是我不愿去了。今天又是父亲的三七,心中尤增一层暗影。上午起来阅报纸,看书,十点以后,天气忽阴忽晴,哪也未去,就在家中待着,一直耗到五点左右才上供。今天也不知是谁高兴的主意,由新华楼做的菜,九样,还不坏,才三块钱。一行跪着,一样一样的上完,磕完头,上完供,我就去看手指,好了,包布解下来了,包了几乎一个月,一解开特别痛快舒适似的。在院中遛了一刻无味得很,进场捡旧日物件,在文书桌抽屉中,阅旧日十余年之账本,每月用款浩大,年用几达万元,实是可观矣。阅父生前之日记,关于瑶妹大病一场,每日去协和路途遥远未尝间断,妹病之痊愈轻重,极挂心怀,老父爱子女之心苦矣,由此可见一斑矣。故连日每每痛定思痛,倍念慈父不止,至今又有哪个是我身旁安慰的好友呢!吾父一生是劳碌之至矣,晚年可谓为我母子五人所累,每一思念至此衷心惭愧之至。灯下又翻阅相册,诸同学之影,皆赫然在目,回忆往昔中学,儿时之欢乐,不禁百感杂集,心绪纷乱之极,不能再阅矣,气为之泪,心为之怅然者,久久不能解。

阅父日记中丁丑年九月初二日中曾记有云梦中作一自挽云:"长留正气还天地,只有清贫付子孙!"亦可见父平生志趣之所趋矣!

5月11日　星期四(三月廿二)　晴

国文堂作文,出二题,一为论文字之功用,一为读书小记(别记),中午饭后精神不佳,近日亦学得疏懒,并能自日午间昼寝,至三时起勉赴上课,日文先生未来,归来觉四肢软,甚无力,不知何故。天气虽晴,只是闷,而不太热,补记日记多日,小马近来时常寻我谈天说地,或玩,或一同去吃饭,观其举止言谈,显然我二人在心理上,青年的心理上是相差不多,但在人情世故上则相差远甚。其心中毫无牵挂,每日吃喝,读书,玩乐休息而已,毫无生活问题来搅扰其活泼青年的脑子,无一些思虑愁烦,而我在表面虽和他们差不多,却深深的藏着一颗与他们毫不相同的心,那是受了极大的创伤,受了人情世故、生活问题所碰击的心。我只把青年活泼的一面放出来和同学朋友们相处而周旋,却严密的收起来有成年人一般苦痛的那一面底我,现在有谁能了解我才二十岁的青年心中所受的苦衷呢!?

5月12日　星期五(三月廿三)　半阴

清晨七时上课外运动,有点凉的意思,回来看由庆华处转借来的(原来庐木斋书画馆的书)世界文学名著《瑞典短篇小说集》,商务出版。上过一堂课,回来与大马提前在十一时一刻去吃午饭,回来写点日记,休息一刻,至十一时半与小马同去东安市场。我的目的去做大帆布的白鞋,惜各处都无此材料,在

千祥看样子,亦无何特殊者,中原国货售品所等走走,定做衬衫一件,约合洋伍元,在中原买了一条素的领带,代价五毛,东安市场的白胶布鞋需七元五,十足昂贵,值此百物飞腾之际,谋生大不易也。在中原遇"老二"(同乡沈祖修也),与其女友亦在遛,三时左右,独归。赶上四点日文,小马去平安,下课后归来补写日记。夜卧不宁,关窗空气不佳,有臭虫打扰,甚可厌也。

5月13日 星期六(三月廿四) 上午阴雨,下午晴

第一小时英文本定今日作文,届时小宋(致和)又不叫做了,也不讲书开聊,说起他去法国留学的事来了,聊了一小时,倒是很有意思。体育未上,阴冷的天气令人生厌,毛毛的小雨下了不少时候,到了中午尚未停,幸而不大冒雨出去吃午饭,回来休息一刻,雨已暂停,于是提笔作答杨承钧信,内中附去黄松三信一纸,看他回信不?这人也太奇怪了,我和他不算不熟,只半年,他却是落落寡合,在班上的人缘也不大强,在学校和王维伯也不大熟,我在北平帮他一点忙,他家信上至少会提到这小子,竟会不给我来信,怪人!也许是君子之交淡如水,彼此知己互助不在言语表明也,则非我所知矣。然不知其如阅见我信中所言及于纪念册中彼所提之"永相念,勿相忘"二语不知其作何感想也?而其与斌之过往,抑亦逢场作戏也!?

本学期来因家事,及手指破,久未沐浴,近日手指告痊,而家事亦稍安,故于昨日下午晚饭归来,沐浴于校中地下室,浴后感觉其舒适痛快。

下午雨过天晴,正提笔作答承钧兄时,向云俊兄忽来访,谈顷之,始与之同行,一同归家也。至家中看书,看完《瑞典短篇小说集》,写日记,整理文书,桌中之旧物,晚十一时就寝。

5月14日 星期日(三月廿五) 晴 开吊

昨日阴半日,午后开晴,至晚阴云复四合,不意今朝竟暖阳满窗也!清晨六时即起,盖今日领帖也(即俗谓之开吊),于西单报子街聚贤堂,七时许与弟等坐预定之马车同往,观大哥与国佺指挥堂役挂帐联等。顷之,亲友相继皆

来,上午较多,四人围聚于一小地方,忽起忽伏,叩头无算。中午同屋宋、刘、王三人皆来,午后大宝二宝,维勤皆来,九姐夫亦来,并祭席一桌,庆华,大全等至四时许始来,旋去,不图下午于政,张汝奎,鲁子元等均来,为我始料所不及也。计是日送帐者八十七幅,挽联三十二幅,以送金者较多也,据云约八百余,是日谢席,送谏多为我去,叩头独多,好在父亲不过只此一次而已。至六时送库,在南沟沿烧,归来用晚饭毕,无什事,即伴母及李娘乘洋车先归,孩童辈先乘马车归家矣。晚风吹来,颇有凉意,不觉凄楚从中生也,往者已矣,惟我努力!家中电灯坏,身体疲甚,乃早寝,昨日铸兄赶回,今日上午十时左右家煜亦回平,下午三时去津,生活所迫,不得已也。

今晨得杨兄庆昌自凤翔来一信,云其一切平安,于本月十五日起即毕业,行踪无定,实干生活矣,壮矣哉!真非我辈蜗居平津者所能比拟于万一也。唯其苦,念平津诸友好不已,得我与于政所寄之相片,尤快慰。因数千里外,得老友一信,并得一影在手,犹如面晤,快何如之。

开吊已过,家中如何开销亟待一完全之办法,不然待瞬此数十元告罄,则更不知依何以生也。闻大哥将请亲友开一家庭会议,予敬待此办法之产生。

5 月 15 日　星期一(三月廿六)　晴

晨间赴校,上完目录学,午饭后在床上休息,看《立言》画刊,朦胧间睡着,亦懒甚矣。一时三刻惊醒,上日文声韵学而归。小马约我同去看中央之《失去地平线》,未去,一半经济问题,一半心绪烦劣异常。虽闷甚,不知如何是好,唯觉一切均无味,甚寂寞也。斜阳影中(因校中所居之宿舍窗向西,下午阳光满室也)独坐,执笔作与同学信数封,补写日记二日。宋王二人,时从起坐相偕,刘则不时归家,独遗我一人,独来独往,如无二马相偕则觉甚闷也。晚间二马出门,我一人骑车至西口东海楼晚餐炸酱面,回来经过什刹海,至后门大街,在双德顺吃了一碗奶酪,闷闷而归,至校中操场与宋王二人玩了一会杠子等。八时许归来,独坐室中看书,突然室门开处郑夔忽来,谈天久久不去,谈的不过又是那一套关于女孩子的事,我都听腻了,不爱听了,可是不得不堆着满脸笑容来听,我只是不加可否唯唯而已。夔这人,是有点自大,常爱批评人,

 北平日记

也不觉得所批评的人有的地方比他还好一点,嘴有时未免太损,说的人一子不值。他说他从前所认得贝满的那个姓张的,向他拿架子,他就把她刷了,说他灵敏着哪,什么人也瞒不过他,只有他耍人,不能被人耍了,还说了许多夸大的话,很是可笑,我也不好意思出声,只好在肚子里暗自发笑,他这一聊一直到快灭灯了才走。一晚上过去了,他来一谈,使我什么也没有做,晚上开一扇窗。臭虫畏冷未出,睡眠甚安。

5月16日 星期二(三月廿七) 晴

上午末一时是体育,今日打排球,多半同学都不会打,无什意思。下课后集数同学打着玩,出了一身汗,午后无课,本思出门,后又觉无意思,乃作罢。闷卧床上看书,忽又忆及父故去日之情状,悲楚哀生,凄然不欢,乃掩卷长卧,不觉朦胧睡去,一直到四点左右才起来。全身懒洋洋的,四肢无力,一点精神也没有,不知最近这些日子是怎么回事,白天也会睡觉了,脑子一点都不会想,空空的,虚无的,不知是怎么写出来,用什么名词字眼才能形容得合适。我这几天的脑子,一天到晚总是闷闷不乐的,和同学们开玩笑,那也是强自装出来,何尝发自由衷的表情呢!?

连日来,总觉自己思想老不能集中,精神也散漫不能专一,并且不时的想起父亲,心里难过极了,偶一回忆起父生前共处天伦之乐与处处所表示之慈爱更不禁令我心折神往,深悔生前不能稍尽孝心于老父之前,可悲吾父老境竟如此也。此必亦其自己所始料不及者也。今日世界上最爱我者往矣,此后惟尽心力以侍母,父亲在天之灵得知亦必稍慰一二也。吾自认系富于感情,时好幻想,奇特诡异不近人情。近来亦时思及弼,其情影时恍惚于吾眼前,其和蔼之有意无意之声音笑貌,亦耐人寻味,但吾无何奢望,所奇者,其举止及影像时侵入吾脑耳。

下午醒来,暂时得收束心神,竟无人来访我,得以专注书中,阅读莎翁(W·Shakespeare)名著之《恺撒大帝》(Gulius Cacsar),系曹沫风译,商务本。一气读完一半。昨日朱君泽吉,我系中之高材生也,看此书,谓"我国人译西文,译成文法仍按西文,成为不中不西,十分难读,予译虽无其好,但不赞成此

种译法,如译即应译成中人语气"。予亦赞成此说,所看译书皆不易诵读,所译成之中文,造句文法皆不易读,甚至一句连续二三遍亦不甚明了,其所言何意也。数日前逻辑学英千里秘书长所讲布鲁特斯及马可·安东尼二人演说辞均在此书中,沙翁不愧为大文学家,想象力之伟大,非常人所能及于千万分之一,布与马二人之演说辞,凭空构出,如此严密动人,大非易事也。

小马近日时常找我一块吃饭、玩、谈天等等,有时故尚不觉寂寞,而其思想则绝与我不同。盖其毫无忧虑,不愁吃,不愁穿,每日读书以外,只是想吃、喝、玩、乐而已,毫无可以挂于怀者。

夕阳西下,晚风送凉,独坐楼上写此日记,遥忆天边好友,旧时欢乐。慈父见背,今成孤子,去年今日犹沉溺于欢乐中,明年此时更不知又变成何种情况矣。微风送来楼下小儿欢笑歌声,不禁俯视天真小儿,艳羡孩提之乐矣,百感交集怅然不乐,不能去怀者久之。晚十一时许始入眠。

5 月 17 日　星期三(三月廿八)　晴热

近一个星期,也不知是如何,每逢午饭以后躺在床上休息,看看书,不知不觉间睡魔就降临了,一睡还是真香,到该上课时醒了还舍不得起来。今天中午强不去睡,看看书,到了两点实在想躺躺,谁知一躺就着了。三点有课,醒来以后迷迷糊糊,没睡足的劲,四肢懒洋洋的无力,这又是一个怪现象,以前我向来不会睡午觉的,近几日竟有点非睡不可的劲了! 真懒,真讨厌得很。

今日是"四七"。下课后回来上供,花圈好一点的都包起来了,堂屋挂满了挽联,照例上菜,拜过以后大哥并敲着木鱼念了一阵子经,我的手指好了,只待慢慢地长指甲,父亲在故去的前几天还频问我的手好了没有? 现在好了,也没有父亲看了!

连着大概有一个多月,舒没有来信给我了,我也不写信给她。如果老不来信那就吹了,我现在真后悔为什么写信去招惹她呢! 也都是一时的好奇心和同学的怂恿! 人的意志保持坚定却不是一件易事呢! 十四号那天,大宝二宝老叫我上他们那里去,不知是何意思? 今天去庆华家还书,伯母竟出来叫我进去,他们正收拾房子,乱糟糟的,我就走了,看来他们还很欢迎我,我的人缘还

不错呢！今午由贺云彪处要来汇文、慕贞运动会票一张，预备后天去观光一下子。

5月18日　星期四（三月廿九）　晴暖

今天耶稣升天瞻礼，学校放假一日，因辅仁系天主教会所办者也。昨夜归来即未回校，今晨起后即继续整理检阅父亲之抽屉，竟达一上午，本约李永今日来，未至，不知何故？下午接得津光宇、祖武等所寄之幛料，检阅父书桌中间，得民国十年十月二十日父亲笔所立之字据，有关兄嫂及李庶伯母在津赌博之事，约计二万余元之大损失。以前不过耳闻他人谈论，今日得睹此证据纸，良可惋惜，当年大哥、大嫂及李庶伯母可谓荒唐之至，今择录之于下：

"典质二千余元，庶嫂李氏积欠五千余元，典质二千余元，致有十月三日汝姓妇人登门滋闹，提起诉讼，牵涉及余情事，余气愤几不欲生，嗣由亲友李星治诸公出而调停以汝姓妇人厚利盘剥，责令核减外，约共需银洋贰万元之多，由长子起业商由张坚白处，以房地契抵。

整顿家政四条

一、积欠偿清后，长媳林氏，庶嫂李氏均应予以严重惩处。

二、嗣后如再有私自借款典质情事，立即驱逐，不准再入董姓之门。

三、长子起业应即痛改悔悟，奋发自强，自出力课生计，在家之日，竭力整理诸事，秉承惟谨，不得丝毫擅专。

四、现在积欠，既钜家中用度务，各早起晚息，服习勤苦，极力撙节，庶几重光旧业焉。

女儿淑瑄在见

侄　起衡在见

儿　起业敬谨守遵

民国十年十月二十日　希潜老人记。"

此次赌博结果，若大一所楼房断送矣，予至今思之，奇父竟为所累，然则如论父子之情则无何可言矣，而其时二万元独挪移不来，竟将大楼出售，予殊不可解，不然至今值数十万不止也，惜哉！不然自居亦可省偌大房租，若转租谋利亦非小也,殊荒唐之至! 大哥至今之不走运,不能发展,谋事不遂者,其种因即于斯时矣,故人皆看不起而鄙视,此事断其终身命运,名誉人格扫地,男儿岂可走错一步耶! 一失足为亲友所耻笑,将来即无立足之地于社会,吾岂可不慎哉,吾视此,可不恍然警悟而益加奋勉也!

吾家之中落,日不如一日者,想必亦由斯始,假若当时不赌,家资至今不能窘竭,居于津贴,而我等求学于津市,父心为宽乐,则天年不止此也,探索其源,大哥宜可以视之吾家之罪人也,自居长子,坐镇津中家内,家人赌博不知劝诫,或预先电告亦可免过延之发展,而自己竟亦参加,夫复何言! 而当时代写借券之阿九侄亦殊属可恨,亦复可怜,只知被一时(利诱)之力胁而不敢言,不明此却关系吾家之前途利害莫大焉,胆小如鼠,眼光如豆,委琐无能之人,永无发达之日也。及至事发欠债垒,只知跪泣哭求老父之出售房屋以还债,丑态百出,男子之威仪何在,至悉数无遗矣。可怜,可恨,可叹,亦可笑也! 心中独不愧,无耻之极矣! 兹再录其乞求老父书于下:

"敬再禀者儿不肖,视察不明,死罪死罪! 媳朦瞳颠倒,胆大妄为,尤罪不容诛,逐日细究,初因贪嗜,遭失败,既失败则恐惧,以求全至再三,以致成此不可收拾之势,深可痛恨也! 儿初决计置之不理(自身推得干净,忘却自身上债务三千耶!?),令自承当昧剀切理喻(晚矣),实有悔心统计并儿所承认者约在整数可矣,早夜思惟忧心忡忡(何用?)若乱丝焉,诚莫知为计也,今木已成舟,自不得不想法补救,事既知觉,更不敢不据实上闻(多乖的儿子!),然妻可今日有而明日无,如蒙俯恤下情,则儿有所求焉,所求惟何? 宽怀珍重,视若无事无闻,父心安,则子心亦安,然后徐图善后,儿年力方强,福阴所庇未始无可希望,但求勿焦苦,千万千万,主要主要,儿再有陈者细察媳之谈意,某对于她感情尚厚(此语不可解,不知谁对谁感情厚?),颇有商量余地(当然!),人心叵测,因不足以深信,拟俟汾阳处接洽,妥定姑且由和平入手,挽人从中调处,若能损失轻而消患(于)无形则幸甚之,临者不胜恐慌。七月二十二夕儿谨陈"

此信语气中多大言不惭,恬不知耻,可笑可笑。彼等向来以正室嫡出而夸傲于他人,而出自正室者即应办此败坏家风,贻笑亲友,出脱财产,累父名誉,无耻之举乎? 福亦享,财亦败,妻亦娶,子亦生,寿至半百而过之,自不能自主以支持生活,求靠于老父,恬不知耻,犹喋喋无休,夫复何言! 呜呼! 痛哉! 赌

博卖房,此不过为外人所知者,其余在开开马车行败出二万之谱,平居与父之淘气,口舌,以及一切琐事,使父气血身心两顾者,熟此莫甚矣!

今年春日与往年亦无何异处,而梨、桃、海棠等所结果实无几,梨几无,海棠亦绝少,大槐树别人花皆谢,而我家槐则尚未出花也,此殆亦悲哀父之已故也欤!?

5月19日 星期五(四月初一) 晴,下午风

清晨由家跑去学校,作辅仁十一练习,作完以后在屋休息和同学谈谈话,同屋三人懒甚,明天宿舍开放,东西还是那样一团糟的堆在各处,也不收拾,骂他们,讽笑他们,一概无动于衷,也真是没有法子。不管他们,我把我的收拾清楚了,不理别的,宋、王二人是有功夫就床上倒,尤其是宋,劲大了!我真看不惯这样的人,下半学期如果幸而能上学住校的话,绝不和他们住一屋了,太无聊了。上完中国现代文学一小时以后,提前吃饭,找大马半天未寻着,到了饭铺一会大马也来了!一会杨枪亦来,饭后休息一刻,看会书,到前门浙江兴业走了一趟,今天第一次穿新西装。和徐伯伯谈了一会,辞出。到崇内汇文中学,看汇文和慕贞联合运动会,和那个姓贺的要了一张票,可是今天早上接到一封信里边附有两张票,原来是弼寄来的,可是我已有了,送人也没有人去。上午还好好的,下午却起了风,真讨厌得很,遇见李培打个招呼,小马也去了,一块看展览会。慕贞女中做手工的枕头做得真好。后来一阵一阵的风可不小,烦得很,运动会可没什么大意思,到了汇文,找庆华好几圈也没有找着了,后来遇见王贻告诉我在那才找着,他和那姓杨的小妹在一块(叫杨宗敏),才在初二,可是劲头已经不小,这年头不得了哇!又看见老二了,蘑菇劲大了!和庆华们在一块待了半天,一同参观汇文两个楼,大致还不太坏,据说今年人才三四百,比兴盛的时候的一个零头差不多。和志成相似。贺也去了,一次看见弼在人堆中看比赛,我没招呼她,后来散了,她从前边跑过去,也没有招呼,Sorry得很。庆华说她问我来着,看庆华的样似乎很喜欢杨,而据弼说治华也喜欢杨,这怎么办?!也很有意思!和庆华一同骑车回来,又在东单看了半天日本人打垒球,打得不坏,到家不久就落雨了,侥幸,我也不知是怎么回事,今

天没有和弼说话,总像有一件事情没有做似的缺憾。晚上回来以后觉得站了半天,腰很累,早睡。

5月20日　星期六（四月初二）　晴暖

在家耗到十二点多,用过午饭才跑到学校去,此时已是一点多了,上楼一看,屋中比平时清楚得多了,难得,难得,进去精神也是一爽的,可惜他们总不会保持着这样整洁,真是奇怪。急忙换了衣服到了下面,去参加大一的辅仁十一表演,在大楼前已乱成一团糟,后来好容易军乐队来了,一块开走,到了操场人声才渐渐的静了,操场上看的人不少,为了面子的关系,大家都不说话了。那么多的人走齐了,也很好看,做完了以后又一列排开在预先搭好的司令台上,听雷校务长说话。说完回去到大楼宿舍前散队,在往回走的当儿,突然看见在墙边上一堆人中发现了弼,想不到会来了,我当时不知是什么心理,向她一笑,她也向我一笑,心里觉得高兴,又觉害羞似的低下头,随着大家走了过去。散队以后洗脸换衣服,心里说不出是为什么这般兴奋高兴,也许是,不,简直就是因为弼来了的缘故吧! 又换上了那身西服出动和弼厮见,和她一块是一个女士,就是贺的未婚妻刘婉如,她和我一介绍,刘有点不好意思起来。我又跑去看别的运动,人很多,很是有趣。跑将赵钧不坏,二百,四百,八百,一千五,都是他跑第一,跳高还是蔡云程跳得高,徐护民稍逊一筹,可是撑竿跳可正相反,跳事中还有卓庆来呢,卓富来亦来了,这两哥们是在可同家认识的,机巧运动表演亦很好,尤其是老二沈祖修,穿了一身红衣服,脸上画了黑条,像个猴子似的,他练的比别人不同,滑稽精彩得到掌声不少。指导柏先生也露了两手,当然不坏了,一个神父还给他们照相,团体操时,也照了许多,观众中女性也不算少,尤以辅大女院来的多,此时遍寻弼不见,初以为走了,后来一想大概是在宿舍里呢! 后来走在门口,果然看见弼了。中华也来了,一路走一路谈,她说,贺领她去参观宿舍,看见我住的屋子了,可是锁着,老宋更衣,怎么好让她进去。陪她到大学楼里绕了半天,生物系,美术系,化学系,物理系等一处处走走,批评说还不坏,出来又到女院去看,我未曾去过,这时正好去参观一下,教室桌椅都是新的,宿舍很是干净,每一间屋子都那么清洁,一件雪白的床单

刘淑英 1942 年与辅仁大学历史系全体毕业女生留影。
后排右二为刘淑英

子,铺折的整整齐齐,屋子里摆的大同小意,都少不了一些花儿,一切望过去,都很舒适,地方虽小,物件虽多,可是一切都井井有条,比男生心思周密的多。在大门口遇见一个姓周的一个姓邵的,谈了半晌,说笑了半晌,由此可以看出弼的豪爽劲,毫不拘束。从女院出来,她和周文立谈了一会才分手,我又陪她去取出车子,指告她路线才走了。我因口渴回到宿舍一看,宋已不知于何时出动,惜弼已走,不能稍尽地主之谊,刘尚在贺屋中密谈未已,出来喝了一瓶汽水,又跑到运动场去看燕京辅仁对抗表演,看见了庆璋和刚弟,刚弟来时会把上身体操衣服丢了,真是荒唐之至,马虎之至。在一块,领两小孩到宿舍看看,又带他们去打了一刻乒乓球,又出来看比赛撑竿跳和四百米接力赛,胜利均归辅仁。散时已七时许,晚上校友在大礼堂聚餐,并演电影,内容据说有女大生活写真,惜我感到身体很累,电灯又坏,摸黑不好做事,精神也不好,索性早早休息了。

5月21日　星期日(四月初三)　晴,下午风

今日为父亲弃我等而去整一月矣。

晨起思及此,心绪即恶劣异常,诸事皆懒做,只在各屋中走来走去,出来进去,不过是这几间屋子和院子而已,这一天不知出出进进的走了多少趟,无聊烦闷之极。今日尤苦思老父不止,午后一人骑车去万寿西窑看漆寿材,已漆完,大哥已走,我看了一刻方走。绕道去车铺收拾车。起风了,哪也不愿去,又回家来了,仍是闷闷的,看书也看不下去,竟小睡一刻,起来在院中小步。顷各处于月前所帮之款已用罄,而连日电灯,自来水,房租等均向母索资,已不名一文,更哪有钱付此,转询西院,竟置之不理,于是今日下午见大哥与言及此。彼但以游词而言他,避正题而不谈,意谓满七以后将商一计策,然近在目前之事却需应付,不得已晚写一信与九姐,述明此事,令彼与之从兑商应付之策。今日思父,为怃然者久之,念及家事为之怅然,不知所措者久之。

5月22日　星期一(四月初四)　晴

晨起赴校,中午在屋与同学谈笑,并阅《科学趣味》一书者久之,下午两堂课后归来,从床上休息忽又一阵心血来潮,思父不止。四月二十一日上午九时十分之情状犹在目前,如见此深刻之印象,当为此生不可磨灭忘怀者矣,在家则思及,闻家事殊烦恼,而在校已殊无味寂寞,精神寄托无一中心,殊痛苦。晚与大马同进餐。

人是感情动物,相处日久,互相亦无何裂隙,在不知不觉间即生情感。初与斌,见其与别人稍表示亲近,即感觉不通,妒性发作,现已无可言者,算我刷了她,可是见面还说话,只是心里远了许多。此次,在前日见弼,识人不少,与人谈话,不觉又有点不高兴似的从心内发出,后来一想何必,这年头也没有什么?!何况她又不是那样人,爽快得很,再者我与她也无何深切关系,而贺却误认。想到此心中不觉冰释前嫌,而现在对弼已能起此念,不可不向自己警告,自己别太富于感情了,这不是什么好玩的,像头一次那样,自己使自己痛苦了

许久! 对于弼不过因其爽快大方,她对我很熟识似的,到她家,处处招待,而每次所照的相片不用我问都拿出来给我看,而他们家也不避讳或疑虑,故愿意时常看她。而最近不时无缘无故地会想起弼来,这却不大好,我只好是以她做妹妹样子来教她爱她吧! 多日未去信与泓,想写几个字给她,免得太伤了女孩子的心,可是这样子下去,将来又怎么结束呢!

5月23日　星期二(四月初五)　晴,下午风

懒惰的我,今天糊里糊涂的,差十分钟上课了才起来,急忙赶去也晚了。体育说本周起作第二次测验,今天看两项,是单项及垫上运动! 成绩还将就。下午无课,到大马屋谈了一会天,因事情得回家一趟,好在下午无课,到前门绕了一圈回来,在院中和四弟掷了一会皮球,臂部觉得很累。听大滕(键)谈,才知道在上礼拜六与燕京对抗那天,小郑(夔)由同学介绍又认识了两个女孩子,是姊妹俩,姓林的,不是什么好惹的,与小郑的结果,恐怕没有什么好的吧! 但,人事也难说呀!

5月24日　星期三(四月初六)　晴暖

今天是五七,早上跑去,下午还得跑回来,没别的,跑吧! 上午三堂第四小时,英千里的逻辑学告假了。一时兴起,约好朱君泽吉与马永海三人借了棒球和手套掷开了棒球,出了一身的汗,手套薄了,接球真疼。中午吃饭遇见桂舟,这小子敲了我一顿,真倒霉! 中午在大马屋待了一刻,他们去打网球,我嫌太热,回屋休息看书,一沾床睡魔就来,立刻又睡着了。到三点起来,去上两小时的课,出来看刘志聪,大马等所组的紫黄与育美校队赛排球,不大精彩,还有七八个女同学来看呢! 分去观众一部分的精神,看完他们赛球,方跑回来。上供还好,没晚,家中事大家只知道用,不知道打发,真是岂有此理。

昨日下午有风,我也不知道自己怎么心里那么一动,立刻信步走到黄家去,嘛,表嫂娘家人来了不少,我一看大概有事,立刻待了一会,邀了小弟去大地庙绕了一圈就回家了,原来小弟告我今天是他妈妈的生日呢! 我真冒失,那

天不好过去,偏偏今天去,今天看见斌,一件长旗袍露着两条黑臂,觉得并不太美,也许这是心理作用吧!头发挺长,我很讨厌,但可是与我无干!对我很是,不,不太生疏的样子,我却拿定主意,几次对她总是有意无意的样子!才不会像以前那般的傻了!

5月25日　星期四(四月初七)　晴暖

上午满堂,两小时国文先生讲了半课书,中午看看书,休息一刻,第二小时上日文,下课后到贺云彪屋谈了一会。今天天气很好,热得很,中南海一定不少游泳的,宿舍屋子内窗户向西,一到下午照满太阳真是热极了,不得已拿了一本书到大楼下门前阴凉处一坐,小风一吹,好不舒服,好天气懒得在屋待着,一直在外面走走,玩玩。晚饭后因讨厌宋的嘴脸,所以和大马一同去大学图书馆,抄《中国文学史》笔记,时间过去的快,一会就到了九点半,出来休息一刻就睡觉了。在床上心绪很乱,半晌才睡着,下午打一电话,和庆华谈了一会话。

本星期二因事回家,弟妹等因上学尚未归来,一人独坐闷甚,不知那阵心血来潮,忽然想过黄家去走走,到了那里一看,嚇!表嫂(?)娘家人在北平的差不多全来了,我一想原来今是小弟母亲的生日,我真冒失,跑来做甚,立刻邀小弟一同去土地庙转了一圈回家!斌穿着长旗袍了,像个小大人,可是脸有点黑,臂也不算细,头发老长的我讨厌!好在与我无干!见面说说话也不坏,可是咱们可别再拉近乎了,不然我可受不了哇!咳,没什么可说的!

5月26日　星期五(四月初八)　晴

辅仁十一本学期结束了,所以今晨七时到八时的练习也停止了,十点才上课,足那么一睡,九点左右才起。中午看看书,奥尔柯德原著汪宏声译之《小男儿》,完全描述小孩子的生活,他们所受的怎样一种教育,教育者所应用的又是怎样一种方法。译者小引中更云"今日一班教育者高唱着爱的教育、人格感化、发展个性等等好听的口号,可是一看他们的实际情况,与所唱的口号相去何止千里?⋯"。下午第三时才上课,有二三小时的时间,许久没有给华

子写信和久未作答庆昌的信,趁这时候提起笔来写信给华子,计有五页之多。上完日文回来,在操场走走,晚饭后不久就到图书馆去,宋、王二人也去了,我一人找了一个地方写信给庆昌,并附去相片一张,远地老友得此信必很高兴呢!咳!不知何时方能相会!一封信竟写了一小时多呢!今天心里不知为什么,老想打个电话给弼谈谈,可是又没有什么事情,又不好意思,叫了一次电话,未叫通,也就算了!

5月27日　星期六(四月初九)　晴,下午微风

大星期六的,一上午四小时的课,不够意思,下课以后和小马一块去小桥吃饭。吃完以后立刻急得什么似的催我回去,到燕京,还有朱君泽吉,于是百忙中,火速整理一切,一同骑车跑到燕京去,平时出城都是坐汽车觉得不一刻就可以到燕京了,谁知这一骑车可不要紧,竟出城以后,稍慢点就得走三刻钟才到,要不是有两个伴,一路必又闷又累。自从西苑归来以后因城外很乱,又没有事情,所以就一直未出城过,只在城内转了。今天乍一出城,精神觉得分外的爽快,野外郊色,绿水青山,杨柳迎风,小麦飞舞起伏如波,煞是好看。一路幸修好有柏油路,尚好走,三人互相谈笑,颇不寂寞,半晌始至燕大。

此番至燕大系首次,由燕大南门入,于燕勺园四十二号马永海家休息一刻钟,饮水,听听无线电,至二时,于是相偕骑自行车共赴体育馆,一路上楼不少,树林很密,隐约中如公园,网球场极多,计约有三十余个,辅大只两个,比辅大多至不可以万里计矣。校景十分美丽,加以人儿活泼,实在此属世中之世外桃源也,怪不得许多同学居此不愿进城也!如易我亦然。在体育场上看女生跳一种不知什么名目的舞,继之以彩带系绕一柱成图案花纹,继以男生表演叠罗汉,颇精彩。有一小孩,每上必至顶,胆量之大令人钦佩,女生又表演射箭,不甚精彩,最末由辅大紫黄排球队与燕大校队作友谊赛,表演结果紫黄以三比一胜利。并有美式足球队赛,辅仁终因无经验与体力不足,负二球,计输十二分。此时已六时左右矣,遇不少旧日同学,本想去参观燕大各处,至此已不可能。惜此行未达目的,后遇于政,遂去其宿舍稍坐即辞归,一人骑车归来,野外独驰,迎风而行,别有一番风味也。在西直门遇临时特别检查,日本便衣查问我

数句,我予以辅仁大学之学生证看,彼即令我进城,便利不少。至西单亚北吃冰棍数枚始归家,因骑自行车行路甚远,疲甚早睡。今日本想打电话给弼,后因无功夫就算了,庆华淘气,自己把脚又割破一块。今日弼中学社会局抽考,大概不能回家,今天在燕大遇见沈家小五姐和黄哲我都没有招呼,自己不好意思的,不然在那些人面前尴尬一下,不理你,多丢人呀!惜弼和庆华今日未去燕大。

5月28日　星期日(四月初十)　阴

昨夜终因闷热结果,阴云四合夜半下雨,今日空气较凉爽,一上午为弟妹等整理抽屉,李永来稍坐,午后以真诚,涕下沾襟,切实劝导二弟一妹,并告以做人之道理。昔日父曾于暇时指教我,而今日父去,予觉教弟妹等之责任在我肩上,此后必须由我时时指示之也。谈话至一小时左右始停止,彼等去刘曾泽家玩,我则独坐室中阅报。晚饭后雨停,天气晴爽,与四弟同去远智桥走走,买些东西归来,散散一天之郁气。今日发庆华子及庆昌信。

5月29日　星期一(四月十一)　半阴

又是上课下课无可记者,目录学余老先生讲书从不苟言笑,书目答问,书能惬其意,值其佩服者甚少,大多看不起,或不及其所作。如其欲作的话,每一自夸时,必举首四瞩,状殊自得,亦一怪脾之人也。下午下课后阴天,又无风无雨,一极好之打球时间也,小马之西语系与物理系赛球。赛前我玩了一会不过瘾,他们一共打了五个 game,不太精彩。晚与大马去小桥吃饭,又至什刹海散步,予居北平十余年,未尝一至什刹海,今于近一年内竟几每日必过什刹海矣。归来精神不佳,思睡。晚得泓一信,劝我抑悲。小马向我挑战,决定明日招集本系一年级全班人马与之一战,方显我国文系亦非皆是文弱老夫子也。晚谈及桂舟于考完后即南下事,不禁代之暗喜,然心中终不免惘然,觉离悲之痛也。

5 月 30 日　星期二（四月十二）　上午阴,下午晴

头一堂私自估计好人名及位置,下课后分头询问,大半皆肯玩,预计星期四下午与西语系一决雌雄也。今日体育测验铁球及百码,百码成绩十二秒二,太泄气,午后归来。因今日"六七",系女儿送东西来供,一早上就搬来各式各样的东西了,又来了一帮和尚念经,又敲又唱,闹个不停,听见十分烦恼,再一穿上白孝袍子,心里那么不是味,想起父亲又是心里一阵难过极了! 死后做得多么冠冕堂皇,都没有一点用,人死了还说什么,人活着时多孝顺他点比什么都强,我实在悔死了。在生前没有怎么疼父亲,孝顺爸爸,如今哪找去!? 思之至此,不觉心碎,悲极痛极! 在家又送了两次树,吹,敲,打,哼,唱,简直令人头痛,心里更难过得很,五姐,七姐,郑家都均来,今日上供摆的全是九姐送的。晚饭吃的够热闹,饭后在院中谈天,七姐大说大笑,旁若无人,好像今天是来拜父亲的暖寿似的,我却避在屋内抄笔记。据泓来信说大宝在学校得了英文背诵(英文辩论?)初中第一名,不含糊,连日夜间被百虫、蚊子等咬的睡不好! 今天又想打电话给弼,鼓起勇气打了一个电话,谁知有人叫,没有打通,一晃快两周没有看见她了。今天我表面虽有一阵子很是高兴,可是心里总想老父而悲哀!

5 月 31 日　星期三（四月十三）　阴晴不定

早上提前独自上供,因为是父亲七十九龄的阴寿诞辰之期,因为去学校中午不再回来了的缘故,人生不过如此而已。前年今日庆昌,锡朋,于政,祖武来;去年,祁,斌,松三人等来,至今年则无一人来,而反令人吊矣,呜呼,痛哉! 人事沧桑,岂可逆料,去年今日与今年此时何啻霄壤也,翻阅去年日记,易腾悲愤怅惘也! 去者已矣,来者可追,以后惟视吾之努力如何也。

小马日前挑战,经我召集以来,一切进行颇为顺利,惟天公不美,今下午阴霾满天,至下午五时竟降小雨,一团高兴尽释矣。因天气及心绪关系,心中闷闷,又看老贺在打电话,又思与弼谈,然无可说,终中止。冒小雨看赛棒球半晌,然心终不怡者久之。晚饭后坐屋中,宋、王二人老唱杂耍小曲,令人生厌,无论如何也不愿开罪学友,唯忍之而已。近日一切均处处需忍耐,吾近对于忍颇熟习而近之也,幸顷之王、宋二去图书馆,则只余我一人坐在室中抄笔记看书,颇清静而舒适也。

6月1日　星期四(四月十四)　阴小雨,下午狂风

一上午阴天,给我一个坏印象,英文,日文,国文,这次要会考。英文和日文,这次可麻烦,日文更是一点也没念,英文各系讲的不一样,不知怎样考,小宋(致和)他要我们把连上学期以前讲过的读本也得念呢,那可真是不少,怎么办? 可是别的系不同,不知到底怎么办? 日文也是如此,没别的,预备一下子,和命运去争一下子吧! 国文两小时讲完了一篇文,刘歆的《让太常博士书》,聊了半天的闲话。中午二时左右,雷声没有了,不下雨,出太阳了,方自庆幸,今天可以打球了,谁知一刻功夫,天立刻变黄了,霎时间狂风大作,黄沙遍空中,不亚如冬日西北风,不过不太冷罢了。这一吹吗,好不心烦,得,吹了,还打什么球?! 天公太糟,好打个球吗,连着见天闹天! 好不讨厌,可是在风稍小一些的时候,还和两个日本同学在小操场玩了一会排球呢! 结果弄了一头一脸的土而已。上完第二堂日文,一问小马必是不打了,下礼拜一见,回来在姚子靓屋看看他们的相片,谈一会话,又和黄叙伦一同玩了半天的乒乓球,至六时许和小马一同去小桥吃晚饭,归来去大学部绕圈,忽得一信,打开一看,原来是弼由慕贞寄来的两张欢送毕业同学的票,这真是出乎我意料呢! 我心里很是高兴,这样看来,弼可以像贺所说的那样和我是不坏的好朋友呢! 我很迷惑,她对我不坏,可是我应该以她做一种亲密的好朋友看待呢还是应该以她做妹妹般看待呢!? 晚上在大马屋,朱公泽吉屋谈天,小马又向我传道,可是我终不信,小郑要我打听孙、索到底如何,要进攻索,朱公泽吉屋、翟毓涛大谈其好机会被错过的经过。今天一下午连晚上,算是没有做什么事,荒唐的浪荡了半天,太野了,该收束一些了!

一个女孩子给一男孩子一点颜色,或好意及温情,男孩子立刻就觉得是受宠了,可是如果对方是个对于谁都是那样,那就也没有什么可以值温存的惊奇

与宝贵了。在辅仁返校节那天,李莘来了,我也没十分好的招待他,也没有请他去屋里坐,真是对不起。上礼拜六去燕京,他邀我去他屋里坐,我当时竟婉拒,至今想起来很对不住老朋友。在中学一班时很好,而现在会向他表现得这般冷漠很是后悔,下午打电话和庆华胡聊一阵,晚上猛想起礼拜二是他生日,我也忘了,没关系,熟不讲理了。我老是这样,什么都是事情过去了,才想起来,真是不好。

6月2日　星期五(四月十五)　大风,晴

昨日下午狂风的余威,到今天下午五点才止,刮的真是尘土满天,好不令人厌烦也,上午八时许始起,因十时方有课也。《中国现代文学》笔记,我抄的尚不太乱,也未遗落,于是每礼拜我的笔记都有人借去抄,今天竟有四人在十分钟内向我借用,真有一时颇难应付之感。下课后上三楼去看中学的画,有些画的确不坏呢!一些木工,铁丝工,竹木工等全不错,中午抄抄笔记,写写日记,看完了《小男儿》这本书确实也给我不少的影响与感动呢!太好了,希望这本书凡是青年人预备教育他的将来底子女,以及教育家、小学校等都均应细心一读此书。其中所述是如何教导感化小孩子而去学习,我希望将来中国会有这等学校出现!日文要会考,先生不肯负责,可恶!五点下课归来,不刮风了,心中一动,遂骑车去拜访强表兄,归未来,遂转道往寻孙祁,适在工大宿舍,并遇四五个志成同学,如向云俊、万帮和、王书田等,欢晤畅谈久之。又至孙祁屋稍坐移时,后至工大内略事参观,一切均系整理修饰之状,设备甚缺乏,一切因陋就简,宿舍尤破乱一团糟不可言,任意舒适,无人过问,如此天地,"混"可以代表一切,居此一日实觉无味,较之辅仁更加干燥、单调、枯寂也。归来遇吴炳怡一路同行,因他归家,略谈数语至太平仓即分手。晚饭后沐浴,小马病嗓卧床休息,孙祁今日一见又恢复其平时满面忧郁寡欢之状,令人一见即感不快,闻其与索决裂,不知何故?晚间独自一人眷清化学笔记,雨后风止,夜间较凉,近数日愈觉宋之可厌,王亦随之,每日进屋就唱小曲,俗不可耐者灌满耳朵,实在讨厌透了,他们那种老赶而又俗透了的脑筋,真不够大学生的劲!宿舍成了杂耍园子了!真倒霉了,碰见这么一块宝贝,白天得空就睡,晚上灭灯

以后且说哪,感情他白天睡足了,真是什么人!?

6月3日　星期六（四月十六）　晴和

英文日文会考,多数同学要抓,可是仔细一打听,除文法以外,读本相同的太少,大概是不易出考题,只好是考考文法,作一篇文而已,日文有的讲得很少,恐怕也不会多难吧! 但是多少得念念。

今日上午体育继续测验,向来不曾试过的爬绳居然爬上去了,不易! 自己也真想不到呢! 铅球抛的右臂有点痛,跳远马马虎虎的成绩也不得意,《中国现代文学》笔记仍然借了人,没有拿回来。

为了礼拜四下午意外的收获,弼由慕贞寄来的两张欢送毕业同学游艺会票,邀大马一块去,他误会了,为了避免嫌疑起见没有去,我打电话给庆华他也不去,不知是为了什么? 我一人去多无意思,于是无聊中打电话到兴业银行去找那有麻子的徐伯伯,一同去,到了那里。嚇,满是女孩子,我真有点胆怯呢! 不敢望任何人一眼,把游艺会搁在一旁,和徐伯伯在一块走走,看看他们的校园,校舍,可是不能随意进去参观,校舍不太大,树木不少,倒很幽雅,处处都是女孩子,一个人真不好意思呢。也没有看见弼,绕着看看到二点半左右,走上楼去,由初二的杨宗敏女士收了票,向她点头微笑招手过以后就进去了,礼堂真小,人可是真多,于是屋中空气不很好,又很热,虽然窗子是开着的,两点半高三同学们排队由高三楼走来,一律穿着藏青的短袖旗袍,接着初三进来一律穿着月白短袖旗袍,每人襟前还缀着一朵鲜花! 活泼泼的、漂亮美丽的女孩子,慕贞真不少,只在这将要毕业的几十个女孩子中已是不少,还有许多没有毕业的,也有不少,在游艺大会中便可以看见! 毕业生都坐在头一排,优待他们,游艺大会的秩序如下:

1. 主席致辞

2. 在校同学代表致欢送辞

3. 毕业同学代表致答辞

4. 初三毕业唱送别歌

5. 滑稽歌　此幕有八人,四人饰男,四人饰女,女做卖花女郎打扮,一个

个都那么活泼的、娇滴滴的可爱,唱词调仿"小放牛"。

6. 同上,亦八人,饰不同岁数之四对夫妇,以中间两对表演最佳,尤以其饰二女者,并勉毕业同学以"忠信勤俭致知力行"八字,词调仿"凤阳歌"。

7. 话剧《父归》,此剧本为我所知者,我父亦已归去,不知以后我之成就能否如剧中人也,感我殊深。

8. 苏格兰土风舞,由小杨宗敏跳

9. 胡琴笛子合奏(初三乙)

10. 初一双簧

11. 初一甲、乙清唱

12. 各班合演《少奶奶的扇子》(四幕剧),此剧中饰金女士之庄慧不坏,演剧相当自然圆熟活泼,面貌有点像白杨,很美!

模仿西方礼节的北平时髦男女

一个小礼堂挤得满满的,人真不少,差一刻六点闭会,下楼来遇见弭说了几句话,独自一人骑车归来。因为徐伯伯怕热,看了一半就走了,顺路到庆华家去,他出门,未看见。和治华谈了半天,二个多月以前才生出的小兔子,今天一看已长得和大兔子一半那么大了,白毛很是可爱。不一刻弭回来了,谈了一会,她也要出门,庆华亦未归,于是我也走了,看今天的样子,弭似乎是对我不错的,也许是我悬空胡想吧!徐伯伯在一礼拜以内就要走了,明天他还约我一同去北海玩划船,我不想去,我临行了,弭还拿出她的游泳衣和纪念册来给我看,问我好看不? 并说她明天去游泳,我走了,她似乎不大情愿呢!? 七点半归来在院中忽看见黄家一家子都在我院中坐着。斌穿着花袍子也来了,许久没有来的小慧也来了,真难得。晚上得秉彝、庆昌寄来奠仪四元,不由我又想起昔日的友谊来,如今南北远隔不能相见,晚又接铸兄寄来五月份助洋二十元,今天过得不算不快活了。尤其是弼对我的态度,耐人寻味,月下漫步,心潮起伏不定,五内纠缠不知如何是好!?

6月4日　星期日(四月十七)　晴和

　　连着刮了几天风,烦闷死人了,今天一晴真够意思,可是我自己禁止我自己出门去玩,这种自由的监禁已经继续了几个星期日,不管好天坏天,总在家里待着,哪也不去玩。今日一早被大哥念经的木鱼声所敲醒,起来略事整理玻璃书橱,看这几日的报纸,午饭吃蒸饺子,累得妈妈帮着包饺子,大热天和仆妇在厨房闷着,真是心里十分的过意不去呢! 吃完了,天气不坏,可是我那也不愿意去,只在家中闷着,可是心里有什么事没有做似的,心里老不踏实,走来走去的什么也干不下去。连一篇日记都写不完,分了几次才好不容易写完了,今天本来早上可以去北海白划船的,因为徐伯伯请客,但是我没去。弼说今天下午她去中南海游泳,一个玩的机会,天气又这般好,但是连我自己都不知是为了什么,哪也不愿去,只在屋和弟妹们谈谈笑笑,也不觉太闷。五弟剃了平头,胖胖的一个头,傻笑起来也怪好玩的呢!

　　前一个多礼拜的光景,小妹妹为了童心好玩的驱使,买了四个小雏鸡,样子也怪有趣可笑好玩的,每天我们都上学去了,家中寂寞得很,可是几个小鸡却成了安慰母亲清寂的好伴了。每天母亲耐心的照料喂它,收它,看护它,结果死了两只,母亲还心疼了一些时候,现在母亲一叫,往前边一走,两只小鸡就立刻摆着屁股摇着小腿跑来了! 好的是黑狗不咬它们,只是以好奇的眼光看看而已。我笔下描写不出我心中的烦闷,虽有机会也不出去玩,可是西院们却去听戏呢! 晚接二信,一为秉彝与庆昌寄来奠仪四元,一为铸兄寄来二十元,奠仪六十元。

6月5日　星期一（四月十八）　晴,下午狂风,一阵小雨,闷热

　　早上来得早些,一路上买了点应用的东西,中午想做些事,可是炎热不准,只好休息休息。今天上午是徐光振结婚的日子,本系大多同学都去祝贺了,我没有请帖省我一笔费用也好,下午两堂课后与西语系定今日赛球,天气不坏,谁知辅仁附中和志成赛球,真倒霉!上礼拜要赛,赶上了闹天,老刮风,今天又让别人占了场子,没法子,只好等着吧。人家赛完了,本系的人走了一大半,东找西拉的,是那么一活动,结果凑了几个别系的同学和他们玩了个稀松好不来劲,可是最不幸的是我的钱夹子丢了,里边还有向云俊的五元呢!真烦,心里那么别扭劲!六时半忽起狂风,晚上郑夔来谈,他又想和索颖拉近乎呢!因为自己太荒唐,疏忽不小心,把别人钱也丢了,心里不是味。什么也没干,只写了点日记,天气闷热得很,尤其是宿舍屋内外边也是一丝儿风也没有,怪事!先头那么大风!今日乃购些自来水笔作周年纪念日。

6月6日　星期二（四月十九）　晴和,下午小雨,阴,晚风

　　昨夜不知为何,屋中那么闷热!一丝儿风不见,盖不得被,只略盖一点洗澡衣就过了一夜,宋、王二人不知是那一股子的劲,捉臭虫到三点才睡。今日体育测验跳高,结束了这季。下午无课,在二时许忽然狂风大作,继以小雨一阵,旋晴。写信两封,一是给泓,一寄弼的。前天,昨天就想给弼写信,可是总没工夫,老像心中有件什么事情没有做似的,午后归来,因为今天是老父必故满七之期,(七七,四十九天)日子真快,一个多月了,五姐同来,七姐未归,至六时许上供,桌前摆有应供之菜品以外,又摆十小盘,内盛酱油,香油,盐,醋,米,面,糖,柴,煤球,旁放一笼屉刀,菜墩,又一煤炉,锅、水壶等。真是好笑,哪也没有这个规矩,福建没有,北方据仆言亦无此规矩,籍此买一份家伙自用开账而已,好不可笑,成天喊穷,可是西院现在用三个仆妇,一个包月车夫,神气得很,前些日子西院四嫂等均去看戏,这是他们办的,出此不为过失,如我等则不可矣。我等此时亦不屑为此,此大哥则不言,装聋作哑,今日竟公然邀弟妹

100

等去看戏。把供菜吃下肚子，就要去玩，太无心肝，弟妹们还要去，经我劝说一阵才止。西院如此倒行逆施，令亲友耻笑。晚间抄化学笔记，今日下午由校归来，过庆华家，变天了以后，想不到他还跑去游泳，留下送他的那条领带而归。昨日不慎遗失七元余，出布告，无人拾领，可恼！古云，戏无益，信不虚也，以后当痛改！

6月7日　星期三（四月二十）　晴

昨日由校归家，今晨来校，屋中又很乱，每一进屋精神即受苦恼，下学期如能继续，绝不与此二小子一屋也。"笑骂任人笑骂，好坏我自为之"此种态度在公共生活中却不通用。中国多数格言，虽多为金玉良言，但亦须择环境而言。中午和大马同到护国寺绕了一圈回来，略休息一刻，到三点上课，五点以后即到图书馆去抄笔记，一直到六点半出来。晚饭后在宿舍院中和同学等聊天，挺凉快，八点回屋，宋、王二人去图书馆，刘未归，只余我一人，很静，把门打开，与对过相通，小风一吹十分凉快，开始抄作文上的错误字。昨日发二信，一与泓，一与弼。今午张君振华（社经系同学）告我，他拾一钱夹，我因其平常时间开玩笑，不信，而他于下午又告我实在，面色心重，不似虚言，遂请其明日带来，彼并要求将那在国货售品所所购之白色草编黑边之钱夹送他，我允许，因找回其余之物亦值也。晚间因失物有复得之望，心甚喜慰。

6月8日　星期四（四月廿一）　晴热

文学史储先生，讲书时常独自出奇声而笑殊有趣，亦一怪人也，与余先生之永不发笑，遥遥相对。今日讲俗歌民歌等，所乐之小本民歌选集，内容完全是述男女私情等两性间之事。又储先生在安徽故乡与一长工谈，此长工名袁四八，能唱民歌，恐不下六百余首，八日之内令其唱而记下者约四百余首，可称为山歌博士也。正两性相爱之事，普天之下，何处何时而无有也，两小时国文未作，讲普通错汉字。

连日天气热甚，至中午，精神时因气候关系萎靡不振，必略事休息以后方

好,虽要考试,但觉无什可念者,什么都干不起劲,四时下完日文以后,到护国寺大街上走走,旧东西都够贵的买不起。六点左右,到郑家,他们老叫我去玩,今天一去,一个人也没有,都出去了,只余志文表哥一人在家,雯在睡觉,看了会《长城画报》,于是晏,克昌,克晟,维勤等陆续回来了,聊了一阵子到八点了才回来,到小桥吃饭。

大宝等在家,现在都知道用功了,回家来就念,都很乖的,这几个孩子不奢华,无什脾气,又知道用功,怪可爱的。克昌等以次尚小,小孩自己到时去念书,就是最好的了!而刚弟等,我不知应用何种方法方能使之自愿就范而到时去读书也。

今日张君振华果将我遗失之物带来,内有我之学生证与明信片,这小子早不给我,开玩笑如此,亦殊恶虐也,抑其别有居心乎?!则我不知矣,不过我之毛票七毛多与一角许之邮票无存,草编钱夹亦被其扣留,计已损失一元许,但总侥幸矣!失而复得,不易。

6月9日　星期五(四月廿二)　晴

头二小时无课,九时左右才起,看了一刻的书,十时去上课,《中国现代文学》被同学借抄个没完。下午日文请假,中午休息一刻,同大马一同到东城走走。在东安市场绕了半天,我因为雯和弼两人今年毕业,一个初中一个高中,又因为丢的东西找回来大半,心里一高兴就买了两个贴相片的本子,一个大一个小的,大的送大孩子,小的送小孩子,一共代价二元,又跑到大众本来想再买一个白色草编的钱夹,可惜卖没有了。又到大众,中原绕了一圈,没有什么可买的,于是就去芮克看电影了,大马请客,我请他喝汽水,片名是《莽汉情》,两主角不坏,一是保罗茂尼,一是碧蕾黛维斯,保罗茂尼在此片中,不合其个性,不怎么好,碧还好。一个社会伦理的片子,警告人家金钱和女人害人之深,立意讽刺却不坏,可是保在片子中太不漂亮了,碧饰的女角会爱上他?太不合情理!五时多左右回来沐浴,洗洗头,真痛快。晚上看看书,抄抄化学笔记,今天太闲散了,只上了一小时的课,别的其余时间都消磨在无谓的事物和不相干的事上,真不该。

6月10日　星期六（四月廿三）　晴

　　英文小宋讲的告一段落，今天又请假了。体育测验完了，又是两小时空，不能白白过去，看了会书，第三时《中国现代文学》结束了，《逻辑学》又提了提重要问题，中午饭后把只剩1—2页的化学笔记赶出来，就带了两本子回去，到郑家坐了一刻，小的本子送给了雯，一会来了两个雯的同学，王淑洁来了，我也没有什么和他们好谈的了，于是也就走了。顺路去王家，庆华等都出去未归，只弥一人在家，化学笔记借给她，大的本子送给她，她忙喊不要，并且好像害羞似的，见了什么野兽似的，飞跑逃回自己屋子去，素来很是大方的弥，想不到今天会有这个举动，奇怪，一时倒将我愣在那里。后来我在庆华屋里等他，一会治华由校回来，谈了一刻，弥又自己走过来了，请我替她整理相片，相片真是不少，我的连她五分之一都没有，籍此机会，可以详细观察她的同学的相片，眼福不浅。真烦，从三点多一直弄到六点左右才弄清楚。庆华由东安市场看完电影回来，谈了一刻，快黑了，弥出去尚未归来。肚子饿了，立刻回家吃饭去，大本子留在那里，她不好意思，不会不收的，骑车一路跑，一路上日本宪兵，中国警察不少，在西长安街口上得看灯走路，一路上指挥行人走边道，慢走等等，可见中国人之不守纪律。一时反觉不方便似的，到了黄的门口，门虚掩着，于是进去看看，都在家呢！斌在床上躺着，懒洋洋的劲，半惺忪着眼，那股子劲，让我不敢正式看她，把从庆华处为她借来的《泰西三十轶事》有汉文对照的书交给她，说了几句就跑回来了。他们都吃了，我还饿着呢，一到家就看见李娘和娘在院子坐着呢！等我半天了，真对不起，和弟妹们一块吃完已是八点多了。今天还为我烧了一点牛肉，家里够困难的了，这点地方就可以省下了。晚上九点去多日未去的力家，一进门，他们都很奇异我的拜访，连门房陂子老张都追着看我是谁，伯津又回来了，大腹便便。苏菲很好玩，都会走了，也会说不少的话了，伯潘也在那坐着。我来是九姐叫我来的，一会九姐就让我到东屋去谈判把家里的事情说一说，问我什么意思，我没有什么意思，九姐说大哥的意思是如果我和李娘在一块，那就不能合我们在一起住，如果我们不和李娘在一块或是李娘向他认错和他讲话，那就可以和我们在一起住。我说李娘也那么大的

岁数，也和我们住那么久了，从小招呼我们，对我们都不坏，叫她走哪也不能去，就只当我们几人少吃一口养她一个老太太还不成吗?! 九姐说那这个意思也可以和大哥说说看，并说大哥力量有限，在经济方面不能帮忙，要在一块住也得弄清楚。招呼，别人都那么说，可是招呼的意思在现在我们都年幼，经济不能独立的时候，所谓令大哥招呼，不是就是叫他经济上帮忙吗? 难道别的还用他招呼?! 现在却扯出一个李娘来，正好纠葛都在这上面，爹生前大哥和李娘就不对付，发生了很大的间隙，至今数十年不过话，到了现在不谈不管我们，却藉了因与李娘在一块不在一块而来招呼我们不招呼我们，及同我们一起住不一起住为唯一转移条件，真是狡狯之极，稍有人心者都不能令李娘走，他明知我们一定不会叫李娘走，故意拿这个难题来向我讲，我都推到我考完了再说。谈了一阵子，大哥亦来，但并未言及此题上，各谈了些别的就回来了。心里越想越烦。

每日我们差不多得花百元左右，而所进只四十余元，其余虚空不知如何办法也! 五月份铸兄计在六月初寄来，而伽宇处竟无一毫音信也，我不惯向人做乞怜语，我亦不写信催询，任凭各人之良心而已，以后正不知如何生活也!?

6月11日　星期日（四月廿四）　晴

昨晚没听娘话，还是睡在没有帐子的小床上，结果是被蚊虫等攻击了一个不亦乐乎! 一夜很不安稳，各处痒的很，好容易早上才迷糊着了，却已拉过了九点半，急忙起来，因为预备今天做的事情不少，整理完报纸，心里烦闷无聊，不想再继续下去做什么事情。于是在十一点一刻信步走到隔壁去，他们都在家和他们神聊了一阵子，还给小弟讲了一个电影故事。小雨纷纷下个不停，弟妹们几次三番的喊我，才回去吃午饭。

斌这个孩子真有点怪，自从去年秋末冬初以后，我一半在校住，一半不愿再去找她，所以除了甚少机会的偶尔遇见以外，是每每有一个相当长的时间不相见也不通音讯，随之五姐小弟也不大常来，我始终抱着敬鬼神而远之的态度，和听来的消息说她认得不少男孩子似的，令我更不爱见她了，偶尔的相会，面子不能不做到，在中南海冰上也曾携手溜过一圈，这样保持着冷漠的态度，可以算是到前天止吧！自从不幸的，令我不知所措的，悲哀得痛不欲生的事件发生以来，她却例外的自动的竟来了我家，连着三天，以后又不时遇见，在看见我时，好似她很高兴，有说有笑的样子，我也觉得她变了，不像以前那般只会和我闹别扭的孩子了。那般温柔妩媚的对我，头几次我却不曾动心，仍是保持以前的冷淡态度，还是记着以前她和黄松三一同行动与我的刺激，和在西单她和小弟一块走而不理我的情形，可是在昨天，已是好几次了，我不大理会的样子，她仍是拿那股子笑脸对我，像最初我和她相熟的那种样子……今天下午的事实证明了她是有意的愿意和我恢复旧日的友谊。在上午我曾口头约小弟一同去中山公园走走，因为是我在上星期二答应弟妹们的，饭后我带了小妹、四弟带了五弟在黄家门口，叫出了小弟，斌也走出，我因为上午还怕碰一鼻子灰，所以只对小弟说，故意不问她，现在她也走到门口，不好意思不问她一下，于是我只淡淡的问她去中山公园一块走走不？她竟立刻一口答应了，翩然进去，换了一件花的短袖旗袍，她自己做的骑车和我们一块走了，这么痛快却是出乎我意料呢！一路上谈谈笑笑，倒很自然，四弟要去游泳，把五弟送到公园就走了。我买票进去以后，一路悠闲的走着，多日未曾来公园了，不觉精神一爽，天气不太热，游人也不算少，许多人都看斌，她今天的头发不是飞机式了，前边卷起两个花，后边却很简单的用夹子夹起来成一个小半月芽形，也很别致。小弟、五弟、小妹三个小孩子可高兴了，满处乱蹦乱跳，进花坞，往北看鹿，一路上许多人用眼光打量斌，在后河看了会别人划船，忽然间下起雨来，于是奔到一个小亭子上来避雨，都挤满了人，我和斌满不在乎，自然的谈着，斌也很大方的答应着我，一时引得全亭子上避雨的人都很注目呢！还好，不一刻雨就止了，又绕到东边去。一路上看见些不够味的女人，斌辄嗤之以鼻，意思是不够味，可见她的虚荣心还是不小，也许是女孩子好美的缘故吧。今天斌的态度与以前大不相同，一切都合我的意思，绝不反对，意思还是很密切的样子，有什么不经意的动作，她不会有所畏缩或害羞，大方劲却是泓比不了的。由东边走到来今雨轩，到董事会看中国画学研究会十六次展览，成绩极为美满，中间极多精品，令人爱不忍释。惜小孩子吵嚷，只匆匆看过即出，内有王雪涛，周启祥等作品，其余邢一峰、李大成等均甚佳，最珍贵者为水竹邨人遗笔山石一帧。在屋内遇庆成，旋因他看见斌在那旁，即走到另一屋去看，好似避着我俩，何必，这又有

什么?由画展出来,过来雨轩,里边有两个年青的女人直着眼看斌,我以为她们认识她呢,原来不认得,斌这么大魔力吗? 连同性也吸引得直了眼。在儿童体育场小孩子玩了一会,又绕到水榭后捂着鼻子去看狗熊和一只大黑雕,雕真不小,相貌凶恶得很,怪可怕的,两翅张开,是有小圆桌面大小,熊被困静处一旁,真怪可怜的! 绕过了小河在山上走走,小孩子到了山上,真是活泼一刻不停的跑上跑下,我真怕他们摔了,下山来到中央照相馆前休息半晌,斌指给我看康乐的妹妹相片,不算难看。五弟小弟两人往北跑去,半天不回来,等急了。到社稷坛找也没有,回来又从南往北绕过去,到后河没有,又从西边经过春明馆回到中央照相馆前,正着急的时候,他们两个人出现了,于是每人屁股上打了五下,一同越过花坞前木小桥再过石桥,由斌挑了一个临水的假山石坐在那里凉爽休息半天。小孩子们都拣小石头打水漂玩,直到六点左右才回去,又在水榭东南新建的又像亭子又像桥上边坐了一刻。忽然老板陈光洁,宗德淳等来了,握手谈了一会就分别了,他们一定是因为斌在旁边不好意思老在这谈,他们前边走了,我们因为也绕得够了,也就出来了,骑车直奔西单亚北,五弟带着小弟不含糊! 在北新华街北口遇见庆华的父亲,在西来顺门口上碰见鲁北魁死乞白赖的要我进去吃饭,原来他请了一个小孩子,请几个同事,张汝奎家里人在那吃饭,今天满月,我一点都不知道,真是一件喜事。脱身出来到亚北楼顶上坐着,一共吃了三枚冰棍,吃完了,斌不走,在那里休息凉快,待了半天才回去,到家已是七点半多了,今天算是玩得够瞧的。在峻记车行门口遇见二定、陆芳,旋即分手,表嫂傍在门口望小弟,听说多日未来找我的孙祁今日下午四时许忽来找我,可是我未在家,表嫂、五姐在我家和娘等谈了老半天,六七点才回去呢。今天本来打算做许多事情,可是一玩什么也没有做,晚看书,到西院走了一下,至十二时才睡。

由公园归来,在黄家门口分手的时候,斌好似依依不舍的劲!? 今天一天斌对我的态度和神气为什么如此亲密,为什么一变而成此? 真是我百思不得一解的事。今日几次无意有意的和她在对眼光的时候,觉得她分外的温柔多情,令我不觉起了一种异样的感觉和分外的想头!

6月12日　星期一（四月廿五）　晴

　　小宋讲完了，今天没上课，也没告假，就不来，好差劲了。两堂目录学又听余老头讲了半天，下午日文又讲了半天文法，声韵学已经讲完，闲话了一小时。

　　夏天又降临了，天气闷热的很，宿舍屋子窗户向西，下午太阳满室，热得很，所以把桌子移到一边去做事情，写日记、看书、笔记，六时许和大马至小桥吃饭，饭后一同到什刹海遛弯，遇见徐护民，王良，王贴荣，滕腱等走了半天，自从辅大添了女院以来，男女孩子们平添了多少风流韵事。夏日，籍口乘凉，都到什刹海来绕绕走走，心中是何居心就不用提了。男孩子们三五成群的过来，女孩子们二五一堆的过去，有的二人一对，或三四人加上异性，则单性的队伍立刻向他们行注目礼了，显出又羡慕又嫉妒的眼光神情来。所以什刹海成了辅大的校园，成了聚会的好地方。晚在朱公泽吉屋中稍坐和小马等谈了一会，看了会书，写日记。

6月13日　星期二（四月廿六）　晴热

　　《中国文学史》今日结束了，英文小宋又告假了，第三时文字学陆先生还讲，稳的很，第四时体育不上了，又一小时的空堂，闲的时候补写日记，写笔记，看书，中午略事休息，习习小字，补上了一篇作文，天气闷热得难受，尤其是我们的屋里。四时沐浴，颇痛快，作一信与斌，烦躁得看不下书去，热得直出汗，下午无课，也没有做什么事，真烦！郑夔近数星期每日不在屋中，不知去往何处，非至上课时和灭灯时才回屋去，不然是难得找到的，急得很呢！考也不顾了，晚上在小马屋里看见沈祖修一大厚本的纪念册内容，奇形怪状的确不少，五花八门也全有，不坏。晚上屋中愈安静一点，看会书。

6月14日　星期三（四月廿七）　晴热

　　天气真热得邪乎！一走到院子里就全身进了火炉似的，闷热得难受，恨不

得下一阵子雨凉快凉快,热得精神不振。中午竟想睡了,什么事也做不下去,再搭上屋子向西热,动一动就是一身汗!小宋英文讲完了,就再也不露面了,目录学,余先生说大学四年很快,应该在此四年中读一些书,认定一样预备个拿手的本事,以备立足社会之用,这倒很对,逻辑学也温习完了。中午听李君国良讲了一点英文,王滨江室的吴道恕君请吃冰棍,泡了半天,下午两小时声韵学和文字学都结束了,讲了些话就下课了。大学一年级算是上完课,下半年不知能否上呢!?思之不禁怅然!下午归来五时许接着念书,无奈一半天热甚,一半宋在屋中穷说闲话没完,吵得看不下去,心一烦不觉昏昏睡去。六时许,小马来找我回至小桥进晚餐,饭后大马,小马,韩天荣我四人遛什刹海,有一五、六十老头,白胡须赤背大耍一义,不坏,怪好玩的。回来在院子凉快一会,和小马去图书馆念书,至九时许归来,略看国文,写日记。

今晚老王问我,下半年如何,我告以下半年如果能住校绝不和宋住一屋,这半年的精神痛苦够受的了。老王说咱们不住一屋,咱们也别交情淡了,一闻此语,心中亦不禁怅然,虽说马马虎虎同住一年了,多少总有一点交情不是?

6月15日　星期四（四月廿八）　晴热

不知是哪一阵子心血来潮,突然在清晨四时醒,加上蚊子,臭虫的攻击,生性再一脱衣服卧在床上,立刻就觉得全身痒得很。今天一醒,脑子里又开始了幻想的梦,想个没了,翻来覆去也睡不着,忽然想给家铭写信,就爬起来写,起身一看才四时半,这真算是自从西苑回来以后第一次起这么早,写完了五大页,又把《中国现代文学》大纲写出来,才七点多,已经做了许多的事情,又把国文拿出来看看,因为今天是期终考试的第一日就考国文,一直看到摇预备铃才去应试,作文题是《一年来对国文作文之兴趣》,还标点二段后汉书,就完了,一小时半交卷出场,回屋拿了东西和陈志刚一同骑车走,到西四分手。我去拜访陈书琨老伯,一个裸腿及臂的年青女郎出来,后来一问老伯原来是他的四女公子叫陈颖静,今年华光女高中毕业还打算考辅大呢!和陈老伯谈了约有一小时即辞归,回家吃午饭,饭后和娘谈家里的事,真不知以后如何办法也!看书因热睡去,至四时许醒来,旋骑车至达智桥寄信,后又至平民市场转转,买

了点东西回来到黄家看,一进门,五妹喊了一声,我即意识到屋里也许有什么
事,就踌躇一刻,才进去,斌穿了一件薄的绸衫半掩怀,笑着说"进来呀",里面
一瞥之下,只穿了一个很短的小蓝色裤衩,上面一件短内衣。后来她告诉我
说,那个裤衩还是志成给的呢,成了一个纪念品了。这孩子,今天一天告假了,
也未去上课。我不赞成这样学本事,学问,劝也劝不听,我很不高兴人家这样
念书,一天到晚没有一点事做,马马虎虎的过着多无聊。就是有一样,她最近
对我的态度这么亲热,真不可解,还说"我以为是孙祁来了呢!那才奇怪,多
不好,真想不到是你来了,进来坐呀?老在院子站着干吗?…寄信?真忙
呀!…"话里的意思大啦!谈笑了半天,吃饭了也不去只是陪着我坐着聊,今
天她去东安市场,又陪她母亲去西单新开鞋店,在中原买了一双里黑花鞋,还
买了两双丝袜子,还是袜套,穿上在屋里走走,自是少来风流呢!连日来飞机
又飞来飞去跑个不了,听五弟说是他们在学校看见南来一个小苍蝇把北方的
二个苍蝇,一个咬跑了,一个咬掉下来死了,不知真否?电表被电灯公司于星
期一拆去,至今每晚无电。晚过西院与大哥谈家事久之始归,在家夜睡甚适。

6月16日　星期五(四月廿九)　晴热

　　九点十分骑车由家驶往学校应试,考《中国现代文学》,不错,考的得意。
饭后宿舍看书,天气炎热异常,我住的屋子正朝西,简直和小火炉一般,好不热
也!一天到晚就只是早晨稍好一点,真是热的邪乎,稍动一动,立刻一身汗,一
动一会就是一头的汗,躺在那里看书不到一小时,立刻就呼呼睡着了。一直翻
来覆去到三时左右,热的我也睡不安稳,到四点下去沐浴,嚇!人真不少,没法
在地下乒乓室和姚子靓谈游泳,海上划船等很是有趣,洗完了,回屋去还真出
汗,真热的够瞧了啦!五点半提前吃晚饭,饭后回来到辅成公寓找一个叫刘文
义的打听华北工程学院的大概情形,回来休息一刻,一边谈着,一边看书,没什
么可说的,还是热的要命!
　　昨日下午过黄家,斌亦由外才归,穿着短衣在洗脸,后来穿了一件长衫就
陪着我谈话,不时的露出大腿来,还不知是有意或无意的挨着我坐着谈天。那
么热的天,那么令人热的大腿在人面前晃,也不避着我,有时我有意的抚摸她

的臂和背,她也不避! 真的,一时真有点令我稍动于衷呢! 要不是碍着别人的眼,我真想一把把她拉过来,问问她这样勾魂钓魂的罪呢!

自去年时兴冰棍以来,各处售者日多,我亦酷喜食此,味凉美,价又廉,一时售处林立。今天更流行一时,零碎贩卖者日多,近一月来,街头巷尾推小车者,代售者,不时闻有"冰棍败火"之吆喝声! 此亦夏日投机之好买卖之一也! 冰激凌、汽水等在普遍上讲,恐不敌此也。

6月17日　星期六（五月初一）　晴热

英文今日一早会考,看的马马虎虎,没辙,也只好硬着头皮来考,怎么样认了! 在大礼堂人真不少,热极了,坐在那就直出汗,题还不太难,大半可以过去了,回来休息了一刻,收拾了东西回去,顺路到郑家取纪念册,没有写呢! 都未在家,又在亚北吃了点东西回来,午后卧在床上看书,不觉又睡着了。弟妹们不在家又觉得闷一点,四点多过去黄家,只小弟及五妹在家,却被五妹拉住替她勾地理的考题,替小弟解决了一问四则,五点多斌回来了,她穿了一件黄色里边,黑花的短外衣,倒很漂亮的,在院子中过去,回头来在屋中向坐着的我妩媚的一笑,劲大了! 等了半天,焦急的心,一时都跑得无影无踪了,带了一个小不点回来,怕我,斌却陪着我在屋里谈笑半晌。七时左右归来,和弟妹们把桌子搬出来在院子中吃晚饭,也并不太凉快,饭后不久就睡了,四弟今日又去游泳!

6月18日　星期日（五月初二）　上午晴,下午阴,闷热

八时许起来,漱洗后看看书,随步行过黄家,解决小弟一道算术题,和斌略谈即归来,天气炎热令人一日精神不振,午饭后强提精神看文学史至五时左右。因今日系父去世六十天,上供还糊了一个大纸船烧了,日子多快,一晃就是两个月了! 心里又是一阵难过,晚上写日记,看书,电灯没有了,许多天点煤油灯怪别扭的,下午附近不知哪一家也遭了丧事,由此经过烧库,此种事最近身经,真替她(他)们难受呢! 今日去黄家成绩无前日好,也许是连着去了三

天惹厌了。

6月19日　星期一（五月初三）　下午阴雨

一天连着考三门，够瞧的。日文题目真不少，傅仲涛这小子好损了，目录学题是《目录金石与史学之关系》神聊了不少。午后又考声韵学题很少，不一刻就回宿舍了，耗到四点多到地下室去洗澡，突然间热水没有了，没辙！开了冷水管，来个凉水浴，初一冲有点冷，一会就不觉得了。一会小马来谈，至晚上八时左右，我正看文学史的时候，突然许久没来的张思浚来了，欢谈了半晌。忽然屋外狂风大作，九时半风稍停张急归家，不一会即降雨矣！连日闷热，下点雨也凉快一阵子。

6月20日　星期二（五月初四）　阴

日文题目，别的系有的比我们还难，而文学史今日题目之难和分量之多亦出我意料之外，真烦，弄了两个小时才完。文字学轻松得很，一点钟不到即交卷了，中午等王、宋二人收拾好行李，顾车赴车站回津了！此番一别三月后不知能否再见，下学期不能和老王同住一屋矣，他们两人走后我一人回屋冷清清的好无意思，待了一会真不是味，逻辑学也念不下去，一决心，立刻动手整理东西，不到一小时把东西都收拾清楚，叫来洋车，赏了门房和老马的钱即押送归家。一路行来好不缓慢，洋车没法子，敲我三毛五呢！阴天，到下午五六点到底降了点雨，一回家就是家务事找我，真麻烦，可是责任在身上推也推不开，真不知是哪一辈子的冤债，这次来偿还！应付这，又应付那，好不讨厌，家里还是没有东西尚如此，否则更不知怎么样呢！

6月21日　星期三（五月初五）　阴，闷热

上午九时至校，应本学期最末一次之考试逻辑学，因为之前预备好的题目被人借去，至今日里才还我，所以考的不太好，只第三题差一点，别的还将就。

中午饭后在大马屋中谈了一会,等小马回来同骑车至前外天桥购买旧东西。人是真不少,遇见昌明兄弟三人,阴天闷热,太阳捉迷藏似的不时探出头来,还真是热得很。东西虽是旧的,连破鞋也真能一张嘴和你要个七八元,十余元,真连破旧的东西也买不起了。四时许归来。过黄家,斌未在家,即回来。铸兄寄信来内附有贰拾元汇票一张,并与九姐信一封,即送过与九姐,原来欲与铸兄提亲,彼来信声明其已订婚,稍谈即归。伯津之女苏菲很有趣,胖胖的面部富于表情。归家陈老伯在屋中与娘及李娘二人谈天,原来是九姐夫交来支票一纸十三元八角,扣去西院房租两月。父生前扣去尚有可说,至今钱亦系我等者,自不能再扣,且我等今日无何进款,更仗此这么之数,今欲令我去向大哥要,我要不着,住房者系大哥,房东系九姐夫,九姐夫欠我利钱,彼不来要,却反而令我向大哥索取。他住你房,你向他交涉房租,你欠我利息,你还我完了,我替你要不着这房租不是?! 太无道理,陈老伯已连跑数次,心实不忍,拟明日自去九姐夫处交涉。

6月22日　星期四(五月初六)　阴雨二次

　　放暑假的第一日,就九点才起,太懒了,阴霾的天气令人生厌,十点多去和内尚志医院访九姐夫,与之交涉房租与利息问题,彼谓令我归询大哥以后之利息是否仍扣去,看彼如何讲法,又谈久之,多感慨牢骚之语而已。至午忽阴昏,雨沛然下矣,留与之共饭。看护张女士同桌食,因生疏,故餐颇不适。俄顷,雨止,稍晴遂辞出。因此时尚早,归家无所事事,欲去影院,又想下雨,访庆华等一家均去万寿山避暑,真福气。于是去理发,路过同学杨君群福,谈次,始知王维伯今日去津南下,此人此次行踪殊出我意料之外,真人不可以貌相也。予思走不得,与李永较尚不如。李永最近亦南下矣。理发后至郑宅途遇孙祁旋握别,彼行色匆匆,或有事在身。至郑宅,只大宝二宝在家,表兄看书,谈笑有顷,陆方来,维勤从亦归,小孩小三、明定继之,此际忽又降雨甚大,无奈与小三下棋,解闷。雨止,被留晚饭吃面,进四大碗而止,又略谈至黄昏时方归。闻弟语我云九姐令人来呼我,归来即过之。我因天晚,难行,遂未过,因奔波一日,甚疲乏,早寝。

6月23日　星期五（五月初七）　阴晴不定

晨起大哥来叫我,嘱我明日晨去上清宫破土,带元宝去烧,询以房租利息事。彼谓房租两月二十元,因上次收拾房子整用,去以此语转告九姐夫,并云彼涨房租亦未通知,未得我之同意等。这倒不错,我反成了被动的传话人了,下次决不干傻事,大哥赴衙门,我去九姐家,未在。因昨夜一时伯津腹痛去协和,今晨生一女,与伯长、伯婶二人稍谈即归,九姐虽归,因疲欲睡,故我亦未问昨夜呼我何事。午后去力大哥处,还其所欠之医药费复至,平安看 Deanna Dunlin 主演的《三朵花》Three Smart girls grow up,内容香艳滑稽,结局尤隽永可喜,卖满座。遇庆华,归途顺路至尚志取药,并语九姐夫。今晨大哥之言,九姐夫谓月纳十元之缴而住房十一间,何处如此便宜,还管收拾房! 医院所租尚志之房月租四十元,一切均自己收拾,反正都有的说。我此话亦不便向大哥讲,沿途烦甚,奔波半死,毫无结果。人皆视年小老成耶。归来随便至室外平民市场鞋摊看,有意无意购鞋反购成,前日在天桥诚意反无结果,此亦与人之命运同一现象? 以三元代价得二双皮鞋,值此百物昂贵之际可算便宜矣。归来遇斌及刘曾泽和金,到家与母言,后带四弟去购一双回来,殊满意。晚写账,用款之处,浩大可怕!

6月24日　星期六（五月初八）　阴雨不定

清晨起携一包元宝至宣武南横街南口外上清宫去破土,一路上泥泞,雨后甚难行,到后稍息至八时烧完元宝破土,老道用一铁锹挖一下即完,坑挖好即铺砖,归来始八时许。至十时左右赵君祖武忽来访我,久别握谈甚欢,谈及津市甚详,租界虽被封锁数日,租界内只稍觉清静,蔬菜稍贵而已,彼等出租界系由法国工部局大汽车送出去,神气得咧! 谈至十一时许方送其至达智桥,归来遇刘曾履询及曾泽在家,遂去访之。朱凤平在,国彼有事旋去校,与曾华谈顷之即归,午后神疲卧床上睡去,迷朦中又闻雷雨声,弟妹们欢笑声被吵醒,时已下午三时半矣,起写日记看书,晚饭后雨过天晴,在屋中小坐,微有凉意,讲

《小男儿》与弟妹们听,十时休息,晚得光宇信一,内附承钩信并相片二张。

近日所记,阅之均极无聊,较之古人所记者大抵皆系读书心得或对某事何人有所感发挥议论,今返阅己之日记,不过家庭琐事,毫无裨益于身心,不禁汗颜之至。

6月25日　星期日(五月初九)　晴热

晨起至书焜陈老伯处,向其说明去九姐夫及大哥处两边奔走之毫无结果,请陈老伯再去向九姐夫说一下。顷之辞出,即又往北,过西四至礼士胡同强表兄处访之并询其有无音讯自沪上仲老处传来,不意竟未在家,值班去了。归途到郑家,小坐,大多未起,而维勤去图书馆,雯在念书。初中毕业预备考高中了,自己知道念书就好,我去取我的纪念册,维勤尚未写好,旋即辞出,访庆华已去颐和园,他们一家全去避暑,多福气,美得很,碰一鼻子灰。归途时尚早十时许去访李永于胎大门,未在,其弟永稍谈即出至其附近寻向云俊亦未在,至家五弟告我,李及向来访我,两下全未找着。午后因疲睡至黄昏始起,身体够泄气的了。晚饭后过力家与大哥九姐谈久之。

6月26日　星期一(五月初十)　晴热

上午起虽不太晚,但总做不了多少事,昨夜谈天并商家事,决定与大哥分居,吾心中至不愿与大哥分居,而为势所趋不得已也。昨夜大哥告我福建建墓之情形,及以前家中之事迹,极力谩然李娘及父亲二人,而其自己则似毫无差处与罪过可言,闻之殊觉可笑。今午去上清宫看其垒砖半晌,下午精神不佳欲睡,但自己不愿睡,遂冒热出门寻李永,在家稍谈,想不到他会去南方,在月底以前就离开了,志气!我羡慕他能走,向云俊也叫来了,在一块谈了半天,把各地来的信给他们看,至三点左右,我去找赵祖武未在,到志成绕了一圈,死气沉沉的,也未遇见什么熟同学和先生,出来再去找可同,未在家,和他弟弟于良谈了半天,还未回来。我就回来了,于班家也够特别的了,人多未在,无意思,遂归家,睡一小觉起来,和小孩子们玩了半天,伯长本来想去南方,因经济问题不能去,真可惜,和我同病相怜了,我早亦有南下之意,母谓我要走也好,我给你打算钱去,可是母亲答应了,我又舍不得走了,家里这般情形,又处在此种时局之下,万一有点什么事情,连个大一点的男人都没有,何况家里现在无处找钱去呢,这一帮人都要我来照应的呀!

6月27日　星期二(五月十一)　晴热

今日定为暂时厝于上清宫之后院。上午起来以后突然一阵心血来潮想起把以前看的电影说明书拿出来整理,再把它清检一下,写在一个本子上看。午后斌与慧突然来了,还我文学,我一边写,一边和她谈着笑着,慧却和恭弟、瑶妹在说笑,想不到斌今天在我不注意与之谈话之下,却待了老半天,十二点来至二点半才走。因为七姐五姐来了,等人来齐以后大家一同坐洋车去上清宫,我骑车先到,坑已用砖垒好,等到四时许搭上槓抬到后边,麻烦半天才搁好,又用罗盘取中对立,才弄个差不多啦。天正忽然落下了一阵小雨,一会却又止住,槓房等人都说这个时辰太好了,这叫回龙,对于子孙有好处。架好了石板,立上碑供完土地,再上祭,无事以后相继回去,我却留在最后走,看他们抹上了泥等才回来,请五姐七姐们去吃绿豆稀饭及丝糕,又谈至黄昏才走。晚看书至十时就寝。

6月28日　星期三(五月十二)

上午继续昨日未完之写电影证明书之工作,至午后至上清宫去看,上边已砌一半,看大哥用罗盘取准方向,调至中间以后即走。至香炉营头条乔治补习学校要了一份简章,我想学打字。又至前门浙江兴业银行去取回九姐夫所偿还之利息,十余元。又到中山公园,因闻慧言,斌及少宜来,绕一圈未寻着,至时方二时,正热,游人较少,但后河人不少,至董事会看京华画展,好的不少,中以李大成、张望、成伯华三人画较多较佳,吴镜汀教授及蒋光和之画我皆甚喜,又西画部分有赵琰女士之作品不坏,闻赵琰系现在青年市长之女公子,无斌之画,看完出来,一人行后河,绕春明馆穿花坞至临水前椅子阴凉下坐着休息,是

万寿山玉带桥

有一小时许之久,一人甚无聊。越假山至水榭。有一日本人名"龙二"者,有一小规模之画展,篇数甚小,数亦不太多,谓能与人画像,取价甚廉,我虽有意令其画一张但惜言语不通,进入参观一遍而出,画似漫画,以素描似速写,另成一派,能抓住集中点,颇清新可喜。水榭很凉快,惜无人去,状似甚潦倒,此人年约四五十许,状甚可怜。独游无聊,出,绕至亚北食冰棍五枚,冰激凌一杯泡半天,出遇孙祁被其拉至郑家谈至将暮,被留到晚餐又食炸酱面,甚饱,陆方亦在,雯预备考学校,时时在读书,可喜,我很喜欢五宝二宝这俩孩子,但亦够淘气的了。吃完已九时许,又谈了一刻喝了点水,十时左右同出至西单滨来香吃冰棍,又进三支,今天吃的东西可不少,在楼顶上遇见辅大两位先生,一姓赵,教声韵学的,一姓朱,教现代文学的,招呼他们以后开吃,又说又笑至十一时许方出来,分手以后和孙祁一同骑车归家,已十二时正矣,真荒唐,玩了十二小时!

6月29日　星期四(五月十三)　半阴,闷热

前日起,时与大哥及九姐谈论家事,大哥畅论一切,反正左不是那些话翻来覆去的讲而已,大意言"李娘本由川购来者,由三伯收为姨太,后因行为不检,令其回川,断绝关系。后父赴奉天任所因无人伺候,召家姆马又写信至四

116

川,呼李娘出,遂又至我家,一直至今,按理讲李娘已非我家人矣。因又在规矩
做坏,不理我有二十余年之久,故现在不能养她,令她走,你做不到,和你们分
离也少不了她,以前我已经和你讲过,所以不要怪我不情不义,不能和你们住
在一起……"又谈天津贴钱事,谓"皆系李娘骗去,彼时,前嫂终日至家,李娘
去赌,嫂私语拼合,归谓输二百,即以一百与李娘,一去一在家,归云输即输,云
赢即赢,但确否谁知…以后债务负达二万元之多……父有钱,子败一万八千不
算什么……年五十余岁未嫖过妓,未经过妓院一夜……"。大哥此人之脑筋
亦云旧矣,亦怪矣,你和李娘感情不好怎么骂都有的说,母来以前你二人即有
间隙,何现在一来就言长子怎么样,不恭敬他了。可是俗言"物必先腐而后虫
生之"。一定你自己做人有不对的地方,别人未取侮辱之,"君子不威则不
重",自己身为长子应以一身作表率,严禁他人去赌才对,而自己先跑去玩,还
怎么说别人!? 李娘助娘伺候父亲这么些年,就是一个老妈子,这时候她无处
去也是应当收归养她的,何况与我家总算有关系的人呢! 再说即使在奉天不
写信人家自己来的也是有的说,这时候叫我出来做坏人,把李娘弄走,让亲友
骂我,我来替你担这个罪名,不过这时候你自己说的好,力量不够,经济不能帮
我,现在说明白一点我年小,无人赚钱,父又未遗下何种大批款项,作为我们以
后生活用途,别人说的招呼啦,那都不过是表面之词,实际意思就是叫你养我
们,现在你无力养我们那就没得说了,别的都会做,还用什么人照应,不过籍和
李娘不和这个碴,勒令我和他分家,现在既无何好办法,也只好走此路途了。
再说前嫂输的钱,都是李娘骗去的,人已死了我问谁去?! 反正以前的事我也
不知道,知道了与现在也是毫无意义的,有什么用?! 父亲有钱,儿子应该败
吗? 恐怕这时候他还以为那时都是应该的呢! 没有嫖妓那才是做人应该的,
现在却拿来吹牛夸耀于人,好像多光荣的事情似的,真是笑话,亏他那么大年
纪说得出口,可是他在外边嫖没嫖过妓谁又知道呢!? 说出来也不怕别人笑
话,一辈子脑子想的都特别,这是今天晚上一席的谈判。我近些日子在家,李
娘和娘就在我耳边啰嗦这个,讲那个的说个不了,到九姐家就又和大哥谈判个
没完,老是讲些不相干的,令人无谓的,好笑的,可气的话,正经一句不谈,脑子
一天到晚都胀得满满的了,真是烦恼得要命,所以没有法子,只好避开到黄家
和他们谈谈笑笑极力的暂忘却了一切,抛开了一刻的烦恼。今晨起十一时左

右至上清宫看围起来的父墓，大半完成尚好，至十二时许始归。下午娘和李娘去协和看伯津并自己看病，我一人在家看着，正整理电影说明书时，孙祁来，因只我一人无味。遂去黄家，不一刻我亦整理完竣，因只需一人看屋子，故未出去。至四时左右，四弟归来，少顷，我遂过黄家小坐，连日来，斌对我之大变，亲密异常，不知何故，每每抚斌手臂均不拒绝，至其家亦与我表示亲近之态，今日去四时许，斌问我来何晚也？谈笑顷之，我记念屋中欲归，而其面立现出不欲此之态，后竟随我过我家中小坐，祁亦来，力家小孩，弟妹，黄家三个，先一小时院中一人无有，至此立现热闹状态，斌等谈笑至七时许始归去。晚我又过黄家小坐，十时左右忽力九姐处令人来唤，所谈记之如上。晚十二时寝，连日热甚，枝上蝉声聒耳矣。

6月30日　星期五（五月十四）　晴热

晨起过力家小坐与九姐稍谈即归，上午过的我总觉比下午快，也许是老未早起的关系，下午娘又和李娘去协和。我还是在家看屋子，下午在家和四弟下象棋，三四时左右，斌突然一人来访，我旋与四弟辍棋战，与斌谈笑久之，至六时许娘等归来。今日阴历十四应上供，而到现在六时多尚无音信，无法子，只好叫人过西院去问，却又叫人现买纸元宝，还是我们吃的破东西拿去上供，不问大概就马马虎虎的过去了。什么地方都做大，老以为长子怎么样怎么样，美的不得了，上供事，都应该自己出来，等都预备好，还得请，菜也不预备，元宝也没有，还配做长子？什么都不留心，才过七七，不到一百天，连上供都忘了，还要和我分家！今晨把祖宗供位请过西院去了，晚上八时半过黄家，斌只穿一背心小裤衩，殊那个肉感，令我血气未定的青年心跳不已，不敢看她，与小弟五妹玩一会扑克，斌穿上大衫也来参加。因为今天是银行结账之日，故其母回来的晚。去年今日我与祁陪着他们三人，今年是与刚弟陪着他们谈笑，后来灭了电灯，围坐斌之床前，我讲《巴黎尤物》故事给他们听，都出了神，此时几疑在温柔乡中矣！讲大半至十一时许其母始归，又继续讲完才放我归来，已是午夜矣。

7月1日　星期六（五月十五）　半阴,闷热

半阴的天气闷热异常,一丝儿风都没有,连着几日成天听关于这个那个的家庭琐碎,真腻烦死了! 以视其他同学每天吃吃玩玩,念念书无忧无虑,谁像我似的,才二十岁的青年就要顾虑到家庭的问题了,胡乱忙了多日,不知都做了些什么事情。上午在孙祁家谈了一会,祁说斌又恢复去年暑假以前的样子了,多好! 羡慕? 嫉妒? 我不知道,只是他说他很后悔认识了索颖,极力忘掉她! 下午无聊在家待着看书,发现祁在黄家和小孩们玩扑克,我去找五弟,看见斌未在,我绕了一圈回来,看书至四时许,大哥进来,邀我和他共检父亲的抽屉,至七时许才完,好不烦也! 五时许斌和其母过来谈久之,在娘屋里,祁、弟等在外边打球,我则不能一同玩耍,晚饭后过力家借伯长之燕大简章一阅。拟转学,颇多麻烦,恐不能如愿,归来娘带弟妹等邀黄家人一同去遛大街。得,我又得看家了,写了会日记,忽然想起老刘约我去北海划船事,而明日我拟去看早场,故二次又去力家打电话,陈明薷又和伯美在密谈,打完电话和伯长谈了半晌,归来已十一时许,娘等尚未归来,心疑半路出事,幸不一刻相继归来,表嫂等四人亦一同来院中小坐。明月中天高悬,晚风送凉,令人不忍入寝也,与小孩等在屋中谈笑,至十二时许方归去。昨夜我十二时许由黄家归,不意今日彼等由我家午夜子时归去也! 斌近日对我如此亲密,令我大惑不解!

7月2日　星期日（五月十六）　晴热

早起未梳洗完,祁即穿着整齐而来矣,旋去黄家。我将穿好,祁后来催矣,相将骑车至和平门,斌车忽坏,我陪她在收拾车,祁先去买票占座,收拾完,我给钱两毛,一同跑去,已快开演。幸祁已占好地方,还是他买的票请我,在影院遇见许多熟人,等多人,辅仁同学也不少。影院中热得很,斌和我同坐,中午归来,尤热,在路上遇见索颖,祁亦未理她。下午闷甚,写信复各处友人所来来信三封,又与四弟棋战,近二日不似前数日,每战必北。顷之祁来,慧先来,斌至五时左右亦来,旋归晚餐,今日下午在家沐浴,浴后殊舒适,晚饭后与祁、刚等

过黄家谈天玩扑克牌,又届午夜始归来,连日荒嬉似觉过度。

今午大哥九姐又来与娘谈家事,要桌子、玉花瓶、朝珠等六箱子及桌子,不给,我们还要呢!别的早都当卖完了,前些日子口口声声说不要东西,现在却又要这个又要那个的,三十日大哥在隔壁刘家说分家,我们不要的他才要呢!爱怎么说怎么说,我也不说,他那个人什么样子,谁都知道。分家事老不赶快弄清楚,耗着,使我精神不能集中做事,什么也做不下去,利息说付老不拿出来,本来是一个和美、欢乐、温柔的家庭,自父亲一去世,这多少年来所隐藏的野心与计谋都逐渐显露出来了。分开了,家人少了,要是努力整理一下,未尝不是一个好好的、欢乐、温柔的小型家庭。宁可过快乐的穷日子,也不愿过终日生气不快活的阔日子!

今午在真光看《金山渔歌》,白宝贝铃主演的,内容描写一个妇人捣的一个欢乐安逸的家庭变成一个恶虐悲惨的家庭,妇人的挑拨离间是多么的可恶,而被离间疑惑的男子又是多么的可怜可耻。在真光遇王贻,谓弼叫我去,有事,有什么事?他们又不在家住,跑到颐和园去也得我有了工夫再说,令人不解。

7月3日　星期一(五月十七)　阴雨

阴闷的天气,与前两天无异。上午起来写三天的日记至中午,午后继续至一时始写完了,今日一天未出门,看书,杂志,至四时左右过力家与九姐稍谈。九姐把家昱寄来的二十元汇票交我,奇怪家昱会把钱寄到九姐处,力六嫂劝我力劝娘去医院看病,不然以后更加麻烦,饭后与刚弟下棋不利又败北。一时不知为何肝火大长,见何事物就烦,骂了半天人,气稍平以后,又后悔了,气真不易驱使。家里事这两天无讯了,耗着一天到晚心里乱的很,什么事都不能做,讨厌!下午接到泓来信,并附有相片两张,黑得够瞧的。十日要回老家尚未走呢!想起来,自己惹这条麻烦干吗?

7月4日　星期二（五月十八）　阴雨

淅沥一天的小雨真腻人，天气不能叫我出去，真气人，上午习了半天的大字，看书，《沙漠画报》等。中午吃饺子至一时半许，始用毕，阴霾的天气令人精神不快，心里烦躁，什么事也提不起精神来做。午后下棋，又输了，真泄气，愈急愈输，气真是难养。四时又看了一小时多的书，至五时半过黄家小坐即归来晚餐，休息早，一日无聊之至。

7月5日　星期三（五月十九）　阴晴不定

天气虽未降雨可总是阴晴不定令人不快。约好张思俊兄一块去北海划船，一早出去，又怕白跑一趟，后来还是先到亚北打电话问了一下他们，却记得是昨天了，阴天不保险，今又未去，遂过大栅栏王家，庆华治华至北大报名，少顷即归。遇一青年即彼等在津认识之刘宝洗。大姐的神情挺绝，恍惚不知是什么意思。待了一会，他们都要考学校，我就走了，到前门西交民巷取回家昱寄来之二十元，又至交通银行取回利息五元七角，等了足有一小时多，真麻烦，烦死了，回来休息。饭后闷热要下雨，不保险，没有出门，写信三封，一庆昌，一华子，一令泓者，很是无聊。看看书，晚饭后我正在院中坐着看《科学画报》，突然斌来找我，叫我过去，满腹疑团的过去，不知何事，到那一看，原来她因为这半年就没去京华，闷在家里很无意思，想考个学校上，今天不知听谁说的跑到交道口去买了一份第一助产学校的简章，考英文，国文，算术，理化等，要给她挑书念，真难得，会考这个。里边很苦，非住校不可，三年毕业，一年十一个月读书，暑假一个月，恐怕她受不了。今晚也未会什么书，足聊了半天，殊感温柔，好似又恢复去年的感情，甚且过之。十二时左右始与四弟回来。

7月6日　星期四（五月二十）　晴热

早上天气不坏，因为昨天电话中约好张兄今天去北海划船上了，打电话告

诉刘厚沛。到了北海，一清早人可是不少，就有许多人划船，怪美的，一直到船坞去等了半天，张思俊也没有来，急了，顺步往北走，到了北门也没人，又往西走，到了一个照相馆，就借电话打一个给张兄，出去了，辅大宿舍电话坏了，往回又走到了船坞又等了半点多钟，还没有来，一赌气出园回来了，碰见秦鹤辊，谈了两句分手，出来一摸，突然吃了一惊，存自行车牌子丢了，于是又跑到双虹榭借电话给尚志，叫岳先取了一个条子来作保，来了以后一问，不成，他即有原来的保条，还得对保，得明天方能取呢！一烦之下雇辆洋车到尚志，写好交给岳先，回家。饭后三时许过黄家问斌功课温的如何？还好，记的差不多，斌的态度仍很亲切，正问的时候，突然孙祁来了，要他那张令斌画的 Deanna Dusbin 的相片，未画完，斌因画的不如意不好画，于是就不画了。祁有点不高兴的样子就走了，我也未在意。至四时许，穿了长衫，去到浙江会馆，吊啃强表姊，可怜表兄云门未半年，连遭天故。拜完以后待了半天，因为没有熟人也就回来了，恰好岳先送来车捐，带了五弟到北海去取车，闹了一身大汗，回来到亚北食冰棍数支，半路忽降暴雨，旋晴，幸避雨他家蓬下，未湿，半天悬一大虹，殊美丽。晚上偶过西院，闻黄家笑语喧哗甚热闹，随步过去，小孩四五，斌与行伴在院中谈话，屋中亦甚欢，进去一看斌母和小孩们谈笑呢，真是大孩子一般，邀过

1939 年 7 月 6 日—7 月 7 日董毅日记手稿

来与母谈,欣然应允。旋斌等三人亦均过来,谈笑久之,至十二时许始归。晚移植向日葵二株。

7月7日　星期五(五月廿一)　阴晴不定

晨十时左右过黄家,因阴天怕下雨,过去和斌商量,下午再陪她去报名,本来她都收拾好了,可是也未说什么,还是很高兴的说好吧!看着书和他们三人谈笑,不觉到中午了,刘妈用面炸一种小饼形状和糕及油条相似的东西,倒很好吃,他们给我吃了不少,回来吃午饭是芝麻酱拌麦,不坏,别有一番滋味在心头,至二时左右到斌家,陪她去自行车铺收拾车取出相片已是三点左右了,急往东城进发,第一助产学校在交道口大街上,比去辅仁还远,真够骑的,还好,二人说着话就不觉累和寂寞了。报名的人不太多,报名出来以后到东安市场去绕了半天,斌领我到一家去吃所谓杨梅的冰棍,上楼一看,一连坐了五个女孩子,看我们上来很奇怪似的,我们满不在意的说说笑笑不理,也就不看了。吃了二支冰棍,二杯冰激凌,都是斌请的客,不知斌现在对我的态度会变到如此的亲密,也只好领她的感情吧!绕了会书摊,忽然碰见斌的母亲,一同又绕了一会,又请我去吉士林吃点心,吃了一支奶油冰棍,又吃了两块点心,一角两块的。今天不知为什么斌这么高兴,说说笑笑的,请我吃这个吃那个的没完,我没有请她,反令她请了我,又打扰了她母亲一回,心里过意不去,我也不争气,不知为什么肚子消化器官承受不起,吃不了多少东西,和斌一同骑车回来,路经文昌阁未进去,又到斌那里坐了半天才回家。晚饭后过力家,打了一个电话给张思俊,约他明天去北海,正好刘厚沛在他家谈了一会,又和伯长谈了半天,晚十二时左右回来。

7月8日　星期六(五月廿二)　阴

上午晴,下午阴,早上由家跑到北海去,因为是昨天在电话中约好的,到了船坞,厚沛已先在那等着我呢!待了一会张思俊也来了,一同取了船玩了两小时左右,无啥意思,只三个人,也不说什么笑话,遇严叔康,孙昭,贾金铃等人,上来跑到一个茶社中去吃了点凉的食品(北海内),谈了一阵子。此番一别不知何日再与厚沛见面了。到陈学家待了一会,他不久也要走了,真是的,差不多人都有个主意,该走的都走了。到家,行伫把周以耕的纪念纸拿来约我写,由启处知道以耕明天走,中午整理玻璃柜子,四时左右去看以耕老友,谈了一阵子回来,到家就到西院去了,行伫到北屋东房去搬书箱,被娘说等一会就不高兴了,于是大哥在他屋中大发牢骚,还有九姐说了半天,一直到晚饭的时候才来,行伫今天和我说"家里本来就没有规矩…"。我很生气说了他几句,说什么"一刀两断"的话,想必他们早就有这个心思!我处处不愿说破罢了,今天四嫂还不要脸的说了许多话呢!晚上又过九姐家谈了一阵,我说书箱娘要留着,隔老妈子睡觉的地方,他说那好,我把书搬出来。这不知是什么话,我一生气走了,到黄家,谈了几句他们很同情,我正要给小弟讲算术,杨妈隔墙又叫我说九姐请我。这一去又谈了半天,大哥说了许多,总而言之,记之如下:"我

董毅 1941 年 10 月在长城

不想要东西,我应该要的有历史的东西就要,你们给就给,不给留着用就留着,我也不一定要,没有了的,卖了的就算了,我不愿有分家这名词,因为一半要顾及爹爹的以前的名誉,爹爹才过去不到一百天就分家不好,希望能按照我的意思办去。兄弟们私自办了就完了等…"我想他为什么这么好?一定在外边问过关于法律上的问题,不然不会这么好的,真腻死了,真是倒霉,才这么大年纪,我就要来应付这些!

7月9日 星期日(五月廿三) 暴雨

上午过九姐夫医院处去谈天,一刻天忽黑暗,恐下雨,遂急归,适所呼之木匠来,看其至东门房取出玻璃窗按上,突然阴云欲压至头上,暴雨一阵,我却截在大门过道处,好不讨厌,是有一小时左右之久,方才稍停。冒雨踏水进来,四弟送出来鞋子,看看报,下午和四弟下象棋数盘,胜利属我。二时许过黄家与

斌谈笑久之,有一五妹同学,名张耀彤者十六岁了,说话妖嫩得很,长的不太美,还将就,表嫂逗笑说五妹亦不介绍介绍给四弟,四弟害羞跑了,六时许回来,晚看书。

7月10日　星期日(五月廿四)　下午阴雨

　　昨日睡的也不太早,今晨懒的起来,今天是斌去考第一助产学校的第一天,我本来答应陪她一同去,可是因为懒的关系没有起来。至八时左右出门去学校看看,顺路过西四去看看陈书焜老伯,谈顷之,即赴学校询宿舍门房老刘,厚沛今早已去,东西搬回家去,至大学部看看没有我的信,问要是转学燕京,未考上可以再回辅仁否?注册课竟答以不可,悔之怅然。遇杨恒焕及郑夒,稍谈,路过南官坊二十号刘家,询之,谓桂舟已走,未见着,不知几时的车,为之怅然者久之,此一别更不知何日再会矣!又至炒豆胡同八号张思俊兄处小坐,今日又引我至一小花园中坐,地方不大,树木甚多,金鱼,花草等,甚是派头,那种旧家庭劲不小。十一时左右辞出,出东口至交道口南大街往南至南兵马司第一助产学校第二院,院址还不错,一切好像是新油漆的,一问门房,原来此校是国立的,现在归协和管理,进去念三年,每年只有一个月的暑假也没有寒假。等了约半小时斌出来了,考的不大好,可是她根本无意思,考上也未必上,真不知她到底打什么主意?!一路谈来,原来现在因人少只放两个礼拜的暑假了,更苦了,恐怕斌都受不了,陪她到文昌阁郑夒家待了一会,因她干妈今晨八时生了一个男孩子,她去看看,一刻即归家。在达智桥遇见在王家认识的黄哲,不知怎么股子劲竟不由己的招呼了一声,黄哲坐在洋车上起初一怔,后来大概才认出来,忙笑脸答应我,上次去燕京我没好意思招呼她,其实她很大方的,招呼了不会不理我的。午后休息一刻看看书报,又无聊的很,阴雨一阵又晴了,想出去走走,到斌家和她谈笑一阵,近来斌对我却不似以前那样,真怪!我出去的时候,似乎听她小声说别走。出来跑到郑家,三表哥在家,大宝和维勤在研究代数,小三也在有书预备明天的考试,我却和三表哥谈了半天的家务。三表哥谓在此时代什么长子长孙那种思想观念,早就应该带入棺材里去了,现在法律上,长子只有义务没有权利。分家可以,但是能成立的大哥有抚养未成立

的弟妹的义务,他简直是不讲理,完全籍着李娘的话头来发挥等…谈完以后突然孙祁来了,祁因为六日去斌家取画,有一点斌没画完,因为不满意就不愿再画下去了。祁要她画完了,她不肯,前天托四弟带给孙祁,并有一张短信,道歉的话,昨日祁给斌一封回信,反正有点不高兴,却移到我的身上来。今天对我的态度不似以前好了,真怪! 我又没有得罪祁! 晚看书。

7 月 11 日　星期二(五月廿五)　阴雨

晨九姐派张得荣来唤我,过去一谈,还是询问家里的事情,问我到底怎么办? 我告以娘欲请人,九姐对大哥这般说了,还有什么为难的地方,如一定要请人也好,就照请人的办法做,请我一定到时说公道话的,言下神色十分不好看。归来与娘稍谈,娘耳软无一定主意。午后正拟出门,斌突来,四弟又叫走,她回去取东西,小本出来说大哥请我进去一说,还是那一套,也是家里的事情到底怎么办!? 我后来说大哥说的我都明白了,娘没有明白,于是我请娘出来,由大哥又从新把以前和我说过的话又大半说了一遍! 又讲了许多家里以前的事情,讲了是有四小时多,至吃晚饭时为止。晚饭后张得荣又来说,四弟打电话来到黄家,说三妹五妹二人,不回来吃饭,不回来睡了,在杨家。我真奇怪,这三孩子胆子不小,杨宅是哪? 不对,于是又跑到力家去问,张得荣还是说不清楚,打电话到王家(小酱坊胡同)也打不通,这四弟胆子可不小,三妹和五妹也怪,向来未去过郑家一次,第一天竟会留宿他们家了,真是我想不到的事情。晚上雨止,真可恨,连下数日的雨,明天大概该晴了。

下午阴天,样子一定会下雨,四弟要去公园钓鱼,结果碰上了雨,鱼没钓成,自己反成了鱼。大人说话,小孩子老不听,真令人可气,一人出去,留宿别人家还没什么,还带了两个女孩子,令人不放心,愈想心中愈不安,四弟这孩子从小就顽皮,爱耍花头,大了更不好管他呢!

7 月 12 日　星期三(五月廿六)　阴雨

昨天四弟和斌及慧三人在别人处留宿,至今晨尚未归来,实不放心,乃于早餐后骑车至小酱坊胡同郑宅去找,进门一看没有,遂出来,心中大疑,到底上哪去了。出口遇见治华,略谈分手,心中一动,大概许是上文昌阁郑夔家去了,于是打道前往,果然在那。四弟已回来了,和斌及慧二人谈到昨日电话听错在一姓杨的家住,十分不放心,十分不高兴,斌、慧二人也十分不安,想不到昨日电话中听错了,真气人。我和夔略谈即出来,适降小雨,一路飞跑到了王家,把庆华的衣服裤子穿上换下湿的衣服,和他们聊了半天的天,留在那里吃了午饭,饭后又聊了会就出来,独自一人至平安去看《牛郎织女》,是贾利古柏和梅尔奥白郎所主演的,不大好,不满意,失望。遇华子及梁秉诠二人,出来散场遇小雨,幸少顷即停,回家,闻斌曾来,旋过谈一会即归来。晚饭后沐浴身体为之一爽,连日降雨,似南方梅雨时期,令人生厌,尤以今日,一天降雨数次,忽晴忽雨令人莫测,殊烦闷。

7月13日　星期四(五月廿七)　阴晴不定,闷

一上午都没有出去,只是在家里整理东西,看书看报,习大字,弄报纸,九时半斌来,谈笑半晌至十一时许方归去。先后整理报纸,算账,教弟妹们做暑假作业,四时许和四弟到西单牌楼理发。连日虽是降雨,但是天气仍闷热之极,理完发后至西单吃冰棍(亚北)五支,又购他物归来,过黄家,他们在包饺子要留我在那吃,我不好意思打搅他们,才跑回来,斌和慧相继进来,坚邀我过去。禀明过母亲,过去,五弟、四弟亦去,三人一吃,全吃光了,给慧忙了一个不亦乐乎,真对不住,待到十时左右归来。连日几无一日不与斌相见,李娘则疑我与斌发生恋爱,极表不满,我和她过往的密切倒是令人生疑嫉,可是我和斌相爱上了吗?我现在自己也不知道。

7月14日　星期五(五月廿八)　上午阴,下午晴,闷热

数日都是上午在家教弟弟功课,看书报,下午看书至四时左右过黄家,连着几天都过去也腻了,无聊得很,一会就回来了看书。不知为何一下午心绪恶劣异常,老不痛快,看见什么都不高兴,看一会书忽然困了,迷迷糊糊睡去却被

五弟小妹吵闹之声惊醒。晚饭后约黄小弟和刚弟共三人步行至西单书摊遛了半天,买了两本书,一是高尔基著《阿尔达莫洛夫家的事情》,一是《潜水舰的大活动——海军军事小论》,两册代价三毛五分,又到亚北吃了冰棍,买了桃又买了点青果,步行回来,出外散步取凉的人不少,晚上出去走走倒凉快的多,到家才十时半,又到黄家谈了几句方归,把桃和青果分给斌,像小孩似的笑了。睡在床上看了半天书,吹了灯,耳中听钟敲了十二下。

7月15日　星期六(五月廿九)　阴晴不定,闷

九时许正在那专心致志的教五弟国文,改了许多错,忽然一回头看见斌和慧都在我身后凳子上坐着呢!也不说话,已来了有二十分钟左右,我也没有看见他们俩进来。于是谈笑半晌,用方格纸和五妹下五子棋,斌却在一旁看着,到了十点左右方回去。近数日小弟老没过来,不知为什么事。午后换了衣服预备去找赵君祖武,顺道过看,谈了一会子,正要走时,斌母回来了,一会郑夔亦来了,又不能走,谈了一会出来,到绒线胡同分手时下小雨,冒雨飞驶直达赵家,坐去欢谈良久,并承祖武送我一张相片,又同到于政家去,一会燕沟、小郭、道纶皆来,他们打起来,我则未打,看了一会即归来,途中发一片与铸兄,正好回来却遇见铸兄已经归来。饭后沐浴甚舒服,连日虽于一日间降雨数次,但暑气毫不减少,我近日出汗甚多,往年无此者,出汗虽坐立不动亦出,睡觉亦出不知何故?黄小弟考附中未上,五弟附小五年级留级,皆因不用功也。

7月16日　星期日(五月三十)　上午阴,下午晴,闷热

七时起来看《化学奇谈》,法国法希尔著,顾均正译,开明出版。此书在初中即知,早就想看,一直到现在才达到愿望。习大字,教五弟暑假作业,一上午就溜走了,铸兄昨日下午归来,今晨起即出门至晚九时尚未归来,下午习小字两页,看《化学奇谈》至四时左右犯困,睡着,迷惘中有人推我两下,连忙起来一看,原来是斌,真淘气。起来聊了一会才走,说她做了许多吃的,炸的小油条加有鸡蛋等,叫我去吃。我因为下午有上供,答应她等一会去,本来我说今天

不过去了,忍一天试试,虽是心里有点别扭,可是已过了大半天,想今天总可以过去了,还自慰着说一定斌出去了,谁知她却自己反跑来找我呢!上完供,吃过晚饭和四弟小妹过去谈了一阵子,吃了些她炸的小油条就回来了。今天又画了一张画,是男的"李查格林"不坏,画的天才倒有,只可惜她自己不肯干下去。

7月17日　星期一(六月初一)　上午阴,下午晴,闷热

　　天气老是那么愁眉苦脸的,一会哭一会笑的不停,令人烦的不可言状,可是雨下的不少,但气候仍是那么闷热,让人忘不了这正是炎热的伏日!上午七时起来,铸兄昨夜不知什么时候回来。原来到小酱坊胡同去打牌了,早上连早点都没有吃就又出动了,不知有什么事这么忙。我今天上午也跑到王庆华家去,因为昨日来一信叫我去的,谈了一阵子关于学校的事,在那练了一会打字,到了十点我到辅仁去看看,因为今天是第一天报名,一早上一刻工夫已有百多名了,一定少不了。到了洋枪屋里待了会,借了十四册的《好莱坞》回来给斌看,到家祁和刚弟在下棋,旋去,娘和小妹出门,午后四时许方归,午饭后至黄家小坐一会即回来,闷甚无聊即午睡。四弟来二同学,谈笑久之,至六时左右始去,六时半至西单购物归来,带一角冰棍与小弟等,到家,斌及慧来找我,不知何事?原来问我给小弟出作文题,我未过去,晚饭后写了几个题目,给五弟并《小学之友》一册付与黄小弟。晚上院中纳凉,晚风送爽甚快适。院中东屋已退与二太,近有一姜姓者拟租赁,已出二十六元,不知成否?

7月18日　星期二(六月初二)　上午阴,下午晴,热甚

　　晨八时起,习小字一页,并督促弟妹等暑假作业,十时许过黄家,与斌及慧谈笑久之,斌对我之态度亲密异常。小弟因男附中未考上,崇德小学毕业亦未考好,还得与新生再试一次,故甚羞愧,多日未曾过来玩,每日憋在家中念念书,午间由黄家归来吃午饭是馅饼,一拨一拨的直到一点多才吃完,二时左右,带五弟小妹去中央看电影什么《神灯》,不好,没意思透了,还很热,真倒霉,斌

及慧同去,斌穿着打扮较特别,颇惹一般人注意。去时出达智桥遇力大嫂,前次在南池子遇李娘及五姐,我未看见,这两次愈发使他们有的说了,好在我和斌只止于很好的友谊这点上,并未高升,也不怕什么谣言,可是李娘已经数次向我表示不满。斌自降雨以来,几一礼拜未出门了(上我家来不算)。真怪,虽下雨我却未少出门,归途自行车坏了,真讨厌,到家即整理东西收拾物品,因为东屋力二太已经租与他人了,后天就要搬来了,听说是什么姓郭的,啸麓的弟媳,不清楚,明天得飞一阵子,今天已出了好几次大汗了。晚饭后写日记,看《化学奇谈》,今年尚未游泳呢!孙祁今天去了,近来祁的脸又那么沉郁了,和斌闹了小误会,也不去斌家了,不去也好。

7 月 19 日　星期三(六月初三)　晴,热甚

阴雨多日,今天晴了,天气很好,正是做事的时候。东边屋子力二太已租出去了,明天就要搬来,一上午和从前拉包月车夫赵荣搬东西,足足一个半天,四弟无知竟日阅小说一册,不知帮忙,我弄了一身汗,一身土,饭后又弄了半天。三时左右,慧及斌相继前来谈笑久之始去,五时左右,我骑车去访强云门表兄陈书琨老伯及郑志文三表兄,前二者皆未在家,拟明日再去。因大哥前日由铸兄转交我一信,内容大皆为此数次谈判之大略及所要物品之清单,拿去与强,陈,郑三位看,娘拟请此三位来做见证人,以了此家庭事。七时左右归来,慧及其母又来,旋去,顷之,斌及慧又来谈,顷之归去,晚早寝。因白日工作疲甚,铸兄归家四日,每日晨七时半起,晚午时方归,不知忙些何事!?

7 月 20 日　星期四(六月初四)　热甚,晴

晨九时一刻,同院郭家东西已先搬来,十时左右人已相继前来,内中四女一男,一寡妇,三老闺女,二三十岁,一半疯四十许之女子,惟不似吾之侄女般胡闹,尚安静,一男原来即系以前四存时同学,不很好之郭可言是也,郭啸麓之侄子。十时半过黄家谈天,只斌及小弟在家,斌昨日又画一张珍派克,不太像,至午时归来,与可言握谈数语,因其人品行不大好,殊不欲与其长谈。并严嘱

弟妹等少与之接近。午饭后出门访陈书琨老伯,强云门表兄,五姐七姐与彼等畅谈家务,并以大哥所书之份及其所要物件清单与之看,并解释听,五姐留用点心,郑夔亦去五姐家。七姐处用晚饭,谈至晚九时方归来,电光闪闪欲雨之象,乃急驶,行至小六条东口忽见五弟小弟二人,继之发现斌、慧、四弟、小妹四人,乃同行谈笑而归,至家已十时半矣,乃收拾就寝。今日奔走十余里之遥,烈日下狂驶,汗出如雨,重衫皆透,热甚,且绕行至力家,口沫不知费却几许,话不知说了若干也!

7月21日　星期五(六月初五)　闷热,半阴晴

上午习小字,看书报,教弟妹等做暑假作业。昨日奔波半日,今日恢复疲乏,天气半阴半晴,令人不快,闷热异常,蝉声噪耳,心绪不佳闻之益增烦躁,新搬来之同乡郭家,由起至晚终日聒聒不休,令人不耐,不知家有何言语,喋喋不休至此也。先后二时写完日记,过黄家闲谈,与斌及小弟谈笑久之,至六时归来,过力家强云门表兄,托交九姐之物一纸卷,九姐谓我强表兄顷有信来,谓关于我等之家务事彼不过问,不能来。不来就不来。与伯长略谈燕大考试题目即归来,七时左右斌来托李娘找车夫事,旋去。晚饭后心绪益劣,头微疼,拟出门走走,而已九时矣!遂过黄家小坐而归,十一时许就寝。

7月22日　星期六(六月初六)　晴热

看书,报,一上午未出门,天气虽甚好,惜心绪恶劣,无意娱乐。午后二时许往访九姐夫于尚志医院谈家务事久之,大哥如诚心麻烦,则分家就完了,什么不分之分,不清不楚的,预备下礼拜日请亲戚朋友开个亲属会议解决此事。归来心绪愤怒,独坐院中看书,未过黄家,彼等亦未来。

7月23日　星期日(六月初七)　晴热甚

晨九时许往访林笠似四兄,至其家,始知自天津租界发生封锁问题以后即

未归来一次。遂过小酱坊同至郑家三哥处,尚未起,遂问明维勤其父之住址,访之在家,遂又畅谈家事,彼亦允帮忙。十一时左右顺道往访王炎,缉庭老伯因其与我家亦稍有亲谊,交情三十年之久,家中事大都知晓,惟谈及此事,将大哥所与我书面信给他纸看,老人思想旧,以为其所言不错。旋李石芝来,我即辞归,午后疲甚,亟思睡,一觉竟至五时,起看书,至七时左右,斌一人来,稍谈即去。我则连今日昨日二天未过其家矣!晚与四弟二人骑车赴西单遛大街,晚上凉快,人似较白日尚多,在临时商场内听了一会相声,遇陈启,闻其于下月十八日赴沪转昆去川。说相声者,昔日之张傻子,高德明,绪德贵,汤瞎子均相继登大雅之堂,上戏园子奏技,而只余大面包一人在此,与高德明之弟二人及其他二人卖艺,亦殊可恤,而其前者四人能上升舞台售艺,亦事在人为耳。晚十一时许归,午夜时就寝。

7月24日　星期一（六月初八）　半阴晴

总是觉得上午过的快得多,习了一会大字,做点别的事情,就过了一上午,十一时许过黄家与小弟谈笑并为之解释算术问题,又问问他所温习的史地问题。至午归来,饭后写过日记,已二时许。今日本拟去中央观电影《一九三八之百鸟朝凤》罗勃泰,爱连娜鲍惠尔主演,因斌不去,遂二人前往。不意遇郑绍盟与行仵二人在后排,影片还不坏,尚值,散场遂驶车至郑三兄处,与之略谈家事数语与小孩们谈笑顷之遂归来,至家方知娘未在家,斌一下午曾来找我二次,并留一条,令我归来饭后找她去,陪她去修理自行车和遛大街,走到西单商场遇孙祁及郑家,维勤,大宝,二宝,克昌四人,大宝,二宝二人老向着我笑,孙祁今天对我那样像大姑娘见人很腼腆似的,又像很生的朋友似的,何必如此,有点差劲,这般对我,我又未得罪他。他们往南我们往北,四弟五弟又跑到西单临时商场去转转,出来到亚北楼顶上乘凉吃了三角的冰棍,步行归来忽遇雨急,赴一纸店中暂避雨,旋尚好。晚风吹来微有凉意,小雨后土沉,甚便步行,一路与斌挽臂谈笑归来,顺路取回她自行车,至家尚不到十一时。

7月25日　星期二（六月初九）　阴雨

　　真成了南方梅雨时期了，上一礼拜下了一星期的雨，才晴了七天，今天又阴下来了，到下午一时多又下起来了，结果又是老套子，下一阵，停一阵的，没完没了。午饭后写了几封信，三点多雨止了。过去看斌，她有点不舒适，卧在床上，陪着她谈笑至六时许归来，她借有许多旧的画报，内容有的颇那个，她却不在乎的看着谈着。真是的，这年头的十几岁女孩子，早就什么都知道了，春情早已发动了，还用人去引诱吗？今天谈，去年这时候左右，有一天下午杨妈病了，我陪她待了一下午，什么买层糕等小事情，她记得，可见她也不是完全不晓得我这番对她的心意了。归来晚饭后问刚弟英文，并翻阅去年日记所记过去的事迹，去年的欢乐，和松三在我俩之间所起的误会，历历在目，今天翻开看起来心中不知是喜是愁，只觉一阵阵的惆怅。去年和今年的情形大大的不同，我个人说，环境就差远了，失去了我最亲挚的老父，多少朋友南下，更不知明年此时，现在和我在一起游嬉的同学都不在的又有多少呢！今日黄表嫂对我说托我同学给找房因为九姐夫西院的房子要卖了，他们一搬走就不易见着斌了。

　　晚雨忽大，噪急之声近如滴铜盘，远如敲鼓，隐隐传来，加以诸声杂集，心绪恶劣，百感交呈，令人不能安卧，兼之房屋破漏，夜间不能安眠者久之。

7月26日　　星期三（六月初十）　阴雨

　　昨夜因雨急未安枕，因恐屋漏故，晨十时方起，亦疏懒之至矣。急起习大字，教弟妹等读书，瞬即十二时矣。午后习小字，阅报，改正五弟小妹之作业，三时许过黄家，斌一人在家正睡着，被我搅醒，时小弟五妹等均由我家归来，谈笑下棋久之，至六时归来，连日见面无何可谈，不见斌心中又有点不安似的，不知此似何种心理。今日上午阴中午晴太阳普照下甚热，旋于六时半又阴云四合，下了一阵雨，幸我六时出去至西单购物即归，未被雨浇着，晚饭后教四弟读英文，改小妹作文，写日记看书《化学奇谈》凄风冷雨中倍增愁思，近念泉下老父，远望天涯故人，不胜惆怅之至。

父去世未三礼拜,因欠人电灯费故,竟被电灯公司将电表取去,闻父病养以后,外来一切信件皆需至西院方能转至我手,自然欠电费后,自先有通知方能来取电表,而竟不言语亦不打算,竟被公司将电表取去,则意何在？早存不愿与我等共用电灯,而我等亦不一定非用电灯,迄今仍用煤油灯,久亦惯,不觉有何不便,而大哥竟借下斜街九十八号后院之名向电灯公司报新户,按上电表接了火线,已于本月三日光耀如炬矣。平生一辈子,第一次花钱点电灯,每日必过去看电表走了几个字,令黄家窃笑不已,真是可笑可怜,而不问一声我们点否？独自用电灯,令外人知,笑掉大牙,所谓招呼,尚未分明家务,亦已如此待我等,真令人齿冷,此所谓好兄弟的感情,此所谓同胞兄弟。而父尸首未寒,演此丑剧,夫复何言。

7 月 27 日　星期四（六月十一）　阴晴不定,晚雨

晨八时半起习小字,督促弟妹功课,贴报纸,瞬即至午时,光阴何其快也。屈指计之,暑假已过大半矣,午饭后正洗脸时,斌忽一人翩然降临,与之谈笑久之。维勤欲组一排球队,我无可无不可,唯不能再求于别人,中午祁来一信,谓使我托斌转其同学打不离,斌因久未与其诸同学会面,推辞。此亦实情不能怪她,我亦不愿拉别人惹麻烦,后黄小弟来与之下棋久之,斌则助四弟完成一自制之活页纪念册,状殊可人,布棉花缝纫,经其一手完成。五时许曾泽来,未半小时祁亦来,于是畅谈好友甚快谈非他事所能比拟者也,曾泽手舞足蹈,连比带说,谈锋极健,我等诸人皆视其一人讲演。至六时半,斌归去,至七时半曾泽孙祁继去。今日斌面颊作玫瑰色,殊妩媚。晚饭后四弟五弟过黄家,我未去,见于昨日预定。今日不过去故也,天天去别人不厌恶,自己也会觉不好意思也。不意斌今日竟未找我,自午一时半来至六时半归去。晚饭后与小妹在院中散步歌唱,殊乐,九时雨声又起,幸四弟五弟已回,并带回二钢笔头,谓斌送我者,并附一条谓我今晚为何不去伊家,心为之一动。问四弟英文,至十一时就寝,心动而未止,令人厌恶。

7月28日　星期五（六月十二）　阴雨晴天不定，闷热

前夜雨大，夹以风，前院破碎支离中之马号及破棚一所竟坍塌，幸内未住有人，只索什物十数件而已，然东西被压毁，亦损失有十余元之谱。早属力家修理房屋不修，至六月方来，而天雨不晴，延迟不能动工，以致如斯，思之令人愤然。早起搬破烂物件弄得满身是泥，加之天忽雨忽晴，一时三变令人愈增气愤。上午习大字，阅报，先后天气仍不定，令人不快。今日为父逝世之百日，衷心难过者久之。昨夜得庆华一书，谓大姐之同学组一球队，庆华等在内，并代我报名，令我昨日下午去他家一同去，可是信是晚上才接到的，怎么去，玩玩也不坏，可是这时的环境是否允许我玩呢！今日亦决定不过黄家，虽然心里极想去看斌，一下午只在家闷着，看《化学奇谈》，抄化学笔记，心绪十分不安宁。至六时许西院大众来了，力家也都来了，伯津带着苏菲，伯美，太也来了，郭家也过来了，还在父遗像前行三鞠躬礼，祭了菜，行过了礼，不一刻人都散了。九

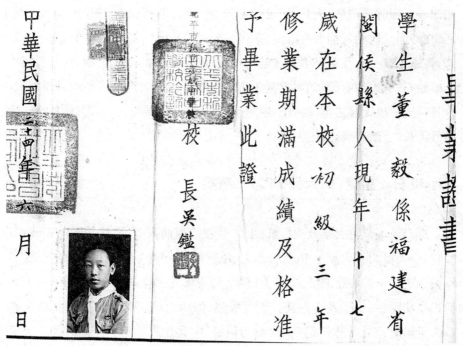

董毅在志成中学的毕业证书

姐多日未过来,今日来冷冷淡淡的,谁爱理她,想起来人真没意思。结果总成空,人皆有死,争夺无用,思之怃然,念父心中悲怆死,久久不能释怀。晚饭后过祁家小坐,今日未见斌。

7月29日　星期六（六月十三）　晴热,上午阴

　　早上阴了一阵子,至午虽晴,可是天上云头甚多,还以为会再下一次雨呢,谁知,太阳一探头一探头的已经是热得够瞧的啦!闷闷的热,上午也没做些什么事情就过去了,只是习了会大字,午饭后习了会小字,十一时许曾过黄家,只余小弟一人在家,与他玩了一会足球就回来了。下午闷甚无聊,二时许接华子来一信,因日方人员加入,有改组意,其地位已动摇,嘱代询张兄令其留意一二,际此时局,人人自危,谋一吃饭所大不易也,生活难乎哉,为人难乎哉!二时半访庆华,未在家,与妹弟,刘君等均去中南海游泳矣,快意哉!用其打字机习打字半响,与其弟等玩棋一会即归,借来话匣片子九张,王大姐同学王大芳由津来。四时许归来,因热,至亚北食冰棍五枚,遇行伍未交言,没规矩的东西,在外面几次相遇都未言语,永不和我交言才是人。又至永丰德购墨一锭归来,孙家小孩三人及黄小弟来玩至六时散,晚饭后过黄家小坐,斌方归,自晨出至晚始归,够野的啦(玩的时候甚久谓之野)!下下棋,谈些无聊的话即归来,今日一天觉极无聊之至,终日不乐。夜间月光如画,甚爱,不忍即就寝,掇一椅坐月下久之,微有寒意,始去休息。

7月30日　星期日（六月十四）　晴热

　　迄晨至午只习大字及阅报纸,上午并和娘商谈家务,心绪恶劣已极,每日哆嗦,令人极为不耐。午十时许斌一人翩然降临,小坐,送来一本贴的报纸,又取去一册。午后心绪恶极,老不能沉静,每责弟妹未作暑假作业,而予独未做何正经功课,每一思及殊惭甚。天气极热,懒得出门,《化学奇谈》阅完,正在心头干燥时,取《笑林广记》一册略为调解,中多粗俗之笑料。四时许斌突又来,还我上午所持去之报纸一本,谈顷之,因今日"十四"需口供(阴历三十,十

四皆需上供父),同院郭家亦上供,并有泣声,闻之鼻酸。五时许黄家三人归去,耗至七时左右,始见西院诸位慢腾腾而来,九姐一月二次,不错,父已故,来看谁?! 人心皆露矣,快无人味,怪不得其生女几皆不识之矣(伯长、伯美皆不甚满意其母对其父之态度与行径)。上供完后与九姐大哥并娘至书房略谈家务,大哥谓现在无争据之点,顷书琨在九姐家,谓我请书琨老伯来问问疏通。现在无何可言,值得能买者留下,愿意与他的与他,商务股票事交我办,父灵柩回闽事由我办,如商务股票卖不出,反买债,亦我一人负,此不知所言何事,令人好气又好笑也。晚饭后斌与小弟忽然姗姗而来,殊出我意料之外,一日过我三遭,感情可感(一笑)。小弟与弟妹等谈笑下棋,院中捉人等,母因适才谈及家事心绪不宁,头疼卧床中养神。我与斌在屋中闲话,殊温柔也,每每顾我嫣然媚笑,令我心魂为之一荡,亟思拥而吻之,惜无此勇气。顾如吻之,斌亦未必坚拒之也,以后再有机会当一试之。晚十时许,为之述曾泽兄与我所讲之电影故事《浮生若梦》事,至十二时许止,遂捉臂伴之至其家门而归。月在中天,白日暑气全消,伴丽人行亦一快事也。

7月31日　星期一(六月十五)　晴,热极

　　早起思往访林笠似四兄,至其家已去津,遂至陈书琨老伯处略谈家事,并及九姐债务事,并述昨日下午在九姐处与大哥所谈之梗概,并谓大哥云他亦不明白,我家事非外人所能支配者。自书琨老伯归来一思亦殊后悔,在午时归来,食炒面,饭后四弟坚邀同去中南海游泳,我因今年心绪不佳之时多,无何心思去玩,决计不去。至庆华家,皆在家,留于彼处谈笑玩,庆华处住有一同学,刘宝光君,及一王大方女士,彼等一家暑假只知吃喝玩乐打闹说笑,无所挂于怀,我在其中然亦觉无甚乐趣,惟反衬我家之痛苦悲哀而已。庆华大姐送我相片三张,五时许归来,出动二次,出了四次全身大汗,天气热极,苦不堪言,说说话,稍动一动,穿上衣服立刻一身汗,真糟。至家续阅《笑林广记》,弟妹们出去玩,一人殊闷,晚饭后过西院,因今日大哥暖寿,未在家,遂归来,顷之黄家四人全过来,我开话匣子,把由王家为她借来的片子"I love to wish snow white and the screen deafest."等等给她听,至十时许回去。

爱真神秘,不可捉摸,有时她会使你十分兴奋快乐,有时也会使你非常颓丧悲哀,爱上了一个人,为她去做任何的牺牲都肯干,简直是言听计从,希望她如此,如能办到那就真快乐得了不得,一不如意,立刻失望悲哀的不得了,真是难说"爱是什么东西?"古往今来多少伟大的人物,哲学家,文学家,英雄,美人,甚至贩夫走卒,都不能给她以一个完全的定义,只是每一句两句,几个字,加以片断的注释而已,不知何年何月何人,这把能爱字下一完全的定义!

日前闻斌谈及南方诸亲友,谓我曰,伯良已订婚,后小胖伯蕙来,其妹(伯良)已结婚矣。斌又言,易周亦订婚,真不知他们去南方是干什么去了,读书?救国?找爱人订婚?去了年纪还轻,忙些什么?尤其是在这年头,在那环境中难说,奇怪!只不知钩钩有订婚否?铸兄在保,今年八九月不结婚,明年春即缔婚,想起来也很怪,前些日子曾与钩侄一信,至今无回音。

8月1日　星期二(六月十六)　晴,热甚

上午为恭小弟讲《木兰词》,十一时许过黄家小坐,并带去为慧所写之纪念册纸,由斌处借来一本她在志成初二时同学卢世清的作文本,里边有九篇散文,都不坏,有文学的天才,闻斌说卢世清不但国文好,各门功课都很好,真是难得的一个天才的好学生。可惜因事变后举家南去,奔走各方,至今无信与斌,不知在何处?如果在平,我真想认识认识她,文章做的不俗,虽然有的题目是很常见的,可是由她写来已是别出一格,不同凡响,构思微妙出奇,几令人拍案叫绝。在初中二年有此成绩,可称侪辈中之佼佼者矣。普通人差不多,理化数学好则国文等未必佳。二难并,四美具,兼收并蓄者矣不可多得之人也。先后写日记,至三时左右过黄家,还慧《好妻子》一册,及送还卢之作文本与斌,与小弟下棋三盘,被迫讲故事一个,归来五时许矣。斌有时殊天真,闻人言稍涉滑稽者则放声纵笑,旁若无人,为之折腰者,再憨态可掬,亦令我忍俊不禁也,斌之可爱正在此,"留得天真一点灵"。也不知其自觉否?午间张得荣来告,五姐电召我今晚过去用晚餐,六时半许至其家,威如三哥由济来,闻二三日内将转青课事矣,七姐,七姐夫,爽秋(昭晋)及七姐夫弟均在并畅谈,惟不及家务,顷之河先归来,八时半增益始来,九时许入座,食毕十时左右矣。如此晚

饭甚觉不消也,入肚颇不好受,又稍坐听无线电,食西瓜数枚,遂先辞归。七姐等留作竹城戏。久不惯坐洋车,尤其是如此远之路,颠跛殊甚,晚卧腰皆酸,十二时半就寝。夜归明月拉伴,晚风送爽,殊快人意,较之白日酷热,另是一番风味也,穷人贪凉夜宿街头者,极多,东倒西歪,犹以饿殍,如外人不知见此迹象,必成称我中华男儿之勇敢,含辛茹苦之精神也(一笑)。今日为大哥生日,昨夜过之未在家,今日一日未在家,故亦未再过去,本五姐今日亦请他去,而他推辞为泻肚,未去,不知确否?

8月2日　星期三(六月十七)　晴,酷热

连日炎热异常,暑气逼人,虽静坐亦渗汗不止,偶一动作言谈辄全身湿透也,人人皆呼热,白日匿屋中皆不敢出,如居蒸笼中,精神因之疲乏异常,终日任何事皆办不下,心头烦躁闷热,前所拟做之事,未及十分之一。每一忆及心殊惭愧,加以家务累我,年幼无知多慌然不知所措,以致不明,应对之法而动辄得咎也,是以使四哥九姐皆不欢于我,亦我少不更事之罪也。

今日晨起觉不适,头晕,心头胀满,不思饮食。予数年未曾致疾,今日不快,恐系昨日食于五姐家稍晚过饱,归途被洋车长途颠簸加以午夜未曾盖腹所受外感所致也。午前十时许沐浴,午饭只进一碗,午后尽在床上卧倒,翻来覆去,不安之至,腹中胀满难过,二气不通,想通大便,则不佳,遂进泄药并益元散,未见何效,夜稍进稀粥少许而已,卧床上阅竟《笑林广记》一册。下午威如三兄来与母及大哥等谈,留用点心。后出至西院与大哥、九姐等谈天,恐终不免涉及家务,我因病未出,卧床上一日闷甚,思斌未至。刚弟今日又去游泳,五弟亦好玩耍,二人不知读书只徒事嬉戏,心甚忧之。

8月3日　星期四(六月十八)　晴,酷热

昨晚得朱泽吉兄一信,招我今日去其家中会晤,我因不慎为二虫所侵,尚未痊愈不能前往,报以一片以致歉。朱君者,辅大本系之同学也,好学不倦,品学兼优之青年也,读书甚多,古文汉字甚有根底,非现今一般大学生所能比拟

者也,予甚敬之。

今日仍未好,头微疼,坐起觉晕,恐系卧时过多之故,肚腹仍甚不适,上午令四弟为五弟去第一附小报名考六年级,姑一试之而已。今日因天气热,病未退,心头烦,又卧床一日,看《潜水艇大活动》一书大半,内述欧战时德国潜艇之活跃,军人为国之努力,奕奕如生,令人敬爱,油然生爱国之心。午后五时,许大哥来持一信系津市林笠似四兄来者,谓商务事亟待结束,并有云该物未在其手,家中颇有争执之语。大哥颇生气,进来气势汹汹,惊人厉声,谓外人皆知我家有争执,则即生争而已,今上二途,任择其一可也,一即按照其信上言语办理,二则分家而已。予答容考虑,明日答复。夜为此事,卧不安枕者久之,按历年来家中情形言之,强合生活,经非善局,照其信所言,亦不清楚,不如分家为佳,遂决定分家,吃苦方知勉励为人也,以免日度迷梦无意义,类似行尸走肉之生活也。

今日闻五弟言斌来至绿门未进,心甚愤,甚薄情,不来看我,因其小弟今日下午曾来玩,必知我病矣。后四弟言斌曾行至小屋门因闻大哥在此谈家务遂回去。心始释然,予近如此苦苦单恋斌不知何故?不知其有何可爱处?反躬自问己亦不知动机主因何在?"爱"真一奇物也,来之无踪,去亦无影,令人不觉而坠入其中也。

8月4日　星期五(六月十九)　上午晴,下午阴,仍闷热

才起来不久,郑克昌和雯来了,和弟妹们谈笑。因为天气热,我又小病未愈,故提不起精神来和他们玩耍,只是搬出些贴的报纸给他们看,吃过午饭耗到三点多,就回去了,午后头晕头疼好多了,遂与四弟下棋数盘,借资消遣以解愁烦。下午只是卧床上看书,迷迷糊糊五时半方起,今上午九姐来又胡扯一气,我真不愿理她,我于是把大哥信上的我与不满之处全都谈给她听,亦不能把我奈何,随其意,愿意告诉大哥就告诉好了,没关系。六、七时许忽阴雨一小阵,我病未好,在屋热,在院中风吹之又冷,真怪事。晚饭后过西院答复大哥,决定按分家办理,其答音甚小,状颇懊丧,后悔耶!此出诸彼寇,逼我如此,怪谁?!至今日止,三日未见斌矣。

8月5日　星期六（六月二十）　晴热

小病卧床三日，今日较佳，肚子亦稍舒适，头亦不大疼晕，遂起来，九时左右斌忽来，与之谈笑顷之，状对我甚好。我讽其常整日出门，彼皱眉答我非愿意出去，乃不得已之故也。皆系为其弟妹学校事奔走也。谈笑至十一时许始归去，彼不来视我，则苦思不已，来则四目相对，默无可言，间或相对一笑，亦含情脉脉之。午后三时九姐大哥进来谈分家事，取出昔日父亲亲笔所书之分单，阅后又不满意，谓我按分家办法细目甚多，不免间或有争执，反为不美，不如你愿与我何物即与我，我亦写一分单，你我各持一份，他亦算分一份家去。又言把父所遗之文集，日记，图章皆取去（计文集四册，手抄容斋文存，日记二十九册）。我旋出门至达智桥购物，在树成打字专门学校要来一份简章，五时半许过黄家，与斌等谈笑甚欢，行伫、孙湛先在，旋先后走去。我因腹不饿，亦未归家用饭，后五弟来，在院中乘凉，大讲故事，斌偎我而坐，殊温柔也。至十时左右归来，觉腹饿，将所留之荷叶粥喝二碗而寝。

8月6日　星期日（六月廿一）　晴热

晨起，春明十时左右，伯慧考完出来，予遂至办公室寻校长陈先生，陈先生志成曾教过我，又是同乡在家中亦相识，待我甚客气，允取伯慧，欣然辞出，与伯慧步行至校场口而别。我至自行车铺修理自行车，换了一条内带，至七姐家全出门了，只余昭晋一人在家，顷之相继归来，只威如三哥未归，见着久未看见之增益，二时辞出至真光，遇郑夔，出我意料之外。《龙凤烛台》，由威连鲍华，路易丝蕾娜，欧苏丽纹，罗勃特扬四人主演，前二者为主，后二者戏少，此片不坏。人几满，散场后我独自至市场间遛，半晌遇孙祁，赵振华等。今日去上次斌带我去吃冰棍处吃杨梅冰棍，坐原处。前些日与斌在此处同吃，今只一人，频思斌弗止，杨梅冰棍不怎么样，病方好，我又胡吃矣，归来六时许热甚，息半晌方好，晚饭后甚疲倦，卧床上，闻曾泽曾萃来，遂迎入，邀我去亚北，因甚累遂辞谢，彼等遂与四弟同去，夜检阅旧日记至午夜始止，神为之往者久。

8月7日　星期一(六月廿二)　晴热

　　起后拟沐浴,曾泽忽来访,借我话匣片八片,借去八片,谈至十时左右辞去。旋孙祁忽来又稍谈至午去,午后沐浴,习写日记,督促二懒弟读书。

　　午后四时许过黄家,慧未在,余均在家,盖其母今日为银行放暑假也,假期只一日,亦殊有趣。西院房力九姐夫欲出售并登出广告,斌母正发愁无处居住也。此时居住成一大问题,斌在家作针织,谈笑顷之,斌母并述斌幼时之事迹,相视以为笑乐。斌幼因其父丧曾寄居其父前妻之父家,众人欺之,斌归亦不言,并会招呼慧,如小大人,幼诚可疼,而善持事,长反无用云云。斌闻之则妖乎不承认,忽五弟来遂带其至九姐夫医院处治眼上药,与九姐夫略谈家事而归。因家事至今未结清,心中乱如麻不知如何办理。晚邀斌来未果,心中不快早寝。

8月8日　星期二(六月廿三)　晴,热甚

　　有好几个月没有起的像今天这么早的了,也就是六点钟左右起来,带了五弟一同赴第一附小去考试,应试的小孩子不少,加上送考的大人多。真是天气热,加上人更热了。到时候五弟进去考试,我一人无聊极了,坐在外边看着本来昨日随口说的问斌今天来不,她说来,盼了半天也不见她的影子,有点失望,以为她不来了呢。不料一会儿她却出乎我意料地来了。穿一件淡血清的绸衫,上罩一件黄色坎肩,头梳二小辫,上缀二纱作之花,墨镜,光面花皮鞋,姗姗而来,见我甚是高兴,我更高兴。于是我就邀她一同到隔壁男附中走走。因为附小人太多,又无处休息。男附中门口移至附小旁边,进去各处收拾一新,无一人,偌大院子清净阴凉的很,比之附小人多噪热好得多,与斌散步其中另一番滋味也。绕附中一圈,殊幽雅不啻身在公园中,好境地,好机会,可惜,可恨,我无勇气不能稍对斌表示温柔也。回来又在附小礼堂偕坐聊天,竟一直等到五弟考完。本斌欲去文昌阁,我邀其一同返家,竟允许。天热极了,遍体是汗,午饭竟进三碗之多。饭后一时半过黄家,只余斌及小弟,斌谈笑久之,我每提

以前之话,斌辄记忆,对我态度情意亦殷勤、亲密,令我心中殊畅快,间或对我小动作亦不加抗拒。有一机会,恨又被我错过,未吻她,至今思之,悔之莫及。我与小弟下棋,斌则卧我大腿上,亦颇惬意,若非小弟、小妹、四弟等在眼前作碍,我必拥而吻之矣。直至六时左右始依依而别。归来晚饭食后,因热抑或因胃口尚不开,只进十余枚而已,忽甚困倦,卧床上迷惘中睡着,至十时许起来,洗足刷牙作日记,小步月中,繁星在天,微风皆无,闷热异常,今日尤甚,银河耿耿在天,牛郎织女一年一会之期将届,而人海沧桑已非昔日面目,令人思虑起伏不定。

8月9日　星期三(六月廿四)　晴热

心里总是安不下去,连着已是两个多月,都是如此了。家里事情老弄不清楚。前些日子决定分家,可是到现在还没有决定,所以使得我毫无心绪,百无聊赖,凡事都无兴趣,假期中也没有去找什么同学,答应去找马永海到燕京玩,也没有去,终日恹恹,意终不快。今年未去游泳,因心里不痛快,四弟曾屡次招我,终未去,休息一年,明年见。

上午曾泽来借去八张话匣片子,并亦借我八张片子,坐小谈,十一时许即去。午后过黄家与斌及小弟谈天,旋四弟、小妹亦去,至四时左右归来。晚饭找孙祈同去遛大街,因六时许祈来找我约好之故也。今日下午亦烦闷之至,同行至小酱坊胡同郑家,大宝、二宝去划船,未在家,只小三、小四、小五等。维勤明日起去卢沟桥实习,因每日起身甚早,怕赶不到,住在学校,旋去。陆方来谈顷之,三表哥有朋友来,我等即辞出。至亚北,在门口遇见曾泽,至楼上,又碰见陈絮,我请刘、孙二人吃冰棍,甚凉快。夜间西单一带较白日尤热闹多多,朋友亦一年一度,令人不禁沧海桑田之感矣。明日此时北平更不知是何景象,明年此时更不知何人与我同游。晚得祖武信一封,知于政已于上月二十九日上午十二时四十分乘车赴津,至塘沽口乘船转沪矣。平时老友又少一个,令人闻之怅然,此番一别天涯海角,更不知何日方能再会矣。

8月10日　星期四（六月廿五）　晴热

　　昨日夜食冰棍，加之以前积食未消，今晨四时一刻即起泻肚。天作鱼肚白，空气新鲜，别有风味。年余不曾如此早起便回忆前事，令人恋恋不舍，为之神往者久。如今昔日同窗，皆各奔东西，天各一方，难得再见。今日不幸由晨至午，竟如厕三次，然腹中为之一清也。中午腹痛稍好，本卧床上休息，然而愈卧愈不佳，遂奋起，冒阳光赴四眼井刘家。今晨曾泽亲送董事票来（沈美梅），盛意可感，彼今晨与曾萃同赴香山，曾颐未在家，只曾履在家，略谈并借话匣子归来，旋过黄家，与斌、小弟等谈笑久之。旋四弟、小妹相继亦来，约斌同去划船，未允，心殊怅怅。晚饭后，因斌不去，心甚不快，勉强带五弟、小妹同去，四弟亦同往，至时已八点一刻，划了一圈。回忆二年前与于政兄偕游，今已分诀，远隔南北，再会不知何日矣。顷之颓然若丧，顷之雄心陡起，思潮起伏不定，遂高歌以舒积闷，远有和者，若相问答，顾弟妹等而笑，游兴已尽，遂摇橹声歌中挽臂归来。至家方十时左右也，因倦甚，早寝，一觉不知东方之既白矣。

8月11日　星期五（六月廿六）　晴，下午半阴

　　近来疏懒甚，多日未习大小字矣。昨日约斌未能如愿，今日终日如有物塞，耿耿于心，终不快也。看报、贴报纸做些无聊事，已经一点者，心终放不下，做不下去。今日又泄一次肚，连日食不下咽，胃口不开，每次最多只食二碗，多次只用一碗，故瘦一些。日前得伯法来一信，劝我拿定一个方针，努力前进，今日又得家铭来一信，系复我与彼者，大致亦系令我努力，教导弟妹，并谓南方生活程度甚高，一人月需四、五十元，如无经济来源者，亦甚冒险之至，并且此际处此环境，加以家中情况，我亦不能贸然南下。

　　因心绪不宁，未过黄家。午后四时许，与刚弟同往北海划船，连去二日者，因刘曾泽借我董事票也。今日命四弟过黄家二次邀斌均未果，心殊闷闷，我亦真无毅力，遂堕情网中，而不能自拔。现在斌无形中而能操纵我之精神，彼对我稍不洽，则我立即不快者累日，对我一笑，积郁能为之立消，此亦爱之神秘力量,非局外人及经验者所能体会也。故今日之去,亦系怏怏上道,路过亚北找祖武,未在家,直驶北海,在船坞又打电话与泓,言语中颇有怨恨意,似已知我近来与斌亲密状矣,约其来划船,亦未来。遂与四弟二人同划,又打电话找祖武,仍未归。庆华未考上辅仁,治华亦未取上,甚奇,剑华燕京亦未取上,闻其

万寿山镇海牛

有南下意,今日情形与往日不同,不知能否成行也。划船至漪澜堂西,遇雯,晏,小三等三人,一块玩了一会儿,绕至东边桥下,买酸梅汤,小壶解渴,代价一角二分,殊昂贵。在五龙亭遇祖武及陈志刚二人,遂并船谈久之,送回船,又由其船送我二人至漪澜堂,各道珍重而别。归来日暮八时左右,过黄家,将所采之鲜花叶赠之,斌只着衬衫短裤,略谈即归。晚食稀饭一碗,进馒头四个,因疲甚,早休息,手腹腰均酸,又因斌不去,意兴索然,明日亦决定不去矣。今日七姐生日,李娘带小妹去。因斌故,心殊闷闷,夜不安枕者久之。

8 月 12 日　星期六(六月廿七)　阴小雨

有点阴的天气令人精神不快,心中始终惦念着斌,于是早餐以后,立即过去看她。今天很好,见我一笑,心中的不快立刻都没有了,看报并与小弟谈笑,斌又对我甚温柔,曼声清歌婉转悦耳,令我不忍离去,一直至二时许其母归来

始去。小雨阵阵,讨厌之至,今日本系小妹生日,原定带她出去玩,因为天气的关系全成泡影。二时许归来,食面二碗,写日记,看报,心里总不安定,至四时许,又提着由小刘处借来的话匣子和片子到黄家去唱,一不小心我压破了一张,真对刘不起呢!看看报,谈谈闲话,看《好莱坞》,斌做一双拖鞋,女红,倒是女孩子的本色,虽然在那没有什么新奇事情能够吸引我,可是觉得和斌共处心中十分舒适,十分快活觉得有无上的安慰。晚上也没走,在那吃了一碗荷叶稀饭,又看斌画了一张画,到了十点才回来。斌今日之态度殊亲热,并且对我十分温柔,偶或亦询及我之饥否,冷暖,心甚感之,恨不得不回去。下午阵阵小雨,天气凉爽多多,前数日立秋,自此以后一阵秋雨一阵凉矣。黄昏与斌的拥抱,与我这弱小创伤的心灵以无上的安慰,我不知如何方能报其盛情与美意于万一也。近来每日下午几均于斌之倩影俏笑中过去,殊无异于温柔乡中。但家事尚无着落,我却寻此迷梦,大非为人之道,午夜扪心愧悔者久之。

8月13日 星期日(六月廿八) 阴晴不定,闷

昨日天气不佳,今日仍然如此,讨厌得很,幸尚未头疼,阴霾的天气令人提不起什么精神来做事情,马马虎虎的过了一上午。这些日子真糟,什么事情都没有做,连字也未练,疏懒的要命。下午过黄家,约斌去平安,斌不去,因而,我的去意也打消了。六时许,四弟来谓家中开饭,呼我用晚餐,且其已吃完,遂急归来。方吃完,表嫂忽又来,与其母谈煤事,斌亦随来,坐顷之,方去。至门口,斌谓"去找四弟呀!"意即呼我去她家也,遂陪其过去。在我家时我曾搬出所整理之报纸与她看,她喜极,借去一本,我介绍其看《生还》这一篇小说,同至其家。不意行侣在彼处,旋去,四弟、五弟亦归来,我则留至九时半归来。连日我之行径殊不合理,多不在家,且近二礼拜来几乎每日下午均在斌家。过去,间或夜间归来,娘亦未责我,然良心惩罚更难,自己后悔半晌。昨日计在斌家呆九小时之久,如果娘责我,则心中反安然了,见了斌心中就舒适,安乐,老舍不得离开她,回家来就惘然若失,坐卧不宁呢!

我也奇怪我自己,不知我在什么时候,在哪一种心情下喜欢了斌。斌的一举一动,一言一笑,都能引我注意,尤其是她那天真的小孩子的脾气,在她身上

表现出来有时真能令我哭笑不得,不知怎么样应付劝慰她才好。偶尔发发小脾气,或是诚心和我斗着玩的,那种娇憛的态度及神气,并她那小嘴中轻轻的含羞的吐出"讨厌"两个字时的俏皮劲儿,真使我又恨她又爱她,真想走前去抱着她咬她两口。去年有一个时期,我真是有点被她神魂颠倒,无时无刻不在想看她,在那时正是我俩表面上很冷淡,也很少见面的时候,住在学校的我,每一合眼,她那倩影就出现在我面前。到了今年,她先后数次向我表示好感,于是才又很快的恢复了去年此时的友谊。以前,她和别人一块谈话,玩,我就嫉妒的不得了,要是不爱她,就不会嫉妒了。去年有一时期,我受的刺激可不小,近些日子,几乎无日不见她。如若一天不见,似乎失掉了什么似的不快,可是一见了她的面,心中一切的不快完全抛开了,精神上立刻快乐极了。她真是一个拯救我于烦恼中的安慰者,精神上的快乐之神了,像这样的情形,就是所谓爱恋了吗?!我承认现在爱了她,但不用我说,在积极的不同的言谈举动上,她一定能体会得到,也一定会明白我这深藏许久的意思。从她的动作、言语、态度上我也约略的知道点她的意思,至少是尚不讨厌我,这是我引为荣幸且稍以自慰的。由于我和斌过往的亲密,我想,家人,刘妈和小弟、五姐都已约略的看出些这种情形了。银铃般的笑声和娇憨的媚态,半天没见了。我也知道将来没有和她结婚的可能,何必现在又这样投桃报李的一往情深、情丝牢绾的苦缠莫解呢,此时虽明此理,而仍不能自拔,则将来之悲哀痛苦则更大。因在家务烦搅的杂乱的心绪中得与之谈笑,促膝清谈,间或能得些许安慰,然人皆系感情动物,久之自生一种神秘的、不可名状的、无形的情感于二人之间,自是不可避免之事实,且幸有理智加以约束,未发生轨外之悲剧,而一失足成千古恨事也!

8月14日　星期一(六月廿九)　晴

立秋早就过去了,我却没有注意节气,怪不得近一二日夜里,早晚风儿过去,微觉凉意呢!昨日秋雨,一阵比一阵凉了,冬日转眼又到,穷人又受不了了。一天一天,一会儿就过去了,一季,一年,一会儿也就过去。没去游泳,也过来了。简直人的一辈子,也是一会儿就过去了,青春珍重!

上午想不到斌母于八时许来小坐旋去，神啦！小刘（曾泽）九时来，陪其过孙祈家取回船票。至宣武门，因打防疫针方准进城，无法，折回，由西院取一去年之旧证，人少混了过去。跑到陈书琨老伯处送去折子和字据，老伯未在家，等半天仍未归，遂留下交伯母，转至九姐夫医院处，告其已送去，并略谈家务，彼劝我力恳郑三表哥老父办此事。午后二时，骑车带小妹跑至长安欲看《小公主》，因时间过晚，票已售尽，败兴而归。过黄家只余斌一人在家，购一玉蜀黍与之分食，款款清谈舒乐，独对心上丽人更乐，斌当我面，着其新改成之短裤衩（原穿一件，重上），丰富肉感的大腿颇动我心，后又倚我而观报，此时固温柔一时也。惜好景不长，旋其母归来，复谈斌等幼时之故事，与弟妹等读书，六时许归来，因心念今日三十日，上供故也。小妹、四弟不知何往，大哥头痛未出来，拜完，四弟归来，旋小妹与九姐、伯津来，稍坐。至西院小坐，我并慰问大哥病，不料，斌及其母亦在其院中座谈也。

家中说分家，至今大哥未有回执，白事账至今未有结束，心中忧急莫名，日后之生活更不知如何办法也，吾何不幸生此乱世，生此家庭，遇此乱时，而负此重担也。

上午行佺从学校带回一封黄松三寄来之信，我持信与斌看，她只淡然一笑而已，不知其回忆去年此时，心中作何感想也。斌已一礼拜未出门矣，亦有耐性，但动时恒一日不在家，斌亦甚怪也，其性情令人捉摸不定。

连日几无日不出门，今日带小妹归来，更觉劳累，两腿无力，疲软异常，此亦平日所未有之现象也。自一日病腹泻起，饮食始终未复原，每顿皆较前少多多，胃口不开，加以心绪恶劣，食不甘味，终难下咽。市上蔬菜极少，只两三样，家无余资，故亦不好，更不易引起食欲，以至饮食之时间亦无常，食量大减，面颊较前稍显瘦削矣，殊不难看。我亦怪癖，每揽镜自照，斌会不厌我？亦怪矣。然斌如对我稍冷淡，立感寂寞悲哀矣。

8月15日　星期二（七月初一）　阴晴不定，云多

连日殊荒嬉之至，心殊愧悔。今日未去黄家，但亦游嬉一日矣。上午与四弟同去中国大学，至则遇多数熟人，赵君祖武、澄章、朱北华、张文桂、詹道楷

等,皆在彼打乒乓球,连其余诸人不下二十余人之多,好不热闹。正值两队赛乒乓,尚精彩,看的也过瘾,至十一时许归来,午十二时许斌忽来,小坐一刻。家中又只余其一人,闷甚,欲去与小弟上志成报名,旋因我欲带小妹去平安看电影,彼即先走回去。我遂带小妹步行至宣武门,遇陈光杰,上电车后彼代我打票,至司法部街分手,至平安,前排已满,心中一急,不知袋中余资尚敷否,忘带多余钱真是受罪,摸出一看,正好尚余一元二角,买了两张后排票,余资不到一角,回去电车费都没有了,不管进去先看再说。在宣武门如不遇陈代打票,多有一角则看不成了,事也凑巧,在平安后排遇见秦鹤琨,略谈一二句。Shilay Temple 主演之"The little Prineess",剧情相当动人,个人表演尚佳,散场后因无余资坐电车,遂与小妹二人相偕步行,由东长安街步行至西长安街,越天安门,中南海而达艺文中学,见内有玩排球者,一时心痒,遂进去观看,人不算少,一队是北新,一队是红黄蓝,打的相当精彩,北新这边差不多都认识,昔日田径健将白春育大个子,也被拉去,老将夏承楣也打了会儿,不好,熟人不少,刘志聪由津又来平玩,也去参观。散后遇曹世泰、赵宗正二人,偕行至西单分手,在荷兰门道遇曾颐,在绒线胡同西口遇曾泽,此兄弟二人今日亦在场,大卖力气,小刘、曾泽、胖刘、曾颐各摔了一个很棒的球,都救起来了,博得一片喝彩声,孙祁亦去参观。今日小妹走的道可不近,在西单雇洋车归来,颇疲乏。晚胃仍不佳,吃甚少,夜在灯下写日记,各种心情纷至沓来,乱的很,十一时就寝。

8 月 16 日　　星期三(七月初二)　　晴,多云,下午阴雨

为了一件小事情,把我吵醒了,起来吧!已经八点多了,写了会儿日记,真是自己亦不晓得自己一天都做了些什么事情。十点多过黄家,斌上次所做成之拖鞋太小,与其母穿了,今日又做了一双。我去了,给小弟修了几支铅笔,和斌谈笑半晌,看报,竟和我挨挤在一张沙发坐下了,至午十二时归来用午饭。他们在听我从曾泽处借来的话匣子,饭后写了一封信,和四弟下了两盘象棋,突然曾泽来了,略谈即陪其过黄家取话匣子和片子,进内略坐,唱了两片,把睡着的小弟、五妹都吵醒了,真对不起!一会儿小刘走了,我却留在黄家,本来想出去看赛排球的,可是给斌讲完小公主的故事,天忽阴下来了,这时小弟和孙

湛、四弟等跑到我家去玩了，一会儿工夫天就黑下来了，哗哗的降起雨来，下雨了，五妹还犯小孩子脾气，反而持伞跑了出去。因为怕雨打进来的缘故，窗子都关上了，屋内只余了我和斌二人，此时真是一个好机会，我再失掉才是一个大傻子，与斌同坐在大沙发上，她很柔顺，靠在一旁，我俯下头去，四目相视，她眼中另外放射出一种平常没有的，奇妙的神气和表情来，娇媚媚的态度，我大胆的再俯下一些，立即四唇相接了，呀！幸运的我，她竟没有拒绝，只安详的接受我的柔情的爱抚，她和我接平生第一次和女孩子的蜜意的亲吻，相吻的时间很短，也只不过三四秒的时间，我吻完以后，斌只怔怔的待着，可能是在回味吧?! 阴雨的屋中光线太暗，看不清这少女脸上的变化如何。这也是她第一次接受异性的亲吻吗？相挨的坐着，此时反没有话说了，雨在户外一阵大，一阵小的，下一阵，停一阵的，平常我最恨的雨，今天竟会给我造就了平生未曾遇到的好机会，而且是很迅速安全的达到了目的。如果不是连日斌对我的态度太好了，我也不敢如此要求她，也许前几次她已是默然的等待我，我竟不曾有所表示，或许已使她失望吧?! 阵雨，今天真成了我的恩物。第二次吻斌，成了我在下，她在上，就我的姿势，我那时真爱极了她，我不知怎么样表示才好，只是紧紧地搂着她而已。青春恋爱之火，那时在我二人之间猛烈的燃烧着，斌的心头是起伏不定，显示她的激动和兴奋，幸而我还极力用理智抑制我的热情，免得做出更激烈的，不易收拾的，后悔莫及的，彼此不便的悲剧来！冷一冷心情，抱着报纸去读，心还好一些，斌似乎也安静一点了，态度渐渐恢复了平常，又开始说话，吐出可爱的声音了，六点半归来。我在第二次吻斌的时候，心里更加冲动，坐在怀里的斌真柔顺极了，我真恨不得一口吞下去，但我一时脑中电闪一般的亮了一下似的，就是斌肯从我，我也不能做的，这样子，不是爱她，反而是害她了。我爱她，不能令她受一辈子的罪，适可而止吧！就这样子好了，这样子已经够了，斌要是看了这，也一定会以为然的。青年人感情冲动时，冷一下脑筋想一想，再办才好！年轻的人需要热的力量，爱的激励，少了这，就缺少了青年人的应有的要素！

今天是多么甜蜜的日子，可纪念的日子！

斌有个什么表舅，在前些日子曾带斌到一个外国人家去赴一个宴会，并参加跳舞，是临时介绍了一个男伴，这是斌亲自告诉我。出去看看也好。可是我听了和别人跳舞,我心中真是十分嫉妒呢!也是因爱她的反应吧!可惜我不会跳交际舞,不然多好!但有机会我一定要学一学它!

天下男孩子们,女孩子们多得很,可是因社会的、家庭的、个人的、礼教的等种种原因,不能够每一对互悦的男女立刻顺利迅速的如愿结合,因了上面种种的原因,所以世上才有这么多的不同样的动人的故事,恋爱的故事产生出来。于是乎有的女孩子只能做妻子,或是只能做到朋友的程度,或是仅是个情人,而不能做妻子,这种特异状态也是在以上各种原因下所产生的,为了性格不相同的结合,本来男的需要个热情的女子做妻子,可是偏偏因了种种缘故不能如愿,娶了个端庄贤淑的贤妻良母来,于是不得已在感情的安慰上又得要个情人来调剂生活。在妻子那一方面呢?也是一样,所以才会将社会构造成这般的复杂,仔细分起来,世界万事无定,各种人每天做着各种的事情,熙熙攘攘,可以说全是为了"爱"的驱使,"爱"的推动,为了爱而生,为了爱而死。

8月17日　星期四(七月初三)　阴

上午起来不久,曾泽突然来了,又借去话匣片子一张,然后陪他到黄家借给他十四册《好莱坞》,可是交换条件他把曾颐一元二角购来的画报一大册给留下来,里边全是明星相片,大张的,好的虽是不多,但是看着过瘾的很。看完了,拿过去给斌看,很高兴的样子,她正在做一双拖鞋,看会儿报,十二时回来。午后骑车至尚志医院取来支票,赴前门,路过朱泽吉家,进去谈了一刻,左不是学校的事,同学的、念书等,他屋子很小,两个书架子满是书,泽吉书看得不少。出来到浙江兴业取出钱来,回去好给弟妹们交费,又到前门买了点东西,翻回来到"月盛斋"开了百余年的烧羊肉铺子买了三毛的烧羊肉回来,晚饭一尝是不坏。由前门又跑到西单买了张纸给斌的,往北到郑家,孙祁在那儿,一会儿维勤归来,拉谈甚欢,又与志文、三表哥略谈至六时左右归来。晚饭后持纸过黄家,与其母子等拉谈甚欢,至九时半归来。在门口与斌拥吻而别。母期望子之殷,处处皆遂子意,由斌母与小弟可以见其一般。因其明日考志成,先约好多少条件,一会儿这,一会儿那,事多得很。小孩子不懂念书考上学校,都是自己的事,将来得益也是自身享受。考上学校,念的好,都是白吃不做,坐享闲福

的,学生应有的本分,何必又要什么奖赏和条件,这些是小孩子不知,有大人溺爱而已。

8月18日　星期五(七月初四)　上午晴,下午阴

醒了睡不着,起来吧,也不算早,已是七点一刻了,洗脸、吃稀饭的,已是八点了,写完日记就是九点钟左右了。跑到小刘家去取话匣片子,在他家没待一会儿出来,到第二附小给五弟小妹交了学费,耗有半小时,出来往北到久未回去的志成母校看看。今天第二次招考新生,黄小弟去考,遇见昌明,绕了半天,和赵先生说了会儿话,出来又碰见祖武,一块待了会儿,遇见以前的先生都那么客客气气的。阎金声现在当了校长,神气得很,美的不知怎么好了,臭架子端的十足!听祖武说李连仲被燕京刷了。斌也去了,看见两次,后来不知她去哪里,我就先回家了。因已是中午了,我尚未吃午饭,行至西单与祖武分手,又遇王光英,被拉着陪其到王庆华家,在门口遇庆华母及其姐出门了,庆华快去天津了。好!等着我请人来分吧,我不懂,气的我手足都软了,没有这样子的哥哥,况且这么大岁数了。我回来立刻动手把屋中除去日常必需用品以外,全都登记出来,预备请人来评定分判。四点多走过黄家,都未归来,只五妹一人在家睡觉,遂回来,写一信与第二附小主任,请其再与五弟一机会,再考一次,不知可否。五时左右林笠似四兄来言商务印书馆股票事,须寄至上海俟机缘行市脱手,惟需将押物收据交其好取出寄沪,并问最低价格多少?将大哥请出,略谈即辞出,心中闷闷,遂过刘曾泽家略坐,亦无什么意思。曾泽去取话匣片子,我即归来。路过黄家进去看看,斌方回,用晚饭,五妹怪脾气,居恒不快,与之谈话亦不答,斌见我来遂过北屋,一边吃一边和我谈天,呆了一会儿,我即出来,方吃完晚饭,曾泽来邀我和四弟饭后过其家,至则志成昔日同学程述尧亦在,旋去。我和四弟在彼听唱片话匣子、下棋,吃了一肚子的花生、瓜子,又是灌了一肚皮的茶,胀胀的怪不好受,又借四张话匣片子来听,里边有一个现在很流行的《何日君再来》片子。到家十一点左右了,晚有凉意。

8 月 19 日　星期六（七月初五）　上午晴，晚阴雨

　　其对过嫁女抑或是娶妻不明，高搭喜棚，门口人不少，别看平常猪狗常出入的小口人家，办起事来也相当神气啦！午饭后唱话匣子半晌，去西院二次寻大哥，未归，拟询其告林四兄最低价以若干也，无线电借去就是开一气过瘾去啦！三时许觉疲乏，就床上小歇，不觉睡着，不到一小时就被五弟吵醒，黄小弟来玩，旋去。本想去看赛排球，已晚，遂未去。六时许过黄家，斌一下午把另一只拖鞋做好，不难看，送去替她抄的《何日君再来》词，呆了一会儿想走，斌说别走，遂又呆了一刻，在院中与其母等谈天，讲郑燮，讨厌的很，尤以斌为最。五弟和小弟在斗蟋蟀，张妈叫吃饭，遂回去，本来晚上要出门，可是天已阴下来，没吃完饭呢就下起雨来，吹台，又不能出去了。由于昨日的大哥的答复，我决定请亲戚朋友来分家，下礼之日子，明天去请郑表哥和陈书琨老伯去。

　　斌在家看着不小，一出去和别人一比，倒是还小呢！年轻的多，岁数小，所以有时说话、态度、神气、举止、脾气终脱不了小孩子的样子，但有时一样说话也像大人似的，懂得的许多似的，活泼起来乱蹦乱跳的，像个才出笼子的小鸟，沉静幽思起来真像有多少心事一般的大姑娘。一阵秋雨一阵凉了，夹衣、棉被、煤都要陆续出现了！

8 月 20 日　星期日（七月初六）　上午晴，下午雨

　　连着几天都是六七点即起来，今天起的也不晚，做了些事情才八点多，过黄家邀斌和小弟一同去中央看早场《芙蓉仙子》。去年在平安看过一次，将一年了，还记得一点。因为片子不坏的关系，很早就满了，幸而来的早，前一小时就到了，碰见陈志刚，谈了会儿，邓绍煦也来了，大概还有许多人没有看见，刘曾泽和金祖尧也去了。中央去的人倒是杂的多，什么样人都有，乱极了。今天也绝，快到中央了，斌到文昌阁去送一把扇面，我和小弟先去了。请他俩，买了票，我在门口那儿等着斌，她来了，向我招招手，走到门外，忽然一个男子从台阶旁站起，向斌招手，斌一直进来了，那男子给了两张票。斌进来了，站在我旁

边向我看着,也未走进,那青年看出了,我是和斌一块来的,但我手虽拿着票,我站在那儿不动,也不言语,看有什么反应。我还怕有什么笑话要闹出来,但我心中想的是绝不在这丢人,一定不打架,我来看电影寻开心,不是怄气来的。就这样僵持着,还好那青年瞧着有点不对,就问斌"你买票了没有?"斌答他"买了!"那家伙于是急急的又向收票的要回一张,茫然的,小气的,着急的,可怜的好悔的样子,够瞧的,那收票的问"那位女客的呢?"我这时慢腾腾的递给她票,才各分东西,斌随我进来,我很满意。我自己今天以镇静的态度对付这突如其来的、想不到的事情,我想当时斌自己也想不到吧! 不知她那时怎么样。又遇见李铮,京华的那个滑头的孩子,斌确实是认识不少的人吧!? 电影里有一幕歌剧,是《茶花女》,完全用高音唱,我喜欢听,还有两幕跳舞,都够好的,二幕李滋三兄弟的胡闹唱歌,也不坏,唱的那个齐,动作一致,滑稽可笑,不易。我觉得至少比马克斯之兄弟好的多,里边令人讨厌的是《小木头人都利》,片子不短,斌老问我完了没有,急什么? 大概是心中惦念着东城什么二舅妈的约会,有汽车坐,有好东西吃,有好地方坐,有好的物件看,有好的音乐听,有好的伴侣陪着赏心悦目,身心俱爽,怎么不乐意去呢!? 还认识外国人,多神气(其实有什么新鲜!)还可以跳舞。下午两点我去曾泽处取回话匣片子,三点左右又到尚志医院去找九姐夫,略谈一刻请他本礼拜三来,决定解决家务。先不肯来,后坚邀方允,因其前数次曾提有一镂刻漆木花瓶,雕刻尚细,值一二十元,本其送父亲的,前次曾言欲购回,他既欲要,即举以相赠,乐得做个人情。初亦不要,仍言"送我不要,买回我才要",后我搁在那儿走了,也未说什么话。由尚志医院出来去王家,在西长安街碰见于良,说了会儿话,到了王家,庆华已走,惜未见着,此番一别,亦不知何日方能再晤矣。大姐送他们去车站,呆了半天才回来,谈笑半晌。适值大雨无法走,只好暂时呆在他家,闷中无聊,看了半天的旧画报,在他们那吃了饭,又呆了一会儿出来,到小酱坊胡同郑宅,向三哥说了本礼拜三的事,三哥倒是慨然允诺。在院中与郑雯谈了半天的闲话,出来已是十点左右,不能再去陈家和强家,买了一个纸灯笼,灯不亮,这边路真难走极了。十一点睡,跑了半天。

8月21日　星期一（七月初七）　上午晴,下午大雨

因为心里有事,所以老早的就醒了,起来整理东西,十一点左右过黄家,只余小弟一人,斌昨夜即未归家,五姐考协化,其母去银行,呆了一会儿即归来,整理字画。午饭后又把书籍全写出,大致都弄好。午后阴沉沉的天,像黄昏,低的要压在头上的样子,结果降了一小时多的大雨,连着几天都是上午晴,二三点钟下雨,真讨厌。

四时许过力家,今日系陈家大姐生日,大哥过去应酬,不在家,九姐亦过去,又请回,与之言明,后日请亲友来解决家事。归来骑车出去。雨后道路极难行走,至达智桥又想起寄昱之信忘带出,于是又回去,路真难走,此信系向家昱要资用,最后遗笔之字据。前去信久无复音,此人真怪,二月未寄应助之款,五弟学费亦未寄来,我绝不向之要款。寄完信,经丰盛胡同往西直门城墙好容易找着郑六表哥所搬的房子,都未在家,只一行四的在家,向他说了,出来又到二道栅栏陈书琨老伯处,告以其事,邀其来,忽推约,经坚请方允。出来往北至强云门表兄处,去庙漆棺材,未遇,怅甚,留一名片而返。至灵境宫拜林笠似四兄未在家,在亚北购一点点心,又至华昌购一件衬衫布归来,乏甚。

晚七时左右,正在屋中闷坐,忽窗外现出斌的面孔,出来招呼她,其母亦来,后一同进屋谈天。她告诉我昨天去北海,坐汽车(神气呀!)又认识了两个外国人(美呀!),又看见他们跳伦布斯单克舞(神气!),昨晚一时许由北海出来,二时上床休息。在别人家睡不着,吃的不清楚,计一天多没有吃东西,哪里是玩去啦,简直是受罪呢!女孩子虚荣心倒不小,这两天老说郑燮,是有点讨厌。在我家听话匣片子《何日君再来》等,看画报,又谈什么首饰等。我听不下去,斌说话是随便,无什么规矩,无论对什么人谈话,听着怪刺耳的,与其母说话,也是"讨厌"、"放屁"、"爱给不给的"等随口讲,这不对,本来送她们到家就回来,她叫我过去,我要走,她说"你忙什么呀!"只好再待一会儿,听她一人说话。在人家里憋了一天多,回家来开口话匣子,足那么一说,说这个,顶那个的,真倒霉,一直耗到五妹、小弟由陈家回来,我才带了曾颐借给我的那本画报回来,在灯下写了日记才睡,心乱如麻。

8月22日　星期二(七月初八)　上午晴,下午阴,闷热

　　晨起与四弟各带一弟、一妹同赴学校,送其至第二附小后,分头各往学校,四弟去志成交费注册,学费不足,还是昨日下午娘当了衣斗篷交了学费。我因多日未曾去学校,今日特意跑去看看,并且昨日碰见刘镜清说,学校宿舍布告出来多日,恐无地方,吓我一跳,所以今天赶去一看,哪有此事。宿舍布告倒是出了,可是还早着呢,九月十一日才能定房子,又到大学部去看看,无什么事情。朱君泽吉为国文系一班第一名高才生,受奖章,明年我如能免费多妙!只看我努力如何!看见了几个同学,呆了一会儿即出来,径往再拜林四兄,与之谈家中事甚详,达二小时之久,十一时辞出,至西单购物归来。午间小妹、四弟相继归来,独五弟一人未归,不知何往,午饭亦未等他。午后一时许,满头大汗归来,问其何往,答以赴志成,在学校绕了一圈,交给主任信以后,分到五年级,他不愿进去,尚有羞愧之心,六年级又不敢去,绕了一圈也未听主任讲的是什么话就跑到志成去玩,一直到此时方回来,胆子大不大?!荒唐不荒唐?!大怒之下逐一讲解与之听,然后痛责其股三下,罚其赶紧读书,五弟头脑有时真浑。三时许写日记,整理东西,四时许,过西院与大哥讲明日请客来解决家事。他竟发作起来,说我为什么不听他的话,不愿我这么做,我偏这样做,问我良心何在,一切都是好笑的话,我也不愿记下来。四嫂又说了,说父亲外边名誉扫地,都是五姐给爹爹弄的,简直是放狗屁,狗吠一般,气的我也说你大哥并没有管我们什么,他还要说管了我们,真是气死人。他说你请去吧,明天我不出席,完了。我真傻了,我白费了半天的劲,忘了他这一手,我立刻骑车找郑三表哥去,未在,就在五分钟前出去到南城打牌去了,我又何其不幸呢!往北找强表兄未在家,逐一直往南往回跑,到米市胡同大吉巷28号王宅找到了三表哥,真对不住呢!打牌也被我来麻烦,向他说大哥不出席的事,他沉吟一下,答我那只好改日子了。我因为人家在打牌,也不再误人时间,赶紧回去,一下子就是西四牌楼来回,幸而有事,不然车钱花多了,只可怜了我这两条腿了,回来立刻又到九姐家去,正好大哥也在,遂又谈起家事,我意反正家事总要解决。我要上学了,没有功夫在家,他话又谈多了,我也不爱记,提起来头痛,我也真倒霉,这么

年轻什么不懂的,偏偏碰上这么一个家庭,我处这么一个地位,总之还是他信上那一套,按照他那意思不妥之处改过等等,我预备明日请教三表哥,详商以后再说,回来为母亲述所误之事。晚间刘曾泽来邀我去他家玩,四弟先去,我晚饭后沐浴,殊凉爽,九时许至刘家,打电话给五姐、笠似、新广来解除明日之约,在刘家谈笑至午夜一时方归。

8月23日　星期三(七月初九)　上午晴,下午阴雨,闷热

　天气也是斗气,不知是什么气候使的,每天上午晴,下午二点三点左右就阴天下雨了,讨厌死人了。晨八时许起记日记,心乱如麻,至十时许骑车出来至第二附小看五弟补考,又至西四陈书琨老伯处谈一会儿,并告以今日解约改期,至十一时许出来,因此时去郑家不好意思,好像是特意去赶饭似的,遂归家用午饭。吃完已几乎二时,忽黄家三人皆来,斌并打扮得整齐,有出门的意思,红的唇,白的脸,弯曲的头发,还不难看。我洗完脸出来,忽然五姐说有人来了,我出去一看,原来是强家表兄云门来了,我真糊涂,昨日都到他门口,忘记告诉他仆人告他今天不请客了,叫他白跑一趟,真是对不住。黄家三人等皆到,里边屋子里去,我、娘、李娘在外边陪着强表兄谈话,就讲法律上种种的问题,谈了半天,至三时许方去,天气讨厌,又来雨了,幸而不一刻就停了下来。斌三时左右走去,我在窗户那里看见,不知他们来是什么意思,四时许与四弟皆过黄家,斌睡醒,惺忪娇媚的劲,问我昨天为什么打五弟,声音简直令我无法抵抗,不忍不告诉她似的。她又说我昨天老不去,她采了一个石榴,意思是我老没去,她一人吃了。昨夜行佺过去聊天,好像我昨日一天没有过去没有看见她,意见大了。我告诉她昨夜我去刘曾泽家,她撇撇嘴,嘟囔着好似说去刘家都不去她家似的,柔弱无骨的大腿在眼前晃,不便再看。和小弟、四弟二人步行至土地庙绕了一圈,因下雨的关系大半都收了摊,无意思得很就回来了。又到斌家小坐,玩扑克牌,其母归来,水果一包吃完,六点归来,她们叫我明天再去,不知何事?奇怪,今天他们三人对我的态度都很好,归来与四弟下一会儿象棋,晚饭后责二弟不知念书,下午接铸兄来一信并廿元补助款,数月无电灯,油灯下做事现已习惯。

8月24日　星期四（七月初十）　上午晴,下午多云,闷热,晚雨

晨起写日记,五弟、小妹和娘皆去学校,家中甚清静。十时许至刘曾泽家,小坐半晌,曾泽未在家,十一时许至达智桥邮局取回二十元,乃铸兄寄自保定者,计自四月起助我等已五个月,共计一百元,心甚感之。午饭后倦甚,但不愿就寝,一气读完一本《茵梦湖》英汉对照。二时许过黄家,他们三人都在家,五妹今天忽然脱了,只穿一件背心和一个短裤衩。斌问我怎么这么晚才来,我很奇怪,不知误了什么事情,原来要我陪她们一块去找她们的妈妈,在东城,我骑车带了五妹,一路上好多人瞧我,我真有点不好意思,我也有点后悔,不该这么做,有点不合适,而且还是违警的。但是答应了人,又不能不算,所以只好勉为其难吧。可是在中山公园东被巡警叫下来,又骑上迅速跑到霞公府东口下来,走到东安市场,在上海商业储蓄银行呆了一会儿,小弟还斗蟋蟀,结果胜利。我和斌、慧先到东安市场转,又到北辰,我想定制裤子,可是没有样就没定,先回来又到五芳斋。斌母请我吃点心,五个人才吃了一元九角,又跑出来,到丰盛公吃奶酪,结果他们都不愿意吃,我肚子胀的很,吃的不少。我在经济商店买了一件短袖衫,出来到东安市场外面买了两毛水果,一路经东交民巷归来,斌穿了一件短的黄色马甲,上缀黑花,很别致,许多人都看她,在家显着不小,一到外面和别人一比,也不大,才十七,小孩一个,劲头有时真不像,有时说起话来比三岁小孩还天真,还幼稚,就是这么样的一个人。今天大半天对我都很好,归来又至其家小坐,本拟即归,不觉一耽搁就是九点半了才回来。斌亲自开门送我回家。到家不久天下大雨,四弟在刘家整夜未归来,大胆、荒唐,满处麻烦我的朋友,娘在家不放心,晚上睡不好。今天玩了大半天,不该!每每在黄家吃东西,斌母请我在东安市场吃过两次东西,心中殊愧,未请过她什么。连日津市大水为灾,又下雨不止,天灾人祸,佃民何堪以生,思之茫然。

8月25日　星期五（七月十一）　阴,闷

五弟、小妹们都去上学了,家里立刻显得沉静寂寞起来了。《茵梦湖》看

完了,要还人,所以把她上面的英文成语习惯语都抄了下来,想不到八点半左右斌来了,是拿着昨天的布要娘给剪个车口袋的样,给她小弹片做,看我抄英文就在我书桌对面坐下帮着我翻书页,一边谈着笑着。斌来了,使我精神愉快,兴奋高兴,所以在很快活的心情下,很快的抄完了那些成语,又待了一会,她看完了我新贴的那本小像册子,才回去,《茵梦湖》我介绍给她拿回去看。我又做了点零碎的事情,去找曾泽谈了一会,取回《好莱坞》画报,谈了一会,打电话到燕大去,没有打通真是可恶极了。回来已是十一点多,娘又跑到学校去送饭给小弟小妹,我们遂提前至十二时一刻吃饭,吃完我休息一会,看完报写了日记,过黄家。斌睡着被我惊醒,谈笑一阵子,慧回来,小弟睡着,我在一旁看书,斌在做小弟的车口袋,很快的就做好了,不坏,聪明得很。斌今日不时丢给我个媚笑,俏皮的样子,真是可爱得很,到五时左右归来,听说孙翰来找我,未在家,又回去了。日本津租界大水,给挤回来了。我一人提前吃了些东西,出去,到王家,不意庆华也回来了,也是因为水的缘故,坐了一院子在谈话。大姐今天很沉默,不知为了什么事,临时他们三人给我写了纪念册,又借了五册大画报,谈了一阵子出来,到郑家三表哥处,尚未吃饭,等他吃完了,谈了会家务,大致有些头绪了,又和小孩们谈笑了一阵子,大宝二宝真蘑菇,非叫我跳踢踏舞才能叫我走。宣武门晚上也检查,又临时买了一个灯笼,归途买了不少东西,车口袋都装满了,幸而检查不严,不然才麻烦呢!到家十点和娘谈了一会睡下,半天才睡着,迷迷糊糊中听钟声十一点半的样,今天回来本要想看孙翰,太晚了,明天上午去看他吧!

8月26日　星期六(七月十二)　多云,晴,晚月光甚好

晨六时许即醒,遂起,弟妹们上学以后写日记,并作一片与大马,一信复老王,觉得做了许多事情。还很早不过九点多,把信纸拿过去送斌,一斤枣送慧,昨天答应她的,只是斌一人在家做一个小提包,谈了几句,我因为要去找孙翰遂出来,寄了信到五条孙家一看,不在家,出门了,去游泳。从天津被水给逼迫回来了,到北平以后又往水里钻,真成!回来拿了画报过去给斌看,慧也回来了,不一刻小弟亦回来,至午归来,午饭后过力家打电话,不料坏了,又和九姐

谈了一阵子家事，心绪烦恶，归来不意郑燮来找我，老耗着不走。本来我今日下午还要去东城，老不走多讨厌，来问我住宿愿否同其一屋，我则不愿与其一屋，遂婉言辞谢，其似觉不快，但此亦无法之事，换完衣服一同出去。我往南先到曾泽家，被逐独归，小刘不在家，留一字条而返。遂至黄家，斌约我下午一同去东城购物也，至则仍做小提包未完，耗了半天，直至其母归来，又稍谈始一同走出，其车带坏了，陪其步行至达智桥收拾车，我则利用此时间至春明为慧交费，回来斌车收拾完同行至东安市场，先至北辰订了一条西服裤子，出来斌又买了一盒粉笔，画图画用，我要买衬衫，绕大众袜厂，中原公司一圈，太贵，三友也无合适的，斌欲购深蓝色手绢，无，至兄弟商店，购一衬衫，斌选一手绢大红色，麻纱，四毛五，但未购，因其意再至东安市场内寻一蓝色，又绕了一圈仍无，遂又至兄弟商店，我遂购彼红色手绢赠斌。今日斌又穿其黄色上缀黑花之小马甲，一路行颇引人注目，行了半响，并未休息，斌似有些疲乏骑车行东交民巷，甚清静，又至绒线胡同口中修理斌之手表，不意黄昏，斌微有些着急，怕其母责彼，至其家，其母过与四姐谈天未归，稍坐，不意小胖因其母（力六嫂）生日来请彼等过去吃饭，同孙家老七来，年余未见，面目皆改几不识，握手谈顷之归来，晚饭后至黄家问表嫂抄一苏裁缝电话，不意行佺在彼闲谈，吾雅不尽与其同坐，因其傲慢之态令人不耐，遂辞出径行至刘家。与小刘略谈，邀其同访孙翰因月光甚佳欣然往，先陪我至家中取车，取出松三信与之看，并过黄家略坐，小刘托斌画一张，谈顷之即出，已九时半矣。遂一同骑车至孙祁家，真不幸孙翰又未在家，幸孙祁在家，曾泽与之聊天，我忽困极，竟卧祁床上与睡魔为伍，忽四弟谈来，又顷之，已十一时许遂归来，倦甚，亟刷牙洗足而眠。秋来矣，归途微风抚体，颇有凉意，更显得月光如水了！

8月27日　星期日（七月十三）　晨阴,后晴

晨间阴沉的天气令人不快，幸而不一刻太阳光打破异晴的空气，带与人间以快乐和兴奋。一上午帮娘搬箱子，我找东西，写出屋中的单子，心绪烦恶之极。午饭大死面的硬饼吃两个，心中又不快，胸中十分不适？午饭后看书写写日记，收拾出两个镜框，弄好了，很好看，挂起来五点多钟到西院去上供。今天

是阴历十三（七月）烧纸衣，迷信的人们，把可以有用的钱都白白烧掉了。上完供以后回屋写大字，许久没有练了，坏极，真是"学如逆水行舟，不进则退"。晚饭后在院子坐着看了会《文学》中郑振铎的《中国儿童读物的分析》一文，而所谓儿童读物，响应了这种要求，便往往的成了符咒式的韵语，除了注入些"方块字"的形象之外，大都是使他们（儿童们）茫然不知所谓，而丝毫无所得的。

晚饭后过西院，行伫等均出，四嫂亦带小孩子们去听戏。与大哥谈家务，大哥谈了许多以前的事情，他说这都是不知道的以前的家事，家系由爹爹以前独断专行，弄坏了。家务算是大致弄清楚了，吃亏一点就吃亏一点，左不是哥哥拿去罢了。我因他们小孩子、嫂嫂都不在家，借此机会劝劝大哥，在生活情形方面自己不要太苛待了自己，谈至十时半归来，月光下流连半晌方寝，今日未见斌。

8月28日　星期一（七月十四）　晴

近日每天晨六七时即起，清晨空气绝佳，阳光斜照，生气益然，精神为之振奋。阅书习字于其间，快乐何如之。弟妹们均上学，我则尚未开学，闷甚。在家又听人说话吵的很，写完日记，九时许过黄家，只斌一人在家，画一张，不太像，她一生气没画完扔在一旁，她老是这样，一个抽屉内不知多少"未完成的杰作"，可是我看着都不坏。一会儿慧、刘妈都回来了，和斌三人在弄元宝，预备三十日上供烧用，我却独自一人无聊的坐在沙发上看屠格涅夫的《初恋》，丰子恺译注。忽然张妈叫我，说有客来，连忙回去一看，原来是林笠似四兄来了，大哥不知为什么告假，可是在八时多我搬东西时看见他才走，不知何往。林四兄来问大哥商务印书馆股票最低价若干肯出手，略坐即去，已十一时许矣。午饭后即看《初恋》（first love）至四时许，小妹五弟等归来，我正好看完遂送回去。斌在床上睡觉才醒，不一刻其母归来，询我银行现有面粉，每袋售九元，现在外面行市十一元许，问我要不要，煤彼亦托人去购，我答回去询娘后答复，遂归来。上次我去斌即问我要不？很关心的，也不算我白喜欢她，她母一说，她就说她保险，我要就有就是了，那样子，神气真令人爱煞，我连日有几次，

她那俏皮劲,逗得我不知怎么是好,恨不得一把抱过来狂吻一番呢!今日穿的那件咖啡色薄短旗袍,紧紧裹在身上,十分肉感,曲线美。上完供,晚饭后又过黄家,与斌母回话暂购一包,与斌看画报闲谈,斌母由四嫂处归来,又谈杨妈,聊至十时归来即寝。

近日有时饭食甚少,故每揽镜自照面孔消瘦许多。有时因为喜欢和斌在一块多待些时候,到吃饭的时候饿也不回去,到了二时多才回去吃,晚上也在九时吃过几次,这恨不得一天到头老和斌在一块待着,到了晚上可是又得回来,这一切现象都是热恋的表现吗?近来我又恢复了去年每日必去斌家的故态了,外人的谣言指摘谈资,我都没有想到,我行我素而已,天天见面谈谈天怕什么。

8月29日　星期二(七月十五)　晴

今日儿在黄家待一日,晨八时许即过去。本来慧今日开学,我因想斌一人在家闷,故而过去看看她,谁知昨日慧着凉肚子疼,不去了。看斌画完了一张画,梅尔奥柏朗,斌母带至银行送其同事者。与斌又同阅画报谈笑,不觉已是午时,与斌接吻三次,拥抱二次,并食糖馒头一枚。午饭后正看画报,斌忽拖鞋过来,告诉我面送来了,原来昨日斌母言其银行有面,廉价售与行员,斌母分有十二包,人少用不了,且其小孩皆不大爱吃面,故分与亲友,力家亦有。我们因经济关系只购一包,斌亲来告我前去取面,我皮夹晨间遗在其床头,叫老妈过去取回面来,我取回皮夹,五妹过来,斌继之而来,五妹旋去,斌三时许归去,我在她家又待至四时左右出来。寻曾泽不在,至达智桥,购物寄信,孙翰尚未归来,遂归家。晚饭后过去与四弟,小弟,五妹及斌共五人一同去逛大街,因今日系中元节,阴历七月十五也。出门即见附近小孩各持一灯,三五成群,暗中点点光明,东三西五,很是有趣。步行至西单北成文厚与四弟购自来水笔一支,大乒乓球一个,皮夹本搁在裤袋内,购完物随手放在手中西服上衣里袋内,过大街至西单绕绕,人多极,衣服在手中亦未在意,不知袋中之皮夹何时遗失,损失现钞三元余,皮夹值七八元之多,皆粗心大意之结果矣,想不到如此不幸。步行归来方十时,疲甚,月光未赏到,灯儿未看到,满眼都是人,只丢失了一个皮夹回来,真倒霉。斌前日在东安市场失了一个戒指面,六十元,坏运气给了我,今天失了皮夹,晚上回来她送我一角大花生吃。今天月色极好,万里无云,星光皆亮,皎洁月姐独悬中天,仰望之下令人生清爽之念,烦俗胸襟为之一新。连日秋意已渐,早晚皆有凉意,午间尚好,黎明时夹被,已有凉意矣。席已撤。

8月30日　星期三(七月十六)　晴

十时许写完日记,过黄家与斌稍谈,即骑车至荷兰号买了面包送至第二附小与五弟小妹作午饭。出来发一片至上海与于政,又至尚志医院,与九姐夫要应允拨出之六十元我之学费,九姐夫因伯长一日去燕京需款,迟至三日再付。归来午饭为蒸饺子,取十余枚,令张妈送与斌。饭后看车铺收拾电灯线,大加整理,预备报新户安电表,用电灯。写信二封,一与铸兄,一与威如三哥,向其求帮,不知允否。三时许过黄家取了画报,和斌略谈,出来适其母归来。我一人迳赴东安市场遇仇金阁,略谈数语而别。至北辰试过裤子样子,出来路过荣华斋,一时心血来潮,上去,独进可可冰激凌一杯而出,直至王庆华家,还其五本画报,又换来五本,谈一阵子,打了一会儿电话,吃了点花生归来。路过至王赔家借回王庆华之照相机,时已黄昏。晚饭后休息一会儿至刘家向曾颐打听购煤事,其慨允代为打探,与曾萃、曾履谈至午夜,看书听无线电,十二时曾泽归来略谈即归,连日字书荒疏过甚矣。

刘家亦怪,看其过日子情形,总有一点财产,其父与其兄同居,只余其一老疯妻与三子在家住,子亦不大管束,随意行动,且兄弟三人亦有趣,各不相干,谁也不管谁。曾履脾气特别,今日能欢谈半晌即不易事。晚归月光如水,小风拂面有凉意,大门无人正式负责,叫半晌始有人开门,真不方便。

8月31日　星期四(七月十七)　晚阴,有风

我最讨厌的风,又从今天起应季节的变化,气候的需要又活跃起来了。骑车出去,逆风而行,即感十分费力。弟妹校饭尚未定妥,今日又是我去,先到灵清宫访林笠似四兄托其向十一兄志可给我找一事,能月入百余元则大佳,此亦不过

60年后的董毅四兄妹。自右至左：董毅、董恭、董淑瑶、董刚

万一之想而已。因昨日闻九姐夫言，志可曾将一姓欧阳者荐至天津分署，月百四十元，欧阳今年方由志成毕业并识我。昨闻九姐言心中一动，故今日决意往访四兄言此事，能否成功，则看机会运气如何！故亦未向娘以及其他任何一人言及此事，俟成功后再禀告可也。由林家出（四兄并允代向许修直前一试，不知可否有望），迳至志成看看，见庆璋，只谈一二语即又上课。赵先生谈刚弟功课甚差，应注意用功，弟妹等年皆幼稚无知，日日皆需耳提面命，令人烦躁不堪。午后觉倦，正朦胧间，忽被送米者惊醒，半包领其送至黄家，只余斌一人在家，旋斌过来谈顷之，正翻着画报间，忽慧亦来，顷之又一同过去。斌自动与我同坐一沙发上看画报，谈笑自然，亲密无间，真差点令我神不守舍呢！昨天吃了一块糖馒头，一个糖三角，今日又给我一个糖丝糕吃，晚教弟妹们读书。

9月1日　星期五（七月十八）　晴

连日秋意渐现，早晚皆有凉意，落叶满地又是一个季节矣。近日日记多无聊之记载,较之他人之日记毫无价值之可言,文字无文学意味,内容更空虚无味之极。终日昏昏然,真不知皆做何事也。

因为家里的电灯都整理好了,今天早上跑到前门顺城街电灯公司去报新户,谁知道,人家查出来以前是欠费撤表,需把欠费还清才能再安表呢!讨了一个大没趣,憋了一肚子气回来。过黄家和斌、慧谈笑,慧本今日上课,到那才知改至四日,所以在家,斌对我态度恍惚不可解,慧今天不发小脾气,很高兴的说笑,午饭后看书倦卧床上。朦胧中慧忽来把我吵醒,叫我过去打枣,到那待了一刻工夫,打了许多枣,不太大,不太甜。一会斌母回来,我在差一刻六点才来,曾履拿一条来是问我还去买鞋不?已等我两天了,真对不起呢!!我几乎全忘了,这些天只在斌的温柔情中。晚饭后至孙家看见孙翰,孙祁有点不舒服,对人冷淡不知何故,孙翰比以前高了许多,也胖了,脾气比以前好一点,九时许回来。晚闻西院四嫂又和四哥吵架,真是个泼辣货,怎么要这么一个倒霉的东西来,邪行!河东不时狮吼,四哥甘作雄伏,亦一大奇事,夜吵四邻不安。

日前大概单子已交与大哥,闻笠似四兄言其分家单子已写好,并请教四兄,近数日又无音讯,不知何故。

9月2日　星期六(七月十九)　上午阴,下午晴

昨日晨过力家伯长未起来,今日过去,已于早七时左右去燕京大学了,不凑巧,待了一会,无意思,因为家中只余大的大,小的小,无人可聊,回来写日记,待了一刻到黄家与斌谈笑,至午刻归来。午饭后与四弟一同出去,至绒线胡同西口取回斌的小手表,买了点东西和明信片,正在桌上写给王树芝兄的回信,孙翰来了,谈了几句,他要去东安市场,又带他去宣内电车站,归来,卧床上看书,倦甚遂朦胧睡去。五弟小妹归来,醒来,四时左右,遂驶车至刘家寻找曾履一同去天桥购物,曾颐允代为订煤,至天桥绕了半天,秋风活跃刮的满头满脸全身都是土,讨厌极了,跑了不少路只购了一双鞋,代价四元,我嫌其稍贵呢!回家已是近黄昏了,斌母在家院里坐,慧亦来,小弟不在家,尚未回来,四弟归来,谓其在收拾自行车,斌母始放心,旋去。晚饭后至刘家,曾颐不在,请曾履转告代订二千斤煤,即归来。闷闷无聊记账,家庭日常生活费用浩大,思

之令人心悸不止。晚阅书十一时就寝,今日与斌吻一次。

9月3日　星期日(七月二十)　晴暖

懒散的我,今晨起来以前卧在床上看书,到九点多才起来。今天的天气太好了,可爱的太阳光普照在大地上,没有什么风,没有以前几天那么凉意,天气太可爱了,令我精神为之一爽。吃稀饭的时候斌突然来了。昨天下午没有过去看斌,连着几日,几乎是上午下午都见斌一面,昨日未见,心中好似有一件什么事情没有做似的,她也一定如此,所以今日一早就过来了,谈了一会,十时半其母来寻,其回去助包饺子。我在家收拾抽屉整理一番,扔许多废纸,先后将收拾清楚,才拿起报来要看,斌又来了,我真想不到,今天也不知是那一阵子风连着吹她来两次,谈笑一阵子,现在她待我有那么一股子说不出的劲,令我痛快得很,在见了她以后,待了一阵子,她叫我去她家去,说是陪着她妈妈,去了,她妈妈自己跑到里边去睡觉。我和斌在她屋里随意的说笑欢语,斌对我现在态度过异寻常,我今日一去坐在沙发上,她竟一下坐在我的腿上。我现在和斌谈话无什顾忌,随意言谈,她有的也并不在乎,娇媚俏皮斗气的言语,神气惹得人真是哭笑不得呢! 二时半去的,一耗就是六点才回来,看她样子,还是不大愿意我回来,问我忙什么? 我说我喜欢什么,她也颇注意。今天去了,斌母炸了许多饺子给我和斌吃,一家人待我总算不错。因三十一日曾与四兄商讨谋事之故,连日心中不安,不知能否成功,抑或继续求学,又未与母及家人言明,今日只略露上风与斌及其母前,心中十分不安,希能在六七号以前决定,否则两方耽误殊不合算也。

晚间母过黄家小坐,十时许归来,晚饭时斌来旋去。

9月4日　星期一(七月廿一)　阴

连日几在温柔乡中矣! 今日上午九时许过黄家,斌尚未起,拥被高卧,轻轻进去,原来仍睡,谈笑半晌,不免温柔一番,也只是拥抱接吻而已,拿衣服给她穿了起来,又谈了半晌,什么《小说选集》,作家哪个好,等等。十一时左右归来。带小妹去尚志医院看病,并由九姐夫处还我六十元作学费,又跑了一趟前门,回来有点小雨。上午带小妹走至宣武门,看见林笠似四兄我猜料是来找我的,遂先折回,果等了一会林四哥来了,告我谓志可十一兄见,现尚不需添人。昨日林四兄至许修直处(亦系文父亲老友,现为华北电政副总裁)代我吹嘘,谓近期内不能一定即刻成功,惟我家事总肯帮忙,一有机缘当代为力,心中一喜一忧,喜虽一方无望,一方尚有光明,忧的是如先上学,有事则至少牺牲三十元学费,殊不合算,但此亦无法之事也。下午才带小妹去诊病。本拟下午亲去许修直老伯处拜访,因阴雨终止。林四兄为我这点小事,还亲自跑来一趟心中十分不安,亦极感激其肯热心帮忙也。由尚志归来,不意斌却在家,我才走一会斌即来了,一直等我这么半天,谈了一会,吃点花生。四时许,斌回去,邀我一同走,去她家,行伫在她家门口站着。原来又有看房的,九姐夫要卖西院的房子,连着几个月都有人来看,老卖不成,这个地点不好卖。待了一刻,斌又自动向我身上坐,不知何意,嘴里虽是老说我讨厌我坏,可是表现对我的完全相反。午后七姐夫弟忽来,我想不到,原来托我为她女儿借书,只好慨允,下午到黄家来等五妹回来问问她,今日是春明第一日上课,一会五妹回来一问,原来她的书都已经借人了。斌母亦回来,又请我吃了一个大面包,我真过意不去,一去就分他们吃的,真不好意思,可是又不便拒绝不吃。六点归来,问四弟的初一书,第一学期尚未事变,书不同,只好找初二的学生借才成。晚饭后过黄家,问小弟,四弟借他的初一的书也不全。不料西院门开着行伫在那教小弟英文呢,斌及其母全过去西院,也不知有什么好谈的,我真不高兴她们接近这不是东西的人,日久也会被熏染坏了呢!一张利嘴恨不得把死人说活了,我心里有数,反正你在我面前说得天花乱坠,我只是面上笑笑,心里不信!近来斌对别人多说一句话我都心里酸溜溜的,这是妒忌吗? 如无妒忌也表示不出爱的崇高来不是!? 晚阴雨,夜深。

9月5日　星期二(七月廿二)　上午阴雨,下午止阴

　　阴霾天气令人不快。早晨的天气凉的很,穿上了薄背心,又穿一件西服上身,才好一点,一点也不热,小风吹一下还有点凉呢! 九时许过去和斌谈笑一

会,十时一刻归来,冒小雨给五弟小妹送包子去做午饭,等他们吃完回来才吃午饭,大包子只吃了十余个就饱了。午饭后待了一会,过黄家,待斌修饰完毕一同步行,先至,寻廖增祯(七姐夫弟之女),惜已回家不在。在里边转了一圈,女孩子们看见我俩很是奇怪似的,出来往北迄步行至大纶,给黄小弟买操衣布不成,在华昌号购成,出来又往北到洋货店,商场内购物,折回至新开幕的西单菜市场绕了一圈,买了一点日本咸菜,黄昏时步行归来,到家已是六点三刻了。步行来去,脚掌微感不适,今日几又与斌相处一日,下午幸半晴,未下雨。闻今日下午林笠似四兄来一信与大哥不知做何言语,大哥下午又去陈家打牌乐甚,家中事如此摆下去不知是何意思。今日在春明,陈校长谓斌是我朋友吗? 我只含糊其辞而已,晚李娘又劝我,谓娘不赞成我的行动,我和斌将来之结果不知如何呢!? 今日出门斌遇不少同学,前后有四个,最末了碰见的她说是沈美理,惜我未看清是什么样子,据她说沈美理认得我,奇怪,我不认得她。连着昏昏的过了二三天,明日预料得跑一天呢! 只望不要下雨就好了,我和斌之过往,近来知道的人愈多了!! 活该!

9月6日 星期三(七月廿三) 上午阴,下午一阵一阵小雨

昨日预定好今日的行程,结果只执行了一半。上午先到小刘家,和他们哥仨谈了一阵子,又托曾颐催煤的事情,出来迳赴黄松三家,松三家只阴历正月去了一次,后来因家中有事发生遂未再往。今日拟将松三来信并相片一并拿去给他母看,不料未在家。遂又至成方街十二号寻访许修直老伯,不意其仆人声称二年前即去沪,而前日林笠似四兄尚去见他,而其现任华北电政副总裁又是谁个不知,哪个不晓,今其仆人装腔,令我腹内好笑,也不再废话。骑车往访久未会晤之赵祖武,在他家谈了一会就出来再去林四兄处,未在家,留一片归来。午饭进三馒头二碗饭,为近月来一顿食最多者,将吃完,斌忽来找我,谈了一会归去。斯时小雨纷纷,旋停旋止,我本拟邀其一同去真光,至其家。因等雨,她和我腻着,温柔的拥抱,甜蜜的长吻,耗着时间一直到三点半才出去。又替她推着车子,去收拾,修理完一同至大六部口一个打字学校去要了简章。又碰见雨,躲在一家棚底下,遇见志成武术韩先生,谈了几句,和斌跑到亚北吃了

北平齐化门大街

些点心,东西真贵,已吃了一元四角八分,肚子里并不觉得怎么样,不值,冒雨急驶归来。在交道口遇孙翰孙湛,又至孙家待了一刻回来。不料铸兄回来了,可是又出去了,我未看见。晚饭后斌及其母忽来谈,至九时左右始去,斌今日谈去年曾有一姓吴者追她,连寄三封情书,并跑到她家一次,还有不少的风流韵事呢!我也约略的告诉她一些去年冬季,一般亲友寻她行动不检的不好谈论,不知她心中作何感想。下午本拟去看电影,结果未去成,斌这孩子,也许经验不少,但又不太像,只盼她不是戏要我就好了!晚铸兄由保归来。

按斌自己说的情形,也许以前她实在有不少的风流韵事,可是现在事实告诉我斌却柔顺的卧在我的怀里了,也不枉我这年半的苦心。在这时期中,曾经与斌忽近忽远,忽亲热忽冷淡的,经过不少次的不适和误会,但终由结成现在的果了。爱海中如无什么波折,平淡无奇的也太无意思,但不要惊险的波浪,只微微吹泻一些就成了。去年冬季一阵子因环境及事实的关系,不能和斌时常见面,但她的消息和关于批评谈及她的话我都暗地十分的当心。近来每次出去,总想带一点什么东西送给她,自去年夏季起,一直到现在,不管她对我的态度近也好,远也好,我总是好样对她,到了现在终于回来了,也不辜负我自己这一番苦心。

9月7日　星期四（七月廿四）　上午阴,下午晴

弟妹们都去上学了,只余我一人在家,十一日交费注册,听说二十日左右开始上课呢! 大学念不了多久的书,真讨厌,写完日记,铸兄一早也出门了,阴闷的天气,令人提不起精神来做什么事情,书也看不下去,只是沉不下心去。近来每天早上,似乎都要过去看看斌才好,不然心里老想着一件什么心事似的不安。今天去了,帮她贴好衣,忽然老张妈又在西院隔墙叫我了,连着叫了三天,真讨厌极了,西院不定又怎样的议论呢! 活该! 管得着吗? 今天说是有客来了,急忙回来一看,原来是张汝奎,是我和他要书的,送还我的物理,对不起,叫他跑了一趟,在院中站着谈了一阵子,走了。我待了一会,也骑车跑出去给弟妹们送饭去,买了面包。又到庆华家稍坐,还他像匣子和一本书,中午回来用饭,饭后即去小刘家,向曾颐致谢,并向其四舅道歉。回昨日托刘叫的煤,二千斤,送至刘家,由其舅亲领至我家中,衣服不讲究,被母误认为刘之老家人矣,由刘家出,于西单理发,三时前至中央看向来未看过的第一集《火烧红莲寺》,神啦瓜唧的,好不热闹。散场后跑到许久未去的鲁家看看,正好兆魁在家,要出门,略谈几句即出去,我即和其弟妹们谈天,其母也在家,谈了一会五点半出来,兆祯学中国画,有点成绩了,不坏。回来孙翰来,略坐即去,晚饭后因斌母来了,与李娘一同过黄家,谈至九时半归来。

9月8日　星期五（七月廿五）　晴

清晨起来看完报,正在桌上写日记,忽然斌骑车来找我,问我出去不,正好写完,遂一同骑车出去。她今天开始走大六部口东亚华文打字学校学打字,送她到绒线胡同西口分手。我径至庆华家,想向其弟借初一的书,上学未归,略谈,其因事旋出,我则检出四张话匣片子带回去唱,又至金大信家略坐,书亦未借到,他家内外上下油饰一新,大概医院买卖不坏吧! 出来把面包给五弟小妹送到学校,回来饿甚,饭后拟与五妹同去春明寻廖青哥之女增祯。因斌留我,遂未去,温柔的谈笑,甜蜜的拥吻几乎令我忘掉了一切。心绪不佳的缘故,也不再仔细推敲什么字眼来形容我近来的好运与厄运了。二时半归来,在床上迷惘的休息了一刻,三点半跑到春明,未下课呢,等了半天下课了,因为以前虽是见过青哥之小女二次,但未注意,这次人又多衣服又相似,一时竟分不出来,没有找着,白等了半天,真是倒霉。回家来看看书,督促弟妹们的功课,不觉已黄昏,饭后到刘家去打电话,又和他们哥四个神聊一气,又吃水果,听无线电,今天放的是大义务赈灾戏,困极,卧其大椅上几乎睡着,十二时许归来。铸兄尚未归,大概是去看邓了。早晚凉甚,午间阳光普照尚稍有暖意。大哥多日不提家事,不知何故。每一思及家务未曾解决清楚,又无恒产生活程度奇高,以后真不知如何办法也。前数日满心希望林四兄处能成功,不意终成泡影,谋事之难真几如蜀道矣。铸兄应酬忙,归家数日只是白日一早出去,晚午夜方归,连日亦不知自己胡忙一些什么事情,一点正经都没有做,替别人借书,跑了许多路,也无结果,一天到晚只嫌时间太短,一会就黑了,要看的书全未动一点。借来四五册,自己的也未看多少,许多的信债也未还清,家中每月用款大半无所出,东当西借,大非善策,我决意暂时停学,先去谋事,再找林四兄去商议,求学谁不愿意,多舒服,可是迫不得已又有什么法子呢!? 不只我一人失学,多少人在恶环境中挣扎,我又算得了什么呢! 咬牙往下苦干吧! 能闯到什么地头算什么地头吧! 乞丐不是也活下去了吗?!

9月9日　星期六(七月廿六)　晴

因了家务的纠纷久未解决,每一思及种种麻烦,令我一毫无所知之青年来应付,煞费踌躇,以致久悬不决,令人每一忆及辄头痛者久之。上午本思奔走各处,因又有打鼓小贩来看那三张破沙发,心中一烦遂出来,直驶于黄三家去。原拟略坐即去,不意其母开开话匣子,说个没完,拿出许多信,我也懒得看,又说收拾房子,又要把房子卖了,一万余元。又讲其家中以前的琐碎,听着也很好玩,知道了其家中的大概情形,吃了许多他家中的葡萄,这一谈竟到十二点才辞出。其妹因骂志成被时局影响停办,转学且满,高二方十六岁,功课一定不坏。松三大哥名明礼,二哥名明智,松三本名明信,其妹在上初中时报名,报错,遂将错就错矣! 其家也稍有点产业,有两所房子,难得松三有志气走了。

由黄松三家出来进绒线胡同,本拟去东亚打字学校看看斌去,因时间问题不成,在崇德西遇见可爱的斌,举手招呼过了。我径赴尚志,问九姐夫再借百元,彼谓近日不能活动,遂归来。饭后写完日记过力家,伯长已去校又未看见,黄家皆出门,归来倦甚,竟卧床上睡着。四时半起,骑车赴陈书琨老伯处略谈出来,又至林四哥处询其商务印书馆事,我一听不觉一怔,不意竟如此快即脱手成功,三日前林四兄送一收条及信来,不意即此事,而如此重要之事,彼竟隐忍而不言。其在四兄前扬言,何事均与我公开谈话,但是归来却一字未向我提,"言而无信"。归来黄昏时,三张旧沙发已售出,思之怅然者久之。晚饭后斌来借衣服,做样子给五妹作大衣,大方格的,俗得很,可是由斌自己一手制成即是难得,因其少与别人作物,尤其逢高兴,作一大衣更难,八时许过,十时归来。

9月10日　星期日（七月廿七）　晴,大风,冷

风声传入耳朵,立刻感到全身起了一层鸡皮疙瘩似的,老不愿意起来,耗到八点了,才起来,挨着把弟妹们都叫起来。斌母来略谈即去,出了西院走到力家和伯长谈了一会,借回一本书,归来到刘家借他们几本书,并代伯长借回一本《达夫物理》,饭后稍息即至林家访四兄与其谈下午之事,并及家中事,林四兄嘱令大哥明日去其家中一次,劝劝他。出来至郑三表哥处未在家,稍坐出来,于王家把替庆华大姐所借的书留下,略坐即归。五时许过黄家略坐,斌又开始为五妹作大衣,六时半归来,饭后与母等谈家事,心为之沮,处此困难,各方挤迫令我几无地自容,心烦躁之极,真几次欲自杀以谢先君矣!铸兄忙甚,多不在家,无机可谈,其应酬极大,闻其送律阁二十元之钜数礼物,其实一有心人也。不在外边活动焉能达于今日之地位也,处世应酬我实差远甚,小孩子一个也,知什么!?

9月11日　星期一（七月廿八）　晴

晨起,至刘家邀曾泽、曾萃二人一同骑车赴学校定宿舍,交学费。本来宿舍定于今日,上午方才发片子定房子,谁知突然改办法,昨日下午忽换屋发片

子,于是闻讯同学全未定房子,立时发完,今日来的同学完全没有屋子住。交费的会计课,人挤都挤不动,好似粥厂似的,简直是送钱来都不易。一早上东跑西看,招呼这个,答应那个的,屋子不成功,学费也未挤上,曾泽兄弟先回,我则留在那里吃饭,大马请我。饭后跑到中学绕绕,地方也不算小,后边又盖了二层楼,是为一年化学系学生用的,可是一半还不到。又到大学部接待室休息一番,出来抄了半天功课表,和朱泽吉商量半晌才定,大马替我挤进去交了注册证,等到四点才拿出来,足足又是两小时,交了四十一元大洋,今天的功夫花的太不值了,还好是交完了费,就等礼拜四再去定课了。这一天真够烦的,行佺也去交费了,有钱了么,神气得很。五时左右出来径去郑三表哥处,突有日宪兵要他的房子,勒令搬家,真是无影的事情,倒霉! 不讲理,他们就要租这个房子。我本是托表哥说家务事,见他发烦,也不好意思说,他又托我向九姐夫问有房子否,于是又由他家跑到尚志,未在。回来,又和李娘及娘谈家务,心中忧闷之极,晚饭后曾泽来略坐即去,闻斌下午曾来,把我桌上一张打球相片取去。

9 月 12 日　星期二(七月廿九)　晴

　　学校事昨日拼却一天光阴办妥了一半,今日再来奔走家中的事情。一早上去郑家告知,力九姐夫处无多少空房,只能有一二间作为堆书用,略谈即辞出。因昨晚得华子兄一信,谓桂舟又因病北返,暂住在东斜街二号李宅其女友家中,今日遂往探访,谓已归家半月。出遂至东城弓铉胡同郑五姐家,十一时许出来至陈书琨老伯处,值其正午饭,遂推言已用过,告其此事经过,在陈老伯处亦只换得讥笑而已,此时心中愤怒的火焰充满胸膛,吾固年小无知,不意父死未半年,我即饱尝人生冷热酸辛之味矣,我因大意,一时未想到令其骗去,生出此无数枝节麻烦,不思我乃一未入社会不通人情之青年。当初我因一事未经,亦未出外应酬,现在忽然立刻叫我放下书本去应酬社会去应付此困难纠纷难解之家务,自不免出岔子,我所处之难境可谓苦矣,反而反唇讥笑不思助我思法讨回(如若念在亲友之情上的话),亦不顾我所处之环境,亦够糊涂矣。我因亦知彼等皆系善意之责难,不然决不强忍这口怒气,甘心面受人辱,所为

何来!? 陈老伯处既无结果反应,于是辞出遂至林家访四兄未在,遂又至小酱坊胡同郑家,寻三表兄,遇六表兄亦在,遂与之谈此事之经过,彼遂谓我现在只好用法律解决,乃代我拟一信稿,与盐业银行者原稿如下:

> 经启者查,贵行岁字七〇九号广川合户负责人于本年九月六日存有活期存款壹仟叁佰柒拾元零贰角四分正,该款系先公季友遗产之一部分,为毅等所共有,现在处分问题尚未商妥,恐有纠纷,特函请贵行于未奉到法院正式命令或未收到散人撤消扣留函件之前,任何人不得将该款提出或移转过户及抵扣欠款等情即请查照为荷,此致,盐业银行北平分行查鉴。董毅谨启 印 年月日。

郑三兄谓此函绝对有效。银行一接此函,大兄即无法取款,六表兄亦谓绝对有效,奔波半日,只受到多数冷嘲热讽的刺激,三表兄还好未责我何言,并出此一有效办法,心为之一宽。时已届二时许,自早八时许进稀饭,至今尚未进食,不觉饥肠辘辘矣,遂赴西长安街西安食堂午餐进馄饨一碗,包子数枚,炒面一盘竟达六角之多,贵极。饭后又至尚志医院,不意陈书琨老伯亦在,遂又谈及此事,九姐夫亦不免几句冷嘲,我遂出三表兄信稿与九姐夫和陈老伯看,九姐夫并令我登一广告谓此事笠似不对,事前已知此款系我兄弟姐妹等所共有,而且五姐亦托彦强和他打过招呼,令其将余款暂存彼处,而彼将余款竟交与大兄一人,并且私扣三年前借与大哥之私人债务八十元,殊属非是,令人不解。由尚志归来,五时许过黄家与斌略谈,旋归来上供,大哥未出来,连此已有三次未来上供。因今日奔波大半日,疲甚,心如鼓捶,不宁之至,早寝,家务事真令我脑涨欲裂矣!

9月13日　星期三(八月初一)　阴雨

晨七时许迷惘中铸兄回保,闻此次彼将完婚。铸兄此次归来带回保定面粉二袋,现款二十六元,并有二袋面与大哥,代价十七元,共计六十元与大哥。连日多不在家,适逢三天大义务戏,连看三日,人请他或他请人,早出晚归,不

174

知其皆忙何事?! 甚难见面,晚亦曾与大哥长谈数次,均未与交言,不知所谈何事,大约不外家务而已。晨间小雨纷纷,冒雨赴林清宫林宅访四兄,蓝布大褂皆被雨打湿,不顾也,连日寻林四兄麻烦,再加以日前大哥在其家之先入为主,勿听片面之言等胡说八道,假公济私,假仁假义,冠冕堂皇的话,林四兄意似不耐。今日晨去,仆人谓未起,坐候达一小时之久,始出,接谈之下,言外大有以大哥之言为是之意,遂不再深言,遂托其打电话询银行经其手之存款号码多少。遂出,彼亦曾询我问此号码意欲何为,我亦不相瞒,直言告之,将写信与银行。出则至三表兄处。一进门,一看全屋纷乱,零星各处均是,一询表兄,谓日宪兵限一礼拜内搬家,故其十分着急。一见此情形不便立即询以信事,遂助其整理一切。心中亦着实烦闷,正是需要三表兄之助,不意其遂遭此不幸,一时倒得不着主意,一直和他们忙乱了半天,搬几十个书箱的搬运费就是十余元,大宝、二宝两个,还是小孩什么不知道,忙里偷闲中还是玩耍,笑笑,一点也不着急。至二时许厨子才炒一点饭给他们吃,我则和三表兄六表兄吃外边叫的炒饼,马马虎虎的将就了一顿。饭后写完了信叫表兄看过收好。一会陆方孙祁来了,谈了一阵我先辞出,在邮政局(甘石桥)发了盐业银行的双挂号信,四时许归家。五时左右过黄家看看,方坐下,张妈来叫,回来去尚志医院,五姐、七姐、娘皆在彼,谈家事,我又把今日上午经过谈了给九姐夫们听商议结果,令我去登一小广告于报端声明,五姐和七姐去九姐家劝劝她,令她转达大哥,现在说话是绝对说不进去的,大半是没用。归来报馆因过晚已上版,明日登不出来,索性回来,明天再去,迟也不在一天的功夫,连日奔走无多大效果,真令我焦急欲死,空跑断两条腿亦是无用也,而弟妹们全不知甘苦,终日嬉戏不知念书。晚饭后遂训话半晌,教导之,我此时所处之境真是哭笑不得也,现在我连行佺佺皆不如也,彼终日均无何心事也。

9月14日　星期四(八月初二)　晴,下午半阴

上午又跑到学校去选课,交费没有缴上的,今天照样都挤着来交了,新的旧的同学全有,真是热闹已极,招呼这个答应那个的,忙个不停。十时许主任签完了字,交训育课那联托朱君代交。先走出至南官坊二十号见着桂舟,其病

已好大半,只是略消瘦了些,谈了一阵子多是感慨之辞。十一时许出来,到亚东打字学校,看看斌背着在打,看见了我装没有看见,要了一张简章,参观了一会就来,又到尚志医院和九姐夫谈了一会话,谓今日下午五姐七姐至九姐家去,本来我想去,后来一想反正现在和九姐大哥话是说不到一块去,意见不合利害冲动,最好不当面讲话免得感情面子弄得更不好看。所以饭后我就没有过去。到斌家看庆璋借我的画报(昨日斌下午又来找我,未在,她自己拿去的),闷坐着看了半天,也未和斌谈几句话,她看她的,我看我的。后来裁缝来了,我回家比衣服,晚饭后因连日奔走各处,心神疲乏之极,早休息,每一思及家务久未解决,内心如焚。

9月15日　星期五(八月初三)　晴

天气好得很,精神比昨天好一些,只是心里没有一点痛快劲,烦透了,为了麻烦的家务事,我真不知怎么办好,五姐是真替我关键出力跑,托人帮忙。今日新北京报来,上载有我所登的小广告,如下:"硌者北平盐业银行岁字七〇九号广川合户活期存款一三七〇元系先君季公遗产之一部分毅兄弟姐妹六人所共有,在家务分析未解决以前,任何人不得支用,除函该行停付外,特此声明。"

十时左右至三表兄处看看,他托人最后希望尚有一线光明,或可某方不再要此屋。持小报与三表兄看,坐顷之出来,至亚北借电话与五姐通一电话,谈昨日事,大意亦无什结果,又令我去蒲子雅处,我遂出来径到尚志医院寻九姐夫与谈此事,谓现在不必寻蒲子。现在只有两条路,一是开亲属会议,一是法律解决,可是九姐夫、五姐、表兄等亦皆劝我勿即走决裂之途,因一走法律,则大哥立即不能立足社会,立刻停薪留职,终是一家人,不愿令他名誉扫地,不能做事。可是如果逼急了我,也只好不顾一切走这一招了。午饭赶回来吃了,本来要写出点东西来,可是心里乱极了,不能动笔。二时许过斌家,静悄悄的,都在睡,我一人看了一会书就回来了。卧在床上一半休息一半看了会书,开始写三天未写的日记,心乱如麻,晚九时得盐业银行来一挂号复信,谓停止付款需留原证章方能有效,那不是废话吗?心里烦极不知此事如何解决,拟于明日晨过去与九姐夫及三表兄商议此事如何办法，多少总须定一固定方针和进行办法出来。

连日奔忙家务，东奔西跑，几乎这两条腿是别人的、租借来的一般了，心绪烦恼，自然提不起高兴来，所以连着三四天来也少得在斌家座谈，去也是待一会就回来了，王家，祖武家等均不大去，前些日子曾与泓一信，至今未得回音，就是如此疏远的也好，免得将来麻烦。

9 月 16 日　星期六（八月初四）　晴

脚下踏着两足的土，正进到力家门口，恰好九姐夫走出来，就在他的大门口谈了半天，叫我找九姐谈家务。我觉得现在和大哥九姐不用谈，话叫别人去说较洽，不然弄得更僵。回来看了半天的报，十时半去第二附小给弟妹送饭。因为九姐夫打电话来叫我，遂又驶往尚志去，五姐，谢老伯，道仁都在那里，谈了一阵子，结果是明天五姐、七姐劝大哥，还是一切东西按六股均分好了。商务股票余款存银行，每月取用六十元。午饭赶回家里来吃。今日老张妈及帮忙老妈全病了，一天的事情连洗马桶都是母亲和李娘两人做的，这真是向来没有的事情。饭后看一本小说，一半休息休息脑筋，一半调剂枯燥的精神。中午归途曾遇斌，谨晤一面，三时许至志成和庆璋谈笑，一会打打乒乓球，五时左右在单牌楼与其分手。径往郑家三表兄处，与之报告此一日半之经过，并与被昨夜所得盐业银行之复函，孙祁陆方均在。祁近又和漪好上了，王淑洁之姐，与伯长同学，与索颖又吹了，神得很。大宝，二宝又和他哄半天，无聊得很，小孩子脾气，归来已暮。连日家事，只看明日之关能否打破，如能顺利通过，则一切积极进行，至多一个月内完结，可以了却一件大心事。但如果明日之事不能如意，则有麻烦，势必迫我不得已时走最后一条路，只好听您"法律解决"。

9 月 17 日　星期日（八月初五）　晴

今天过的才是又烦闷又无聊，为了听五姐和七姐二人在亲友劝告中的最后一次信息，今天是不必往外边去瞎跑了。近来因忙家里的事情，所以少一点

去斌家。昨日一天未去，前两天去了，也是只待一会。今天早上去了，斌外婆一会儿就走了，和斌及慧谈了一阵子，其母及弟皆出门了。据斌讲四嫂昨夜过去和他们谈话，少不了谈家里的事，少不了骂我们一阵子，尤其是我了。所以今天和斌聊天好像总聊不到一块似的。几次提起西院他们，我是十分不愿意谈起家务，现在却逼的我每天不得不和别人去讲，可是不愿意再和斌们说了。其实都是不十分体面的事情，又有什么好说的，他们爱在别人面前造我们的谣言，我也不和他们去辩驳，好在事实俱在，所以今天我有时觉得斌的话十分刺耳，我疑心四嫂和他们说了些什么话，像她那样如簧的舌头，很容易令他们相信她的话的。前些日子斌不是向我还称赞她能干聪明吗？能干聪明倒是有点，可是用的不得当，我向来很能忍耐，尤其对斌谈话的时候，今天也不知是为什么，几次都要发作起来，有点怒形于色了，可是终于强忍下去，苦笑摇摇头过去，斌不明白我们家的情形到底如何，我现在所处的多么困难的苦衷，她不晓得就不要怪她了。中午归来，午后天气仍是那么好，可是心里不痛快，一点也没有想出去玩的意思，心里一烦，就爱困了，不觉迷迷糊糊的就睡在床上了。曾泽突然光临，略谈即去，提起精神坐在院中阳光下看了会书，较好一些，屋子高大，觉着阴凉似的，母亲日前着凉了，今日呻吟床上，又是一件烦心的事情。跑到西鹤年堂买了两丸时瘟解疫丸，晚上吃下稍好一点，斌与小弟忽然于我们饭后跑了过来，略待一会儿就走了。今天斌对我态度还是有点烦躁难测，不知是什么意思。家务烦上又加上了一层烦，后来一想这本是她的脾气，过一阵子就好了，犯不上和她搁在心里，小孩子的脾气！晚上忽然早就爱困了，九点就休息了，烦闷无聊的过了一个礼拜日。

是我痴情!？我真奇怪我自己，多少年来接触看过的不知多少女子，为什么一下子单单的被斌迷上了呢？细想起来她也不是十二分的美或媚，也不十二分的活泼大方，也不是学问好的要命，高出他人一等。我真不明白我自己为什么如此热烈的喜欢她，天下比她强的女孩子多的不知多少，为什么我现在单单的这么热烈的喜欢了她，我真不明白我自己，真是前生的缘分？三生有幸吗?！可是在她那一方面看来又不像！可是我有时听她的话，承她的意旨，比我听别人的话都强烈的多，不知为了什么?！每每想起我和她的关系来，将来是不会结合的，想起将终有一天她卧在别的怀抱里，我心里又是一股什么滋味劲头哩!? 所以有时真想趁早离她远些,免得将来麻烦,自己痛苦,何苦来,可是一时又放不下。平常说大丈夫拿得起放得下,别的事也许可以,但是在男女这方面情感可没有那么容易支使,人的"情"正是一件神妙莫测的东西,有时真不知如何应付"它"才好! 烦! 现在更是她对我态度的远近、亲热、疏远十二分的显著影响我的感情心绪精神,这怎么办!? 烦! 如果现在我成了她的练习品,那就糟了,我想她不会一点感情没有吧! 总是个人不是吗? 我真怕往后弄出一个什么不幸的结果来。暂停,笔不记下去了,睡觉去是正经。

9 月 18 日　　星期一(八月初六)　　晴和

天气太好了,一辈子恐怕也难得碰上多少个这么好的天气。秋天的太阳暖和得可爱,也没有一点讨厌的风,真是初秋标准的好日子,做什么都是好的,可异的是我自己的心情与环境,再也提不起好的兴致来,辜负了这天赐的大好时光。

九点左右的光景由斌家归来,她对我的神气显然是有了异样,怀着满腹疑心和半自慰解的心情归来,立刻骑车跑到孙祁家打电话给五姐,叫我去她家有话讲,挂上就走。

进城门受检查,每一胡同口都有日军士兵在把守,明晃晃的刺刀装在枪口上,威严得很,旁边陪着一个中国警士,我立刻感到是要戒严了,并且下意识的感到今天是什么日子。五姐的意思是昨日会谈的结果大哥咬定毫不能通融,并且说了许多废话,总而言之是钱不拿出来分,退步和他讲也不肯,真是不通人情之至,说了许多荒唐的话,令人哭笑不得。末了五姐劝我让步,兄弟法庭相见总是不好,由五姐处出来至三表兄处留用午饭,饭后三表兄亦言大哥言语坚决,太不近人情,天下事唯情理二途,不知告之,今其均知,但不办,不近人情如此! 出至九姐夫处亦无何好办法,主张法律解决。于是又至林清宫访林笠似四兄未在家,闲候我至三时许始出门,留一条回来,今日奔波一日又无何结果,心殊闷闷,兄弟之情至此,真达恩断义绝之地步矣!

娘因着凉卧床上,衷心更为之一烦,各种的困难各方面的不如意,实促人生无聊和悲观,人生殊无乐趣,托尔斯泰谓"人生不是享福是一件很辛苦的工

北平北新桥大街

作",真是不差。晚饭后卧床略事休息,八时半又至孙祁家打电话与林四兄谈约定明天早晨往访商谈家务。

9 月 19 日　星期二(八月初七)　晴,有风

　　清晨斌母忽来视娘病,谈顷之始去,今日的猜疑立刻符合,果然大前日夜四嫂过去谈话,大骂我们,并申述其理由种种,令亲者为之心碎,只知听一面之言的黄家当然都是认为我们罪大恶极,故斌突然对我态度如此。因此其主因也,可恶长舌败家妇,竟与我作宣传战,我固不屑理此,但我名誉所受损失莫大焉,心终不甘,我向来不愿向人言家事,此番迫不得已令我各处讲,心实不愿,亦实无法也,黄家之误会,设略有机会自当加以辩白,四嫂为人如何,我亦不必再在此大事苛责,亲友谁个不知,徒污我笔纸,何必! 此殆亦我家运中之前生冤孽也耶!? 九时左右至林家与四兄谈话之下,林四兄亦劝我让步千余元,亦不值见面法庭,如果能稍取回数百,损失一些,则亲友大众谁个不知。大家帮忙,所得之价值恐比所失之数尚多,我当时在极乱之心情下,反复三思,思之亦良是,正所谓塞翁失马安之非福耶?! 遂于无可奈何情形下允四兄向大哥要六

百之数。出至三表兄处又稍谈,三表兄又讲了半天,前三天大哥至彼处,与六表兄等三人拉谈之僵的情形,并大哥之言语坚决,两方面话均由其一人读完,大有不容外人置喙之余地,当时颇难堪,不近人情,不讲情理至极点。午后娘稍好起来,我因心绪烦极,卧床昼寝达二小时之久,终日未过斌家,思斌态度为之怃然,羡慕他家儿童乐甚。不幸的我,年方双十之人世不懂之青年,即令我应付此困难,繁复之事,真悲哀苦恼之极,大街上见其他学生青年,虽处此环境,但多少其无心事,回忆旧时儿童欢乐,中学生之黄金时代,当时不觉,至今思之殊令人神往不置也。我如每位同学多多,但思及津市及其他各地之灾民痛苦之情形,则我又如在天堂矣,比上不足,比下有余,心亦为之一宽,晚阅老舍著《猫城记》。

9 月 20 日　星期三（八月初八）　晴有风

辅仁大学今日开学,打算去看看,八时许到刘家约小刘等去,不料已经走了,把曾颐拉了同去,讨厌的秋风又到处横行,虽尚没有冬季的大北风力量大,但是顶着往北走也够费力的了,况且还弄一头一身的土,真是再可恨没有的了。春秋的天气最好,不大冷也不太热,可惜美中不足有风,学校去的人可是不少,今年还临时加入了乐队演奏,倒很别致也调和空气不少,也免得只是讲演,空气太干燥,新旧同学不少,我前托朱君所办的选课单交与训育课,不料他因无我的注册证不能办,转交刘厚祜了(桂舟的兄弟)。大马未来,看情形地方是没有了,今年跑吧! 也不打算住了,十一点半跑到刘家取回选课单,明天再说吧! 坐在后面也是没有法子的事,运气不好,又有什么说的呢!? 见了老王和宋的面谈了几句分手,因为午后有事,急忙跑回家来,连日到时候也饿,但是有时觉得并不太需要吃饭似的,东西吃不下去,也不觉得香,可是有时不知不觉又吃的不少,奇怪! 心里有事,干什么都不痛快,也无一点心情去做什么,饭后因为昨日约林四兄来,不敢出去和休息,一人在家,母病在床,无聊之极,心如鼓捣,无奈何只好搬张椅子坐在院中看书等着。一会,大约三点左右,林四兄来了,言及昨日大哥意思,谓五百或可拿出,但须与九姐商议,并谓此事一二日内与家事一同解决,勿劳二次惊动大家。看其一二日内如何办理,林四兄

走后,反复寻思家中事确麻烦之至,此次事情,几无一人肯出全力破面子来助我弄清此事,除了特别情形的九姐夫以外,思之念人情及各顾自己的自私心,为之怃然。在学校看诸同学,人人都无家事之牵挂,专心读书,生气勃勃,回顾自己,遭遇如此,家门不幸,不免悲观,心灰意懒,诸事无趣,念前途之茫茫,正不知如何了结此一生也,百感交集,精神立为之不支,饭后昏迷卧床上达一小时余之久,家事我真不知如何应付矣!我是孩子!?还是前生的冤孽!?仅仅连今天只是二日未见斌的面,我自己就全身不自在起来,一想起那早就该死的泼妇人,在她面前嚼舌根子,离间我二人的感情,恨不得把她舌头割下来,问问她还造谣言不?!说斌无情吧!难道以前对我的情意完全是虚伪的!?就是全是假的,难道允许我和她接吻,如果她认为这个 kiss 不算什么,若她时常和别的男友表演的话,那我就没有的说了,那也就可惜我这一腔热情,错倾在她的身上,这几日是否因那妇人前去说了些假仁假义的话来骂我,因此她轻视了我而改变态度?我不知道,只是我这两天未去,不知她心中有动于衷否?连日心中百感交集,人生苦乐于此短时期内尽数尝到。

9月21日　星期四(八月初九)　晴

宿舍不成功,没法子,跑吧!不住学校也好,其实这学期一半自己根本也不大想住呢!实际省下了不交三十元大洋,还省许多饭钱,只是自己累一些,多费些时间罢了,屋子是没有什么希望,安心上课吧!第一小时是孙钟和先生的词及词史,南方人口音不大好懂,第二堂的文字学名著,也未讲正经的,说了半天的闲话,没有课了,在学校也没事,又没地方待着,回家吧!跑回来,只是一个人闷的很,娘去看病,并且带着给五弟小妹们送饭去,李娘出门了,四弟也未回家,只是我独自一人吃午饭,寂寞得很。午饭后两小时的中国小说史,一半是知道绝讲不了什么东西,而且又不点名。九姐中午又叫周妈叫我,没别的,左不是说家里的事,心中一烦,又起了点风,索性刷了,烦躁不定的心情,在院中阳光下走来走去,也不想一个主意。进屋一时心血来潮,看了半天的《好莱坞》,算起今天来整整三天没有见斌了,可是这三天的下午,全都在家待着没有出门,可是心里十二分的想看见她,几次想过去,却被自己强行制止了。

心情不好,如果万一谈话不投机,更不好,况且现在因西院的无事生非底谣言正在势头上,我并不愿费力气做无谓的辩白,所以还是短期内少见少惹气的好。可是不知为了什么,天天急于要见见她,要知道些关于她私生活的琐碎,今天下午五点多她忽来了,心中为之大放。没有看见斌,心里好似有一件什么重大的事没有做,而令我十二分的失望,十二分的无聊,悲哀似的难过,家务本已十分的心烦,加以未见斌,烦上加烦,真是坐立不安,全身都不自在起来,也说不出身上那点不舒适起来,弄得这二三天十分的不好过,看着西边,又不愿过去。今天下午斌自动的来了,送还我借的画报,立刻令我心疼的跳了一下,正是望穿秋水,伊人终于来了,心花大放之下,谈笑一刻,旋又陪五妹过来一次,三日的积怨一时完全冰消瓦解了,她的魔力不小。

9月22日　星期五(八月初十)　晴

不幸的人,走厄运的时候,处处倒霉。想不到今天学校也会放假了,因为"临时政府"成立纪念日,只怪我自己昨日下午偷懒没有去,不知道,一早急急忙忙跑去,可是放假,白跑一趟,没事回来吧!在家看会画报,正要去力家,不意九姐突然来了,和娘东拉西扯的聊家常,十一时左右走去,中午吃饺子,却一直到二时才吃完,又看了会书。三时许过力家,九姐睡着了,回来又看了一小时的书才过去,左不是说家中事,谓大哥允给我四百,还是大哥给我的,千四百余元留作父移葬之用,将来他全负责,就是他用完了,他负责,不讲理之极!留作父移葬之用为何以此款私还其个人债务,私自挪用四百余元,就不说了,甬说用完了,将来想法子补上,那简直和没说一样,他老兄有这般能耐,早不是现在这般情形了!这话不客气讲,木头眼镜看不透他,简直就说你一人拿去用就完了,偏偏要假公济私,打着给老人家将来移葬的用途的旗帜来骗人,却是私自全拿去用了,何必如此!?白事账本在外扬言绝不拿给我看,九姐也和他一样态度,自然了,九姐和大哥还不是一个人讲话一般,还要许多零七八碎的东西,真是不要脸透了,不然就按几股均分罢了,做什么这种样子,全搬走好了,自己也真有这些厚脸皮来要。九姐还说了许多令人可笑的话,不值得答复的废话,好似弟妹们完全傻子一般,什么都不晓得,按份子四人应分九百六十余

元,现在只允给我六百,我不答应,只推说回来和娘讲了再说,真是两个糊涂虫,凑在一块,糊涂上加糊涂,没有再比他们两人再糊涂晕头的了,还说为了董家的名誉。我忍了又忍,经过许多人的劝慰,我要不是不愿意弄得他声名狼藉,停薪留职,以后无颜无法立足于社会,早就按法律上解决办理了。别的都不给我看,就连商务股票卖后的单子也不给我看,真不晓得他怎么想的,如果我不是他的兄弟你就讲明白,唉! 真不知是那一辈子的对头冤家!

五时左右,曾泽忽来谈顷之,闲话匣片子是 Qesnna quilin 在 One hundred men and a girl 中所唱过的 Relayer 即意大利文之歌剧《茶花女》,我都看了。近来在中央重看《芙蓉仙子》一片,听了一回别的明星唱的,五姐也来了,一同玩,曾泽教我们的打船游戏,正玩得高兴,斌忽来了,坐在一旁沉默着。六时半回去,七时半小弟来,继之其母,斌及五妹皆来听会话匣子,八时半归去,见了斌心中稍定。

9月23日　星期六(八月十一)　晴和

半天只是一小时的文字学名著,文学院长沈兼士教,可是费了半天的劲,结果也没有讲书,又继续说了许多闲话,一小时又交代了,可惜了时间。看了会别的系功课表,有空可以旁听的写上,没有别的事情,就往回走吧! 因为早上答应替五妹到笃志去取回她的保证金,下课早,顺路绕至笃志替她取了回来,大略的参观了一下笃志,惜未窥得全豹。到家午饭后本来要出去,到黄家送回五元,斌本睡着,我去了就起来了,不一刻斌母回来,嚷着要去土地庙,谈了一会,果然去了,五妹先走,只余我和斌二人,谈笑半晌,至今也想不起当时都谈的是什么东西。今日斌对我又温柔极了,情形甚好,故我一时不愿离开她,终于决定不去找人了,并拥吻二次,几天来少问候这两片樱唇了呢! 斌近来对我这种表示不大拒绝,可是要想再进一步,恐怕不可能了,这样我亦很满足,因为此时斌对我的情感,所与我的安慰已不少,并且影响我的身心精神都很大。五时许斌母归自土地庙买回水果,我吃了两个小梨,斌母的性情很爽直,高兴起来像个小孩子。今天早上,说有小鱼烧着吃好吃极了,不过我怕腥不敢吃,她偏要吃,立刻拿去烧,不到两分钟就烧好了,可是我终于因为怕腥不敢吃,对不起得很,但是我真感谢她待我这番的诚意。斌替我吃了鱼,晚上又要留我在那吃面片汤,殷勤劲令人不忍推却,只好应了。一耗夜十时归来,荒嬉了半天。

9月24日　星期日(八月十二)　晴和

一共一个多礼拜了,天气都是晴和得很,秋高气爽的好天气,正是出游最好的季节,但是有心事不痛快的人什么都提不起兴致来。上午十时许跑到医院去,告诉九姐夫,前天九姐叫我所讲的话。九姐夫说:"我因为和你关系比较深,在立场上,在道德上,良心上,我所知道的,应该指示,告诉你的话都告诉你,不然谁也不肯如此彻底的讲,一个人如果自己的权利尚不能保护,别人以后还肯将事托付与他吗?何况你现在是应享的权利,你不要,甘心移让,保护不了,不知道急。现在这年头,不是说你争就错了,让了实际你吃亏,而别人反讥笑你无勇气不能干,无决心,无责任心,认识不清,看不起你,争得应享的权利是正大光明的事,何况又有法律保护你的权利。你可问大哥,他承认你们是否他的弟妹,是否父亲遗下的亲骨血,是否有我们应有的承继权,母亲也不是带我们过来的,是父亲的子女,为什么我们的权利被大哥以空洞的道德名义假公以饱私囊来侵占,假仁假义冠冕堂皇的话,亏他还有良心,还好意思来说出口呢!东西分完了,大哥要的我们再送他都成,只是应享的权利和名分问题不能含糊了事,偏争此一口气,先请个律师,写信问他要求答复,不理就告他,顶多我钱不要了,送律师了,让他也要晓得'原来如此'呀!"他讲的用软硬、和平、法律两途解决家事,令我脑筋错乱至极。时已十一时半,遂归来用午餐,五弟四弟小弟三人在院中用由小刘家借来的枪子,大打乒乓球。我才到家一会,斌突然来了,立谈一会即去,叫小弟回家吃饭。午后,斌母来寻娘一同去西单购物,旋斌来,五妹继之,行伴闻有乒乓球可打,来玩,我与李娘谈家事,李娘旋去东城,我则陪斌及慧在屋听话匣子,又出来玩乒乓球,又进屋看书,唱一阵子歌,又听了会话匣子,四时许斌及五妹才归去,又叫我去,遂随之去,至其家谈至五时十分归来。斌母及娘购物方归,旋斌后来小坐至六时即去,晚饭后,斌母与小弟突又来,托我去崇德给小弟去取保证金,稍坐即去,我又与母谈家事,

衷心乱极,在院中月下步行十余圈,进屋拟写一个自父故后至今家中情形,并大哥对家事种种不讲情理,不以我等为弟妹所做的事情,想侵占我们的权利,但是因精神关系未果……连着二日,斌对我的情形又好起来了,现在笔下记下来,心中充满了甜蜜的回忆,但是一想到了将来的或许大半是辛酸的结果,高兴立刻被凉水冲的无影无踪了。把握着现实先欢,亲几口再说吧! 昨日和今日,斌待我正有说不尽的亲情蜜意,数不尽的低鬟浅笑,真不禁令我神魂颠倒,几乎要色授魂觉了,更不免睡梦惊之了,但每挽镜自照,自己这副尊容,不易能得到斌的垂青,而可以随意的言谈,不经意的举动。将来,现在还顾不到,到时再说吧!

9月25日　星期一(八月十三)　晴

连着想了两天,脑筋乱极了,"软""硬"两条路,可以解决现在的家务事,利害都有,只是我尚分不出那一条比较好一些,还是请教别人去。上午仍旧去上课,名称之由来,及材料之来源等等,听得还感兴趣,浅近的材料,也不深,听得懂。下午虽没有课了,可是预备去郑家,所以在校外吃了顿午餐,不好的东西竟贵至三角余,真是不得了! 跑到大马屋谈了一刻工夫,回来到小酱坊胡同郑家和郑三表兄谈关于家务解决办法,抛开一切立场嫌疑来指导我此事是应该如何办法,应采取那条路!? 经三表兄详细解释开导之下,我认为软的比较妥帖,硬的来得固是痛快,气是舒了,可是结果得的不过是一纸空头支票,兑现是太难了,回来又详细解释重述一遍给娘听,决定用软的办法,给亲友们都留有以后的余地,将来助我之益较此损失数百元多多矣,正是所谓"塞翁失马,安知非福也耶"!! 回时又出拟去林宅,至崇德代小弟取回保证金伍元,顺手取回斌之自行车,林四兄出门,晚上再去,归家庆璋孙翰来打了会乒乓球,五时许过黄家略坐吃了一点石榴,至七时归来。八时许去林家托四兄向大哥要上百元,不知成否,十时归来。

9月26日　星期二（八月十四）　晴和

读高中时期董毅和同学合影（前排右一为董毅）

上午满堂词及词史，倒是感到有兴趣，沈兼士的《说文》觉得没有意思，两个小时的《经学通论》，漫聊了六十分钟。中午归来，途中遇斌，她叫我饭后去找她，陪她一同去前门，替她外婆取钱，饭后尚未弄清楚，穿好衣服。忽然斌骑车来找我，李娘却在一边啰哩啰唆的说个不了，还说外边说了许多闲话，关于我和斌，活该，说就说去罢了，又能怎样我！我现在和斌一块出去走走，一块谈谈笑笑，说说玩玩，又没有和她谈及终身大事，担哪一家子心，一块玩玩犯法吗？新鲜吗？不可以吗？真奇怪，什么都要干涉，我当时心里着实不高兴呢。路过其家交刘妈把一块月饼送她吃，这月饼是我下午听她——斌——讲说有一种蛋黄月饼，我听了很奇怪，可巧晚上出去，在亚北看见就买了一块，又买了些糖，大洋五角，现在东西贵的真可以了。到了前门取出钱，又陪她到王府井大街送给她母亲，她母亲出来买了一点东西又回行去，真和大孩子一般，斌陪我买了牙膏牙刷，即未再买别的，到绒线胡同分手。回家整理去年用书及笔记，今日旧历八月十四日，上供，黄昏时上供，大哥又未出来，已有四次未出来上供了，良心何在？今天又不是不在家，父子之情何存！？孝子也！他做的极

不对的事情都是对的，夫复何言!？只有强权无公理，正所谓"只许州官放火，不许百姓点灯也"。至东安市场，无意中遇见了多日未见的李宝澄，看报上知其在北大国文系，穿马褂，成天泡荣春社，神啦瓜唧的，一天到晚心中脑中完全装满了戏，这种活着也无啥意味，也亏他家有钱给他胡花。今晚又请尚小云子尚长春等在东来顺吃晚饭，我则敬谢不敏，不敢参加，略谈即分手，晚出至蒲伯杨医院打电话给林笠似四兄，谈昨日事。据言今日打电话至衙门，谓不在，午后三四点钟时差人持一书送至家中，谓此事如愿照办则请开一支票交来人带回，据言未在家。仅开一收条而回，看此情形，大哥对林四兄欲标避不见面之策，则诸事皆停顿矣，我已让步，他还是如此紧咬不放松，且每一静思以前及目前对我等所办之事，我们委曲求全，不外不忍令其立时束手待毙而已，而诸事如此苛求，恶意相加，每一忆及不禁令人气愤异常，可恼，可恨！糊涂浑虫到家了！

9月27日　星期三（八月十五）　晴和

今天是旧历的中秋节！平凡的，无聊的过了一天，一点也没有什么特别，反而觉得很寂寞清静。早上得三兄威如一信，立做一长信复他，并报告家中近况大略，又写了几个明信片，给几个朋友和同学，松三，李永，家里各一片，中午斌来旋去，中午娘在父亲椁前供月饼，又令人心中起一阵不痛快劲，昨夜晚上睡前也是想起了父亲，心中难过了许久，这又是谁知道的呢！谁又能安慰我呢！午后过斌家小坐即归来，做一信与朋友，略抒心中积怨，兹抄录于下：

"……今年是我倒霉的年头，所以不幸的事情接二连三的发生，几乎令我手忙脚乱的应接不暇！坏运气也是像花和蜜蜂似的恋恋不舍，老不肯走，真是令人哭笑不得，没有办法的事，说了半天恐怕你是丈二和尚摸不着头吧!？不怕你笑话，就是因为我家里有一点事，有那么一点小纠纷，因为我的责任关系，不得不让我硬着头皮去应付，去奔跑。看人家的脸色，受人的白眼，承人的意旨，真是一个这么年青的，毫不通事故的小孩子……我……一旦去应付这令人头疼的，讨厌的事情，有时真不知如何办法才好呢！近一、二月的时光，我每天大部分时间几乎都沉溺于精神的痉挛里，但是平凡生活的实际享受也不丰富，所以假如你看见了我的话，一定是一个可怕的脸色，干枯憔悴的面容，精神不振的我，你也许会不认识了我呢！每天太少，简直可以说是没有，一些什么事情可以值得让我畅快的，天真的，自然的，发乎于衷的欢笑，大多数是悲惨的苦笑，勉强的，无聊的，无意识的笑，烦闷，无聊，焦急的生活，不如意的事体，坏的环境，坏的心情，加起来，在其中生活着一个可怜的我……"

由上面节录一段的与友人书中，可以大概窥知些我近数月来沉闷，无聊，忧急，愤恨的平凡的折磨我精神的悲观生活。四时许出去寄信，并在孙家借电话询问林四兄，大哥有否回信，据谓大哥未去，称疾，送去一信，谓什么事实不符，大意仍是钱事两清，闻之心中愤甚，今日不去，明日去看信。

黄昏了，西院的大爷们才摆出来。大哥仍未出来，我也懒得再问，自拿起香点上拜过，一会又到西院去拜祖先，过节呀！今年与去年情形大不相同，明年此时更不知是何情形。大哥在家，病人，连走都不能走吗？可是能拜祖先！父亲都不认了，还认祖先做什么?！真是笑话！九姐还送来几个果子和几块小月饼给我们，阿弥陀佛，善哉！善哉！慈悲得很，我由心里感激!?

晚上吃饭，菜比较丰富了，因为今天是大节下，可是并未和西院一同吃，还各人吃各人的，买了一斤肉，还特意杀了一个鸡，人过节饱了口腹之欲，可是畜牲遭了殃！其实很是无味，要吃哪天都可以吃，何必非到这天来享受，前人定的是八月节，要是哪一天都是一个节又该怎么样呢!? 无聊！

本来晚上说好和斌出去遛遛，走走，赏赏月光，可是天公不作美，天上有一层薄云，月光因之也不大亮，隐隐约约的不痛快。因为这个，又因为今天大街上人一定也不少，乱七八糟的，出去简直是看人去了，哪里是赏月呢!? 还不如安安静静坐在家中谈话来得好些，和斌说了这意思，她也同意了，于是打消前意，谈谈，笑笑，并在院中月下看了半晌，暂时抛开脑中终日被搅的烦恼，一直到夜十时左右，与斌拥吻别归，又在院中一人徘徊良久始寝。由黄家进屋，就又听见娘和李娘在谈论我，对我近来的行径不大满意，又说现在外面人言啧啧，正要自检才是正经。我听了，心中十分的不高兴，尤其是昨日，恰巧斌找我陪她去前门取钱，又到东安市场，我买了点东西就回来了，看李娘的劲头大了，坐立不安起来，意思非常厌恶和斌一同出门。天下事往往是本来根本毫无一点影子的事，就许因为别人的造谣生事，无事生非的人们，因为愤怒，结果就将

错就错的下去了。……我现在可不然,事实是如此,我亦承认,我和斌很熟悉很好,她对我也相当的不错。别的一概先不讲,现在人,尤其是现在青年的父母们,还大多数有这种思想,认为一男一女相识,若是稍显接受的话,以后一定会结婚,这种观念太不对了,早该打破,我将来是否和斌结婚,抑是和别的女孩子结婚,我现在尚一点也不知道,简直连做梦都未想到未梦到呢!

情这个玩意儿,确实是奇怪的很,简直可以改变人的性情。爱一个越深,也越自私,这种自私,在爱情上是一种好的表现,因为自私了,才越显得爱某一个人深,反之,也就不过是一个平淡无聊的交情罢了,但是人称此种自私谓之妒忌。前两天看报,有现在言情小说作家,耿小的,近来做的《流莺舞蝶》中说了一段话我认为不错节录在下面:

"……情这个东西是神秘,如果两方老是维持那么不即不离,那爱情也便永远融融和和的下去,可是情一变深,就要怪癖了(也就是我所谓的自私的表现了),一切不近人情的地方都渐渐露了出来,由怪癖而变成乖戾,简直另成了一个人一样,渐渐由乖戾而成残暴,到极点,能够希望对方马上死去,这才放心。有许多实事新闻告诉我们,一个情妇竟在旅馆里把他的情夫勒死,还有一个男性,总是爱把女人全裸起来用鞭子抽,抽得她满地乱滚,这才快意,而给了她许多钱。这是甚焉者,普通一点的,都是对情人的要求过苛,责备过严,都是这个道理。爱到极点便是残酷,越是感情浓厚的人,越是自私,越自私越责备过严(容易有裂痕),所以爱情总是有理智来平衡一下,才能够把爱情维持的长久,可是理智往往抑制不住感情,只有知识丰富的人,善于用情的人,才能够叫对方得到快感。……"耿小的做言情小说,有的做的很生动,有趣,上面这段议论,发挥的有相当见解,有的不免过甚,近来我之嫉妒斌,也许是爱她过深责备过严的缘故,我每一听见她提另外一个男孩子的名字,不管这人是否能够和她谈爱,我便不高兴起来,她对另一男孩子说话或是表现一点亲热的样,我一样的全身不自在起来,这种自私,吃醋,嫉妒的样子,是我平常向来没有的性情,这就是越感情深厚,越自私,而责备越严的结果吗? 所以前些时,不时和斌闹些小波折呢! 以后我还是要在感情之中夹杂些理智来平衡一下!

9月28日　星期四（八月十六）　晴

现在功课只有三个人的口音我感到听的不大懂，不大清楚，一是沈兼士，二是余老头，三是孙老头，尤其是沈及余，二人的笔记也不好写，我真后悔选了文字学，自找苦吃。上午两小时，旁听了一小时，下午三堂，没有回家，午饭只吃了木须肉，十二个火烧，一碗不要钱的高汤，贵达三角六分之多。中午在教室里看未看完的《好莱坞》画报，因为答应今天还李庆璋小友的，中国小说史还好，伦理学伏大司译（开鹏）也尚能听，五时下课坐在校园中看画报，还是急忙的看，将就看完，已是黄昏，急忙包好，骑车送到李家，恰好庆璋正由我家中回去，在门口碰见交给他，又和庆成说了会话，分手归来。由北城往南城跑，这么晚还是第一次，这一条道可不近，骑车还走了半天呢！顺路到林清宫，恰好林四兄坐洋车回来，在门口碰上，拿了大哥的信就回来了，也未喝茶，到家已是七时许，早已掌灯了。晚上和娘谈了半晌的家务，娘的脑筋有时不大清楚了，怎么讲也不明白，急坏了我，嗓子都说干哑了，今日河先少奶生日，李娘去郑家晚未归。奔波竟日，精神肉体俱甚疲倦，故未清理笔记，亦未写日记。今日一日未见斌，不知其皆做何事，月下，灯前谁能遣此！？

9月29日　星期五（八月十七）　晴，微风

这一学期的英文，又是小宋教，第一点钟说了几句话，回去作一篇文，自传（Myself），规定仍用旧书，就下课了。打了一个电话给李娘，说了几句，五姐叫我中午去吃饭，因为第四时没有课，二点才上课，就骑车去了。小小精致的四合房，静悄悄的没有一些声音，照例的是河先少奶中午才起，李娘和二姐去东安市场买东西去了，十二时左右才回来，继之河先亦归来，我去了向五姐拜了寿，休息一会，看会报，听了一刻无线电。吃饭时，他们平常的家菜已很丰富，但是每一个人吃的都很少，真是可怜，河先只吃了二片面包，他少奶只吃了小半碗饭，可惜那么多的菜，真是有点暴殄天物呢！有钱不会花，胡一糟踏，李娘以为人家怎么样了呢！河先他们一举一动，衣服穿着都是好的，自然有钱还会

191

坏!?不过有钱讲究,是人家的,与我何干?比他们有钱更讲究的人更多,大丈夫有地位有能耐,将来自己也会享福,这不过是时间问题,又有什么新鲜,吃起饭来又补起菜来,吃呀吃的,这烦透,真好似一辈子没有吃过似的,何必做得那么寒碜,寒酸劲!因为这个我也不愿意去五姐家,十一时半多归校,看了会书,在大马屋泡了半天,下午上新文艺习作,还是朱启洛教,第三小时的伦理学二百多人,点名,去了二十多分钟,这时候精神早不能集中了,无聊得很。五时半过黄家,斌及小弟出门未归,坐候,因闻斌母言她今天电烫发了,要等她回来,看看是什么样子,这是斌平生第一次烫发的纪念日,值得一记的,今天还是小弟的生日呢!吃了些炒栗子,我嘴上长了一个小口疮不敢多吃,六时许归来,九姐来看小妹旋去,晚作日记,晚上随意翻出一些零篇,上面有一段话语相当有理,幽默。抄在下面(《沙漠》,《做人的技巧》黄风):

"……大概我不懂(交际),可也不懂目下(交际家)们那种哲学,我以为(社交礼仪)那类文章有十分之八是在使人做伪(我同意——自注),使人抛弃他的天真,为了生活在这个社会里,就不得不来迎合这个社会!中国人称赞(有为)的青年辄曰少年老成?使许多天真,可爱的青年皆学着装起大人的样子来,实在害人不浅,我极佩服美国人前些年代那种新鲜泼辣勇于正直生活的精神,这种精神在《小妇人》一书中可谓表现无遗,这种可贵的精神(也可以说是国力),这年头儿也许还有,但应当是离开纽约或者芝加哥那种繁华地方……"

9月30日　星期六(八月十八)　晴

自己都奇怪自己为什么老这么懒,两天了,都是仅迟到了五分钟,不知为什么自己不会提前五分钟走,文字学名著,沈兼士还没有讲到本题上去呢!真有他的,五小时过去了,今天说了半天版本问题。今日如不选,整天无课,又接着听了一小时的《〈史记〉研究》,高老头的,名头不小,可是也听不出什么奥妙精微的地方来,也许才讲不多的缘故,顺道到东斜街三号去找厚沛,恰好他也来,交给他华子所来的信,就回来了。午饭后稍息,骑车到王家,不意庆华已走,去津七天矣,送还他的画报和话匣片子,和剑华谈了一阵子,和她谈天,就是痛快,也没有什么忌讳,可以随意的言笑。出来到西单去理发,不料庆华父亲王兆麟老伯也来了,招呼过后,结果我没有花钱理发。出来往北到澡堂子沐浴,不意又遇见力植哥,得,我心里想,这下子又省了钱啦,果然寒暄之后,沐浴完毕他付的钱,我也只好领谢了,真巧了,我也不知那一阵子心血来潮想今天去理发沐浴,结果一子儿不花,太痛快了,难道说我要走好运了吗。澡堂子出来全身一轻,爽快得很,我想再没有什么事情比洗澡更痛快的了。往北到了郑家,因为早上去学校看见农学院的大汽车,立刻想到维勤他们大概由日观光回平了,所以去看看他,不料他不在家,待了一刻,看了一刻维勤由日带回的画片,等等,他有一个机会去日本观光一番,真是幸福得很,我真羡慕呢! 如有一个机会去日本参观一回多好,这次他一定看见许多我们看不见的好东西来,一定听见我们听不见的好玩意儿来。出来到西单书摊上看看,没有什么可买的。回来去力家,给小妹拿药,和伯长谈了几句,晚饭后斌母过来,遂与之畅谈家务,她始知梗概,至九时半始去。晚曾过黄家,在床前与斌略谈即归。今日因省了钱,所以一高兴买了两双袜子,结果出去一元多!

10月1日　星期日(八月十九)　晴

也许是昨夜谈论的太兴奋的缘故了吧! 以致影响到了睡眠,早上五点钟的光景就醒了,心绪的起伏,强忍愤恨,悲哀,激昂种种不同的刺激交织成一种复杂不安的心情,翻来覆去的再也睡不着,于是在钟鼓七下的时候就爬起来了。一切每日起身后的程序,又照例机械的重复一次,收拾清楚,用过早点,过力家去问九姐夫小妹的病,小妹身体不好,我看有点先天不足,时常闹病,头晕,要吐了等等。八月节(27日)那天起又不舒适起来,昨天下午五时许竟热至40℃,今早尚有热,人尚清楚,四肢酸疼,不知是什么毛病,九姐夫还是说泄一下再说。和伯长谈了一阵子,又和九姐言及家务,答复其所问大概情形,唯望其能于数日内解决清楚。十时许去刘家小坐,打了一个电话给五姐,和曾萃、曾履等谈了半天,后来久未见的商胖子志龙,高,程述光三人亦来,十一时许我先辞归。午饭后写日记,又去尚志医院给小妹取回药来,四弟不知为何,嘴两旁肿起甚似风疹,又名扁子疮,形状难看流黄水,甚是奇怪,已四五天未

痊。四时许过黄家,只斌及其母在家,稍坐,五姐小弟相继归来,谈至六时半归来。大哥又去刘家应酬打牌去了,真是好心境,又有千余元作背景,怕什么?输就是了。晚上算账,每月大多皆过百元之数,真不知怎么用法,这样下去不得了,必须计划一下。晚整理笔记。

10月2日　星期一(八月二十)　晴和,晚风雨

昨夜不知为什么翻来覆去,半天才睡着。今天早上醒的也早,因为是九点才有课,一切都很从容,上了三堂课,下礼拜一,大半许放假,校长却给了我们一个题目,是"现存三国的前书目录",课外工作却是第一次接受,心中怦怦,不知如何做法。两小时的中国史学名著评论,听的还消化得了,唐宋诗用的是储皖峰先生自己撰的两本,够厚的,两元不算贵。中午跑回来,吃午饭,听说九姐又来说,五姐叫我去,我什么都让他们了,还有什么可说的!? 这太不知足,太欺负人,太不要脸了。饭后因为和斌约好一同去真光,遂找她一同去,等她修饰,耗了半天,一路谈笑到了真光,遇见陈志刚。"The Great Walty"演出相当不坏,新女主角密莉沙高琪,嗓音够高的,气也真长,长的不大美,相当的那个劲! 新男主角佛南葛拉凡也不坏,路易丝蕾娜,表演的相当不坏,不愧为成名明星,音乐几幕不坏,很过瘾,有一段相当感动人,斌却偷拭了几滴同情泪! 散场看见了王弼,一人孤孤单单的。出来又到东安市场绕了半天,以两元代价买了一条领带,遂疾驶归家,在和内与斌分手。我打电话与五姐定明日去五姐家。黄昏,南方忽阴云四合,闪电如金蛇乱动,到家以后继之风起,黄土遮满天空,甚是可厌。连日花钱无节制。晚整理各门笔记,并复承钧兄一片。他在贵州安顺县军医学校,毅力可嘉,精神可佩。

10月3日　星期二(八月廿一)　阴雨,风,冷

由昨夜就阴起的天气,到今天还继续了一整天。早上顶着风往北跑确实有点费劲,可是想到以后更大更冷的北风,这也就不算什么了。文字学名著这门课我真有点后悔为什么选它,我真不感觉兴趣,院长的威名吗? 那我也太势

利眼了,讲了几小时闲话占去了大半,说话又不清楚,劲头还不小,脾气也不好,时常要骂一顿人才舒服似的。沈老先生我不敢恭维,两小时的经学通传,我也没有得着什么,老头肚内东西是不少,可是太多太杂了,说不清楚,毫无头绪,笔记都不易写。到东海楼去吃午饭,风吹在身上有点冷,不,简直是秋意已深了。各处欢舞、讨厌、淘气的风儿告诉人们,冬天又快来了,为了生活鞭策着的人们,在风儿轻轻的冒失的在耳边小语以后,都要袖手低头的想一下,冬天又要来,煤和衣服等等问题立刻映到每一个人的脑上。饭后在大马屋泡了半天,和他们谈了一阵子,二时许骑车去郑家,五姐叫我去,又是商及家中事,乃是九姐打电话托五姐来劝我,我一切都很让步了,还有什么可劝。九姐谓五姐告诉我说,以大哥给我的名义,只肯给五百,祖母的东西都要拿去,那可好,我是否季友之子、大哥哥的弟妹,有否继承权?! 都让你了还不知足,得寸进尺的没完没了,太不知趣,太不要脸了,逼急了,没有好结果,我为了念家人之情,且这千余元之事,也不值得法庭相见,结果是两败俱伤,得不偿失,何苦来,但是我让步了,你就得明白,别装聋装哑,占了便宜还不认账,太浑了! 逼得我急了,没有好结果的。三时许由五姐家出来,至东安市场丹桂商场内拟买一本《中国小说史略》,找了半天才有一本,要一元多,太贵没有买,书一律涨价,真是书也买不起了。又到同升和买了一顶毡帽,在险恶的凄风冷雨天气和繁杂不快的心绪中,无聊的孤独骑车回家,已是黄昏时候。今日晚饭开的早,六时许已用完,斌突然来了,她说她病了,在床上卧了一天,送还我昨天买的一条领带,并且由她亲手给我做了一条黑色的领带送我,真是多么可珍贵的纪念品啊! 做得相当好,比买的也不逊色,斌确实是够聪明的,有时就是有点懒,不肯干! 我真高兴极了,我该怎样酬谢她这份盛情隆意呢! 晚整理笔记,今日在东安市场大头买了一本茅盾著的《世界文学名著讲话》,代价六角大洋呢! 借的,买的,应该读的,书太多了,都摆在桌前桌后到处都是,真不知如何是好!? 不知先看那一本才好,我自己的精神与体力及时间太不允许我了,可是细想起来,除了家务以外,以后少将时间花费在别样的事务上去,就是和斌出去玩或和她谈天,但最近也很少不是?! 今天气候较昨日凉甚! 真是冷得有点邪乎,今年比往年冷得早一些似的,也许是我神经过敏吧!?

10月4日　星期三（八月廿二）　上午阴雨,下午阴

　　早不到八点,过去看看斌,因为昨天她说她自己在家躺了一天,不舒服,今天去看看,已经起来了,大概是累着了,着凉! 没有什么。谈了一会,八点二十分冒小雨骑车往学校跑,一人走路真不近,倒有点寂寞呢! 今天又有唐宋诗,我书尚未买呢! 英文一小时很快的过来了,一点未听。下课后,到图书馆去看参考书,午饭后至马的屋子待了半天,一直到快两点才出来上课。教各体散文习作的也是一个老头子,精神满好,口音纯北京,倒是很清楚,有点像张则之,可是没他年青气足,可比张说的还清楚。他讲的是《古文辞类纂》及《文心雕龙》二册,下课也未耽搁,晴了天就回家,才由下斜街拐过弯去,一眼忽看见斌姗姗在前面走,想是听见我的车铃声了,回头站住等我,于是下车和她一路走回去。借去一张西蒙的相片,稍谈即去。小妹病了,连日烧不退,大小便皆不畅,病态颇似三年前在协大病之情形,令人焦灼。母又为之忧急不已,真是不幸之至,汪逢春或九姐夫看皆不见痊,预备明天去协和看,不知是否故病重发,一住院花的钱还不知多少? 医药费皆出在什么地方!? 五时过黄家略坐,吃了一点炒栗子归来。晚饭后取无线电过去听了一刻即回来,斌身体亦不大好,一天到晚老没精神似的。七时二十分归来,写《说文解字》的字首,晚得王弼一片,内中言语有点那个! 祖武来片,知己盛情可感,钧侄忽来一信,言及家事,我预备写一封长信复他。

10月5日　星期四（八月廿三）　阴,微风,冷

　　小妹病象不退,热亦未减,母心忧极。于是今天上午由李娘和娘带小妹去协和看病,家里没有人了,都出去了,我和五弟、四弟也都上学,到学校第一小时误了二十分钟,也就不再进去,免得打搅别人听讲,正想去图书馆,在校园东边山上遇见庆成和邢普,只好上去谈了一会。邢普是四府小学同学,不料一变如此,谈吐俗甚,心甚恶之。听他们谈话,好似很熟悉,大概有点亲戚吧!? 第二时的文字学,沈兼士不卖力气,马马虎虎,闲谈似的,说了几小时闲话,说说

版本就过去了，无意思得很，我真失望，我真后悔选了这门。一点都不感兴趣，更不愿意念《说文》，想退选，大概不成，那就受一年罪吧！没有法子！三四小时无课，因为校长命作"现存三国以前书目录"，去到图书馆看《四库总目提要》十六函，几十本也够翻的，够麻烦的，烦！在图书馆已耗了好几小时了，先后在大马屋中待了一会，下午上小说史，也不大感觉兴趣，伦理学更无聊，偏偏还有二小时的必修科。这么晚，一点精神都没有了，还听得下去什么？！斌母在此旋去，斌来还书我未在，留一条给我，洗完脸把《少年维特之烦恼》拿过去，回来晚饭后去力家找九姐，和伯津小孩逗笑半晌，与九姐谈家务，九姐言色冷峻，间或强词夺理，不近人情，令人愤怒，归来犹自气愤半晌，继而自己稍加宽慰。早寝，未做何事，未料家务。如此之不易解决也！

10月6日　星期五（八月廿四）　半阴半晴

秋亦渐深，天气冷得很，早晚老年人皆少着棉矣，加以秋风起，更感凉意，顶风经北走，骑自行车却很费劲！词及词史，孙先生讲的很好，英文马马虎虎，下课后与朱君泽吉、周君力中谈了一刻，大马找我，一同到兴化寺街西口北一小铺去吃饭，比较便宜一点，就是苍蝇太多，夏天真吃不消呢！在大马屋待了一会，一点钟去找厚沛，未在家。在教室里看《赵子曰》，老舍著的，内容相当幽默含蓄，讽刺之意甚深，另成一派，无天才学不了老舍，不然画虎不成反类犬似的贻笑大方而已，"新文艺习作"朱启洛讲的还是差不多那一套，亦无什意味，末一小时又是伦理学。回家来去找赵祖武谈了一阵子，好久不见了，好朋友在平的也少了，十一时他去津了，再见又得几个月以后，光宇，祖武，华子闻我陷于家庭纠纷，皆来信慰我劝解，鼓励，隆情盛意令人可感，不愧为好友知己也！黄昏时出来，又到东斜街三号李宅去找桂舟亦不在，归来将车去擦油泥，步行归来已经快黑了。听说斌今日下午来了两次，我都未回来，《少年维特之烦恼》又看完了，真快！晚饭后维勤来，谈其九月一日去日本至月底归来一路之经过情形，从大连去门习，再至横滨，大阪。奈良有世界著名大佛，街上有鹿如北平之狗，不避人，满街走，内海风景如画，箱根有一海拔二千尺高，因火山而成之湖，殊为奇景。东京等地亦奇美。维勤在此"临时政府"办之北京农

大,公费至日本观光一次,去的地方甚多,有些机会去一趟亦甚美,畅谈至九时许,十时方始归去。今日下午九姐来与娘谈,亦有不好听之话,可恶!日前看电影《翠堤春晓》。为人作一事,必须身临其境,身受其事,心会其情,目染其色,耳领其声,于是融合奔腾于笔下方始有所成,又忆及《左拉传》。我欲成一文字家,欲有伟大之著作,必须身临其事,至社会亲自观察,彻底领悟以后方能写得出,方能生动。如左拉之《娜娜》系与一妓女本人作长谈,细询其身世而写成者,最近名震我国文坛之剧作家曹禺(万家宝)之写《日出》与《雷雨》,必一定系见一人之身世如此,或别人之叙述,有感而作此。《雷雨》中一幕,妓院中,闻作者曹禺乔装瘪者,到穷人住地及妓院中实地考察数日方始写成者。再如歌德之《少年维特之烦恼》,小仲马《茶花女》,大多系其自身之写照,而由此可知,古今之大文学小说家,其有伟大惊人不朽之名著遗传于后世者,其著作之来源不外下列 3 项:

1. 身受之事,目睹之事,与自传。
2. 传闻之渲染扩大。
3. 大自然的美景底感染与环境之刺激。

是以可知无一作家,其所著之作品系由其整日坐于斗室中执笔静思写成者,至少其有其人生之经验与感触或刺激所生之结果,非凭空幻想而能成一部伟大作品者,此可断言。

10 月 7 日　星期六(八月廿五)　半阴半晴

文字学名著这门功课太不感觉兴趣,令我灰心失望,星期六只有这一小时的课,告假不去了。一早四弟五弟都去上学,小妹,娘等在九点以前也都去协和看病了,只我一人,在院子看了会报,风吹得有点冷,虽然全身都浸在太阳光里,可是感觉不到一点温暖的意思,只好进来躲避风姨的呼哨!过黄家去看斌,昨天没有看见她,谈了一阵子,奇怪!本来心里很烦的,可是一看见斌就立刻都化成轻烟四散了,心头也立刻感到一点温暖和舒适。不知为什么,一见了斌以后,立刻一种不可思议的愉快,支配了我全部的灵魂,就好像我所专心一意领略着这甘美的春晨一般。因此有时我不能克服我自己,我总不能不到她那里去。九点半回来,穿上了大褂独自步行到了达智桥,取了自行车到林清宫,去找林四兄和他谈近日的经过。仰着脸,或歪着头问,或冷冷的一句,意思是不愿意理人的劲,求着人的时候,白眼也得受着。哼!现在,四兄,大哥,九姐等人都看不起我,再过几年熬出来,干一下子,还有看不起你们的时候,将相本无种,男儿当自强,等着吧!天无绝人之路,没有平日无故饿死的道理,苦干几年,等我扬眉吐气的时候,请你们看我的脸色!努力!干!干!干!午后陈书琨老伯忽来陪坐,谈顷之即去,我因与周力中兄约好今日下午去国立北平图书馆找参考书,抄现存"三国以前书目录",在西口南又遇见袁兰吉谈了几句,他考上了燕京经济系,不坏。到图书馆已快三点了,在一角找着周力中,一同研究抄看,到快五点了才出来,半阴的天气令人不快,抄也没抄完。图书馆建筑的相当庄严,伟大,华丽,设备也周全精美,全国堪称一二位,可惜我以前虽来过皆不知利用,正式借书此为第一次,且清静幽雅,环境极适合读书于其中,精神身体皆为之一快,且男女杂坐,适我对面有一妙龄少女,明眸秀发,貌尚秀美,有书读,有美人看,亦大雅事,怪不得许多人喜涉图书馆,殆醉翁之意不在酒乎?天下女孩子太多,美的也不少,比斌好看的也多得很,为什么我现在单喜欢了她呢!?说不明白,心思一乱,暗道不好,该死!该死!来是看书不是胡想来啦!彼妹先我而去。顺路又到郑家待了一会,孙祁孙方见我去,相继走去,不知何意,明日他们约定去颐和园,我则不愿意去,那有这雅兴,那有这福气。归来,小刘和行佺在屋中坐着,谈了一阵子,黑了才走。晚饭后,写日记。

1942 年董毅、刘淑英热恋时
在辅仁大学附中摄

我真傻,摆着那么好一个读书的地方不去,太傻,以后有功夫一定要时常去观光浏览,不然真没有时间去享受这闲福呢!兴之所至去看看书和放浪形骸于大自然中是世界上最快乐的两件事情!

10 月 8 日　星期日(八月廿六)　晴,阴不定

一阵阵凉意侵入我的被内,拉得紧紧的,自觉寒冷不止,翻来覆去的。到八时半左右才起来,猛忆起自己有许多笔记尚未誊清,并且自己的生活也太散漫,松懈,于是一切都很紧张的动作,督促二个弟弟也做些事情,小妹病未检查清楚。昨日一天,取血,照 X 光像,今日未起来,仍卧在床上休养,瘦弱可怜。上午习字半响,十时许带五弟,四弟去尚志医院去打预防针,不料斌母及小弟先在,九姐夫亲自动手,并写四张注射证,斌及慧怕疼未去,实际并不疼,且甚快。归来一会,九姐先来,大哥继之而来,因娘遣四弟去西院看四嫂病,并请大哥来谈家务,故来,谈判仍无结果。于是以五姐七姐明日来为词,推托延至明日截止。最后谈判解决,心中愤懑已极。午饭后习字,慧忽来借四弟衣服,本礼拜二演话剧用。二时许过去,只斌一人在家,谈顷之,其母及小弟方归,斌上火,中午始起来,在床上看书。看完报无事可做,无聊得很,想回去做点事,又想到明日的有的无结果的危险,心中烦闷异常,几次要回来,斌都不肯叫我走,于是又和她在院中谈了一会话。五点走回来,想出去散散心,四弟邀我一同去平民市场看看,就骑车去了,到那绕了半天也没什么可买的,购了一个大玻璃瓶子,一毛钱,很便宜,又买了一把新的要六毛五分的锁,以代价一毛五分买来,拿到车铺一看原来有个零件不能上,气坏了我。在车铺门口遇见孙翰,说了一会话,陪他到家,在门口又遇见孙祁回来,谈起才知道三表哥不许大宝二宝去颐和园,临时不能去,打消前议,也未买东西,瞒着到万牲园去玩了一刻,真无味得很。幸而我今天没有去,不然碰一鼻子灰多没意思。斌一定要我去吃饺子,才到家赶紧就跑过去,可是斌母忽来,到那一看,小弟及慧二人去力家拜寿,又只余斌一人,斌对我态度极亲密,有时令我不知如何是好,留了十余个包子,皮厚馅多,只吃十二个就饱了,灌了四杯水,胀得很。一会小弟、慧相继归来,一边听着无线电一边谈笑,他们三人品字形把我包围在中间,一会四弟

五弟皆来,玩提曹操之游戏,又谈笑一刻。斌因稍有不适,先去睡觉,遂兴尽归来,斌母适亦自我家归来。今日系九姐夫生日,前一天照例令四弟去道喜,我则未过去,明天再说。今天戴上斌亲手做的领带,烦闷懒散的过了一日,一点正经事都未做,真不该!

祁近来对我甚冷淡,并且也很少会面,各行各事。闻说自与索颖吹台以后,近来又和王淑洁的姐姐王青漪泡上了,左一个右一个的。据所知,连王算上已是三个女友了,以前我倒不知,那一张黑黝黝,忧虑沉沉的脸色就难得令人喜欢。我则近来被斌的亲密的表情束缚着我,有时在外面看见别的漂亮女孩子心动时,不一刻即自责的又回想到斌对我的柔语温情和安慰。古人有云:"近水楼台先得月",此之谓呼?!近些日子的形迹行动,不是傻子都看出来我和斌的要好,不知其(斌)母心中如何感想,可是每见面还怪亲热地叫我吃这个吃那个的,不忍拒绝,所以一半为了去看斌,可以温暖我这被家务、社会、烦闷等创伤了的心灵,一半也是为了他们一家子的殷勤招待,不会令人心冷,所以有时宁可不回来看李娘脸上不高兴的颜色,也不愿不过去看一看斌,可爱的俏皮的斌的脸!

10月9日　星期一(八月廿七)　晴

孔子诞辰,也是九姐夫的生日! 今天,上午八点才起,习了半天字,正要出去走走,忽然斌及慧来了,借去衣服待了一会走了,十一时许过去,看会报,听了一会的无线电,十一点多回来。今日中午吃蒸饺子,娘自己到厨房去包,弄了半天,每次一吃面食就得两点才弄完,看会报,看完了老舍著的《赵子曰》。这本书后来愈加感动我,有肉体无灵魂的赵子曰和武端,社会之蠹贼的欧阳天风,贺司令等等,有意义活着的人李景纯,几段痛快的描写,彻底含蓄的讽刺,借着欧阳天风的口暴露了中国政界的腐败与黑幕,政客官僚底眼中只有"名"和"利",借了李景纯的口中告诉你青年现在应该怎么走? 应该做什么? 怎样才是一个活着的"人",写得幽默,骂得痛快! 老舍的作风、特点在此。

三点左右,五姐来谈顷之,进去看小妹,旋过西院看四嫂,后过力家。我闻五弟言,只余斌一人在家闷甚,叫我去! 我过去,其母、弟、外婆皆归来,我拿过

书，无事要回来。多情妩媚的斌，近来对我的态度，不愿我即走的目光和话语，都留我不走，到五点再回去！结果是五点五分才回来，一会七姐来看小妹，小坐，亦过西院看四嫂，遂与四弟一同过力家，向太及九姐等拜寿。九姐夫未归来，去的客人有二十多个，多系亲友，吃过晚饭，九时许归来，本来昨日大哥说今日五姐七姐归来解决家务，看这情形又成泡影了，一天天耗着不是事！可恶，看明天怎样！今日下午四时许接庆华自津一信及泓来一信，近来和斌的交往不可不算近了，情感上很近乎了，可是想到其他私交原因，数千年来旧礼教的，封建社会制度的规定法则把我们二人隔得远远的，除了效法《生还》上的为了恋爱远奔他方，避开了亲友另寻一个新的世界，假如斌同意的话，这想的未免太渺茫。将来的事，不知要变成什么样子呢！现在且不要想它吧！泓与我来往的信中只是普通友谊的交换，丝毫未有一字涉及他事，只是不能无缘无故不理她，只好维持这个友谊吧！谁知道将来变成什么样子!? 庆华大姐在上礼拜一，在真光偶尔遇见了我和斌，来了一片上就说许多挺那个的话，什么"你们好！""想不到会遇见了你们，真对不住，打扰了。"还有许多我想不到的话，平常那么爽直随便一个人，想不到会说这话，女孩子们的心情真是不易猜测呢！"人"在世间活着，平常活着，其实却实是一件大大不易为的事情。尤其是做人更难，能做个大大的好人更难，这边说你好，那边一定有人说你坏，不能两全其美。托尔斯泰说过"人生不是享乐，是一件很辛苦的工作"，的确不错。

10月10日　星期二（八月廿八）　晴

今天国庆日，放假一天！早上八点起来，习了一会字，还提笔答复泓的信，神聊一气，斌母先来，旋去。斌突过来，谈顷之，今日气候较热，而斌今日只穿了薄薄的一件。我抄清我所查的书目表，陈垣校长叫做的"现存三国以前书目录"。斌在我对面坐着，一面帮着我念，看着我写，一边谈笑，一直等我抄完了才走。下午春明有周年纪念游艺会，小弟来玩，因午前九姐命周妈来言，五姐打电话来谓命我下午二时在家等她和七姐来，先后我亦不敢出门。只是去达智桥修理车子，寄了一封信，到孙翰家借来一个干电池灯，回来抄完了英文，一课文抄了数小时,费了七张纸,太不经济了,下次不干了。抄完已是三时多,五姐七姐还未来,心中焦灼,拿起《少年维特之烦恼》,心中真是烦恼已极。四弟与小弟等去春明,我则因需待商家务事,恐无望去看了!四时许五姐七姐来,谈家事,大哥仍是只允给五百,又要许多琐细之物,反复商议结果是大哥以其名义给我等五百元,祖母遗物由我等保存,又要去一小黑书箱,珠花,亦要一副玉镯,素幛只给六床,真是欺人过甚。九姐回话,她自是无什可说,拿出预先写好分割责任契据稿,由我斟酌删改。五姐,七姐,九姐去西院吃饭,我晚饭后,四弟尚未归来,我则去找三表兄,给其看,稍改其他,笠似四兄未在家,明天再去,归来自思为了家事不知受了多少痛苦,其谁之罪欤?我的命苦而已!!

10 月 11 日　星期三(八月廿九)　晴

为了家务事,今天又逃学一天,真是由心里不愿意呢,可是又有什么法子呢!?上午九点多过黄家去看斌,问问她昨日春明的概况,据说不坏,可是,可惜我没有这运气去看,谈了一阵子,要走,斌说忙什么呀!?等到九点三刻了,陪她一同骑车走绒线胡同送她到打字学校,我去前门,又到尚志医院和九姐夫谈家事,并把字据给他看,谈了一阵子,后来由他想另外写一张。十一时至理发馆洗发,头脑为之一清,午间回来买了六个锅贴,路过交给刘妈两个,叫她给斌。午饭后看《少年维特之烦恼》,精神忽然不振,遂至床上略息,朦胧间至三时始起,又至九姐夫医院处稍谈,又至林清宫林宅,与林四兄略谈家事,因其欲出门,遂辞出。后至郑家,把九姐夫所写之稿与三表兄看,亦无何异议,略坐辞出,真光今日演《孤儿乐园》,此片据人看过甚佳,画报杂志均交口赞誉推举。虽放假三日亦无暇去看,今日末一天,特意趁着第三场,内容果然感我殊深,两主角斯贵厥塞及米凯罗尼二人演技均甚精湛,加以配角亦甚齐整,小明星(五、六岁)Bolo Wation 饰,演出甚好,感人甚深,难怪恶童怀德 Whitey 被其感化而向善也,其中一幕唱圣歌,中有一小男星高音,嗓子不坏,不知其名为谁?将来有机会上银幕为主角多训练,未始非一个大歌星。休息时遇于良,散场亦昏黑,至家七时五十分矣。此片在小比威"Pee Wee"被车撞伤后,怀德之表情,与片末 Whitey 被选为市长时之感情,令我感而落泪,我素谓《小妇人》、

《好妻子》及其电影（前亦有小妇人电影之演出）为世上女孩子们皆应一看之书与电影，则此片（《孤儿乐园》）及《小男儿》书为世上男孩子们皆应一看之电影与书，电影普通人认为系娱乐品，能令孩子学坏的东西。但东西的好坏，不在东西本身，而在乎用此物之人，用法如何，观察点如何？ 如果只看美国片或胡闹恋爱的片子当然受的坏影响很大，如果喜欢音乐，中国不像外国音乐那么普通发达，也几乎可以说是没有什么大乐队团体公开演奏，就是有，亦非中下阶层所能参加的，只有在影院中花上几角钱就可以享受到世界流行的名曲，此外还可以练习听英文，多知道许多科学常识，世界新闻，体育运动，又可不花一文而坐着旅行世界名胜各地，再进一步，历史片助你加强记忆历史事件，文艺教育片、社会伦理片，教导人以良好行为道德观念，对人民、儿童之影响极大，非可一概而论，较之听戏得益多多矣！佛纳根神父禀其坚毅不拔、百折不挠之精神与毅力，卒完成其伟大之志愿，使多数儿童得有所归，真令人佩服，不知看此片后有人出资办一类此之孤儿乐园否？ 以为此辈孤儿等造福，我只恐无此坚志与不怕麻烦的精神。否则我将来有力，亦将为中国孤儿办一乐园！

10 月 12 日　星期四（八月三十）　晴和

　　虽然昨晚睡的不早，可是今晨起的却不晚，还差十分八点就到了学校，文字学名著糊里糊涂，一小时我不知沈兼士都说了些什么，是讲《说文》叙呢，还是讲字形变化呢？ 乱七八糟混为一谈，笔记真无法写，下课又到图书馆待了一小时，十一时许骑车去五姐家，略谈家务及分居方案，十二时半午后，饭后在院中略坐，一时一刻返校。两小时的《小说史》讲的甚无意思，同学均不满意，而先生又偷工减料，伦理学我告假回家。娘及李娘带小妹去协和看病，已归来，幸非初期 TB（肺病），只病体稍弱，需保养，并以打虫药食之。妹闻其无病，欢跃半晌，顾之而乐，五时左右过黄家略坐，无聊甚，欲归。斌又将我唤回，命我讲孤儿乐园事，未讲几句，张妈来叫我归去，遂回来。不一刻上供，大哥出来拜，晚饭后另抄一份分家方案稿子，送至九姐处转交大哥，归来又抄完所查之"现存三国以前书目录"之书名，家务事定后，今日稿件又交九姐，心中略定矣。惟以后生活如何，尚需做一通盘打算也，不然糊里糊涂殊非办法。

五弟、四弟二人均不大肯念书，频频教导，得益殊少，令人焦灼，昨观《孤儿乐园》后感我殊深，中国现在亟需此种之孤儿乐园，但中国之菲纳根神父在何处，其仗义之友人在何处？中国可怜之孤儿教育！

10月13日　星期五（九月初一）　晴和

昨天和今天这两日的天气真是标准日子，一点风也没有，只穿一件毛背心还热呢。只是晚上冷一点，早上去学校前到斌家去，送她两个锅贴饼子，她喜欢吃，可是她分与她的母亲和外婆吃了。路上遇见曾泽，又到三表兄家。因斌喜吃贴饼子，昨日下午特意买了八个，今早上送去，斌未起来，送到出来，去校。昨日到校差十分钟，今日差五分钟，词及词史孙先生讲的确不坏，下课空堂在外边走走，到图书馆抄了会笔记，英文一堂很快地过去。十时许，回去吃饭，午间在大马屋和洋枪屋待了一会，又抄清了新文艺笔记，休息一会到两点去上课，三小时很快的过来了，末一堂的伦理学最无聊的，又排在那么晚。下课后立刻回家，洗过手脸，刚要看报，孙翰忽来助其弄好车，上电线，谈了一阵六点十分归去。晚饭后，看完报写今日讲的《新文艺笔记》，油灯下颇累于眼。

连日正阅读《少年维特之烦恼》，此书乃德国人歌德所著，素在文坛有名，乃郭沫若译本。综观此书亦无什佳妙出奇处，不似小说，只是似日记体裁之一段一段之抒情文字，有的地方嫌甚烦琐，有的地方描写意思不明显，但有时由其文字中可以见出其如何倾其毕生之精神，能力，热情去爱他的恋人，视其恋人如天神般纯洁高贵而尊严，热情奔放时不知如何写方能表示其爱绿缔之千万分之一，此点确能感人也。

10月14日　星期六（九月初二）　晴和

就是一小时的课，可是那也得跑那么远去上课。沈兼士讲着讲着就扯别的，不讲书，一小时得不到什么，下课后去陈琨老伯处与之稍谈，并将"分家"与之看，出又至三表兄处问我墨镜有遗失在彼处否？在西单旧书摊看会，旧书皆够贵的，闻商务书因路费纸张等等昂贵，一切书籍均照明码再加八成出售，

书也买不起了。至天源买了一斤酱菜，代价五角之多，午饭后坐院中看完《少年维特之烦恼》，太阳光晒人头发，甚热，今日天气殊佳，晒晒太阳甚好，暖洋洋的有点困意，遂过九姐家问其"分家"事，彼谓大哥尚需修改，而不言何时改好，耗着。后苏菲玩了会回来，伯长今日回来，略谈，至黄家拿回《酒场》，左拉著，本想就回来，斌不让走，胡扯一阵，四点归来。出门至车铺配了个灯罩子，买了点笔纸等物，和孙翰绕了一圈大街回来，过黄家还了八角五分的钱，与斌等三人讲《孤儿乐园》本事，未讲完。七时许归来，晚饭后正休息时，斌与慧突来，其母不适，何大夫在西院看病（四嫂病），我过黄家本拟借其灯光作笔记，不意拿错，遂又被其留住继续讲完《孤儿乐园》事，九时归来。家务未了，衷心十分不妥，焦急万分！日前在宿舍中过，听见一屋中传出话匣子音乐声，不觉神往，幽雅抑扬顿挫，令人可喜。海上明月似清高之音，我虽不懂音乐，不会音乐，但是喜欢闭着眼睛仔细的领略，欣赏，琢磨其中之滋味，而不厌倦。

今日阅毕德国作家歌德名震世界文坛之名著《少年维特之烦恼》，此书非庸俗之章回体或连续性叙事体之小说，而以半似散文而半近日记（因其每段前恒注明某月、日字样）之抒情文体写出，由郭沫若译出，全书无不精彩，只是间或能以文字表示出一对爱人之情愫与心景，描写出一种不可抵抗之无名的力量在二者之中，被恋爱所苦恼的心景情绪，热爱之情流溢无遗。我佩服维特敢将其满腔之热诚——天地间、上帝所赋予的最热的爱倾泻与其爱人，专一之忠诚，全副精神全都倾注其爱人身上，视其爱人如天神，如至高至洁之人！今世之男女相爱者，能有几人如此！？

10月15日　星期日（九月初三）　上午阴　下午雨

好天气继续了三天！今天又阴了，上午把《少年维特之烦恼》择录完毕，九时许斌忽来，遂带四弟、五弟与其弟等五人同去尚志医院注射针，路遇九姐去协和，陪其先至文昌阁寻得五姐至医院，九姐夫与谢仁谈天，又听无线电，等了半天才出来打针，伯津亦去看病。归来至车铺，斌修理自行车，耽误半晌，至午方到家。午饭后一时许，忽大雨，至三时始止。饭后整理"现存三国以前书目录"，与书目答问一一对过，三时许雨止，过黄家，斌睡着，姣态可人，旋醒。

其母病普通,着凉而已,旋苏裁缝来,叫其过来改短大衣,又将中国史学名著笔记写完,又过黄家小坐即归。晚写日记,今日无往处,大哥耗着,不知何意,心中甚焦灼。晚起风微凉,在家闷了一天,未玩。

10月16日　星期一(九月初四)　阴凉

晨间因阴霾的关系有点冷,可是我穿的还不多。上午发了三封信,一个给鲁兆荣,一个给刘济华,一个给孙乐成,都是久未通讯的了。花了两元购了两本《唐宋诗》,挺厚的,尚值,两小时的"中国史学名著评论",交了"现存三国以前书目录"。又来了第二个题目,什么"史汉异同目录",真没辙,谁让我选了这门功课呢!校长讲得很有条理也明白,话比余老先生的好懂得多。中午骑车回家吃饭,因为下午没有课,在宣内大街看见了斌,她推车和一个打字学校的女同学在一块走,我车快先回来了。午饭后整理出来上午的笔记,三时许过黄家,在门口遇见斌正出来,要找我来,陪她去买东西。进去看看斌母的病,未大好,仍有烧,想吃贴饼子,叫斌去买,斌又拉我陪她去,走着去,雨后道路倒是好走,没有什么土。在下斜街北边遇见一个似乎有神经病的乞丐追着斌要钱,吓得她跑到我的身后去了,那种小鸟依人的样子,拉着我,令人又爱又怜,一种莫可名喻的愉快支配了我全部的灵魂,一路谈笑不一刻就到了西单。卖贴饼子的老头收摊了,斌到西单买了点布、茶叶、烟就回来了。在西单南口,斌忽遇见一个男子,并且还握手相谈,这本是很平常的一件事,也没有什么可以值得奇怪的,只是那个男子态度很奇怪,看样子三十多四十岁左右,还有点孩子气,并且直眉竖眼的,好似北平市中只看见了斌一人,就不知还有一个我在旁边。我也不理,慢慢的蹓到前边去了,我近来不知为了什么,今日和斌出来,有点不自然,而且也许就是爱在其中作祟吧!? 不管是我知道的或不知道的,只要是另外一个男子和斌谈话,甚至握手,我立刻感到一种被侮辱的压迫和不快,更有一种无名的十分的妒忌和愤怒对那个男子,有人说这种是真诚爱的表现,爱之愈深,则责之愈严,有的说这是太小气,太自私的表现,是醋酸的作用,我也不知这是好是坏,我只是觉得我心中感到十分的不快,有点后悔,这次的出门我立刻沉默下来,内心的变化,我极力镇静下来不使露在面上,下意识地感到,

走在路上斌在偷看过我的脸色,可是我做出不在意的样子,我也不问那个男子是谁?只是保持着静默,归途上还是她忍不住了,告诉我那是何之平,有了五个孩子,又说了许多关于他的话。我只是淡淡的,答应她懒洋洋地走着,这些句谈话,明明是告诉我了那是谁,何大夫东寿的弟弟而已,但是莫名的,连我自己都不知道为了什么仍是不大高兴,心里和天气一般也重重的盖了一层阴影,阴天!我就难得高兴,也许是为了天气的缘故吧!到她家又坐了一刻出来,到家吃了一点道上买回的炒栗子,整理词及词史笔记,晚饭后继续作,到西院借出史记及前汉书,习了两页篆字,写日记,字写的不少,右手中指微疼。

10 月 17 日　星期二(九月初五)　阴冷　下午雨

奇怪的天气,阴历都九月了,按闰月讲已是十月,天自下起雨来,真是哪里说起!天气前几天晴和得如初春一般,可是这两天又冷得和初冬一般了,老年人已是棉毛上身,年青的,夹毛上身也不觉得怎样热,早上上学看见有个女孩子还光着腿,难为她!只可惜这种不畏精神都用在这种对己对人皆无益的末节小事上去了,如用在正经事上,小至于私人,大至于国家社会,所得的利益,又不知有多大呢!可惜一般青年男女都不悟此。文字学沈先生又扯了一堂,无头无尾,兴之所至,随想到随讲,无法笔记。气候阴沉沉的,干凉,中午回来吃饭足饱一气,稍觉暖和,午饭时忽得桂舟来一信,谓华子来信了,其父于九月十二日仙逝。捧读之下,不胜警悼,令人悲痛。我身受痛苦未完,好友又遭不幸,何其造化弄人至此也。饭后立即飞函慰之,书竟。斌突来,穿其新改好之呢大衣,姗姗来迟,旋去,天气冷,穿着虽厚亦不觉暖,持今午在西单所购之贴饼子四枚(斌母欲食,昨日未购着者)与斌母,又与斌母略谈,已较前瘥,坐至三时半归来。出寄华子信,衣少觉凉,午后心神沉郁不振作,天气愈坏,我之精神亦随之而坏,兴趣亦大减,以致不思做何事,阅报后,勉力从事随笔一篇,点《唐宋诗》十五页,心中不知为何终觉不快,天气之影响也。晚来雨声滴滴未停,午得祖武一片,谓津市水已退,但有臭味,一切生活均较前更贵,真感无法谋生矣。今日李娘出门,洋车翻,衣服跌污,幸人未伤。

10月18日　星期三（九月初六）　阴冷

一小时的《唐宋诗》也没有讲多少东西，说了会闲话，还留了两个诗题：一个是《晚秋新雨》一个是《重九登白塔》。诗却少做得很，试一下子，反正好不了。英文一晃过去一小时，听的半不明白。出来在大门口遇见大马被他拉到屋去，又做了他的临时秘书，替写了一封复信给一个燕大的女生叫周思慈，是他的朋友林传骥的女友，来问大马知否林之住址，真是女孩儿，未免痴情些呢！替他写完，一同至东海楼吃过午饭，又至护国寺庙会，大街上绕了半天，花了六角钱买了一副墨镜，真是大头了，不幸的很，最近不知何时将新换的墨镜片和镜架丢了，好友庆昌送我的一副骑自行车用腿卡子，前丢一双，近又丢一个，真是疏忽。午后两小时的"散文习作"，发了一小时的文章，讲了一小时的古文，是韩愈的《原毁》，还容易懂。下课后到陈家问书，已借出，至郑三表兄处问眼镜，亦未遗在彼处，今日客厅整理一清，原来请客酬谢，为其房子奔波。我亦不便久留，遂出，至王家，大姐出去，遂归来。晚饭后，忽困极，遂亟脱衣刷牙，就寝时九时半也。

读韦庄词"夜夜相思更漏残，伤心明月凭栏干，想君思我锦衾寒；咫尺画堂深似海，归来唯把旧书看，几时携手入长安？"令我不禁有感于现在我之处境，也与斌相悦，居处只隔一墙，但正是咫尺画堂深似海也，亦夜相思更漏残也。我有时自觉自己未免亦太痴情些，现在每出门，遇何事物，无论巨细，辄思及吾斌需要否？！不计大小，辄购好以取悦于斌，只斌一人之颜色为是否，他人之言谈不计也，几无日不思斌，而及将来之结果与夫我所处之环境与现在之社会，不禁令我烦闷，但此时我因未念及我之将来婚姻问题如何也！而我每常终日念斌不已，几至无时无刻不思及之，此情此景斌知之耶！？我之所以乐于助其家种种事者，半亦系由其母及弟妹待我甚好，但老实言之，大半仍系为斌故也。连日屡去其家，又无何事，为免人见厌恶起见，今日未过，亦未见斌面。斌母稍感不适着凉，已渐愈矣！

10月19日　星期四（九月初七）　晴，冷，下午微风

八点上课，早起去，穿了大夹袍仍觉冷，至校手足觉微拘，气候渐入冬景矣，一阵秋风秋雨，渐添一番凉矣。孙先生词讲的令人神往，讲的好，文字学沈先生还是爱扯课本以外的东西，一小时讲不了多少东西。上午空二小时和赵君德培在图书馆查书，看《史汉并驾》及《班马异同》，校长继"现存三国以前书目录"后又令作"史汉异同目录"。中午去访桂舟，未在，归校至阅报室后墙上"以文会友"栏内看由国一学生中作文好者露布于是，以提倡之，遍观诸文，"李正谦"亦为其中之一，做的都甚好。自愧弗如。午间又至大马屋待会，二马皆未在，与其同屋谈顷之，至预备铃出。二小时小说史无聊甚，甚悔选此课，一小时之伦理学亦无聊之至，归途太阳已薄西山，晚风拂体，又觉凉意。因今日系五弟十二龄生日，购一纪念册与之，作为纪念礼品，并购稿纸五十张。晚饭食面，饱甚，落叶满地，夜凉如水，秋深矣！

家务仍悬未决，令人思之辄焦灼，一切均大半依其意见，由五姐和七姐出面商妥，而字据如何写法至今未决，不知如此迁延时日是何意也？怪人办怪事，实令人大惑不解！思之，可恨，可恼，亦复可笑，可怜也！

10月20日　星期五（九月初八）　半阴　晴　冷

天气是真冷了，慢慢的来劲呀！早上八点课小风已较上劲了，一天比一天大了，慢慢的顶着往前走吧！大冷，大北风，大雪，大冰的天都在后边呢！我也正预备好了，干一下子吧！和这自然的变化，挣扎奋斗。今日上午只两小时英文，真开快车，这课又要讲完了。中午饭后去姚子靓公寓中谈了一阵子，看看报，吃了些花生柿子，又到大马屋待了一刻，一点半到图书馆去看《新文学大系》中之戏剧集，丁西林所作之《压迫》一篇，相当的紧凑幽默，技巧是好得很。只是一样，内容空虚得很，毫无意义，有点幽默喜剧的意味。先后两小时的新文艺习作讲戏剧，每逢此时，精神辄不振，思困，真讨厌，强打精神听之，末一小时伦理学，简直就是那回事。与小徐（仁熙）一同骑车归家，至西单分手，才到

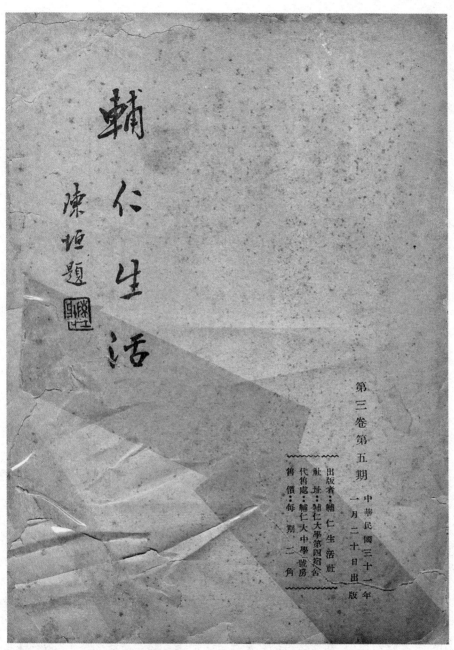

第三卷第五期 中華民國三十一年一月二十日出版

出版者：輔仁生活社
社址：輔仁大學第四宿舍
代售處：輔仁大中學號房
售價：每期二角

1942年辅仁大学学生自办刊《辅仁生活》

生活形色特輯

一個理想的生活，乃從各種生活經驗中體驗得來，生活特輯文章的輯刊，便是企圖從各方介紹一些生活的現象與經驗給同學，不料因季終考試的來臨，無形中給原來的計畫，打了個大大的折扣，這裏的幾篇文章，也許不能盡使讀者諸君滿意，不過相信幾位譔作者的心情，總是忠實熱情的，希望每篇內容，都可以做我們的一面鏡子，平日對自己太不相信的人可以照照，對自己太相信的人也可照照，太悲觀消極的人，不妨把自己的心情從新考慮一下，太樂觀興奮的人，回頭再看看自己也是必要的事，這裏覺得最慚愧的事，是寫我們自己生活的東西太少了，不過在『好壞都不准自己暴露』的原則下，她只能這樣奇裝異服的與客人相見。如果有人看了對她有什麼異感，那主編者願意負任何應負的責任。（編　者）

『生活』在輔仁社區的幾種方式

梓·水·

我願意看到出入在輔大的同學們都是一些文質彬彬的君子，結果我失望了，事實告知我『文質彬彬』實不足以包括我們這個人材濟濟的大學的同學們，本來麼，文質彬彬是孔子眼目中取中的典型，就是在孔門中也還照樣有着『野哉由也』的子路『朽木不可雕也』的宰予，無怪我的夢想終成畫餅了，在這高聳入雲十字架的底下，罩隨了許多用着不同的方式生活着的人們，他們都具有不同環境，來自不同的地方，和不同的人生觀有的好動有的好靜，有的悲觀，有的樂觀。

湊在一塊還都强烈的表現着他們每一個人或是每一部份人的個性所以就造成了種種不同的生活方式，假如要是把每一個人的生活情形寫出來除非是替各個同學作一小傳，那是我所作不到的，我既沒有水滸傳的作者那種傳神妙筆把每位同學寫得維肖維妙，何況我們的同學要比一百單八將要多上十幾倍呢？所以只好用歸納的方法采得以下三種方式而已。

生活在所謂輔仁社區的同學，自然『讀書』就是他們的天職了，楊萬里的詩說『書生將身乞蠹魚』，所以我們的同學裏『埋頭』的也就大有人在了，有的除了講室專神聽講外便是在圖書館宿舍裏大閱其書，他們沒有嗜好，沒有外務，不但電影戲一概摒除，就是公園，郊外都找不到他們的影子——有的半年不出一趟城，數月不進一次公園，雖然比不上董仲舒十五年目不窺園，然而生在二十世紀的現在，也是令人驚異了，他們也許受了黑衣修士們的薰淘吧，除去了讀書以外他幾乎認爲一切都是義務，假若他們的鞋底不磨成透洞，他們的襪子需要買的話，他連馬路上也不屑於一去，有時他會發憤忘食的，我這是忠實的介紹并沒有一點渲染，也許讀者以爲這一種方式是標準書癡，沒準受了『書中自有黃金屋』的迷夢了，但他們一點也沒有，他們有嚴肅的態度冷靜的頭腦把讀書當作精神上的唯一寄託，更沒有『讀死書』的毛病，他們都在充實着自己，認爲

—11—

《辅仁生活》刊登的文章

家不久，斌忽着上衣，独自姗姗来，送来两包，是五姐带给李娘的，谈了一刻，其母亦来旋去。晚上整理新文艺笔记，独坐觉冷，终日流清涕不止。

10月21日　星期六(九月初九)　阴冷，下午微雨

阴冷凄凉的秋风，加着晚秋的细雨，更加倍的显出这古老的北京十二分的清幽。早晨寒冷的刺骨的空气，令人缩颈袖手的感到冬将临了。潮湿沉重郁闷的重雾底空气中，杂在各色的各忙各的人们中。骑车奔往学校去，今天只上午第二时一堂课，但是也得跑去。下课了，顺路去西单沐浴，不意随我进去的是三个日本妇人。在日本男女同浴是司空见惯的事，毫不足奇，但是在中国礼

教之邦,男女嫌疑分明极重的社会中,是引为奇怪之极的事。可是日本人以其本国的习惯,毫不惭愧,毫不觉羞耻或不好意思,大大方方的,见了浴堂就进去。起初报上登着这种新闻,我还不信,不料这次却被我遇到,一时却真令我惊讶呢!可是还好,日本三妇人,被引到雅座单间去,否则我只好让位,到别的澡堂去洗了。因为外边很冷,全身用热水一泡,立刻觉得舒畅无比,慢慢洗完出来才十一点多,洗澡确实是一件舒服的事。午饭后看了会文学,可是不知为了什缘故?近几日每逢饭后辄觉疲倦欲睡,今日亦然,天气作怪吗?!我下意识地感到自己是闹天气,精神立刻不好起来,今天到床上躺一会睡着了,虽然身上盖着一条毯子还是冷。三点半起来,过黄家小坐谈了一会,三个孩子,天真的,无邪的,随便因了一句话,或一种简单的动作,会弯着腰笑老半天,直不起来。可怜我,可惜我的心情和年龄使我再也回不到孩子般的情绪去,而随着他们大笑。黄昏归去,天上又落小雨,讨厌得很没完没了!外面真冷。今日重阳佳节却在凄风冷雨中度过,也未登高,偶忆"遍插茱萸少一人",又为之心怅不已,天涯外各老友不知均安否?近日更不时忆及先父之音容,偷弹珠泪有谁知?父子天性,永世不能忘却!重阳佳节倍思亲,景物依然,斯人不在矣!呜呼哀哉!

10 月 22 日　星期日(九月初十)　晴

时间要是正经做起事情来是感到它走的飞快,现在太阳光晒在身上暖洋洋的温柔,喜欢它多晒一会,只怕它很快地过去。午饭后,开始专心去做校长留的题目"史汉异同目录",前两天下午都有课,回来就快黑了。油灯下,不大好看,而且精神肉体也都疲乏了,所以决定在今天一天做出来,哪也不去,只是上午去尚志医院继续注射第三针完了。《史记》、《汉书》两大堆,比较异同,表很不容易对,令人有点心烦,幸而别的如本纪,志,书,列传,世家都还好找,加上上礼拜在学校图书馆,自许相卿著《史汉方驾》,倪思之《班马异同》两书摘录的材料,增上自己今天的工作,在三点左右就弄完了。可爱的阳光由我书桌上避到院子去了,今天幸而没有风,于是搬到院子里抄写,阳光浴着我的全身,很舒适的抄写,一直抄到五点左右才弄完。事情一结束,心里立刻一轻,不然

胸前老似有一块东西在郁积着不痛快,老不放心,这一做完,精神立刻振奋起来。小弟三时左右,在院中和五弟、四弟玩,至四时许始去,由其口中知斌已去京华参观画展音乐会,因今日为该校十六周年纪念日之故也。回忆去年十一月十三日,亦为该校十五周年纪念日。斌尚在彼攻读,而今年人事两非,曷胜慨叹,不知明年是何情形矣。五时许过黄家,斌尚未归,慧已由公共体育场回来,其母卧床上,慧竟令我为其理发,去短,一时好奇心竟允之,我动手与人理发,此为我平生第一次,尤其与女孩子剪。还好是只去短铰齐就得,胡乱来一气,幸未出什大毛病。一会斌回来,很高兴的谈了一会京华今日的大略,谈了一阵子,天气快黑焉,遂归来,斌借我一本郭沫若著的《落叶》,很小很薄的一本,预备明天就还她,书堆的不少,时间不够,没有余空去看,真是烦的很。老没有去王家了,上礼拜三下午去了,大姐不在家,也没有什么人,就回来了,今天又是预定不出门,所以也没有去。今天还是什么全市中等学校运动会呢,四弟去看了,我也没有心情去看了。

10 月 23 日　星期一（九月十一）　晴和

阴黑寒冷的天气连着五天,今天可觉得暖和一些了。太阳光晒在身上感到十分的温暖、舒适,可是觉得太阳下去得太快,不到五点钟,太阳就要回西山了,偌大的院子竟不再见那可爱的阳光。上午《唐宋诗》,我未做好诗,两小时的校长的"中国史学名著评论",史记讲完,又开始讲汉书了,幸而今天没有留什么题目给我们。午间归来午餐,饭后坐在院中阳光下看书甚舒适,力大嫂及六嫂来稍坐即去。五时许骑车至廖家,七姐一家子全都出门避寿去了。七姐夫主人生日也出去了,扑了一个空,只其弟青哥在家,略谈,吃了一碗挂面点心回来。今日和昭晋(又名爽秋,威如三兄长女也)谈,方知其妹绥晋亦考取辅仁社会系,怪不得日前在小桥遇之。黄昏归来赶晚饭,下午在阳光下一气看完了斌自动借给我看的那本《落叶》(郭沫若著),但其卷首似序的说明中,谓此书系其友洪师武在日时与一日女子相热恋,其女友所寄之信,其友病故,记其出版,印成此册。共计四十一封情书,内容缠绵悱恻之至,完全系由衷之言,大胆热情的尽量的暴露,西洋女子及日本女子,太多是她爱这个人,就完全倾爱情于其身,任何牺牲皆不顾,甚至不要了父母,不要了兄弟姐妹,不要了国家,甚至忘记了自身的安危,只是全神贯注在她的恋人身上,她恋人的安危,健康。恋人用功与否,较之自身更视为重要,但其信中,可知其亦为一好强上进,努力挣扎于恶环境之好女子,火一般燃烧的青春的热情,完全倾在一个异国的青年身上,露骨的,赤裸裸的尽情地表现出其笃爱之深。这种勇气是中国女孩子比不来的,不及于十分之一的,中国女孩子,热情是向来轻易不露的,心中的念头是向来藏在谁也不知道的极严密的心底的,就是实在喜欢,爱一个人,也是不会完全吐露表现出其热情的,一切都似其恋人的木偶一般,只任其搬弄,一点自己的热情不表现出来,知道的,知道你含羞,不知道的还以为你不解风情或是心里并不喜欢,其冷如冰。恋爱本是两方面情愿的事情,如果一方面不高兴,那也没有什么意思,而且打情骂俏更能增进爱情的浓厚,善于说笑的一张小嘴也是最被男孩子们喜悦的,但是不要学得电影化了,太浪漫了也不好。而且电影是电影,天下哪有电影里那么凑巧,那么容易的事情那么多呢,何况美国女孩子实在更不是那样呢!恋爱两方见了面有说有笑方有意思,否则两个道学先生一般正襟危坐的,那又有什么意思,那还不如去学校,图书馆或什么座谈会去研究学问,不比这强得多吗?!男孩子有动于衷时,会抱起女孩子热吻,女孩子也应该会有抱起她男友甜吻的勇气才对,这不过是举其一端罢了!我和斌接吻过,她只是静默的接受,而不知用她的两手,不知拥抱,用力地抱着我,好像一个木偶,一点反应没有,令人立刻不感兴奋甚至索然无味呢!中国女孩子,不是没有热情,只是怕羞,不肯显露出来,只是隐藏着!真是不该的,没有西洋女子勇敢。爱这种天性,应该无阻碍的尽量发展表现才对,用她的颜色,表情言语或动作都可,女孩子们看见了我这段对不?!

10 月 24 日　星期二(九月十二)　晴和

昨天和今天,天气算是暖,中午的阳光分外的可爱!上午满堂四小时,和小徐一路归来,因为自行车后挡泥板折了,到车铺换了一个,耗至午后一点才到家,吃完饭都快两点了。昨夜一时兴之所至,看完了郭沫若的《落叶》,随即写了一篇,大意是说外国女子大胆热情,中国女子有热情不显出来,看《落叶》

的女主人公多热，拼了不顾家庭不顾了父母兄弟姐妹，甚至不要了国家，忘记了自己，去专心一意地爱她的恋人，暗含着点讽刺斌的，夹在书中今早送还她，她尚在梦乡蒙头不醒呢！出来紧跑到学校还差十分钟，后来心中后悔，又不知那篇胡乱写的东西，对斌起了什么反应？所以饭后，大略看了看报就过去，又有人去看房，斌穿了一件长袖的蓝布大褂，更显出另外一股子妩媚劲来。她在弄一个镜框子，相视一笑以后，好似因为了那一张纸倒引起了二人间一层薄薄的隔膜似的，相对无言，我也只好去找出昨今两天的报，坐在一旁看，她也在对面看画报，不搭话，我也没有什么说的。这个可算是我自己的缺点，当面有时不会想点什么话来谈，是一大失败处，如此静默的保持了一个相当的时间，我不觉心中起了一点轻微的不快，想什么方法来打破这个沉寂，还是由画报上起始，她叫我过去看什么，如此便有一搭无一搭的，又聊了起来，但是终觉得有一点不自然似的，她又说她连日尽做梦，告诉我梦见过我两次呢！梦境神啦，于是她又天真的笑个直不起腰来了，空气又为之松了不少，胡扯一阵子又归无聊，不一刻宝贵的时光飞一般过去了，小弟，五姐相继归来，斌又讲起她将来理想的家庭布施，什么红砖砌的小楼，家具如何如何，别的如何如何，娇憨可掬，令人爱然恨然。但是说她天真的幻想可以，若是说她女子虚荣心的表现也可以。但同时我立刻想到了"人要知足"这一句话及《落叶》中有一句"如果对于什么事情都含有不满的心，那就是罪恶的根源"。这真是一句名言呢！乘空又把那张纸又从书中拿回来了，斌知道也没说什么，我想那上面的言语也不过在斌是过眼云烟的一瞥罢了，她不会在她脑中留下些什么痕迹的。五时归来，一个大半的下午又消磨在她面前，没有看什么书，也没有做什么事情，只是心中感到一点轻微的悲哀和失望，不知是为了什么!？精神似乎是受了什么刺激，迷惘中好像看见别人，另外一个不相识者，在和斌拥抱，亲吻，抚摸……，享受着斌一切青春之美，用力捶自己几下，不要往下再想，脑子要裂一般的难过，怕再重现这个幻想，将来难免实现，那我未免太悲哀了，那我是否承受得起这个刺激？我不知道，突然间精神好像几夜没有合眼似的疲乏，卧在床上，和衣休息了两个钟头，又爬起来做事情。

黄家三人，我现在要下一点简单的批评，时时有天真的动作和言谈，是不可讳言的，不可遏止的大笑，有时会使你茫然不知所措，不知为何，你莫明其妙的表情,会更加增了他们笑的原因,而一时不能停止,个性自由发展很无阻碍,有时言谈动作,趋于放任,不拘,有时会使别人感到是没有礼貌而惊异的,或有时令人下不来台的,但都是随便一说的。而他们说时并没有含着什么恶意的,唯一的原因,仍是他们天真未泯,人情世故,所知无几的缘故。但我为了什么就爱上了"斌",但至终我没有向她说过一句爱斌的话,她的家庭,学问,人品等哪一项是我所认为值得令人敬仰的,我不知道。但只是爱了她,将来怎么样现在想不到,我曾这么想过,把我第一次可算初恋的纪念事迹写下来,保存起来纪念,确实为了斌。我也损失了一点,消耗了许多时间。别人的闲言,母亲的不满,误了家事的接洽,金钱的消费等等。虽然这都不是一天两天所换来的报酬和结果,但我最大的损失和消费是我自己一部分的心机和精神曾花在斌的身上不少,我现在觉得有点得不偿失呢! 是斌那种不即不离的劲,令人难舍呢!? 还是斌长得美呢?(可是漂亮好看的女孩子我看见的也不少!)还是我痴情,是呆子,斌却有时能令我神魂颠倒梦魂忆之,寤寐求之呢! 大半是我自己太呆了吧! 有时真会想到她,无时无刻不在心中,无论做一件什么事情来都会联想到她的,脑中总有她的影子在那晃来晃去,丢不开,这般痴的我,她可知道!?

10 月 25 日　星期三(九月十三)　晴和

　　冷一阵子,热一阵子的,天气这两天又慈悲起来,太阳暖和得很,只是一阵子,也觉得一会工夫,太阳就回家了,黑得那么快,我觉我自己太笨,太不会支配时间了,每天有好多事情,东西没有做就黑了,就晚了,又要睡觉了。我还有一点不知道怎样的教四弟五弟念书。近两天更奇怪的是,许久不犯的毛病又犯了,一吃完晚饭就发困,迷迷糊糊的起来,再做一会事情,睡觉精神太坏了!也不知是为了什么,今日晚饭后过九姐家去看看她,听说她不舒适呢! 可是已经好了,和伯津胡谈了一阵子,家事又搁置已久,不知大哥所居何心意也! 思之烦甚,晚饭时,斌突悄然来,等我吃完洗完脸,稍坐即去,送来一本《前路》借我看。

　　今天一天我的精神都不大好,脑子里想的乱得很,是环境与我苦痛的印

象,还是今天下午做了两篇文章脑子需要休息?! 我想还是前者的原因成分多点。近来脑子里想的事情,反映出来的事务愈发复杂了,搁在脑子里久了一定会头疼的,写出来了,也许会好一点! 在上课,在休息的时候,在同学的谈笑中,在默默独自奔驶的长途中,都不时地想到种种问题,想本是毫无次序的,为了便于记叙起见,稍为整理一下记出来。总之脑子想来想去,结果得了不知多少的问题,种种都是问题,将来的,现在的,我不知道的,不能解决的,悲哀的人生观,今朝的酒资又何从出呢? 现在……? 将来……? 暂时丢开,又想起来别的,为了今日去多日未去的王家和庆华大姐谈了半天,使我又连想到了友谊方面去,又回忆到小学去,当初的几个好友如李荫余(友鹤),庄余(季周)兄弟二人,杜林鲁回老家无信,前者兄弟二人,回南即无消息,不知何在? 刘藻如,蓝兄去西方也无音问,光宇和祖武等都在工商,见面机会太少了,光宇已有两年没有会晤了,只是凭着一纸书信互相通讯而已。华子也远在异域,新遭父丧,大不得意。啊! 亲爱的父亲呀! 你给我带走了无量的幸福,今后的母子数人的安危,和不知多少的不幸和困难都留下了由我一人去负责,去奋斗! 但我只希望不会辜负了我的国家,不会辜负了我的母亲,亲戚朋友和我自己。父亲啊! 你想不到你故去以后的长子是如此的待我们母子几个人吧! 但我这些话又应该向谁去讲呢! 我大学生活是否能够令我安心的,专一的渡过而到毕业,经济能否支持我们只吃到三年末? 是一个问题? 实际讲起来,国文在中国处处都用得上,只是很普遍,人们不觉得罢了,学已学了二年,改也不易,而且也不容我改了,这且不提。再就是两个弟弟一个小妹的教育问题,这也是令我皱眉的,回家来应该怎么教导他们,才会令他们翻然悔悟,自动努力求学不再贪玩。还有,现在是收入无几都是别人帮来的,可是用出全无预算,花了,就花了,没钱了就着急了。娘是一点打算没有,每天也为了我们做了不少的事情,说了不少话,着了不少的急? 大半都是不切要的,不太重要的,应该节省的,不知省了应该能利用的,不知道;应该整理的,做的,不晓得;应该鼓励刺激的,不会讲。只是一味蛮骂横打,这种教育法,显然的对于弟妹身上的反应是没有什么效果的,而且安慰温和慈母般的爱意表现得太少,许多自然不能怪母亲本身,也是她自己幼时缺少受教育的缘故,这应该去归咎于当时社会制度的不良。我自己也太无用,每天也不知好像做了多少事情似的,时间老不够用,一转眼就黑了,什么事也没有作,连看书的时间都没有,真烦透了!太不会支配利用宝贵的时间了!

10 月 26 日　星期四(九月十四)　晴暖

一上午老早跑去学校,因为晚了一点,跑出了一身微汗,一小时的词,第二小时等了半天,方知道沈院长请假了,还有五小时才上课,决定回家去,又孤独的跑回来,真是来去匆匆呢!在上斜街遇见了去打字学校的斌,又穿上了那件我认极富诱惑性而带弹性的那件黑白格薄绸长衫,上罩了一个毛衣,风姿绰约的对我嫣然一笑,四目深情相视一笑中过去。本来昨天没有打算看见她,谁想到那么晚了她会过来,今天也不料在街上看见。到家以后搬了张椅子放在太阳光下一边晒太阳,一边读书看报,近几天好天气,我老想着这么做,太阳晒得舒服得很,一直看完了一节"抛弃",《前路》中的一段,午后又跑了老远的路去学校。小说史不大起劲,只是爱困。一小时的伦理学,抄了点笔记。本来今天预备去芮克看电影,可是后来决心省下这几毛钱不去了,"克己"的功夫慢慢训练,下午归途在西四遇见燕垟和庆成。天气黑得快,五点多已是近黄昏了,在院中还没有看完多少书已是黑了,斌母来稍谈即去。六时许,西院只小弟、四姐二人出来上供,拜完,吃晚饭,在油灯下一气读完了一段"清算"。脑子乱得很,这篇写得有点乱,眼睛也有点累,卧在床上休息了半晌,爬起来写了日记就睡了,什么功课也没有做。

10 月 27 日　星期五(九月十五)　晴和

报载热河大雪深一尺二,而北平连日天气晴和,英文先生宋致和今日忽然声明下月起彼即不教我等,而另请新先生,不知何故?虽无什特别好感,但是一年多的师生关系也有点依依惜别呢!正是人生唯有别离恨。午前看完了一本《前路》,这书是斌前天亲自送来的,内容系五短篇,虽名为小说,实际只有两个短篇是用小说体裁写的,其余三个都是日记式,通信式的,"抛弃"我觉得写得不太好,"清算"有点乱,女主人公自己爱上了另外一人,而其所爱者又非

了解她的人,爱的是丈夫的朋友,而还要写信去告诉在狱中的丈夫,未免太难,且爱上了一个不了解她的人,也未免太糊涂。既然破裂,以后再爱,更有何必又守什么爱的信誓,内容未免有点矛盾。"梅姑娘"一篇平凡,"给S妹的一封信",内中颇有惊醒女同胞之处,宜细读个中语味深长处。"林娜"一篇,我认为此本中较满意,结构可称"简洁",虽不长,故事不繁复,但是内容是很感动人的,写的也相当的生动,有点像成心。中午又去姚子靓处看会报,大马不在屋,大概是去护国寺了。午后三小时,五点和小徐一路归来,西单分手,晚得华子兄一信,心中又为之怅惘。津市闻又涨水七八寸,不知祖武庆华等如何?

10 月 28 日　星期六(九月十六)　冷,晴先,后大风至晚

只是一小时的课,真没劲,也得老远的跑去。文字学下了以后,去看了会报,归来已是十时半,顺路到郑家去坐了一会,出来又到东斜街三号张宅,寻到厚沛,略谈了几句,近日他又不舒适了,终日闷厌厌的,未上学,在家,无聊之甚。分别后到西单理发,大风天真讨厌极了,满处都是土。先后看报,择录《前路》一段,三时许送书还斌,都出动了,没有一个人在家,这天还出去,我想或者是去中央看电影了吧!回来无聊得很,于是去王家。王贻也在那,谈笑半晌,冶华小孩等和王贻玩笑,大姐真忙得利害,一边说笑一边还要念英文查生字,听话匣子,不觉已黄昏,要走,又留我二人在那吃饭,磨蹭半天也到底是走了。可是已经黑了,大风天吹得有点凉,可是只穿一条裤子不觉得冷,不知何故?自本礼拜之起,即未过黄家,老去太惹人厌,自己都烦了,去了又没有事情,干坐着多没有意思。昨和今两天没有看见斌了,今天刮风天气又变冷起来了,真烦透了。以后老刮风,顶着往北,真够瞧的,两天来天气稍和,跑到学校常出一身微汗。天气之中我最讨厌,最怕的就是刮风,一则满空中都是尘土,弄得空气坏极,满身都是土,污积得很,而且出门骑车骑不动。次是下雨,下雪比较好一些,如果天气不冷,不化,我倒有点喜欢下雪呢。

10 月 29 日　星期日（九月十七）　晴，有风，凉

贪睡的我。八时半才起来，阳光照着在书桌上做事情，精神也很快乐。进冬以来，我见了阳光就高兴，黑了精神就不好，于是作了两首诗，是唐宋诗，储先生出的题目，一个是《重九登白塔》，一个是《晚秋新雨》，因为心绪不佳，所以迟至今天才做好。我向来不会作诗，也不作诗，也不知道平仄对否，明天拿去让先生去改吧！十一时左右，到刘家去小坐，早就想去，老没有工夫，也不知自己都瞎忙些什么事情！小刘在家，昨天下午他又和金去真光，于是和我谈了半天"love Affair"之本事，又谈了些别的事情，同学的，学校的，山南海北的神聊一气，很是痛快。一直到他家开午饭我才回家，留我在那吃饭，未在那吃，因为家中吃饺子，一直到两点左右才吃完饺子，因为蒸的没有吃的快。我总认为天下事最快乐的只有很少数几件是真快乐的，自己最想做的，一旦实现了，心中十分痛快。和几个好友知己痛快地无忌地畅谈一切，也是真乐，任性的游赏大自然的美景，月下谈情，或是听幽雅的音乐，及给它来个雪中赏梅（这未免有点诗人的味）。可是现在我的好朋友，老友，知己，都走的走，不在平的多数，有时烦闷起来真不知上哪里去的好。秋风多肃杀气，令人起不快之感，更生感触，昨日去王家待了一刻也是无聊，不知为什么，有时我觉得处处都是无意思的，而且各种事情都是不顺心，不适意的，太烦恼痛苦了，有时自杀的心都是有的，三时许过黄家看看，五姐出去，斌母和斌都在拥被高卧，和小弟三人大说大笑，尤以斌笑得最厉害，声闻户外，几达二十分钟之久。这种空气是和谐的，温暖的，欢乐的，天真的，但是不知为了什么，当时我也不知道在什么样心情下，不惯于在这种空气下待着，遂避在外边来。斌说她昨晚二时许才归来，别人送她回来的，还吃西餐，昨日下午她去中央，果然被我猜中，还不给我讲，不知王中华早就在昨天给我讲过了，心中好笑，可是我曾给他们讲过许多电影故事。去玩，吃西餐，晚二时归来，问我知道不？我怎么会知道？我如果说这个给她听，她一定会说，告诉我干吗？知道你去玩了，你吃西餐了！她昨天一定又是去东城什么姓何的表舅家去了，或者去一个外国人家去参加什么茶会或跳舞去了，一定的，没有别的去处，她那样子，是希望我问她，会增加她几分

北平日记

的得意与骄傲的,可是我无心去打听别人的杂事或秘密,懒得问她,她似乎有点不高兴呢!如疯如痴地,大笑大嚷地闹一阵子以后,到安炉子的来了,才安静下来,我也因无什么事就回来了。到家以后,不知为了什么,心中十分的不快,坐立不安,觉得今天的斌,不是平常"我的"斌似的。一时起憎恶她的心,但不一刻就消灭了,其实那个什么姓何的,简直是个外国遛一趟回来的破玩意,有什么好处,只是他有机会,领着斌去看看跳舞和见见洋人罢了!少女的虚荣心战胜了一切,就美得不得了。不知那姓何的和她的表舅多好似的,在她谈话中一提到就显出那种表情来。随手写来,又是不少,又是发感慨的废话了,回忆起有一天陪她去西单买东西是步行来去的,我以一种不知什么力量答应了陪她去,在半路上又有一点后悔这次出来的多余,她所要求我的都很爽快地,慷慨地,迅速地答应她了,一切能尽我力所能及的,想得到的都帮她的忙了,替她办了,可是我要求她的太少了,答应我的更少了。那天归来在西单突然她遇见了那个什么姓何的了,出乎我的意料,我若早知道决不和她出来的。我先走过去,偶尔低下头来,看见她和姓何的在握手,我心中立刻有一种慕名的不自在起来,虽然我也知道她和姓何的是什么关系的,但我又和她是什么关系呢!?但我终是心中感到不快,十分的不自在,虽在极力掩饰中,但当时由我强忍的面部表情和一路上沉默的态度中可以看出,去时我到了大街上,忽然不知为什么忽然感到不自在起来,老怕碰见熟人和亲友,一种莫名其妙的奇怪的心理,当时有一种好像做了什么坏事怕人发现的惧怕心理。走回来的时候虽是由她自己主动地告诉了我那个男子是何以后,心中终不快,而在城门口时,又告诉我以前因追她曾冒昧去她家而被她骂出门的一个她的小学同学姓吴的,在去时和回来时都遇见了。以往的事,她的风流艳事和我说什么劲?骄傲于我吗?那天的心情一路终是闷闷的不快,至今想来,尤有余恨,真一想起,不愿再和她手握手了,想起《前路》中一段话是"虚荣心,金钱,奢华,享受,……引诱不知多少女人的意志动摇,肉体堕落",我觉得斌虽只是一个十七岁的少女,也正是开知识发青春的时候,由平时的谈话中,可知其是虚荣心很大的女子,在这个社会中是很危险的,可是时常是"当局者迷",又该怎么提醒指示她呢!?"爱是伟大的,其力可以打破旧的封建制度,可以牺牲一切……"(《前路》一段)从前尚有和斌结合的可能性,但是至今想来,"如果"斌是一个好虚

222

荣享受物质主义的女子,那就一点希望都没有了,为我自己悲哀,为她自己危险担心。也许是现在爱她太深了的缘故,故而责备她,太多太爱她了。(有时自己问自己为什么爱她? 无条件地爱上了她? 爱她哪点?)所以才不愿意她和任何另外一个男子接近,因她告我愿意加入美国籍,羡慕美国女明星的生活,爱学跳舞,自然在现在都市中生活的女子,能不希望上面的三件太少了,从良心上说。但是一个人从小长大变化甚大,我惟望这些虚荣心,物质享受的奢侈观念是斌变化中的一个过程或是小孩子一时的幻想、希望和好奇心罢了(我只好现在这么安慰自己)! 我承认我和《流莺舞蝶》中说的一样,我只能供给我女友以精神的安慰,物质的享受我力所不能及也! 但这年头能有几个这样的朋友呢!? 总而言之,今天过黄家去弄了一身不快一肚子烦回家,真不值得,虽是仅仅和斌谈了几句话,已经够我受的了。回家来,烦得不得了,感情一冲动,真不容易制止,压抑下去理智一时支配不了,我真是一个富于感情质的人! 心中乱极,痛苦极了的时候,走来走去,什么也做不下去。五时多天就黑下来,这种自然的现象都触怒了我似的,也不对了似的。想起为了斌,消耗了我自己多少精神,至今想起来,真不值得。看我的日记,可以晓得我是那么爱着斌,心里乱极了的时候想抱着一个人大哭一场才痛快,可是欲哭又无泪! 有时觉得对自己的弟妹,还不如对斌周到温和,自己常觉得对不起他们,而他们时常反而对我很好,听我的话,我更觉得惭愧,对不起他们了! 我应如何疼爱他们!

晚饭后因家务悬而未决令我心中紊乱异常,写信一封与林笠似四兄,报告近况,并写一条与大哥,催之办,看其做何答复,真真是岂有此理! 太浑!

10 月 30 日　星期一(九月十八)　晴,微风

昨夜躺在床上了,又后悔起来,写了那么多废话做什么? 又有什么用? 无聊得很。近来因了种种恶劣的环境不如意的事情,有时弄得心境悲伤得很,心灰意懒得很,有时心烦起来,坐立不安,满心积怨,无处发泄,要向一个诚恳的倾诉,可是又有谁来听呢?! 我又能向谁说呢? 见了什么都不顺眼,想起什么事情都不顺心,心头满满的,要吐,又没有东西! 说不出来的那么一种难过劲!

充满了无聊,愁苦,烦恼,苦闷……等形容词都写出来,还要加一倍的坏心境,如此折腾了半天,才会慢慢地消沉下去。昨日下午又犯了一阵子别扭,结果发牢骚在日记本上以后,心头方觉稍舒展一些。为了斌的形影,无时无刻不萦绕在我的脑中,无论我什么时候,都很容易地想到了她,一天两天不见着她时,尤其思得更厉害一点,虽是住得这么近,打开了那个门,就和一家也没有两样,我记起韦庄的一段《西溪子》来,字面正是我这般心情呢!兹抄录于下:

夜夜相思更漏残,伤心明月凭栏杆,想君思我锦衾寒;咫尺画堂似海深,忆来惟把旧书看,何日携手入长安?

上词我曾抄之给斌看过,在看完《落叶》以后,写了一篇随笔似的杂感。我后来又拿回来了,不知她看了以后心中起什么反应?可是我觉得有点白费心思,白费力量,对牛弹琴,全无所动,不免大失所望呢!想起来,又好笑,又好气,有时斌斗我,气起来,真是十分难过呢!她一时高兴,可不知道别人那份难过劲呢,真能有时气得我三日不知味,不安枕席呢,也是我太爱动感情,可是又得说回来了,斌说得好,生来就是如此吗?又有什么办法,所以想起来,恨极了斌,可是又想到有时斌待我特别亲热,对待我异于别人(?)有时温柔蜜意,却也够意思,一有什么事情也爱找我(当然不是利用我的意思,我自己承认),一颦一笑都有意味,想起那次陪她步行去西单购物,归来我扫兴得很,本来预备不再去她家逗留,一直便回家。可是到了那时又禁不住她那可恨可爱的小手那么一招,于是我便身不自主的,腿突然行动挪步进了她家,进去以后又后悔,已是不及了。还有一次,我本不想晚上去她家吃包子,可是她母非留我在那吃,但这也不能摇动我不去的心。临行时,还是斌在屋门口,远远向我那么一招,于是决定一会再去,并答应了她,心中感到十二分的得意。那时我出去了一刻,她还跑过来叫我呢!计算她跑过来叫我去她家吃饭,连前是有四五次之多,待我不算不厚了,又何必因她前夜去玩而不高兴呢!想到这个,于是又觉得"我的斌"(不太肉麻一点吗?)是那么可爱的了。所以说,斌可以说是我恨她又爱她,真说不清楚怎么样才好!

今日上午两小时的中国史学名著评论,校长又留了题目作,真烦。午后在院中坐看书,不一刻曾泽来,稍谈遂分别带小妹五弟去中央看电影,名字是《天外天》,虽大半系科学理想,但中心很多不合理处,迷信处等等,遇四弟与庆璋,归来孙翰忽来,谈顷之,曾泽与孙翰在黄昏时分别归去。晚饭后斌母忽来谈,半晌始去,今日未见斌,也懒得去,去亦无事,又不知道其在家否? 又无什可谈者,沉默无聊更不合适不是!? 我自己真恨我自己,太笨,为什么不会找些话说呢?! 而且谈的资料尽多,又不必讲些什么学问的话。英文先生宋致和辞职他去,我班功课改由何神父教,移了钟点,与我们选科冲突,正不知怎么好呢?! 真是讨厌得很。宋致和认得蒋兆和,还大概不太生,宋是美国籍的人,其祖即在美,幼生自火奴鲁鲁,其父仍在美,不久将归国,此系听自周理良君所言者。

10 月 31 日　星期二（九月十九）　晴

　　四小时的课,很快地过来了,沈老板的课始终听不明白,讲得太乱,简直是记不了,烦得很,这门功课。校长昨日又留了两个题目,心中又添了一件事,真腻得很,无聊得很。午饭后因为心中惦记着斌,顺路买了五分的花生,兴高采烈地找她去,希望她能和我畅谈一阵子,稍慰我心,以解寂寞。谁知到了她家,正好她打扮得齐齐整整,推着车子出来,要出门,于是立刻把我满腹的高兴化为乌有了,只略谈两句,要回《赵子曰》,预备还小刘的,就分手了。提了一个书包,里边装了似乎是几本画报,还别人的吧!? 不清楚,的确现在她也有处借书来了,还借了不少呢! 也不必我日夜费心去替她借书看了,她骑车走了,我失望沉默地拖着沉重的步子回家来,才到门口,突然斌又折回来了。告诉我说,四时许令四弟去她家,谓姓张的去她家呢! 小孩子的脾气还未改,漫声答应了她,看她那自然的,娇憨的神气,令我是又恨又爱,哭笑不得呢! 归来,想起她出动,不知上哪去? 不能和我一块玩和谈笑,我是十二分地失望和不快,不知她连日竟忙些什么? 骑得还挺快,忙什么? 我真糟,真是一往情深解不开了(其实她出去,我也管不着)。二时左右天空偏飞过日机四十六架往西去,不知何往? 心中又是一烦,在院中走来走去,在屋中也如此,坐立不宁,不知到底干什么好? 心里这份不快和烦恼劲就甭提了! 斌能否与我以安慰我不知道? 只是连着三四天来,我无一天精神是不纷乱的,真真说不清一种什么理由。我自己未免在这方面太热情了,太感情化了,太痴了一点,太颠倒了,太呆

傻了,旁观者看来一定会笑掉大牙的,可是冷静下来以后,自己想想也是太那个了,何必?可是那时的心情确是一种神秘的问题,一种莫名的、一时理智支配不了的力量分布在全身,在每一个细胞中,只是觉得心如火焚,万物塞住一般的,闷得难过之极,觉着任何事物都不顺眼,都无意味,都无希望,觉着念书有什么意思,出去应付事故人情,现在所学的一点也用不着,什么都不会做,一切宇宙的事物似乎刹那都与我无干,厌恶愤恨屏弃了一切,恨不得那时最好死去以摆脱,忘掉一切使我苦恼几乎近于白痴疯狂的力量,我到那时才领悟到了为什么有那么多失恋者,悲哀而去自杀,我在此时才不会再去笑别人的懦弱与无用,却是一种不知名的力量使他作如此选择。在某一种情形下,情感不起反应,则简直可以说不是一个人了!我成天记念着我心中可爱的斌,可是她可知道我的苦恋她的心吗?看她那情形恐对我未必有我一半热呢!这就难说了!有时恨起我自己为什么这样软弱,因为斌而使我如此苦恼了自己,因之今晚上什么事也没有做,很早就休息了,听说快黑了的时候,她尚未回来!

11 月 1 日　星期三(九月二十)　晴和

30 年代的天安门

公教八大瞻礼之一,辅大放假一日。疏懒的我,上午九时左右才起来,天气好得很,精神稍觉爽快一些,但是心中多少终是不快活,总是因为没有见着斌的缘故吧!唉,斌真要占据了我整个的灵魂和精神,她没想到她现在竟能影响到我至如此之巨吧!?看完了报,大致写出校长命作的"汉书卷数考"一文。要想去小刘家走走,看钟已是十一时半多了,只好打消前思,心头的斌,终是丢放不下,令我终是不快。平日搬张椅子在太阳光下看书感觉很快活,今天也觉得不舒服起来,午饭后闷极,坐在院中对着这么好的天气,更觉无聊,心中既是读不下书又看不下去什么,再不出去走走,也太对不起这么好的天气,一点云都没有。几次三番,想过去看斌,见了面我又没有说的,去了也无什么籍口,没事老往人家跑,也不像话,万一小姐又出了门,多尴尬,多冷,多无意思,多失望,多烦恼,结果还是暂时忍耐在心下吧!二时许骑车出门,随意行来,到了王家。今天弼也放假,进去一看,王贻也在那,谈笑了一刻,弼带她妹妹去沐浴,我和王贻一同骑车信步行来,毫无目的,本来我想去真光。现在无伴,也懒得去,王去公共体育场看赛足球的,我则没那大瘾,到了公园一时兴起,购票进去,游人不多,另显出一派肃杀之气。秋天,一个人来公园,真是有点煞风景,可是如果没有这个什么奥亚美术展览会,恐怕还没有这么些人去呢!画倒是不少,国人作品多大幅,高逾寻丈,中外作品亦多精品,在新民堂中有一幅画题名《溪情胜迹》马起鸥画,福建闽侯人,住旧刑部街乙六十四号,画得很好,另有一派风味,不知为何单单此幅,上有一片写得作者如此明白。一人随意所之,信步欣赏,倒也逍遥自在,只是会场分三处,董事会、新民堂及水榭,看完前二处,再跑到水榭,因为已过了法定展览时间,四时,已经关闭,只好在外边窗户上看一下罢了!画看完,公园中也没有什么可以值得留恋的了,回来买了一只小字笔和这本日记本子,今日一日未见斌,不知她在家否?做什么事?今天本想去国文社平面书馆,后来也未去,现在想来又后悔了,为什么不去?白放了一天假,书也未看多少,晚上饭后又犯困了,结果是又不算晚的去休息了。我这人自己也觉得自己不大好,就是有时想起泓对我不坏,可是我总爱给她冷板凳坐,又是好久没有去信了,一失掉了斌的亲近,就总是又想起了她,这不是不对吗?对不起她的心意吗?可是那又有什么法子呢!?不爱的人,强要去向她谈情说爱,那是太痛苦了!可是心里爱的人又不能如意的亲近,将来的希望更少。现在先不提将来吧!人生总是这样没有顺心的事,什么事都要别扭别

扭,也真是造化小儿得意之处吗?

11月2日　星期四(九月廿一)　上午晴,午后阴

明天背词,今天临时才说,我平仄还不大清楚,将来填起词来却是麻烦,说出去,国文系二年级了连平仄还不大清楚,也是个笑话。今天朱泽吉君说他费一天半的工夫,看了卅本的《玉函山房辑佚书》,人家假期没有白过,我算干吗吃的? 上午两小时空堂到图书馆看了半天,才看三本,午饭后,到大马屋稍坐即出,在教室看《中国小说史略》下午头两堂即是这门功课,先生讲的不起劲,一堂伦理学在笑哄声中过去,一路疾驶回家,已是近黄昏! 街上电灯都亮了,晚饭后看报,并一气背下词十五首。今日心绪,因为有了事情,比较安定一些,可是不时的还是想起斌来,真是没有办法子的事,尤其是睡前醒后,不是想起什么不好的幻念,乃是抬头便看见了挂在我墙头的画来,不由的就又联想到作画的人来,而且我盖的被褥,面上的花样,会和斌所盖的一模一样,无巧不成书的。我因冷了,又拿出一张盖在上面的是一床大红的绸面子,可是又与斌相同了。这上帝也未免太捉弄人了吧! 这又是什么意思呢?! 所以一看到睡的被,想到和我用同样被的人来,真是没有法子,极力想不想这些,忘掉一切,可是又哪里能够呢,斌又记在我脑中,是那么清晰呢! 除非搬家不见面,那又哪能办得到呢?!

11月3日　星期五(九月廿二)　晴

昨夜费了半天劲,背下了十五首的词,今早幸而叫了我背,可是只背了一首,太少。下礼拜五要写作,这可不灵通,上午三小时空堂。因为要看《玉函山房辑佚书》,所以也没有回家。看了两小时"以文会友"栏,中有女校的贴了几篇,以张秀亚最为出色,而先生之批亦未免太捧得厉害了。中午饭资又是四毛大洋出去了,真没办法,大胃的人吃饭,还真是不敢放开量吃。饭后阳光很好,在大操场散步于阳光下的很多,我却寻了一个桌子上坐着看《酒场》,看了半天,始终提不起我对这本书的兴趣来,虽是世界大文豪法国大作家左拉的名著,也许是译本,不合中国人的风俗口味的关系吧!里边有许多句子的构造和语气都有点别扭似的。大马明年夏天毕业了,现在很忙,每天中午一点,就去做试验了。据大马说以后只两门功课很清闲,可是始终看不见也不知他老上何处去?也不在屋待着。明天是什么化学系的联欢大会,又联络女校,不知又怀的什么花招,恐怕日子长了终究男女校会产生点比较密切的关系。后面新盖的大楼据说下礼拜即可上课。英文宋走后换一外国人何神父,上课钟点与礼拜一校长课冲突,有人改选,教育系的可是礼拜二下午第三时才有呢,讨厌。午后《新文艺》要作发一份独幕短剧《父归》,日人菊池宽作,内容相当沉痛,含有多数问题,如教育问题、社会问题、恋爱问题、父子责任问题、家庭关系问题、婚姻问题、权利义务问题等(田汉译)。甚是感动人。同学周君理良,英文不坏、喜欢绘画,对于画学颇有见识,亦深嗜不懈,将来必有成就之日,与予同坐听伦理课,论及绘画原理、方法,娓娓不倦令人可喜,惜我无此天才,否则定当一试也。课后五时许归来,冬日昼短已近黄昏,而四弟尚未归,五弟亦荒嬉,心甚忧然。此二弟不知读书,百端劝解不听,殊令人气愤不已。晚饭后,训导半晌再观后效如何?

11月4日　星期六(九月廿三)　晴

近来几天,早上和晚上骑车跑来跑去,都弄得微微的一身汗,觉得有点热,只是穿了一个夹袍和绒的上衣而已,中午不阴天太阳照着更暖和,到了晚上又凉起来了,我真不喜欢冷天气,还是热一点的好。上完第二小时,中间空一堂,到图书馆去看《玉函山房辑佚书》引用书目,得费许多时间去看。不,去翻去抄!这是有点无聊,可是校长偏要你做吗?没有法子,谁叫我选了他的课呢?英文先生换了一个外国人,何神父,很年轻,只三十左右吧!活泼得很,处处有点犯机器似的多动症,神得很,会一个个的叫你读一个字的音,面部、身上、手上,一切都极善于表情,说的话太快,听不大明白,好似看活皮影一般,同学大半摇头,讲书只是说些不易懂的单字就算过去了,没有法子。我只好转系听讲了,下礼拜到教育系去受课吧!午饭后正在洗脸,突然斌来了,穿着一件有点红里发紫的毛衣,还我一本书,我正想去看她呢,她反先来找我来了,谈笑一阵

子,至二时许她走了,我想待会再过去,所以也未去她家,搬了一个椅子在院子看报,还没有到十分钟,突然多日未来的慧来了,说"三姊叫你过去,并且带上那本《娜娜》",我听了很奇怪,我连日几乎有一星期没有过去了,懒得过去的原因是因为斌常不在家,去了多没有意思,忽然叫我过去,不知又是什么事情,我拿书过去。可是慧却去力家了,我到她家一看,只有她一人在家,刘妈出去买东西,大概是害怕或是寂寞,令我去和她作伴,这时想到用得着我了?只是我俩人畅快地谈笑着,这个那个的胡聊一气,她那有一本《中国的文艺》,据她说是人家送她的,上边倒是有个赠阅的印,实在不?另是一个问题,因为她时常以我是个大活傻瓜似的取笑我,骗我!我当真是个大呆子吗?但是多么坚强的男子,在他陷入了爱的氛围中时,常是显得软弱似的,那么言听计从似的,她就时时以我这个弱点来向我大开玩笑。她今天又和我大谈其在京华时和男生等胡闹的事情,什么抢糖吃,抢袜子等等,被人倒锁在屋中等等,我嘴上不便扫她高兴,可是心中却大皱眉头,终于忍不住了,说,这未免太不像话,令男人们看不起,太差劲,朋友的好坏,是真有莫大的关系。她又时常提起李铮来,李铮是一个京华音乐系的男生,还漂亮活泼,他妹妹在中央广播电台做什么事也不大明白,总之是关于音乐方面的,李铮由他妹妹处学会了拉很少人会的一种叫乐钜的乐器,又提了许多别的人。不知是我小气,还是一种无聊的醋意,一听到她提起别的男人的名字,我就从心里不自在起来。后来她母回来了,又出去一趟回来,斌等和我大谈起夔来。夔这人我从前不大明了他的人是怎么回事,后来在一学校了,由于自己的时常接近,和同学们的批评,才知道他的为人。他的较差的品格,同学们大多都看不起他,有时令人笑话,看不起的小气和少见多怪。据斌母说,他时常打听我,问我做什么?他那嘴是真糟极了,满处为人造谣,传云他的哥哥也满处造谣,专一打听别人的事,无事生非,时常说我有钱,我有钱否凭他一说就确定证实了!无聊,去年冬有一阵子给斌造谣,现在又有点向我的趋势,并且他和他母亲似乎只希望别人比他们坏,不能比他们好。好的,不是去逢迎拍马屁,就是造谣破坏,嫉妒心大得很,怪人,斌及其母都恨透了他,老实讲起来,夔这个人人头差劲,少理为上。黑了,六点钟回来用晚饭,才吃过不久,斌及其母就来了,我则仍在我屋中看报,她们在里边谈天,过了一刻。斌走出来和我谈了一刻,洗了脚,光着腿,她就过来了,也不怕冷，一会进去了。我看完报，开始写日记，斌又出来谈天，于是放下笔和她谈天。她又说什么人家请她去跳舞，她现在会了，言外颇得意，又去了一次北京饭店，神气得很，我穷小子没有这个福气去观光，去参加的机会，更不会跳什么舞了，这个只好让公子哥儿和小姐们去享受，她说会一点好应酬交际，至少懂得一点不是，这是真正学跳舞的诚意和目的吗？老实讲起来，不过是被那五光十色的地板器具、红色的酒，黑色的礼服和皮鞋，白的硬领和衬衫，光亮的灯光，悠扬的音乐，有色头发的西洋人等等享乐迷惑了幼稚天真的心，所以愿去那个场合去玩。那个地方，因了社会的不平，去的人也应加以自揣，有那些时间和金钱及精神消耗在那，西洋的语言和礼节至少应懂得一点，否则易出笑话的。不客气的讲起来，斌不过只是被好奇心或是虚荣心，享乐所迷惑忘其所以了，要是遇到的都是正直诚实的青年交往也没什么，只是怕遇到什么滑头的少年。在此时代，意志不坚的女子，最易被诱而一失足成千古恨的惨剧发生，那就晚了。所以在斌现在的环境我觉得太早一点，而且还是安分一点在家好，而且我还觉得斌在京华等所交往的朋友，能够规劝对她有益的几乎是没有，我只是替她感到危险，如果她常以无有固定的事做而放荡下去。也许是我此时因为很爱她，狂热得过火，而在此瞎担这份心吧！总之，我一听到她提起她去习跳舞参加什么 Party，或是提到她那一帮京华的朋友，我就从心里不愿听下去。谈了一刻，因我屋里一盏昏暗悲惨的油灯，只我一人，只是静静的低声谈话，而她喜欢的是亮光，喜欢多人的谈笑，终于她在这种沉闷的空气下坐不下去而走了，我只是送她到绿门口。她向西院过去，我便停止了，柔和好意低声地问她"冷吗？怕黑吗？慢慢走！"全不理我，真猜不透她对我是怎么回事？！说她对我不好吧，也不，许多零碎，或不大告诉别人的话，也都和我谈过，无所顾忌的谈笑打闹，有时对我也很温柔，但是有时又很凉，令人莫测，发小孩子脾气又不像！说她不知道什么，可是她又知道许多你想不到的，说她知道了吧！可是说话很随便，有时真是一个大孩子。她走了，我又不大舒服起来，我，真是何必如此，看她像是一点未把我放在心上，斌母坐了一刻也走了，我送她回去，经过西院，不禁心中一动，原来听到那一种熟悉的银铃般的笑，声音发自四嫂睡的屋里。哼！由我那出来根本就没回家的斌，跑到他们那去谈天，有什么可聊的，左不是什么衣裳啦的，不是亲兄弟，叔嫂，还要说他们不好，只是做人做得太差

劲了！所谓近墨者黑，近朱者赤，日久必被传染，所以我不希望她和他们常打交道，日久吃亏了才知道他们的坏处？我只是预先在替斌危险着，因为我现在是爱着斌的，可是我现在发觉她走错了几步路。我对她有点失望，第一虚荣心甚大，第二无益友为之进良言规劝，我是说不进去什么话的，未必听我的一套，何必去废话，招这个瞪，我只是暗中希望没有什么惨剧发生在她身上，我们俩人的友谊也就停止在此了吧！（？）据四弟说，今日晚上行佺过去黄家玩，斌说前两天晚上行佺也过去玩，玩得很痛快，还说谁叫你不来？我知道你们西院门什么时候开着？行佺常去黄家什么意思？唉！管他呢！别人先别管，先管自己是正经。

我真有些大失所望，我这一腔热诚，不知斌知否，不希望她一定接受，只是她知道我也就开心愿意了。我自认识她起，只是一心一意诚心地忠实地爱护她，尽力希望她走到光明好的路上去，现在她走的路已有点歧途了。今天她跑到西院那堆没有什么好的人群去闲谈，我更灰心失望而不快，我只希望没有一丝的不幸发生在她的身上，不久的将来，斌仍还是我从前可爱的，天真纯洁的而无所染的一个可爱的人儿！

我真想不到现在心思会被斌在里边搅得天翻地覆般的紊乱，处处不安，时时在念啊！我的斌，不要令我失望——但我也晓得将来未必是我的终身伴侣!?！啊！无聊的可怕的念头，连日的日记中几乎都充满了斌，斌对我太激动了，太兴奋，打扰了我的脑府。丢开一切，只说家庭，更使我心寒，再缩小到我自己，第一次恋爱上了一个女孩子——我走错了这头一步？眼睛太差劲，选择错了吗?!？ 我不知道!? ——爱她不知道白费心思气力。可怜（？）我这么一个诚心诚意爱护她的人，有时竟抵不过那些生疏的虚情假意人们的奸诈的胁肩谄笑，想起来，有时真觉得自己太苦闷，太无聊，无处向人倾诉。有的话不能对她谈，反而有时要哄着她的，如果斌令我失望，只好暂时专心学业以后再说。但我决定把此一段罗曼史忠实地记录下来，以做我一生中的一点纪念物！写好了，或者叫斌看看，我是如何如何地热爱着她!!! 而她呢？爱真是没法讲，快乐虽有时有，但终抵不过痛苦的时候多，不知不觉中，斌所与我精神上的痛苦，心灵上的折磨，真够我受的了。为什么斌在外边去，我心中惦念着她，老不放心，想起她厉害的时候，会起各种不同的幻想，会坐立不安，什么事也做不下去,心里乱得很,喜欢和她在一处坐着,总之是在一块吧!谈谈笑笑,我精神所受的安慰就很多了,斌的一言一笑,都与我这弱小创伤的心灵以无上的慰安,这一切她知道吗?!她知道我是这么忘掉一切的热恋上了她吗?有时就是不言语,静默的待着间或四目相视,温柔、深情、蕴含着无限蜜意的微笑,这就够了。不知怎么回事,有时看见女孩子用的东西,或是有什么好一点的电影,就不由自主地想到了斌的身上去,想买了送她,想和她一块去看电影,但是我自己的经济力量有限,不能办到。一个《连理枝》,一个《闹海蛟龙》两个片子,本来都是想去看的,可是都是因为没有斌去,一人感到太孤独寂寞而全没有去,可是事后她告诉我,她自己去看了《连理枝》,她却未必和我去看,让我听了不舒适,她天真地,高兴地说她去上别的地方去玩,去北京饭店跳舞,去看电影。她不知道这话我听了是多么地不安,心中多么的不好过,为了我不能陪着她。

11 月 5 日　星期日(九月廿四)　晴和

不知是为了什么?昨夜所受的刺激太剧烈了吗?以至于昨晚虽是十一点多才睡下,可是今早上老早的迷糊着就醒了,模模糊糊的听见钟打四下、五下、六下的,终于在八下停止后起来了,看完了报大约是九点左右的光景,因为明天交校长一篇文章,于是连做带抄赶紧弄完了算,一直到十一点半才终了,看了还不大满意,懒得再费劲。跑到刘家去借书,替斌母借到了一本《金粉世家》下册,拿回来我看了一点,张恨水作得是不坏。据说这本书是写实,乃是钱家聪他们家的事,他祖父从前做过国务总理的职,所谓世家了,为了五姊七姊二位今天会来九姊家谈家务解决办法,于是本来要出门的我也未出去,坐在院中阳光下看书。三点多拿了那本书过去,只小弟一人在家,作代数很乖,待了一会无聊,走出门口忽见斌和其母走来,经她举手招呼过后才看见。为了斌我又走了回来,略站一刻,看了一会书,没有什么可说的就回来了。今天斌告诉我嬖看见她问我来着,老打听我干什么?斌告诉我昨天她到西院去找何大夫,不凑巧何大夫才走一会。我昨日疑团不释,她何以无事会跑到他们那里去聊天,今天经她无言中解释清楚,我心中立刻觉得痛快了似的,斌对我的态度,我真测不出深浅来,这样长久下去,我真会得相思病了呢!老早八早的,我就

又想不起,送她什么圣诞节礼物好呢!?穷小子的我能送什么呢?沉默了几乎一个月的家务至今又提起来了,黄昏五时许斌母才走一刻,张得荣说力二奶请,再去谈判,我去了,五姊,七姊也在那,大哥也在那,东拉西扯的,结果把大哥拟好的字据给我看,问我有何异议。我本来想明天再说,可是他大概是怕我去请教别人而又生麻烦,于是叫我拿回去念给娘听,有何意见再说,于是就回来念给娘听,大半都照我前写之字据,无什么异议,只是由我斟酌改了一条,把父遗嘱一千八百元作为我四弟学费之用,亦添上,把由阿九处寄来之字据给他们四个人看(大哥,九姊,五姊,七姊)。他(大哥)起初不承认这是遗嘱,后来也同意添上,又谈了一会昭晋(威如三兄之长女)的婚事,到九点半五七二姊先回去,我亦归,大哥仍留九姊处,不知还谈些什么事情?!回来向母亲报告一切,油灯下晚上做什么事都不方便,决定弄清楚。先把娘送去协和诊病,再安电灯,看家里经济情形无法维持家用至三年之久。我之大学生活将告一段落,且先上生活线上去竞争,挣扎奋斗一下子再说吧!这又有什么办法呢!家中事,今日告一小结束。决定如何办法,只看他请人去写,又得等几日了!笠似今日本想去看他,无空。

11月6日 星期一(九月廿五) 晴

昨日中午在小刘家打了一个电话问林家,仆人告诉我笠似回家来了,本来想下午去拜访拜访,谈一谈,但是为了等五姊七姊回来谈家务事,结果没有去,昨晚写了一封简短的信,报告定局,去学校顺便路上就送到他家去。上唐宋诗时,先生发回所作之诗,我向来不会做诗,现在亲爱的父亲过去了,更没有人来指导我了,想起来便十二分的伤心,失掉了父亲,我的损失是无法计算出来的,兹录下先生改过的诗二首于下:

重九登白塔(1928年10月27日)

太液湖水如玉碧,白塔登高独自倚

知交散落在天涯,何日联欢接杯酒

此诗第三句我原为"知己尽散在天涯",第四句为"何日联欢把酒捧",先生改末字为酒,虽与前不在一韵,但古诗亦无碍,余未改。

晚秋新雨

竹影摇窗晚风凉,连绵秋雨作重阳

忆昔娱笑高堂日,如今思亲呼穹苍

此诗我第二句本为"连阴秋雨月无光",第三句本为"忆昔笑娱高堂日",余均未动。

万寿山谐趣园

校长的两小时课,挺不自在,学生脾气不小,神气得很,交了一篇"汉书卷数考"。午饭回家吃,饭后在院中阳光下,小坐看报,今日薄阴阳光不暖,本来想今日去新新看电影,可是此时兴头又小了下去,随意先过去,斌在屋里看下册的《娜娜》,我借给她的,我进去了,只是看了我一眼,仍然高翘两足在另一椅上看书,也不理人好像屋子里没有人一样,我却找来了今天的报看了一刻,她还是不搭理人。书桌上摆着布料,要作活的样子,可是又在看书,虽然假装无事的样子,沉默地看书,可是由她不安的态度和不时小动作的样子中,显然她不会那样漠然无动于衷的,后来她不知到厨房去做什么事情,我却因为这种静寂的空气受不了,心里也好笑,没事跑来恰好遇见小姐不高兴给你冷板凳坐,多无意味。于是我匆匆地看完报纸,搁下,趁她在南屋,我也就沉默地回来了,到家一看屋中全没人。小妹被李娘带去看牙,娘在厨房,冷清清的,寂寞得很,回想起来也好笑,真是自找没趣,电影也不看了。斌冷我一下子也好,省得我一天二十四小时无日夜地心里老惦着她,冷静一下我的热情,安静一点,专

心去整理应付功课才好！下礼拜交校长的东西，一点还未写呢，又是不少！写到这正是两点四十分，忽然接到泓的一封信，冷嘲热讽的胡扯一阵，我多日不去信与她，她也未来信，我以为她早竭了心了，谁知她又来信了呢？来信说她赛球输了，进了校队，我不知道也未去看，实在我的功课也不轻呢！又这个又那个的，还有些文章还没有交先生呢！和别人借来了许多书也未看呢？都堆在桌子上，一看见就烦了，有时想起来人活着，说有意义，就有意义，说没有意义就没意义，左不是那么一回事，灰心时想起来觉得有时活着真是没意思透了，还是小孩子们好，天真未泯，一天到晚老是快乐得很不知忧愁为何物？隔壁简易小学墙那边不时传过来一阵阵的儿童的歌声，吵闹声，嬉笑声，令我为之神往，回想起幼时宝贵快乐的时光，不觉泪下，这时谁又知我，谁又能安慰我？斌！她是不知道我的。唉，别想了，未来世上快乐的事情比忧愁的事就少吗！但有时烦恼亦未免有点是作茧自缚了，自己这方面就是烦闷死，相思惦念死，而对方——斌——她却正未知道一丝儿呢？也许根本无意，有你无你又与我什么相干呢？那我又何必自苦若是?！

今天的阳光不暖和，下去得也快，四点多，就半边西山了似的，坐在院中也有点凉了，看了半小时的书就进来了，正在抄写笔记中，忽然铸兄由保归来，提着大包小件的，又是多少礼物，可是又不是什么熏鸡酱菜，还有什么新鲜的玩意？有时我觉得他送礼联络情谊固好，但是有时太多余，太耗费了，这次归计整整两个月，九月六日归来一次，据说回去又病了一次，近来才好一些，口眼歪斜，已好多，只尚有一点余痕，已无大碍，人则较前消瘦多多，精神不好，觉甚疲倦，身体亦不大强，想不到他突然又回平来了。据说廿日后在保结婚，休息一刻到西院小坐，晚饭时铸兄忽语我"黄伯贤在西院和小孩子玩呢?"我猛一听一怔，后来也就作不介意过去，可是心里就又意起一阵子思潮来，方安静下去，一会的心又想这想那起来，我不知什么地方，什么时候，又得罪了小姐。今天去了，不理人，干这谁受得了，诚心诚意的交往，反受了白眼，正是不值得，可是手里还拿着我借给她的书在看，我真不明白她是什么意思。我一礼拜，也就是礼拜六、日、一，三天可以看见她，别的日子都没有工夫呢！唉！我又为什么她给我什么样的侮辱，不快，或白眼，我都能忍受呢！这也是缘分吧？说不清楚的道理，恋爱这东西是甜极了，也是苦极了，在你没有恋爱以前，自己先打量打量自己是否能够兼受得起恋爱所予你的痛苦的折磨,决定可以后然后再去接受,或是去爱一个人,否则一沾染上,摆脱就费了劲了! 我现在有时令我自己弄得哭笑不得,没有法子办了! 今天斌又过西院去了,只盼她是有事过去了,或是询问何大夫来不来的话,不是无事串门去,平常她不是看不起他们吗? 别弄得日子久了,上了他们的当就糟了,那些坏的习气不会沾上我纯洁的斌身上才是,想起了若有什么不幸发生,我现在就替斌在危险,心都发抖起来了,对西院将采取那种敬鬼神而远之的态度。唉,不想这个了,斌也不知道呀。晚饭后继续整理完了笔记,铸兄因为乏了,今日亦未出门,早早就休息了,李娘和小妹八点回来,由五姊家带回一袋面来,昨日听说五姊又代订了一石米,不知能否有,近来米面虽受统制,但总算有了,不致说完全没有的恐怖谣言,平民的生活,枯寂干燥的生活无味得很。

11 月 7 日　　星期二(九月廿六)　　阴雨

不知昨夜什么时候忽然阴天下起雨来了,都快十月了,下什么雨也不是阴黑的天,让人不知什么时候,所以七点半才醒,一赌气不起来,头一堂刷了。外边下雨了,我到不怎么样,风声不小,却实使我吃惊。因为风对我往北去的人太不利了,阻力太大了,不到八点半走,外边雨势虽不大,可是很密,有点讨厌,最好的是风却停止活动了,穿上了有廿来年历史的雨衣和雨帽,骑上车往北走,下斜街的大泥泞路就够令人作之呕的了,到了大街以后比较好走了,可是汽车飞驶而过的时候,会凭空又多添一阵子的人造泥水,顶着小风两只皮靴子全都溅满了泥水,不管一切,往前进! 不好,旧的雨衣不管事,已有向雨处透湿了水,帽子顶上一样也透了,并且在前面滴滴答答地直落雨水,大长袍子有几处雨衣遮不住的地方是又湿又有皱纹了,满脸也是凉的雨水和凉的风。路上的水不少,只是没有什么泥,两鞋算是喝足了,好容易里外全湿的到了学校,才上第二小时,正好,可是空欢喜了一场,沈兼士这小子,大概是因为雨而没有来,请假了,我可不知费了多少力量、苦头跑这么远来上课呢! 没办法,上图书馆去,看《玉函山房辑书》,第三第四时又上了二小时的经学通论,我却誊清引用书目,午间天上还是落着雨,遇见大马和洋枪,遂一同至东海楼,每人吃了十

四两的炒饼,结果那么一大盘全下了肚子,可是一点不觉怎么样饱,也不十分饱,食物一天比一天贵,胃口一天比一天好,容纳的一天比一天多,这怎么办?现在四弟五弟都很能吃,四弟有时比我吃得还多呢!饭后买了两个柿子和一点花生找了一个教室吃了。到了一点半,继续去图书馆看书,到了四点才出来,到教育系去听功课,看丁先生怎样讲英文,丁先生全用中文讲,和在中学时差不多,但比中学讲得快,这到很适合我的脾胃和程度,决定改选了,只是时间上差一点,每礼拜二、三的下午第三时,礼拜二下午如不改选他的英文,下午没课呢!下午三点左右,晴了天,出了一阵子太阳,我精神立觉好了许多,阴天我最怕,本来一天到晚的机械无聊枯燥的生活,阴湿无味的天气看了就要烦死了,看见了生气勃勃暖和的太阳心头还好一些,尤其是自最亲爱的父亲离别到另一个世界去以后,我便时刻感到孤独无依,凄凉悲惨的一颗弱小的心灵,时刻觉得家庭也没有以前那样地快乐了,时时觉得寂寞无味感伤,几乎可以说是半年来,在迷惘的状态中过来,没有一时一刻心中会起一点真心的欢乐。虽是有时别人看见我笑了,可是我的心实在并未笑,只是表面的欢乐罢了!——下午一路上又经过了许多泥泞不好走的路才到家,遥远的路程每天要走半天,耗费我一部分的光阴和精力,为了省下几元钱的缘故,到家已是万家灯火的时光了。

11月8日　星期三(九月廿七)　上午阴,下午略晴,晚风

早上阴晴的天气,上午只是一小时的唐宋诗,懒得去了,就没有上学,预备在家做一点事情,或是抄出一点书目来。早餐以后看完了报走走,活动活动,在屋里还觉得有点冷,把大夹袍穿上,好一点,又看了几页《科学画报》,想起了泓来的信,于是提笔作答,一时兴起,也不知胡聊了一大堆什么东西!?我这人有点毛病,就是有时是讷于言,可是写可以写的不少,不知是什么缘故!一早上就这样子消磨过去了,后悔没有作什么事情,午饭后即出去,先到邱三表兄处,把抄字底给他看,即又去陈书珉老伯处,在睡午觉。遂先上学,两小时散文习作,写了两小时的笔记,看不清楚也没有抄。老头也不怕累着,第三时去上教育系的英文,完全用中文讲,可是下课训育课陈先生说国文系英文功课表

要改，还是在本系上，那个外国人何神父讲的完全不懂，要是非随他上课，那才费劲呢！更忙得要命啦！回家来已是黄昏了，又绕道去陈家，把字给陈老伯看过以后归来到家已黑了。晚饭后抄完了郭老头的笔记，窗外忽然风声大作，大有凉意，听着都觉得冷似的。原来今天月份牌上阴历九月廿七日"立冬"，怪不得这么凉呢！今日娘去九姊医院，又为了一点字面的关系不高兴，真是没主意！

11 月 9 日　星期四（九月廿八）　晴

昨夜的大风，给今天增了好几分的冷意，街上可以看见冰坨子，鱼缸中早上冻了，有好几分厚的冰，可见晚上是多么凉了。一清早又是八点的课，虽然无大风，可是小风就够瞧的了，手足和脸就很凉了，可是到了学校反而热了，因为长途用力的关系。沈兼士指定了许多的参考书哪有工夫去看，两小时空堂又到图书馆去弄玉函山房引用书目去了，好麻烦了。午饭后跑到教室又去整理校对，又开了二小时，上小说史时又看了半天，才弄清楚了，还得重新写，麻烦得很。腻透了，下了伦理学，跑到芮克去看小刘介绍的《浮生若梦》内容是劝人要自然的、天真的、随各人性之所好的去享乐。终日蝇营狗苟，结果人一死，四大皆空，但此亦有限制，有了往常的生活费，不发愁，再加之回家，世界太平，然后才可以享这清福，否则生活问题尚未解决，哪谈得到什么享乐。但是剧情立意取材终是不错，非慧心人，不易明了其中深味也。主角各人演技均甚好。归家来已是八点半矣！晚饭后阅报，本拟再抄点东西，或是看看书，但是因为今日一日精神消耗至此时亦甚疲乏，且明日一早尚要上学，早点休息，像朱泽吉彻夜不眠，虽勤学矣，但终非善身之道，以学业与身体较，仍以后者之健康与否为重也！

11 月 10 日　星期五（九月廿九）　晴

立冬以后，天气真是冷得多了，太阳才一偏西，小风钻在身上立刻凉了起来，早晚尤甚，现在早上骑车去学校，手耳已甚凉了，还好的是到学校，因一路

用力运动的缘故反而出点热汗了。今天头一堂是词，要作词，不，填词。向来没有作过这个玩意，觉得难得很，一小时了，也未作好一首，只二三人填好。上午只此一堂，与李国良同学在操场散步，后来又到他宿舍屋中小坐，并且举他的十八磅大哑铃，真够重的，还是第一次举它，费劲得很，练完了，两臂酸软，想来已有半年多没有摸这玩意了。出来到图书馆去继续整理《玉函山房辑佚书》引用书目，到了十一点半出来走到西口外东海楼去吃饭，遇见了大马，我因为上次吃了一个十四两不怎样，所以今天叫一个一斤的炒面，可是他叫错了，只炒了一个十二两的来，也好，我可省点钱，回来路上又遇见小马，拉到他屋中略坐，他兄弟二人和冯以理去天桥购物，我则还到教室去继续抄我的引用书目的稿子，(有志者事竟成)我起初以为书太多，还不得一个礼拜抄一天，为此今昨二日手不停挥的老抄，竟于今天抄完了，心中十分高兴。下了课和小徐一块回来，西单分手，我去王家，替小刘借画片子，大姊不在家，片子被王贻借去，只得余一片，写了一个条拿走了，又跑到王贻家去，尚未回来，遂还将此一片送到小刘家归来。晚上，这边雨后之路真难走得很。归来上供，大哥在家竟不出来，活该少了他也未必不能上供。闻人言郑家煦病故，青年小伙子为何身躯，且郑亦为小学之老友，不意竟尔遽逝。今日闻行伶言方知系旧病，肾脏矣，惜哉，年方廿之青年！闻之为之不快者久之！礼拜三，下午去校，得伯长由燕大寄一信来，及两份燕大新闻，伯长信颇好玩，令人高兴，可人儿也！今日发一封给她，告以收到并谢之，晚饭后阅报，做英文作文，预备明日交，英文本想改至教育系听，训育课又说不成，现在闹得不知怎么是好!? 不知上哪去听才对!? 烦! 铸兄竟日不在家，大半日消耗于力家，晚十时方归。又去西院。近一二日专心致力于引用书目上，今日数之，计约共有四百六七十篇之多，用了将近二十小时，精神力量更消耗甚大，麻烦得很，一专心，也就不会想到别的事情去。计至今日止，已是四日未见着斌了，不知其每日皆做何事？那日——六日——不知为了什么事情不高兴，不爱理人，恰我倒霉碰了一场无趣! 我一天到晚也不知都忙些什么事情，时间总不够分配似的，许多书还未看呢! 看见了就着急，今天本应交一篇新文艺也未作好，下礼拜再交吧! 字写得愈来愈坏了!

11 月 11 日　星期六（十月初一）　上午阴,下午晴

晨间起稍晚,急速梳洗,连早餐也未吃,径直赴学校而去,一路急驶,到校已是晚了将近廿分钟呢! 幸而三老板没有向我发脾气,下课本拟去第一宿舍地下室洗头,人多得很,没有空。出来看一阵子报,又上第四时的英文,何神父讲的还是大半同学都是茫然无所知,真没法子,转教育系听吧! 又要改钟点,不能不回来。下了课给郑家打了一个电话,和五姐说了几句,问李娘腰还疼吗? 还有点疼,不知是什么毛病,到家已是快一点了,在途中遇见孙翰。四弟下午第一时无课,三点才上课也不回家吃饭,真是差劲,不听话得很。午饭后孙翰来谈顷之,至二点多始去,看看报,四时许娘出门,五弟四弟相继归来,二个学子不知甘苦,不知整洁,屡诫不听,真令人生气。六时左右,给五弟收拾杂乱无章之抽屉,七时许娘始回来。晚饭后继续整理工作,正专心收拾之际,突然慧及其母来了,吓我一跳,慧今日忽然对我表示特别好感,对我甚亲热,不知何故。慧这人脾气不小,不高兴时谁也不理,高兴时才和你说说笑笑,小孩子脾气,在家和我熟人没有关系,要是大了,在外边接触社会就该吃亏了,还好,她还小呢! 大了自然知道,可是这样正是天真无瑕的表现,真挚性情的流露。大了知道了以后,就该加上一层假面具了,所以人大了,愈大愈是假仁假义的样子多,假面具愈是应用得逼真,真是一件可叹的事情,但是社会环境造就的也没有法子,改良却大不易。所以我喜欢和天真未泯的小孩子在一块谈笑,省却许多提心吊胆的怕说错什么话,在不经意的时候,毫无矫揉造作前的纯洁的小孩面前,又是多么的坦白自然神圣呢!? 时不我待,神圣可爱的晨光早已抛我而去了! 不一刻斌忽亦来,四日未见矣,斌! 我想起那日——六日——无缘无故地不理我,还有点余恨在心,本来想也冷一下她,可是见了她又办不到,仍是那样问寒问暖,殷勤招待,因为我知道冷板凳是最难受的,比骂人还难过。所以我也不愿以冷板凳给她,唉,也正是所谓"己所不欲,勿施于人"吧! 不一刻她借了我两本话剧本子走了,我因为下午张得荣来喊,我晚饭后去力家,九姊又叫我说话,又有什么好说的!? 此时,出去拿了手电灯送斌到西院门口分手。到了力家,九姊夫已归,九姊说的左不是家务,说字据大哥说下礼拜一会

写好,我说还得请五姊七姊回来一次,又说了许多废话,什么珠花赎出来,又要两张小椅子啦(早售),花招层出不穷,又和九姊夫谈顷之,铸兄忽来。我归来,和斌又谈顷之,斌归去,十一时就寝。

11月12日　星期日(十月初二)　晴

北平朝午门

今日何日?总理诞辰纪念日也!不可忘却。

晨起带五弟去理发,因看报想去看早场,新新大戏院改为影院,尚未去过一次,这次去看看,到了那,可惜是没有地方存自行车,找地方存也未找着,一时突然想起庆华家离此不远,遂骑车至其家中,原意系存车在其家去看电影,不意王贻亦在彼处,近来王贻去的倒很勤!谈笑一会,于是连王贻、庆华、弼三人一同步行去看,在门口外遇久未看见之靳剑民,略谈即分手。谈话的工夫,弼已经买了票,想不到我却做了白看的人,片名是《力士艳妇》,乃与爱丽丝费结婚之汤尼马丁主演,剧情简单而无聊,全剧以一女记者爱一幸运而拳斗名士之男子,觉得很不满意。不过片子前之杂记照的不知是什么地方,风景如画,真是好看极了。加上优美悦耳的音乐,可惜旁边没有斌在我旁边一同享受此乐。我每逢乐时或是吃到什么好东西,好看的,好听的,就不禁的联想到斌的身上去。总以没有和她一同享受为憾,我如此处处念到她,想到她,不能忘掉,她可知道?! 但是她一个出去玩,或是和别人一同去玩,她却未必想到我吧!? 唉! 她又凭什么非想到我呢!? 我无非是剃头挑子一头热罢了! 想起来自己烦恼何苦!? 散场以后又步归至王家,好在不远,又在王家谈了一会,本来想就走,可是王弼非拉着待一会不可,后来又要留着在他家吃午饭,他母亲也留,但我和王贻决意回去,终于蘑菇半天还是回家吃饭。到家吃了两大碗半的热汤面,饭后整理了半天的东西,四弟今日学校会考数理化。归来以后很得意,诚以"满招损,谦受益"二言。四时许李娘由东城归,腰疼仍未减,不知何故,麻烦! 一时心血来潮,忽然想起了久未看见的强宅表兄,跑到那里已是四时许,恰好在门外遇见其方由外归来,遂同入,坐定,即与其详谈家中近三月来之经过情形,并托其代写信询问仲老及叶撰初之意为何,能否资助。至黄昏,将六时归来,闻五弟小妹言,斌今晨十时许来还我书,十二时来寻其母,五时许来借胶水,大驾光临三次,未能迎候,真是抱歉之至。晚饭后遂与四弟过黄家小坐,斌见了直嚷"希客,希客",又装那样,什么请坐呀喝茶呀的闹了一阵子,他们在吃饭还未吃完,斌母过来亦随着他们嚷,开玩笑,闹了一阵子才停下来,和五弟小妹下五子棋,又谈笑了一会别的,小弟高兴得直嚷,直说他今天早晨看的真光早场的故事。我今天早上回来碰见他,斌拿了一条红漆布皮带给我看,问我多少钱,她告诉我一元二,我信以为真,说不贵。她后来忍不住笑了,说我傻! (?)才八毛五,真的我是傻吗? 她每次向我说什么话,我向来都是信以为真的,就想不到她会骗我,她今天自己承认,骗我多少次,可是我都信以为真,因为爱她太深切而不疑的缘故呢!? 还是她说我是"傻"呢!? 对了,她以前告诉我去北京饭店,也是骗我,说礼拜一(六日)我从她家走后,她自己一人去新新看《电话大王》,后排,也是假的,可见她以前尚不知有多少假话在我面前说过,真太不应该,简直有点戏耍我的意思。老实讲起来自己也太老实,才会这样,说不好听的真是"傻"呢,以后听斌的话,要想想打个折扣才好,不然会被人笑我是个大头,傻瓜呢! 真的,我时常是吃亏在好人所谓"诚实忠厚",坏意思是傻瓜的份上呢! 想到以前为了斌苦恼生气等的情景,真是有点可笑又可怜自己呢。我在一边,在家,独自苦恼,她也许这时正是在外边快乐地玩呢,或是在家窃笑我是傻瓜。这年头,老实人和傻瓜也不大好分别,又听了一会子无

线的西乐,她又问我这是什么音乐,什么歌,应跳狐步,还是华尔兹,又问舞场什么样,脸部表情等等,简直这一颗十七岁少女的心,完全陶醉在跳舞里面了,真不好,虚荣的毒素真是可怕!我在为斌的前途担心,假如老是为此沉湎下去,一听到西乐,看她那飘飘然的面部表情,我想一定又在想那爵士的音乐一奏,霓虹灯照着,大香槟酒饮着,光亮的地板上一对一对人的起舞着。我想不出什么快乐来,拘束的机械式的跳舞,有什么乐趣,值得令那么多人陶醉于其中,她问我为什么不和庆华学!?我却没有那么大的耐心,也不感觉兴趣,斌现在是十分的心醉,恨不得这时无线电社送音乐时有个人陪着她跳一阵子呢!可惜我不会,恕不能奉陪小姐玩一下子!到了九时廿五分,斌及慧都去睡了,我和四弟也归来!说来有五天未去黄家,不算多,斌不是一不高兴,几个礼拜不来都有吗?就值得我去了喊希客吗?无聊,今天午间等我吃饭等了半天,那真是对不住!回来早休息。

11 月 13 日　星期一(十月初三)　晨晴,旋阴冷

太阳打个照面又钻回云端里去了,阴沉沉像要下雪似的,大半天都是那么令人看着就发烦的天气,气候冷得很。上午上了两堂课,早上戴皮手套还冷呢。去年,前年冻的脚,今年这么老早就又冻上了,连日有点又冷又痒,又疼,讨厌得很,可是,今年我得治治他。今天交了《玉函山辑佚书》引用书目,共有五百六七十种之多,连日手不停挥地写,眼睛看,对,手上翻书真是够忙一气的,好容易弄完了,心就安下去了,不然老有一件什么事情没有做似的,难过不安。今日听曾泽讲《卫城记》不坏,想去看看,下午归来天气不好,无意出门,家事不知能否解决,静候消息。三时许过黄家,只斌一人在家,无非睡大觉,好像根本早上就没起来似的,我略看看报,她不说话,在睡觉。我就回来了,走来走去,看看报,贴了一会报纸,才五点半左右已是黑下来了,加上阴天黑得更快似的。晚饭后还要做点事情,忽然九姊又来唤,正好铸兄由外归来,一同过去,九姊谓五姊来电话,谓我尚有别的意思,我立即欲请表兄等来,九姊谓请谁没关系,我也不拦阻,我只是要请九姊夫则届时九姊不出席等语,又谈了一点别的我就先辞归。

铸兄亲事定于本月廿六日办事于保定。其未婚妻名蔡润菊，今年廿岁，较铸兄年幼五岁，其拟向大哥借洋贰佰，并请届时去保定证婚，不知能否如愿，铸兄真闯出来了，但人不娶妻则已，一娶妻，则一切麻烦、责任负担、都相继而来，生子、教育等……之问题，生活费亦加大点，其是否结婚后能否犹如现在，每月不断地助我每月廿元殊成问题也，今日阅报载陈二厂之狷娇，幼贫甚，吃苦而成名，而我竟不能如是耶！？

11 月 14 日　星期二（十月初四）　晴

第一天戴帽子去学校，这么长远的路，跑到了学校，已是满头大汗甚至往下滴汗，真是特别，《说文》我总不感兴趣。年饭本拟回家，后来想去东城遂中止，托小刘回家说，一点许到五姊家，与之谈家事。他家因明天三嫂来，在搬东西，乱成一片，我则匆匆与五姊说过家里事情以后即出。河先态度冷冷，令人不耐，哼，现在看不起我的人都等着吧！等到我将来吐气扬眉的时候，再看吧！出来我就跑到真光去看《卫城记》"*The Citadle*"，系描写应如何去做一个为人类尽其天职的医生，剧情内容震撼动人，但我未被感动流泪。《孤儿乐园》一片，为每一个淘气的孩子应该看。但是，《卫城记》这片是世界上每一个作大夫的都应该去看的，尤其是现在庸医如此多的世界中，庸医杀人是每年不可胜数的，但是法律上没有规定制裁的一条，那些成日以社交场上的阔太太小姐为生的虚名大夫，看了此片，不知其有何感想，其心中亦有动于衷否？教育性的片子，效力比任何东西来得都快，力量都大，表现时都明白。出了真光，又跑到中央，去看《High wild and Handsome》剧情平常，有两个画面很美丽，有几场布景也相当的伟大，叙夫妻合作之力，青年创一事业之经过若干困苦艰难，毅力不屈不挠之精神可敬仰，可钦佩，可为吾辈青年效法。归来将八时，已黑，铸兄归来数日，多不在家，不知其终日皆忙些何事，今日五姊谓，七姊请九姊，九姊夫，大哥，五姊等去吃饭，三人是见面相对无言才无味，我今日不知哪一阵子心血来潮，干起许久很少不干的连台戏，赶场来了，连看两场电影，又出了八角大洋。今天两场电影皆以最近出版之电影报，代替说明书亦别致。晚饭后，因细碎事故，与无知村媪张妈动肝火，继而悔之，正是，除"女子与小人为难养"之

外,气亦大不易使,涵养大难,予今后当慎之。

学校阅报室栏中以文会友的同学作品很多,已换着阅览多篇,中亦有女同学的,但是还是男同学的多,老练圆熟的多,有几篇在现在青年中算是很好的了,作品很值得钦佩,比我强的人太多了,别自满,努力前进,追上才是!

11 月 15 日　星期三(十月初五)　晴和

满窗朝日,令人痛快,铸兄晨八时许回保定,结婚以后再回平,他算干得有一个着落了,也组织起一个家庭了! 只是以后生活维艰,负担加重,自是意中事。家里即一明证,算来他允月助十元,至今已是有五个月未寄了。不知如何办法,催索或不催索殊令人不决,因知彼近况亦甚为难也,且寄否,非其绝对责任,铸兄结婚后能否继续不缺助我,亦殊成问题也,故当预料,存款及每月用度,至少需百元左右,而我至迟明年夏日大学生活将暂告一段落矣,思之怃然,但亦无奈之何也。

十时许过力家,适九姊夫出,去医院,与九姊谈家务,彼谓大哥问我请表兄等是何意思? 我告以无何意思,请来做见证人而已。旋大哥来,亦无何言,旋去。九姊继言,仍是以"有姊姊则无姊夫"之语,辞色坚决,势不两立,殊令人惊诧也。归来禀娘及李娘二人以适才所言者,主张仍请人,为了纠纷又烦了半天,与小妹贴了一会报纸,看看报,一个上午跑了,中午等四弟半晌,不归。一时左右方用饭。

今日学校为了本校长陈垣先生六十大寿,特放假一日以示庆祝。真是无聊透了,校长生日也放假,太难了,简直视学生上课为儿戏,差劲得很,真不愧有放假大学之徽号,真是中外,大小,有假就放!

午后抑郁不欢,天气虽好,心绪不佳,也不愿再过去看斌。一片热情遇见不在家,或是冷冰冰的面孔,小姐不高兴了,不爱理的劲,装困披被高卧的睡觉,多没意思。书也看不下去,转了半天,还是决意去沐浴,二点半了,碰上过火车,人多车多得很,百忙中看见一个女孩子推着车,原来是斌,不知从何处才回家。幸而未去,否则没在家,多无意思,好像是她看见我了,却故意往后看一下,我车快也就过去了,我也没有招呼她。洗澡堂又有日本女人去,还好,她们都在单间里,日本人洗澡讲究一家子一块去,不论男女老少一块洗,这也是日本国的一种奇风异俗,他国人却受不了,日本女子却满不在乎,大摇大摆地出来进去。洗澡确实是痛快的事,出来已是将近四点了,跑到三表兄处坐,谈了半天,又提起请客关于九姊及九姊夫问题。三表兄说,这九姊未免差一点,这本是力家自己夫妇不合的事情,不能影响到别人家,何况来了不过是作个见证人,还是为了娘家的事,再说九姊夫肯去否亦是一个问题,谈到五点左右归来。大宝甚用功,归来就念书,可疼可爱的孩子,自己着急。到家已快黑了,四,五,二弟才相继归来,屡诫令彼等早归不听,令人气愤,一时怒责二人手心数下,但实际心中终爱两弟也,只不过期其学好过激所致也。因知笞打教育亦殊非良法,但有时亦生小效力。请客九姊及九姊夫二人反成了问题,真讨厌透了,为难的事情都赶上叫我办了。晚上想起新文艺未交,词未交,下礼拜是中考,家务未决,心中一团糟!

11 月 16 日　星期四(十月初六)　晴和

懒得很的我,起来晚了,慌忙地弄完一切,跑了满头大汗,结果还是晚了几分钟,两小时过去没有课了,心中有事就跑回家来,过力家,九姊说"大哥说人是由你请,地点随意,时间十九日有空"回来坐在阳光下看会报,和小妹谈笑,因为李娘去金针王乐亭那去看病,一早去尚未归来,娘不放心,叫我去看看。到了那李娘尚未看呢,我回来一会,李娘也回来了。说吃完饭再去看,午饭吃蒸饺子,三五个就饱了,饭量今日何其量小耶!四弟归来彼谓进六十二个,可谓大肚子,大饭桶矣!近来显然四弟吃得很多,比我不少,甚且过之,发育时正能吃呢!饭后因与小妹嬉戏,一不留神把一个好茶杯打破了,心甚惜之,悔之莫及,此殆嬉益乎!? 一时许又跑到学校去,天气太好了,阳光晒在身上,有暖意,到校出了汗。小说史孙子书先生因病请假了,上午不贴条子,真可恶,白跑一趟,可是第三时还有一小时的伦理学,又不能走。打一个电话给五姊,知三嫂由东北来,二小时长时间不可空过,明日新文艺尚未交,遂趁此时寻一空教室作,伦理学后写一片,通知强表兄留于其家中,来不来均可,解决家务事,地点决定在家中,时期为十九日下午一时半,九姊夫决定通知他,来否在他自己,

我却不能不通知他一下今日宁育兄代我购来纸烟,大联珠牌子,一角一盒,在此时则无处购得也。缘其友人银号处先存二箱,分与他们者,代斌母购十包,自己留一些以备19日请客之用,归家已暮。将烟送过黄家去,斌母尚未归来,略坐即归。斌今日颜色稍和,但不大亲热,慧尚好,小弟不爱言语,斌母今日归来洋车翻,幸未跌伤,亦幸矣。归来晚餐。明日交新文艺习作及词,英文一页,写信与铸兄一封,忙乱一气。

小友中以孙翰及李庆璋二人较为亲近,唯我望彼二人皆用功,但彼二人皆不大用功,劝之亦不听,思之怅惘。

11 月 17 日　星期五(十月初七)　晴

真糟,今天去校又晚了,我自己也太懒了,下次不许再晚到,要早起。英文何神父考四课,单字和作文,烦了,不好办呢!词也作不好,这两门有不及格的危险,要努力一下才好。因为上上礼拜就应该交的新文艺没有交,今天和昨天赶紧作的,结果今日下了第二时跑到图书馆去写,中午吃完饭也没歇一刻,手不停挥的写上了,上课后还写半天才写完。朱君泽吉高材生也,作了一篇我看了,虽是很短,但是写得精悍短小,可以知道他的中心思想。回视我的不像文章,太乱无目的,中心思想不显明,太不好,但是因为时间问题没有办法,只好交了,自己太不行,伦理学今日不上。出来打电话给七姊夫,老打不通,叫错了,真讨厌得很。到强家,云门表兄答应来,陈书琨老伯无来意,三表兄亦允,今晨约九姊夫,不知其来否殊成问题,明日再写信与林笤似四兄,钧之。一日不知得跑若干路,费多少口舌也。归来半晌,四弟,五弟二人才回来已黄昏,昨日责罚今日仍不改,心为之悲愤,训诫半晌,心殊冷,终日瞎忙,下礼拜考试,又烦了!晚斌母来谈顷之,始去,今日发一信与铸兄,祝之。

今天初稿作完一篇文章,名是"断芽"是纪念那活了才六岁的小侄女的纪念文,但是作完看了一遍,太不成东西,因为时间的匆忙也不及再去改过,就那么交与先生了,只是自己太不满意了。

11月18日　星期六（十月初八）　晴

　　九时去校三老板有一小时幸而未误，上学时路过云镜宫送一信与林笠似，午间打一电话去林家闻尚未归来，不知何故今日又不归来。上完一小时即无课，遂至七姊家，亲邀之，谈顷之，辞出。至尚志医院，九姊夫出去，至东城看牙，坐候至午时尚未归来，打半天电话至实业部找郑六表兄，老叫不通，午饭归来，饭后顷之，又出去，至林家，打一电话知林笠似四兄仍未归来，遂发一快信去，不知有效否，又至三表兄处略坐，出至实业部寻海平又未在，留一片。因上午未见着九姊夫，遂又至尚志医院，见着九姊夫，但未作何脸色或何言辞，只轻描淡写的谈些别的话，彼谓明日未必出席，以后补签字，反正请了他，不能相强。一时忆起包子尚未定，遂又翻回西单至新广东订包子廿个，竟需银洋一元，贵至如此，在西长安街遇见久未见面之小麦，归来四时左右。九姊来，把写好之约字分单拿来我看，与原稿无异，就等明天签字了，晚饭后正和娘等闲谈之际，突然斌降临了，拖着鞋就来了，胡扯一气，一会儿就走了。外边西院叫来煤两吨一车二十六元，计五十二元，人家有钱么!?! 送斌回去走到他屋门口了，忽然听见行仵在内说话的声音，一时不知起了一种什么心情，忽然不愿意进去了，又走了回来，行仵出来，说我又走了，斌不知怎么回事，和慧出来看我，我回来待了一会，才又走过去，和慧下了一会五子棋，输了她八分钱的花生豆，又看了半天的画报，斌和别人借来的，斌真有瘾头，站在院中看西院秤煤，晚上那么冷，也不怕，怪！九点半回来，斌母亦来与娘谈半天，我回来一会亦归去，斌今日忽自动一人来，又无什么事情，神聊一气，又走了，真神，难得难得，大概是小姐高兴了来走走，看样子行仵到是大约不一会去她们家呢，在最近，我管不着，唉！想这个干什么，斌，今天忽然自动一人跑来，真是想不到的，其实也没有什么!? 我真是，她不来想她来，她来了又爱胡猜一气，有时想起她的一天到晚的生活是多么的无聊呀！随意起来以后，打字二小时，午间回来吃饭，或到文昌阁走走，也没有什么别的地方可去，也没有什么地方可玩，或是买点东西回家一个人吃，一边看书，再不就是做一点活计，再闷就是睡觉，一人在家，如果没有一定要做的什么事情，是多么的闷呀！我曾经看过家，一个人在家待

249

着,怎么也不合适,别扭得很,她为什么不继续往下念书,也不是绝对供她不起,一天到晚没事,干什么?!打完了字,毕业了,还做什么,就只是坐着吃,玩,过日子,等时间送她出娘家门吗?想不透她到底想怎么样呢!我只是替她想,每天的生活是多么寂寞无聊呀!

下午回家来走在大街上,看见各色人等,在大街上各自奔忙各自的事情,匆匆忙忙的,西单一带显得特别热闹,乱。我看他们那些人好似都很高兴快乐似的,我回想到我自己的身世和现在所处的困难境地,十分的不快,十足的忧郁,满目的尘土污垢的天空,灰色悲观的人生,我真厌恶极了这社会!

11月19日　星期日(十月初九)　晴

今日将成为我私人之纪念日矣!

今日为我另一番生活的开始之日也!因定今日为在分居的字据上签字有效之日也,事先我请了五姊、七姊、七姊夫、九姊夫、郑家表兄、六表兄、强表兄、陈书琨、林笠似等。昨日即将书房收拾清楚,早上无事,一切亦都预备好,烟早买了,有茶叶现成,定了一元钱的新广东包子(廿个),半磅瓜子,给大哥的东西亦检出来了,上午没有什么事可以预备的了,正想看看书,忽然行伫领着小徐进来了,招待谈了一会,又出去。嚇,西院人真不少,是有十一二个,都聚齐在行伫屋里,原来是郑绍煦死了,停在长寿寺,离我家很近,都跑到这里来聚齐,一同去吊祭一番。宁岳南也来了,他们都去庙里,我则进来,又跑到孙家去打电话,林笠似还未回来,我想大概是不能回来了,也许是早已厌烦了我们家的事,不愿意管了,不来就不来吧!午饭提前开,一点半左右,强家表兄第一个来了,真是信人也!谈了半天,闲扯半天,快两点了,郑家三表兄来了,又耗到三点左右五姊、七姊才来,谈了一阵子。中国人向来是如此,一点半就是两点,两点就是三点才齐,七姊特别麻烦,五姊十二点半就到七姊处,一直等到这时候,又去请大哥和九姊,半天才来,来了又谈了一阵之闲话。大哥又声明,人是我请的非他请的,那又有什么关系。不错,是我请的,九姊夫不便,未来,陈书琨因只系朋友,未来,六表兄因事未来,七姊夫亦未来,笠似天津未归。今天只来了五姊、七姊、郑家三表兄,强表兄,渐渐扯到本题上去,因为大哥九姊之说闲话又不免稍为激烈一点时谈了几句,字看完了后,大致无讹,遂自己兄弟用印盖章,在兄弟四人相继盖完,时已四时许,二位表兄先辞出,送走,他要的东西如下:

1. 祖宗龛及灶君香位

2. 福建梅亭墓契

3. 小黑柜子一个(以上三件未列约字内)

4. 玉镯一副

5. 金表一个

6. 珠花一朵

7. 皮大衣一件

8. 日记二十九册

9. 潜斋文集四册

10. 图章数十枚

11. 已倒闭之虎林公司,股票二张(计票乙万元)

12. 嘉手章壹枚

13. 字画大部分

14. 西式柚木镜台一座

15. 唐宋诗词一部(二十册)

(14,15 两项为九姊要去)

我们应给他的东西,一件一件都摆在桌上,不短一样,大哥给我们的是:

1. 素幛子八个,单床

2. 现款四百八十八元

原系五百元,因珠花我们当十二元,此为二个月以前之事,他却扣去十二元,名义为他赠我们的,实际上系他由商务股票售出余款内提出者。本来答应把一个小书箱拿出,字画由我择,书箱亦不拿出,素幛百余只给十妆,但只拿八个单帐,真是人品差劲到家了,事情办完,他立刻把父亲灵棹请了出去,没有请出去以前,把约字供在父灵前哭拜之,兄妹二人演来,像煞有介事,可笑亦复可恨! 不忍做却处,如此刻薄待我,老父九泉有知,能判是非矣,且数年父早知将来之结果如此,故曾有分单之举且该物尚在,是征老父早知大哥将来待我等如

此矣。今日果然,故此次分居过亦可谓承先人之遗忘也!惟以后之生活,各自努力奋斗耳!五姊七姊又至西院稍坐,六时左右归去。

科 目 Course	平均數 Grade	科 目 Course	平均數 Grade	科 目 Course	平均數 Grade	注 意 Regulations
韻 源 流 Rhyme-groups of Archaic Chinese		英文閱讀及會話 Oral English		西 洋 上 古 史 Ancient Western History		1. 此單專爲報告家長轉學另有股簽 This report can not be used as a Transcript Record.
韻 源 流 Advanced Phonology		英 語 演 說 及 辯 論 Public Speaking		西 洋 中 古 史 Medieval Western History		2. 學生每學年所得成績分與其應得學分數較至少應爲三與二之比始得升級。本科學生除至少修畢一百三十二學分外並須得有一百九十八成績分始得畢業(體育等學分在外) To be promoted from one class to another the ratio between credits and merit-points must be 2:3. Every candidate for graduation must have obtained at least 132 credits and 198 merit-points, exclusive of Athletics.
韻 研 究 Semantic Study of Homophones		西 方 文 學 通 史 General History of Western Literature		西 洋 近 世 史 Modern Western History		
雅 誦 讀 Study of the "Kuang Ya"	D+	中世紀與文藝復興時代英國文學 Medieval and Renaissance Literature		西 洋 文 明 史 History of Western Civilization		
魏六朝文 Prose of Han Wei and the Six Dynasties	C	十七十八世紀英國文學 Seventeenth and Eighteenth Century English Literature		歐 化 東 漸 史 The Influence of Western Civilization to the East		
魏 六 朝 詩 Poetry of Han Wei and the Six Dynasties	C+	浪漫時代英國文學 English Literature of Romantic Period		中 國 歷 史 研 究 法 Chinese Historical Methodology		
宋 詞 Poetry of T'ang and Sung Dynasties		維多利亞時代英國文學 English Literature of Victorian Period		中國史家名著選讀 Selected Readings from Prominent Chinese Historiographers		
代 散 文 Modern Chinese Prose	A	美 國 文 學 American Literature		西 洋 史 學 史 History of Western Historiography		3. 學生每學期所得學分不及應得學分之半數者認爲學業劣等得令其退學 If a student obtains less than half the number of the prescribed credits in a semester, unless he can present grave reasons to the Disciplinarian as well as to the Head of his Department for a Re-examination, he shall be considered as an inferior student, and shall be dismissed from the University.
勘 學 Textual Revision	C	條頓及斯拉夫民族文學 Teutonic and Slavonic Literature		地 理 學 概 論 General Geography		
體 文 選 讀 Poetic Prose		四 洋 美 術 原 理 Principles of Western Fine Arts		歷 史 的 地 理 Historical Geography		
及 詞 史 Chinese Ballads and History of Ballads		四 洋 小 說 及 戲 劇 Western Novel and Drama		西 北 史 地 History and Geography of Northwestern China		
國 小 說 史 History of Chinese Novel		英 文 謠 譯 English Translation		金 石 學 Metal and Stone Epigraphy		4. 該生本學期聽得學分 Number of prescribed credits for this semester. ……18
三 百 篇 The Book of Odes	B	世 界 史 綱 要 Outline of World History				5. 該生本學期實得學分 Number of credits obtained. ……18
禮 制 研 究 Study of Ancient Ritual Systems		中 國 史 綱 要 Outline of Chinese History				6. 該生本學期實得成績分 Number of merit-points obtained. ……44
傳 研 究 Study of the "Tsuo Chuan"		秦 以 前 史 History of Pre-Ch'in Era				
子 研 究 Study of the "Chuang Tse"	C	秦 漢 史 History of Ch'in and Han Dynasties				7. A+=95—100 A=90—94 B+=85— 89 B=80—84 C+=75— 79 C=70—74 D+=65— 69 D=60—64 E=60 以下 (below 60) 不 及 格 (failure)
書 研 究 Study of the "Han Shu"	B	魏晉南北朝史 History of Wei, Chin and Nan Pei Dynasties				
說新語研究 Study of the "Shih Shuo Hsin Yü"	C	隋 唐 史 History of Sui and T'ang Dynasties				
學 研 究 Sinological Research		宋遼金元史 History of Sung, Liao, Chin and Yüan Dynasties				Date:
英 文 修 辭 及 作 文 English Rhetoric and Composition		明 清 史 History of Ming and Ch'ing Dynasties				

董毅在辅仁大学读大三时的成绩单

輔仁大學二十九年度第貳學期成績報告表
...t of the Catholic University of Peking   Semester—Academic year 1940—41
文學院 國文學 系 三 年級學生 董毅
year of the Department of 三 in the College of Arts and Letters.

晚饭时长吁一声,心头烦恼稍清,数月来芜离不安之情绪为之一清,以后安心读书,缩紧日常生活,预算月出苦干。事情办完后,大哥最后与我一纸,上边都是事后的废话,尚以老大等自居,恬不知耻至极,予惟可怜彼二人之糊涂,我则决不承认此事之决定为被人利用!

11月20日　星期一(十月初十)　阴

上午校长发回《玉函山房辑佚书》引用书目,我因无时间,故用自来水笔写,彼只批墨淡二字,谓其眼不好看,大概内容也不大看。我这费了半天的劲,抄,翻书写,整理,耗了足有二十余小时,他却不怎么看,真差劲,但一想到是为了自己而作,非为他而作,心中又安慰一些了!有人作序,他则赞美或留作贴出以文会友栏内,跋亦可,我不想出那风头,作了我亦不高兴他看,只注意几个学生而置大半,同学栏不顾此校长教学生之缺点也。午饭归来用,饭后娘带小妹去力六姨处坐并还其米钱,正看报时,不料斌突然来了。今日归家在西单南大街上看见她,我因骑得快,且其与一女友一块走,我不愿招呼她,遂回来了。上礼拜一去她家,她在披被高卧,上上礼拜一她不大理我,干着,上上上礼拜去了,她正出门,所以我今天决不去,省得又碰钉子我烦恼,想不到她却来找我了。阴沉沉的天气,令人不快,她还我文学二册,又借去一本,神聊一气。她说她中午看见我了,见了她只是谈电影,衣饰等等,真没劲,我想见了她转话题,不谈这些,讲些别的也好,可是也许她不愿意谈,对别的没兴趣,不爱谈?!三点多了,李娘因为我下午四点十分有一堂补课,沈兼士的,讨厌得很,还得去,所以李娘老在里屋催我去。斌是慧心人,还不明白,遂也不久坐,辞去。我不愿她走,但无理由留住她,而且我也要去学校了,只好目送她麻雀般轻俏活泼的一跳一跳地走了,我的心也飘飘然起来,定一定神,忙又加上一件衣服,骑车去校顺道至陈书琨老伯处报告其昨日情形,并与字据看,告其铸兄之号。至校才上课,外边足球场上赛美国式足球,喧闹声盈耳,神为之奋,心为之摇,忙敛神内视,专听沈先生讲书,下课已四时五十分,天已黄昏将暮矣,又跑至东单Rex去看《碧玉生香》,原班人马,又添了三个生人,演来仍很精彩。黑夜归来,至家八时左右,闻下午六时许,斌及其母又来旋去。晚饭后疲甚遂卧床小睡,

九时起来,濯足漱口睡下,精神疲劳不作何事,遂休息。

近日来,精神十分不振,总觉任何事物皆无兴趣,灰色的人生,悲观的生活,抑郁终朝,此迨近亲见背之处重影响欤!? 此恐无物可以治疗此疾病也! 加以环境恶劣,前途黑暗渺茫,更不知将来伊于胡底! 此疾非任何良医所能治疗者矣! 惟今日闻校长言人当思世界是进步的,活着当高兴,否则太无味,梁启超亦提倡趣味问题,于是青年雄心又为之陡起矣! 勉之勿懈!

11月21日　星期二(十月十一)　阴雪

啊! 下雪了,虽是不大,但地上已有薄薄的一层了,今天初次见雪呢! 难得,这才是"稀客"呢! 房上瓦楞上,树上,万物都加上了一层白衫,好似为战场上的勇士们着孝,但显着一种那么静谧的肃穆的庄严,纯洁高贵的雅致,我最喜月景和雪景,所以我今天比较高兴一点了,但不幸也像不肯离开我,早上骑车到学校去,在西四北大街一点,因怕碰上一个排子车,一捏闸,竟被地上雪水滑跌了,幸未受伤,只衣服污了一点,那么多人面前真是丢人,爬起来正了把,在西四牌楼中间又碰了前面一个骑自行车子的也未跌,在太平仓东遇见行伫,赶到学校,未晚。只是第一小时牺牲了,未上词,告了一点钟假,因为阴天睡过了时候,上了三小时,午间小雪未停,与小徐一同骑车归来,至西单分手,雪花乱飞,往脸上扑,眼睛里钻,讨厌得很。在宣武门又碰见了斌,没有招呼她,到车铺去擦油泥,修理车,买了点东西,走回来,泥泞满地滑得很不好走,到了玻璃公司后边又遇见了斌,她却走得不慢呢! 一路谈着回来,她对我很亲热似的,陪她到家,就在她家后门回来。

为了今日是娘的生日,中午吃的是热汤面,饭后写了几封信,弄出一篇Short essay,预备明天交先生,看了会伦理学,四点半拿了一小包的花生豆,过去黄家看会报,说了会话,斌又和我轻快地谈着,柔声地唤我。你对她远一点,她就向你表示好感,亲热一点,等到你热了,她又冷了,真摸不清她是怎么回事。五点半斌母归来,亦不知她怎么知道今天是娘的生日,老问我吃什么好吃的。她买了一斤羊肉又叫我在那吃饭,家里虽是吃的平常东西,但不好打搅她们,人家买了一点东西就得跑去吃,多难看,没吃过似的。四弟来叫我回家吃饭,遂归来,雪尚未停,地下已积有数分了,回来向娘拜过寿。晚饭后做三天的日记,今日九姊只命人送来一点东西,不到半个的白鸡,几片寿面而已,人未到。西院只下午那女人出来坐了半天,进去,一个小孩未见,人家都是有道理的,不来就永远不要来!

晚间十时了,雪还未停,明天雪大概总有一寸吧! 第一次雪就这么大真够瞧的,穷人怎么办!? 炉子尚未生,再冷刮大北风才生呢! 耗着,省煤是真的。

今日下午得笠似复我一信,语意甚不高兴,遂复彼一信,并与威如三兄一信。

11 月 22 日　星期三(十月十二)　晴

早上九点才上课,所以不忙! 学校钟比较慢一点,赶了去幸而没有晚,今天唐宋诗中曾挚作的一首《雾松》和《司马池》二首,题目少见新鲜,作的比较满我意。中间空一小时,到楼上阅报室边去看以文会友的栏内的同学作品,有几篇确实是作的不坏,自愧不如远甚,同学朱君泽吉国学甚有根底,彼作文,有一小半我不懂。我佩服他,他读的看的,知道的,确比我们高出一头,人也和蔼,不骄,常和他接近总会有益处的,今天贴出他作的玉函山房辑佚书引用书目序,作的真不坏! 校长批的是"予读此文精神为之一振!"神气得很。他太用功了,有时终夜不寝,我们却办不到,不到十二点上下眼皮就打架了,可是太过分用功于健康也有害处。不宜看看同学作的文章和报纸,一时就过去了,本来还想看看伦理学呢! 接着又上英文,何神父善于表情,令人大笑,惟其用直接教授说的,快时听不明白。下课赶快就去吃午饭,因为伦理学在中午一点到一点五十分考试,我也未看一遍,在吃饭时看看去,吃完了又看一会,还好,考题容易,六题答了五个,第一个交卷,出来一看,只用了半小时,又去图书馆待了一会。下午二时是各体散文习作,老头子考,出了一个要说,胡聊一大堆,自己总觉不好,没有一点深奥一点的句子造出,只是平淡无奇的言语,无劲,不满意,较之朱泽吉君差远甚,功夫不到家。加油! 努力! 追! 作完和小徐一块回来,路过强家,留下一信致谢,又到郑家小坐,谢三表兄。顷之,陆方来,旋大宝,二宝,维勤三人相继归来,稍谈因黄昏欲暮归来,路上因雪花,胡同内泥泞

难行,尤以下斜街为最,至家不一刻即用晚饭。饭后正拟作功课,看看报,李娘回来,忽然斌也来了。大冷天光着两条腿,穿了一双袜套。行佺忽亦来,拿来伯法来一信,伯法连此信已来二封,我则因俗务纠纷,未作复,暇时当答之。和行佺神聊学校事,谈至八时许斌归去,行佺亦走。斌近日的态度令人捉摸不定,有时看见斌表现得仍多孩子气,真是个大孩子,可是有时又要极力模仿大人,所以又可以称她为小大人,半大人!吃起东西来那么有兴趣,像个大孩子,可是在服装,化妆上又极力求大人化,摩登化!又不像个孩子了!

晚上,因为冬天来了,黑暗占据了一天大半的时间,太阳老早就回家休息了,黑暗提前光临了大地,晚一点回来就得在灯下做事。油灯极不便利,又不亮,更费钱,想不到在这多种不利不方便之下,会忍受的用了它半年,眼睛也不好过,做什么都不方便,处处觉得难过,想不到竟用了它这么久,别扭得很,想听无线电也不成,只好搬到家去听,想起来就生气,就可恨。这次就是花些钱,我也得先恢复电灯再说!

11 月 23 日　星期四（十月十三）　阴凉

阴天,七点多了,还是很黑,早上八点有课,急急忙起来跑去,还好才上一会,考词,作词的题目是"浣溪沙",论文题是"温韦李三人合论"我因不善作词,所以作的是后者,胡聊了一满页,上午两小时空堂,到图书馆去替慧写了一篇讲演稿子,题目是"体育与人生"神扯一气。昨日斌来说,还是她叫慧请我作的,给我找事做,中午在东海楼吃饭遇见大马洋枪,饭后到大马屋小坐,遇见久未见的郑爕。一点半出来至王树芝屋小坐。谈讣文事,下午两小时的小说史无聊极了,孙先生讲得不好,不起劲,一堂伦理学看了一会《小说史略》,下课出来天都快黑了,与小徐一同走,到家不久就吃晚饭,饭后弄出来篇英文,预备明天交的,拿了那篇讲演稿子,过去给慧,闲聊了一会,又听会无线电,又看了会书,耗到九点半了回来,没意思得很,不然我至少可以做一点事情!?今天斌又对我很亲近似的,不知她是怎么回事!?今天斌母又请我礼拜日去吃饭,我不想去,那天(前天)请我吃羊肉我就没去,一半不爱吃,一半他们家买了什么东西就去吃也太差劲!近来功课稍忙,加以季中考试,就去他们家少一点了。斌对我反热起来了,少女的心底是没有人能猜得透的!

11月24日 星期五(十月十四) 晴

　　早上八点就有课,大清早的跑去,小风已够瞧的啦!使劲走这么远,出一脑袋的汗呢!连日因十九日屋中有火太热,出去着凉,老留着清鼻涕讨厌得很,英文何神父已不比刚听他讲课时那般的别扭了,怪活泼好玩的,生字考的不多,上午第三第四两小时空堂,到图书馆去看《新文艺笔记》下午要考,午饭提前去吃,在有缘居,东西邪贵,吃的不大饱就是四角大洋出去了,敲了我一次大头,下次再也不去了。中午看看报,在教室又看笔记,先生出了考题:一个是"如何写一个剧本",一个是"舞台艺术的重要",一个是"评父归",可以说和平常写的笔记没有关系。停步直书,一小时半写了三页半,出来恰好第三时的伦理学伏先生请假了,顺路理发回家,头为之一轻,到家一会,到西院去上供,大哥不在,由我拈香,父灵棹本在我屋内,因十九日事情清楚后也请了出去,嫌有老妈子在那睡,可是今天摆的好地方,就把父亲相片卡在祖宗龛玻璃上,也无帐子,下边摆一个小茶几,一切可怜的样子就别提了,这样是他们办的就对了,没话讲。今天九姊也回来了,不知看了心中作何感想!? 晚有风,甚凉,昨日起生火。

　　今天值得一记的就是平日不大出门的娘,忽然带小妹去中央看影片《红花瓶》去了!

11月25日 星期六(十月十五) 晴 风 冷甚

　　太阳出来的老高,一点云彩也没有,可是晒在人身上一丝儿暖意都没有。小风,不,风虽是不大,可是也不算小的吹着,真够劲头了。九点上课,去校一进宣武门就一直往北,真够受的,有劲不顶事,风和你较劲吗? 手足再一冷,呼吸不顺适,眼睛睁不开,这活罪就受得大了,还得别被汽车碰上自己,自行车也别碰别人。下雪了,天冷了,还得留神滑倒了,就是风吹得出不来气,这味最不好受,别的都将就,好容易四肢冰凉麻木,而头上因为戴了一顶帽子而出了一

头的大汗。今天上午只一小时课，还好，今天考说文，不白跑，但又吓一跳，他指定的参考书我一本尚未看呢，如果考那些书本上的，竟不糟心，抬头一看题目是"试述读段注说文之方法"心就放下一大半，毛笔没有带来，用铅笔答的胡扯一气，瞧着沈兼士就不顺眼，不知为什么心里就讨厌他！考完一小时也就过去了，出来遇见小刘，一同骑车到东城去，在北池子北口分手，我去五姊家看从东北来的郑三嫂，他去东方取相片。到了那里，三嫂少不了老太太那一套，家事她已由五姊告诉她，又唠哩唠叨的说了一大套空话，老年人都是这样，没有法子，只好静静地听着，实在心里烦透了，我真不愿人在我面前再提起此事。我只是会联想到亲爱的父亲去，我心里就难过，有时想起了，真想痛痛快快的大哭一场，但是怕人说我发疯，理智抑制住了我的感情。我才到五姊家不一会，河先就回来了，午饭，在那吃，又小坐一刻到一点半的光景，出来到东安市场去走走，东西不少，可是都够贵的，买不起，到大从袜厂买了一条围巾。出来碰见李娘，她已代我取回做好半年没有去拿的西服裤子。风在街上吼，空气冰一般，有点像什么东西在刺你的皮肤，在大街上一阵大风迎面吹来，简直是骑不动，往西，往北都走不动，骑自行车的就怕风，有风就行不得也，烦透了。四肢又冰凉，风愈发得意愈发发狂，一阵较一阵紧的向你吹来，戏弄你一般的使你既冷得咬着牙，努着力，心头只默默勉励着自己，努力向前进，奋斗，挣扎，进一步是一步，进一寸少一寸，终有到达目的地的时候，哪怕她再有更大的风，更大的阻力，更寒冷的空气，只要冲上前去，不退后，不畏难，热血恒心可以打破一切险阻艰难，终有一天则达我的目的地！果然，不断努力的结果到了达智桥，买了两张明信片。因为天气太冷，所以就在邮局发了二片，草草写好，一是给世良兄，明天他在保结婚，今晨谁从四兄去保，为子证婚。一给天津久未通讯的老友光宇和祖武问候问候。归来看报，晚上看了会闲书，早休息，但是脑子老不休息安静，乱七八糟的往事、今事涌起没完，老半天才睡着！

11 月 26 日　星期日（十月十六）　晴

八点多起来，慢腾腾的弄完了，已是九点左右了，看看报，整理些东西，补写了昨日的日记，本来想去看看九姊夫，后因懒中止，把从斌处借来的《中国

258

文艺》看完，没有什么好，无大意思，较之我的《文学》差多了！一个早晨就这样消磨过去了，中午十二点半正在用午饭，突然斌来了，因为我们在吃午饭绕了一个圈子就走了，不知为了什么来的!?饭后又看了一会书，把水鞋拿出来刷油晒晒，预备用了。三点半左右娘带四弟五弟去购物，我去力家看小妹、伯长，由葵京归来，伯津与其二女亦归来，谈顷之即归家，忽孙湛来？与他一边谈，一边整理中国史学名著笔记，因为已有二次没有抄在清本上了，一会慧亦来了，知其母及斌均在西院聊天，成！所谓近朱者赤，近墨者黑，孟母三迁，吾人可不慎择邻乎！日久必被熏染，吾窃为斌等将来忧也，不明好歹软？彼等之口甜软?!吾不明也！黄昏时慧去，并取吾相片一张，娘是时已归，慧坚邀我过去，我因笔记未抄完未去。晚饭后，继续整理。

　　夏历今日为十月十六日，户外月光如画，十分可爱，惟举目四望，院中尽是枯枝，冷风怒号，处处显出十分枯燥凄凉之意，令人索然无味，闷时散步思诸老友均未在平，不禁生悲。电灯前欠十八元六角昨日还清。今日午时铸兄在保与蔡女士结婚！

11月27日　星期一（十月十七）　晴

　　今日考中国史学名著评论，校长的课，昨天也未看多少，今早在唐宋诗堂上看了一点，提心吊胆的去考，还好，考的不难，题目是"后汉书之叙事法与史汉有大不相同之点，试详述之"。一为两月来听本课之心得，不过只一小时十分，时间过短，不能尽量发挥，答得还觉满意，十一点多一点出来，不到十一点半就回来了。看看报，前天李娘去电灯公司还了前欠十八元六角，今天令老王前去报，又不成，还得画图，电料行又得是登记的，很生气。下午吃过晚饭到电灯公司去一趟，新改了章程，报新装得画线路图，还得由电料行去报，非登记之电料行。则电灯公司检查时，尚收检查费每盏灯之用，手续相当麻烦，新章程一月前才公布实行，早点弄没有这些麻烦，后悔来不及了。白白先还了前欠，又出这么些花头，早知道不还他前欠了，倒霉的事情都遇在我的头上！就一个电灯行来看，说线都旧了，都得换新线，三毛五分一码，这么大院子，这么大屋子，真够瞧的了，还不得百元左右，吃不消。归时路过尚志医院小坐，把约字给

九姊夫看,态度冷淡,令人不耐,无聊不一刻遂归来,因电灯事不成功,心殊烦闷。五弟归来,不知为了什么事,一高兴把关在鸟巢内的"老西"放了,才飞出不远就落下来,大概是关的太久了,或是冻的,一不留神被在旁边瞧热闹的小黑儿拣了便宜,吃一顿活肉食,心中不禁一酸,真是何苦。本来放生,反倒送生了,一条性命结束了!可惜!可怜!不顺心的事全被我遇见,心里烦透了,换新线没有那些钱,不换报不下来,白还他十八元六角,还是没有电灯点,烦死了!心中百无聊赖,书也看不下去,什么事也做不来。在屋中,在院中徘徊,太无意味,思前想后,从前,现在,将来,人生真无意思,做人也太无味,将来总不免双眼一闭,两腿一伸的放下一切,没意思!灰色的人生,做人也太无味!虽然知道这种颓废的思想在青年如我的脑中不应该存在的,但是环境是如此,又有什么办法呢!?顺步走到黄家去,静静的小弟在做功课,我看看报,告诉慧几个化学的简单答题,恰好斌母回来,又教训了小弟一套。今天不走运,处处不顺心,他们六点钟吃饭了,我就回来也正好才开,心里不痛快也影响了饭量,吃的比较少了,人要是没有什么心事,没有愁烦,没有牵挂,没有责任,那人就太快乐了。从前九年中学的生活,就是如此,那时不知自己如此舒适,不知用功,现在晓得念点书了,可是每天又有那么多的俗事缠绕打搅你,使你不能专心,真没有法子。钱只有那么多,用完不知怎么办,娘却一点打算都没有!真不是办法!不得了!

11 月 28 日　星期二(十月十八)　晴,有风

在冬天降临了以后,太阳好似除了出来照亮了大地,令人工作看得见以外,似乎没有别的用途了,完全失去了夏日的威严和猛烈的热力。天虽是晴着,一点云也没有,太阳光毫不打折扣的普照在每个人身上,但是除了知道天亮了以外,一点温暖的感觉都没有,西北的寒冷的风,是这时世界的主人,疯狂一般不停的奔驰,不住的吹,吹冷了每一个人心底!风今天还不算大,可是遥远的路途大半都是往北,早上去学校,正和疯狂主人风儿对头,和他做对头真是活受罪,死气白拉的烦着你,不许你前进,吹得你睁不开眼,出不来气,冷气麻木了你的双颊和两手,真不好受,不知费了几许的力量才能走完这条一眼望

不到头的长路，但又有什么法子呢！每天知道是个苦难，但也得硬着头皮去受，往往是手足脸上冰凉的，而满头满身是汗，身上有着两种极端不同的感觉和现象，犹如赤道和两极的差异到了学校，冬天出汗，别人看着新鲜，我只能附和他们以一脸的苦笑！没有说的！一半太懒的我费了无数的力量，到了学校。第一小时词句课，又点过名了，只好又告了一小时的假，下次决不可再晚了，否则不能有这门的学分了吧!? 第三四小时是余先生考经学，题目是"经学展史"开辟时代书后，现从头看了一点钟的书，看完才开始批评，不知一时哪里来的那么些说的，竟用了三页纸呢！满意而出，与小徐一路，因顺风狂驶而行，颇痛快。今日因早晨怕耳冷，戴了一个呢的猴帽子，先暖和是真的，管他好看否?! 午饭归来吃，发了二片，一与华子，一与家煜。午后吩咐老张妈坐了车子去送礼，一处是林笠似四兄处，一盘肉松，四瓶酒，一处是郑三表兄处，一盘肉松，都是因为这次家务，麻烦人家的结果，幸而全都收下了，共赏了八毛，但是车钱就去了一半。下午风又起了，又觉得冷起来。下午无课，看书是从小刘处借来的一本翻译的美国劳伦斯的大胆著作，内容有关 Sex 的描写，内心情绪的叙述十分精彩，饶述一译，原文名 Lady Chatter ley's Lover，D.H.Lawerce《查泰莱夫人底情人》。

才安静下几天的心情，这两天又浮动起来了。上礼拜六中午接到了泓来的一封信，实在讲起来，我有时会恨起我自己为什么这般和自己这么别扭呢！虽然在一月中偶尔与泓通一两封信，数月中未必通一次电话，只是极普通的友谊的往来，我心里说良心话，可以说是到现在为止，并没有喜欢她的成分，只是认识的一个女性朋友罢了！如果只这短短的几个字被泓看见了，也许会不再与我写信，不会再理我的了，那也许会太伤了那个女孩子的心呢，所以有时想起我对她的淡漠，对她真有点歉意，同时也因为我心中被另一个影子占有了，这个影子——斌——不时在我面前显现闪动，使我不能忘掉她！这个弱小的心灵，完全被占据了，故而有时她虽以极冷酷的态度来对我，这心头的印象也是不能淡下千分之一去，怎么样也忘不了，恐怕这辈子不会磨灭了。虽然将来的事情上演变到什么程度，谁也不晓得。我知道这个影子将要永远能够在我的心头上占有一个小部分，而不能消灭，直到我没有生命以前！因为这个影子是我第一次呈出我的赤诚，热烈的心和感情的对象！第一个打开我心灵之门

的人儿,我第一次与之接吻的人儿,我第一次所爱上的女孩子!但是近来她有点与我失望!或者可以说她不明了我,未接受我的热情,我知道天下比我强的人多得很,但我相信,在现在这时能像我这般赤诚的,长久时间毫不松懈的关心着她的,没有一个!但是她怎知道!?她让我失望的原因是她不再去继续求学了,没有上进的心,爱好虚荣,修饰不宜,有点骄傲,有点狡诈,我的诚意常被换来的是白眼,窘迫和欺诈的诳语。这是使我感到伤心和不快的!这两天眼前又不时浮出她的影子,有时自己满腔火一般的热情,只是用力的抑制着,在见着她时,又摆出那一副冷冰冰的态度来对她,有时想起自己这样内外互相矛盾的态度和表现,真是又好笑又可恨!想不出为什么要如此!

每日在家中所遇到的,看到的,听到的,日常生活的,小孩子胡闹的种种零碎的琐事,真令我心头老是烦恼,头痛!家中处处都是乱七八糟地堆着。请娘收拾老不整理,看着心里就烦,我的性情,爱的是有一个温暖的(心情上的非温度的)快乐的,整齐清洁一切有序的家庭!

常常想起每天无什么事情可做的斌,每天的生活寂寞的日子不知她是怎么过的?其母也不知是怎么想的?!会打字了,就有事做吗?没事成天在家做什么?弟妹上学,母亲上银行,一天到晚不愁吃不愁喝,白白的呆着,我替她想也太寂寞无聊,不知她怎么过的!?本来下午想过去看看她,谈谈天,后来一半因为刮风了太冷,一半也觉得没有什么可谈的,若一碰上她不高兴才倒霉呢!终于理智胜过感情没有过去,强制自己在家中屋里围炉看书,消磨了一个下午!冬天不好,我不喜欢,活动的时间和地点太少了!冷处处限制了人。昨日上午接得一封李永的信,盛情可感!

11月29日 星期三(十月十九) 晴,有风

看着没有风,虽有也很小,但是骑上车往北去,身受的情形完全和眼看的大相反了,风虽小,顶着走真是费劲,再要大刮北风的时候,我真不敢想骑车该怎么走!第二小时,唐宋诗仍晚了十分钟,真差劲!明天起,一定要早起,不许再迟到了,不然太不像话呢!考完又到图书馆去,因为第三时是空堂,也没做

30 年代的中南海新华门

什么事,只查了几个单字。第四小时是英文,外国人(美国)教,何神父讲的是"Pigo is pig",今天竟拿了两头小外国种猪来,装在一个洋油铁桶内,神得很,猪很好玩,讲的除了自己去查单字以外,他说得太快,不大懂得,这门课挺烦。唐宋诗,说文,二门考的不大好,大概是不会不及格吧!中午起风,饭后至教室与同学数人畅谈,又提起大前年的西苑事,很是不胜沧桑之感呢!胡扯一气,不觉已是两点了,上课老头讲韩退之《原性》和《文心雕龙》的"史议",今天有点不舒服似的,总不合适,下午和小徐(仁熙)一同归家,在达智桥碰见了五弟带他回来,因为环境恶劣和经济的困难想到将来真不知如何是好,心中烦闷已极,怎么又能高兴呢!平凡无聊的生活,近来对我大大的不感兴趣,无意思得很,学校的功课也没有什么使我特别感兴趣,无聊充满了我的生活中!

晚饭前孙翰来谈天,至暮方去,饭后至西院,见斌母在。近来,斌等与四嫂往来甚频,我甚为彼忧,见面甜蜜语说的好听得很,当一面,背一面,虽斌等亦知其人,但人说是当局者迷,一时迷惑与其所以,上当吃亏后悔晚矣。我家至今如此凄惨,大半断送其手中,我不愿我喜欢的斌再受她的苦,所以我一知道她们的过往很频,我就代她们担心,如果不断与此往来下去,口舌加多以外,早晚会出事情的!

11 月 30 日　星期四(十月二十)　晴,微风

今天早上还好,不算得冷,只是有很大的雾,没有风。在太平仓口上遇见了曾泽和行侁,到校晚了五分钟,真没出息。孙人和的词讲的是好,三老板,我对他总不感觉兴趣,两小时空堂,在教室看了半天的小说史,下午考。又到后

边去看以文会友栏,今天全换了新文章,有女部的,有一二篇做的不坏,不论男女同学多数都比我强得多!我可算个低材生了,又看了会报去吃午饭,饭后归来仍在教室看小说史。偶到大学号房去,忽然看见了济华寄来的讣闻,误了好几天,真是哪里说起!小说史考的容易,不到一小时就答完了,出来突然接到松三由川来一片,慰我有孝之事,情殊可感,千里迢迢故人情,令我不禁神飞天外,遥与相会矣!南方诸亲友值此时期更不知皆做何事也,松三壮志得逞,甚可钦佩,反视吾仍蜗居京都毫无进步,深为惭愧,凄然怅惘久之,又上一小时伦理学,归来暮矣!

总观近来在"以文会友"栏中所见之文章,于"自叙""与友人书"二题目中看来。

晚饭后正要预备看点书,突然门开处,轻轻的、慢慢的走进来一个人,定睛一看,啊!原来是四天未见的斌来了,接着后边又跳进来一个活泼的慧,最后其母也来了,想不到今天会高兴大驾到此,他们都进去谈天了。后来斌独自出来,只我和她谈着,胡扯一气,她说了许多她想怎么样怎么样,有钱时候如何如何,和我在初三时一般的空想,但是到现在又那样实现了呢!她最大的志愿是周游世界(奇怪怎么那么巧和我数年前想的一般无二),最后住在一所小红楼里,并且学画,近的欲望是修饰她的自行车,做几件衣服,和买几双鞋。人的欲望是无穷的,我从前还有许多如她一样的"美丽的幻想",但是实现何期?

12 月 1 日　星期五(十月廿一)　晴

下了第一小时的词,有点提心吊胆的劲去隔壁教室等候考试英文,考的简单,可是单字用原文注解,麻烦了!一多半都有点发憷,后来一想,考试也就是那么一回事,由小学至中学而到现在,身经不下数百次大小考试,怕什么?左不是那么回事,事情被时间分配,一件一件顺着次序,在人的一生中普遍的开展经历着,怕是没有用的,到时候自然一件一件的都要去经历的。考试英文,今天也不过是那么在人一生中犹如沧海的一粟罢了!出乎人意料之外,外国人何神父,考试会很松,这似乎是在中国人的脑子里对外国人普遍印象中的一个奇迹,例外了!于是多数人大大暗自得意,以我这般差的英文程度,虽是考的不算难,但关于 New world 方面也不免有点小小的暗自得意了! 考完出来,看了会报,到图书馆去,在世界文库中发现了有外边很少见的词《云瑶集》,孙先生昨天才介绍给我们的。我预备下礼拜抄,不多才四页,可能的话,《尊前集》,《阳春集》,也抄一抄,不过比较多,最好的是自己能有一部《新文学大系》和《世界文库》喽! 午后在教室中和杨辅德神聊一气,东拉西扯的,他想印一点音乐书,又无本,又谈他家的事,天津大水所受的损失。两小时新文艺朱先生真能扯,没有讲多少东西,竟说了两点钟。精神已经够不济的了,还得上第三堂的伦理学,无聊极了的一小时,对她一点兴趣都没有,必修科,还非上不可,归来已暮矣。晚饭后在灯下看报,忽斌母来,旋去,一时因考完心中无事,遂过其家小坐。经西院小门走,犹如一家,但近来不知是何心理,不大喜欢过去。一半过去无事,一半对任何事物都觉无聊,没意思。过去一看,斌和其外祖母在炉边坐着,手里打毛线呢! 和五妹小弟说了会话,看看报,斌不大说话,亦无什意味,八点半遂归来,因为五妹已上床睡了,别人亦有倦意,我在那多少有点不方便,且归来尚可做点事,临走,斌说:"你怎么走了!?"我心里说:"不走等什么? 你也不理我,不和我谈话,我还在那干什么?"斌的性格有点太过于娇惯,骄傲,她时常冷着我,她不知道被冷的人是多么的难过?! 她却是丝毫不吃亏的,又立刻反抗,或是报复,而我却从她那里逆来顺受,不和她们计较,一笑置之罢了,对我,那没有什么!? 不过以后拿这种脾气态度去对别人和处社会,人一定会笑她们,会给她们亏吃的,只是希望她们以后长大了,自然会知道改过来就好了! 为了"己所不欲勿施于人",她每次来了,我有事,也放下不做,也要高高兴兴的陪她说些话,因为我知道被晾着的人是多么不好受的味! 回来了,心里空空的,似乎失掉了什么东西而感到一种无名的空虚怅惘,在灯下看看报,已是想睡了,没有再做别的事情,明天也只一堂,于是整理好一切,就去休息了!(斌等说话有时刺人太甚,有时太放肆,家庭教育差点!)

12 月 2 日　星期六(十月廿二)　晴

一觉大天明! 红日已很高,急急忙忙地跑去,一路上碰见了许多的结彩的电车,西四南口也搭了一个大彩牌楼,本来预备今天全中小学及商民全体游行

北平日记

庆祝，王克敏就任新民会长，后来此令临时取消。不去很好，省得学生们挨冻了。上了一小时的课就无事了，在学校内各处走走，报还没来，到操场看看，有人在上体育，看看别人欢天喜地的生活，再反想自己，有点悲哀。他们那么整天有兴趣的、生气勃勃的生活，虽有忧愁，也不过是愁国家不幸，世界太乱罢了，至少无内顾之忧，每天都是挨日子似的，太阳下山了，卧在床上了，只是又过去了一天，过了一天，过了一天就是一天以外再没有什么其他的感觉了，充满了无聊和空虚！生活没有意义，过的日子缺乏有兴趣的生活。

心中塞满了怅惘和缥缈的感觉，孤独的一个人踏上了归途，在西单一家澡堂子沐浴，暂且将这付将来亦是废物的肉体空虚的疲乏了的肉体交与了柔水，尽情地去安慰，去抚摸，去激励他吧！身上轻松了许多，好似释却重负似的。可惜这种感觉是暂时的，不能长时的令我轻松的生活下去！

午饭后助母亲收拾整理一切，乱了半天搬这挪那的弄了一身土。三点多了，才整理个大概，因为搬移多年的衣箱子，才发现了西北角上墙都坍了一个洞，都通到外边去了。风大得很，怪不得晚上这屋这么冷呢！赶紧叫老张来看，令他迅速通知二太派土运来修理，一会二太亲自来看，不收拾也不成，这房子也糟透了。墙中大半都是空的，一则年久，一则耗子太多，坏极，真有点担心怕它不知什么时候会倒下来呢。房顶上不时的落土，听着就心烦，有机会决定搬家，挪开这个是非地。十余年住下来，没有顺心过，真是个倒霉的地方（实在说来，地方又与人事何干?!）看土匠修理后墙，跑到多年没有去过的房后，玻璃公司空地去看，房后的墙都裂有许多道大长口子，悬了，再过久了也不成，现在玻璃公司后显得十分荒凉，公司的房子都拆了，地下一大坑，一小坑，高一块，低一块，简直和荒野差不多，只是特别独自存在的尚有一座半截的石砖砌的大烟筒。盖公司的大石砖（现在是无处卖去了），又大又结实，都被人利用堆起来分做几个区域，或是上边再盖上大洋铅铁板（那么大，那么多，现在也无处去卖了）成了几所又大又结实的棚房，只是无门无窗，遮雨遮日不挡风的屋子，地被煤厂租去，木厂也有，用大石砖或是铁丝分成几个区域，各自经管做买卖。回想以前的情况，如今人物两非，不胜惨然，徘徊久之，才走了。顺路到孙祁家去坐坐，许久没有看见他了，正好在家，遂进去略谈。听他说，他的近况，也是很无聊，多半在校，王家也无意思，礼拜六，礼拜日亦回校去住，只是日

266

间归来一次而已,祁为人之性情亦是忧郁矣。因为这两天老想打电话给泓和她谈谈,老无机会,于是今日在祁家打,叫了半天,没叫通,于是又进去和孙翰孙祁二人聊天,看见了他家从天津来的翰的大姨娘及其母(太太)。六点半了,又叫了一个电话,这次叫通了,想打电话给泓,打通了,拿着电话又不知说什么好了,毫无意义的谈了谈几句,又没得说了!正好她要吃饭了,遂挂上。回来路上一想心里好笑,不知这次电话终究又说了一句什么有用的话来!?晚饭后,心中茫然,未做什么事便自去睡,卧在床上看书,至十一时始睡。

12月3日　星期日(十月廿三)　晴和

精神肉体每日都是沉浸在无聊与烦恼中,只是在睡梦中才是我的自由天地,才能会解脱了一切,我的不幸和悲哀在休息中才从污浊的社会中还给我以纯洁的自我,就是因为这个吧!(?)所以我常常贪睡不肯醒来,以致时时误了事,迟到了。今天又是快九点了,才离开了我那理想的,空泛的美丽的梦乡!因为想去真光看早场,急忙做完了一切,骑车赶去,到了亦迟了一刻,在正片未映以前,演了两三套短片,很有意义。一是杂志,有美国海军演习等,空军亦有,看人家那些雄伟的壮大的海军,回想想我们的海军,真是不能开口呢!哪一辈子才能和人家相比呢?海军?中国,可怜老大的中国,空自负有数千里长的海岸线,而竟无一支像样的军舰!惨!不忍再想了,再往下看,有一部炭画片子,很幽默,其中演制造炭画片的经过手续,这都是相当的有意义。这虽是一部短短的片子,可是不知其间要经过多少的麻烦手续和着色,多少人在画,精心的描,着色,比较,整理,次序的先后,照相,真非坐在电影院中舒心适意的在几十分钟快活的看着的观众所能想象得到其中困难的百分之一。再有一部是纽约世界博览大会的概况。此会中五光十色,几乎令人目不暇给,人工的布置,精美科学的管理,由此会可以看出西人对于学科努力奋进,研究的精神,由此展览会中之物品,可知道各国科学精进的成绩,令人惊叹佩服,中国人自愧弗如远甚,虽未能身临胜地,但是能由此短短片中能窥其大略亦甚幸运矣。正片中无何意思。劳埃劳伦的主角,但是我觉得他在片中并不太重要,戏也不算多,那个医生还比较吃重的多,不知叫什么?今天我觉得附片子反比正片子有

意义。归来在达智桥又遇见孙祁，昨晚回校，今午归来吃饭，何苦，不知这样有什么意思？下午未出门，看土匠在屋内修理墙壁，二弟一妹随李娘去东安市场看牙，我在家中助母挪移什物补壁，补写日记，一日又过去了。今昨二日俱未过去看斌，因为没有事情，去了又没得说，斌又不开口，实在没有意思。而且她现在时常表现出一种浮夸的思想，且爱接近有日趋无望的危险性的人，我真不高兴，所以也不愿去看她了！今晚四弟过去取回小弟借去的笔和墨盒，回来说，斌未在家，我心中一动，今天星期日，斌大约是又去赴什么所谓洋人的宴会，或是别的什么带有跳舞的宴会吧！我想大半是去参加这种性质的宴会去了！世界能有多少女孩子的思想是前进的（虽然现在有了不少，但是仍是少得很）。少女的心是柔弱的，易动摇的，灯红酒绿，清妙的音乐，光亮的地板，红的酒，黑的礼服，特别兴奋感觉的异性拥抱中的跳舞，是最易迷惑了少女的心，少女是最容易沉溺于这些表面快乐，而中含无数痛苦的交际场合的，引人上钩的甜的毒素！想想那些背面吧！是会令人不寒而栗的，这个上了瘾实际与那抽大烟上了瘾又有什么分别呢！？日子久了，害处就会显出来的，不过钱花出去的，精神肉体心灵上所受的害处与方式和抽大烟不同罢了，但是各方面所受的害是一般的深重！近来斌时常幻想着跳舞的乐处，自然一有机会是不顾一切的去参加，嘿！何况她母亲并不阻拦呢！？只是在这个时候，在这么年轻，在她那种环境的家庭，老实讲起来，在前二者方面来说是不必要的。中国现在需要的是吃苦耐劳的青年，需要上进的吃苦的青年，不要也不准那些沉溺于空虚的贵族生活中，在后者来讲，不客气地说，她的环境还不配去走这种交际的场合，去交际场中也得懂得些其中的规矩，衣服也得相当的适合，不然人家说句话不懂、规矩不知、衣服不适合，令人窃笑的，令人看不起，少女的心最易被虚荣心所攫夺。现在的斌心中就是充满了羡慕虚荣、奢侈、只有金钱会满足她的欲望，所以她现在处境是渐趋危险了，这都是由她的思想所造成的，许多名门小姐为了羡慕虚荣，而竟一失足成千古恨的不知多少！！她现在就有日趋下流的危险性，自己力量办不到，穷模仿不已，假如此时能有人给她一点实惠，我想她或者会献给那人一切的！危险！当局者迷！错误的思想自己是觉不到的。我不赞成跳舞，不是因为我不会，我没有机会去学，去练习，而是因为我根本不赞成，而斌偏喜欢去参加（而她的一切又不适合去）。而我希望她的心很咸，可是她不上进的心，只知爱慕虚荣的思想，令我大大失望，可惜我关心她的心血，无时无刻不在想着她，为她直接间接的也花了不少的钱（我自己认为，当然在阔大爷看来是不值得一撇嘴的！）。每逢看见好东西，或是好听的音乐，就常以没有同她一块欣赏为遗憾，但是近来她所表现的一切，都令我大失所望，我对她灼热的心，因为近来对她的失望而渐渐凉下来了，我二人之间的距离也渐渐的加长了。三十夜，斌曾过来小坐，我因近来很少有机会和她自己谈谈，于是乘机和她聊聊天，稍微有几句暗中表示出我的心意，但她有意无意间的说了几句，令我心冷，心中默然。她说"去年你送我们三个人的胭脂还有呢！……"天知道我是送给谁的，怎么说是"三个人"。小弟难道也擦胭脂？去年冬她擦的最厉害，又说"你想我干什么？我都不想你！"是呀！我真是傻子！费那么多心，费那么多的精神关心她想她，她却不想我！白费！何苦来，我当时听了，心中是多么难过！和冷水浇头一般！只对她苦笑了一下，没有什么可说的了！想到以前的种种，她自己承认她时时的说假话骗我！而我却没有一次骗过她，对她说的话，替她做事，都是诚实极了，她可领悟我对她的这一片心，以前她真有不少地方欺骗了我，她不会爱上我的，像她那样带点浪漫性的活泼，不算不太美丽的面孔，是不会没有人追逐的（以前她自己不是告诉我曾有人追到她家去吗？）。她也不会一个人不爱的，她那突然冷，突然热的态度，正表明她不是诚意的爱我了！唉！也好，就我这方面爱上她吧！她不爱我也好！天下有钱能满足她的欲望的，又漂亮的人多得很，希望她会碰上一个好人儿，得一个好结果，快快乐乐的过一生！她自认识了我，在外边一块走时，总是好像避讳似的，好像认识了我对她是一种耻辱似的，唉！如果完了，完了就完了，就如同我没有认识她一样，不再想她完了，以前不认识她的时候，不也是她是她，我是我吗？现在何必一死儿的惦记她呢！？未免太僵了！虽是心里这样想，但心里总不舒服，因为感到是受了骗了，被她愚弄了，自己却把真情给了她，其实她是在轻视自己，想来愈觉有气，想写封信给她，表明自己不是一个傻子，不再被人家愚弄了，但总是迟疑不决，夜里也不好睡，想到暑假时和斌二人单独在她家里愉快天真地谈着天，甜蜜的拥抱和接吻，但是想到她离开了我，和别人在一块玩，或是再和别人谈恋爱，再回忆她和自己的亲密，心中越发难受。假如自己和斌没有恋爱，她若现在和别人去玩，最多自己感到一点妒意以

外,没有其他痛苦的。但现在她已经给了我除结婚以外的最大的安慰(拥抱与接吻),忽然她又变得冷淡了,或她再去爱别人,我就苦恼得多了。人是感情动物,没有感情是不会有爱情的,感情又是时间磨练出来的,若是没有感情而先有爱情——比方一见面就发生爱的——这种爱不是真的爱,也是容易消灭的,消灭之后也没有苦恼,唯有由感情生出的爱情,最不容易消灭,即使消灭了,也与人以极大的痛苦的,而且也是终身不能忘的,我对她的心,她那么聪明伶俐,不会不领悟的。我的热情她又好似不大愿意接受,但是怎么又肯和我亲吻,现在又冷了,她的心真想不透是怎么回事。

董毅、刘淑英夫妇毕业 41 年后在母校辅仁大学校门口留影

12 月 4 日　星期一(十月廿四)　晴和

　　两小时精神专一的听校长讲功课,不免觉得有点疲乏。午间骑车归来,太阳暖暖的晒着,到家大有暖意,穿上了棉袍又觉有点发燥,午后无课,在家看看报,饭后陈书琨老伯来,谈顷之即去,和小妹贴贴报纸,又和老五等商量安电灯事。电灯公司,十一月一日起始公布新章程,要画路线图,要布新线等,麻烦得很,连着计议了好多天,还没有一个结果,真令人可气,又誊清笔记,下午吃花生,白薯,嘴里老没闲着,肚子里乱七八糟,有点不好受,明天起不许再胡吃零食了。这两天吃的太乱,花生也吃了不少,以便肠内干燥,一时突然精神疲乏。

在先父生前所睡之床上休息，朦胧中，心中百感交集思潮起伏不已，至晚饭时方起，饭后继续写笔记，但因教导四弟功课，并询其英文成绩，恶劣异常，心为之焦灼愤怒异常，于是又不得不费些心力口舌给他讲，教其读，以致误我功课不能做完，并重加训斥，且四五二弟年幼不知甘苦，不知读书真令人费心头疼，也不知他日三人能成人否?! 唯我尽我人事，努力教之而已，亦半听天命矣。晚因在床上阅书至子夜始寝，李娘去东城至十一时左右始归，前与家昱一片久未得其回信，其人殊荒唐，威如亦无回信，此际我不过穷困一时而已，想当初父亲不知救济多少亲友，而至今谁又有一援手于我，但我少不更事，不惯作汗叛颜向人乞讨，此种信件，实雅不欲为也，铸兄近已无信来，想必新婚燕尔，亲爱无瑕也! 一笑，老友处皆久无信来，不知何故? 心颇念之。

今日校长言"人一生如浑浑噩噩，毫无所知，日惟疑坐呆食，得小惠则喜莫大言，心中无什忧烦，则终生快乐无穷也。反之一人博学广闻，无时无刻不觉自己之卑陋，觉自己所知之不足，欲望愈穷，痛苦愈多……"归来思之，良是，心默识之，亦经验语也。

12月5日　星期二（十月廿五）　晴和

连日天气晴和，甚好，但四日下午皆未出门，在家中混过，亦未做何事! 可惜之至! 什刹海，北海等地，水早结坚冰，多人皆去滑冰，我则因怕落水未去，中午归来，晴阳暖意袭人。饭后阅报，忽载有夫毒死妇人案，其子女报案，此自古至今，多以女害男者为多，而以男子杀其妻之事实少闻，而凶手为一法律家，知法犯法更属奇事。二月前沪上发生有二子因其父虐待其母，而以电死其生父，固已奇甚，不料无独有偶，又复有此奇事发生，此诚继刘景林枪杀滕爽，及箱尸案后之又一宗耸人听闻之奇事也! 世风不古，国家不幸，异事层出，令人浩叹!

此事现已喧腾四城，人人尽知，此又尽是够中国好事者半月之谈助资料矣。

饭后习大字，整理旧书，孙翰来旋去，继续写完未整理完之笔记，晚做日记，十一时始寝。

 北平日记

12月6日　星期三（十月廿六）　晴和

这几日天气好得很,也不大冷,但是我也没有到什么地方去玩,真是辜负了好天气! 甚至连操场也没有去,因为第二年已没有体育了。现在真是除了来回骑车以外,很少有机会,令我去运动一番,我对我这付孱弱的身体发愁,我尽量在可能范围内运动,训练我的身体。上午只二小时的课,第三小时是空堂,和小徐到图书馆去,抄《云谣集》,四十分钟方抄了九首,中午在饭铺内看了半天的报,又到第一宿舍的地下室打了半天的乒乓球,出了一身微汗,打乒乓球亦是运动之一,也相当用力呢! 快上课了才停止,下午的各体散文习作,出的作文题是拟韩退之杂说,想了一刻写出一段交了,多数人皆以拟作为苦,下课又被小徐拉去陪他打乒乓球,因为中午没有碰见他的缘故,杨智崇亦在一块玩,第一次看见杨打乒乓,和他打了半天,又出了一身微汗! 回来骑车头上迎风,心里怕又着了凉,今天又听见许多同学去什刹海溜冰,不觉亦有点技痒呢! 归来已黄昏,看完报,已用晚饭,灯下写新文艺戏剧之笔记。今日阅报载有一文,大意言人之烦恼皆系由自取,亦应由自解,但我每一忆及自己现在所遭遇种种之不如意与困难,怎能不令人心灰意冷,焉能不烦恼! 连日不知所恼何事,许多事皆未整理,伯法自昆明来二信与我,久未作答,本礼拜当抽暇复之,前电泓略谈,闻其于二日发一信与我,至今未接得,不知何故?!

12月7日　星期四（十月廿七）　晴和

真糟透了,今早上急急忙忙地跑,自以为不会晚吧! 但还是晚了五分钟,真生气! 下了第二时,两小时的空堂,被小徐拉去溜冰,还有杨智崇,什刹海冰是不小,一大片,比北海也小不了许多,而且很平。因为连日天气好,没有风,所以一点土也没有,男生很少,女生去的甚多。早十点多即已有十余人,十一时左右又来许多,共有二十余人,小徐刀子坏了,立刻骑车跑到东单去换了一付刀子,回来又溜了一刻,瘾头可谓大矣,今日如非小徐拉我去,决不会去,我还怕落下不去呢?! 幸而没有,技术老不进步有点烦! 后来几人,姚子靓也来

了,大显其能,姚滑的不坏,刘镜清也去了,一直玩到中午十二点半了才上岸去吃饭。此时方有三个别系的男同学来划,我和小徐在小桥同进午餐。初下冰时只觉得腿甚酸,过了一刻才好一些,上岸也不觉什么,偶觉得身上轻松许多。因为在冰上跑了许久,身上出了一身微汗! 饭后到后楼去看"以文会友"的文章,没有看完就上课了,第末时"伦理学"没有意思,也不爱听,而且得五点才下课,可是明天放假,于是一高兴和小徐一同刷他,回家了,走到西单,偶尔心中一动到久未去的王家看看(约有一月左右未去)。不料一进门忽然看见一个人,原来就是墙上挂的那张相片,姓卢的叫雪岩,是什么从前督军的儿子,很有钱,大爷脾气大极了,说话态度,目空一切,中国一切不成而已。有钱阔大爷的嗜好,完全在他身上表现出来,那种气派真是咄咄逼人,受不了。简直可以说是两个世界上的人们,完全是金钱作祟的缘故! 只有唯唯应酬而已,幸而一会他的出嫁姊妹来电话,他坐汽车就走了! 不然我也得告辞了,于是方得把先头拘束气长的呼了一口,和治华、剑华谈了一会天也直到黑下来才告辞走了。留我吃饭没有在那,剑华有点生气不高兴,我为了怕家里不放心,赶紧回来,正赶上吃饭的,他们刚要吃完。饭后到黄家小坐,差不多有一个礼拜没有过去了,因为懒,因为没有事,行伫先在那,今日斌喊稀客稀客! 今天态度还活泼爱说话,不然那种冷劲我又得回来了,看看报,聊聊天就回来了。晚上接得铸兄乐成,强家表兄信各一封,强云门表兄忽问及刚弟在何校,不知何故,心甚疑惑。今日玩了大半天,下午小说史也未听好,不然两小时又消磨于图书馆中矣,近来感到自己身体的差劲,所以今日毅然索性去什刹海玩了二小时多,以锻炼身体,自觉每日大部时间皆在室中度过,与大自然接触之时间过少,阳光新鲜,空气清新我太需要,所以今天在冰上跑跑,运动一下,只是今日女同学冰上瘾头比我大得多,真是使我惊奇,还有十余同学不会滑或是没有鞋在那上面站着看,挨着冻久而未去,真成。今日为我今冬开刀之日也,今日心情较欢愉!

12 月 8 日　星期五(十月廿八)　阴

今天是公教瞻礼,学校放假一日。早上九点多才起来,弄完了已是十点左右了,昨晚接到了几封信,今早回复了两封,已是十一时多了。今天起来太晚

了,可是还是按照预计的事情去办,骑车到交通银行,去取公积的利息,可是还得到明年一月才能拿,真讨厌透了,出来到顺兴店去访杜离,因为听斯泰和德培说他回来了,可惜他出去了,为之怅然,白跑一趟,两次皆扑空,前门来回,不是玩的,可是省四毛车钱呢!回来给松三,于政,各去一片,写完又已是两点多了,出来到黄家约斌一块去中央看电影,今天是马尔芝珍尼葛娜,阿道夫孟旭等合演的《星海浮沉录》"A star is Bion"五彩的。二人演来甚佳,中间亦穿插不少笑料,结局有点悲惨,马尔芝所饰之角结果自杀于海水中,内容虽系演的星海之浮沉,而人事又何当不如此也!?斌看至将末,频频手帕拭泪不止,亦感情质之人也,观此,斌亦甚富感情之人也,但我对彼不可谓之不周到,不可谓之不体贴,不可谓之不温柔,但彼当动感情时彼竟不动欤?对我真不动感情欤?今日临归时,指我一男孩子,即彼前所谓追求彼而贸然至其家中之人也,视之亦殊平平无他,一中学生也。今日与斌观影在其家,等其穿衣,彼穿好后,突过西院去,唤行佺,予心大为不满,如以昨夜彼知而去通知,以其立场予之尚可,如有别意,则我敬谢不敏,斌不去亦可,我一人亦非未去过看电影也。斯时心中非常不高兴,面上总显出一些,然而行佺未去,凡是懂得点人性的人是不会去的,我虽然不满意,但为了当时的面子,也只好勉强陪着她去,可是当时的心情不知是怒是悲是愤,说不出来的那么一种混合的不快的情绪在我心中翻覆,当时真有点想回去不去了,丢下那个有点不知趣的斌走了,心里想不到那般聪明的斌为什么今天会办出这般傻的事情来!如果不愿和我去明说没有关系,为什么非得叫个人去呢!而且我的行径,连妈妈李娘我都不大愿意让她们知道,何况让我去玩的事情明明地告诉她们——西院——呢!我真生气!虽然是去了,但是心里是不舒适的!更不凑巧的是在下斜街又遇见了买东西回来的李娘,心里又是一烦。本来娘和李娘平时和我谈话是不满意我和斌在一块玩的,实在斌也太使我失望,我那般诚心诚意体贴周到的对她,有时所表现的简直还不如她的朋友,或是西院的感情,真令我心冷!今日快散了就出来,她又遇见什么京华认识的成伯华,郎天锡,会绘画的,人家问她一个人吗?她说是一个人,唉!我又算是什么呢!?好像是和我一块出去玩,低了小姐的身份,一块走是侮辱她似的那么避讳着,那么不自然,哼!我又应该怎么样呢?!前生定的,我俩是不应该接近的,今天玩的太不痛快,还不如我自己一个人去看呢,虽然名目是庆祝她华文打字毕业! 昨天截止,可是闹了我一肚子的不痛快。(还花了大头的钱,人家未必知情呢!)我想这次是我和斌单独出去一块玩的最末一次了吧! 我真受不了那种种意外的刺激,和与我坐在一块那一刻都不安似的态度,反正,一切我对斌都有点伤心! 送她回家,未进去,就回来了,到家独自在屋中徘徊久之,心绪起伏不宁,真是孽障,自作苦,不能避! 真是自寻烦恼上身。晚饭后,斌来打一照面即去,未坐一下,未说二句话,好似谁得罪了她,女孩子的心,尤其是斌的心,真是神妙不可测,唉! 愿意和我表示好感就痛快一些,如愿和我疏远一些,那也干脆一些,免得令我痛苦,唉! 我自己也够差劲的了! 何必忙于一时呢! 女孩子不是多得很吗? 和她的关系及现在这么多日子的反应与表现可以知道将来是没有什么好结果的,干我自己的正经事是真的! 唉! 抛开一些,达观一些吧! 如果老这般忧郁下去是要毁了我的一生的!

少见斌的好,见了她以后,她所与我的精神上的安慰,还不如烦恼的十分之一,反增我的痛苦!

晚饭后抄小说史笔记,倒霉的人无时无刻不在不顺意中,总痛快不了的。今天阴了天,月份牌上是大雪,天气比昨天冷得多,电灯事还未弄清,晚上油灯下就烦,煤油贵甚,天又短甚,烦甚!

12月9日　星期六(十月廿九)　晴,有风

只一小时的课,没有意思也得跑一趟,下课后和杨辅德聊了一会,又去看报了,第三时去图书馆继续抄《云谣集》杂曲子,至下第四时才出来,遇小徐于是一同归来,看报有数篇文章偶有数句与我同感,不忍再看,心潮起伏不定,午间顺路至王燕沟家,适其方归,相遇于门首,遂同进,燕埒亦出,相与谈笑甚欢,因久未见面也。谈顷之,遂托夔询问其姊夫电灯事,并候其午饭后打电话至电灯公司寻其姊夫,其姊夫乃电灯公司之员工,日本顾问之秘书,实权甚大,恨不早日托其办理,其姊夫亦一口应允,看能将原表取回否? 今日此事进行顺利,心中为之一畅,闷坐无聊中,将燕沟之相册翻阅,阅于其在燕大之活跃相片甚多,与女友之相片亦不少,大多不算难看,燕大确实交际活跃也,不似辅大之远

离八又远也,彼亦人也,亦青年学子也,而我之环境又何尝有一丝儿享受青春活跃之乐也,亦此较斌,因不是恋恋也,但回头一想,比上不足,比下有余。中午归来起风,尘土飞扬,真是讨厌到家了,自己一人吃完午饭已二点左右了,在夔洵家我说吃过了,否则又得打搅他们,那好意思!?午后就在家待着,看看报,很快的就黑了,也没有做什么事情!晚饭后偶过黄家,斌的态度冷如冰,我受不了,虽然别人都对我很好。未呆半小时,行佺去,我即归来,近来其门亦不闭,与行佺等走得很近乎,归来记账,写日记,忽闻犬吠声大作,在大门口一看,原来是邮差送信,一为华子来者,一为泓来者。泓果然于二日上午发一信来,我至今未接到,此事甚奇,为我与泓通信以来未有之现象,其被西院扣留乎,未必,国国拆开偷看后与斌看,而致其对我冷淡乎,他亦未必敢!但此实大奇!明日当面询问佺,泓还说上信是四大页,并有许多感想,那内容会他遗失不顾也!假如斌是看见那封信而态度对我冷淡,还有得说,但是也不想想,我也有我的自尊心,我这么降格以求,那般见了她赔小心,顺她意,温存体贴,我为的是什么,不是求得些精神上的安慰吗?但是没有反应,我那么大呆子似的,爱装这份大头蒜!?对不起,没有那份瘾了,因为斌这方面没有好的反应,我就暂时向泓那边以通信来略抒积郁,结果是半年未必见一次,真是见鬼!谁也没有我这般交朋友的!只能笔谈不能面晤,斌不知道,因为她的缘故,而有一点报复和生气的意思才和泓通起信来的。如果斌今天对我那般冷冰冰的,不是为了看见那封信而发的,那么,我大大的心冷了,灰心了,伤心了,失望了,我彻底地明白了,简直她是有点耍我玩,我不甘心!昨天下午不是还和我去中央看电影吗?那般做作不过是看在我花了几毛钱上吧!真是虚荣心的女子,昨夜就变了一点,今天更加强了,好!我谢谢她这样对我,这样可以使我心安,使我宁静下去而专心向学及别的事物,先人所谓"天下惟女子与小人为难养也,近之则不逊,远之则怨。"这三句话说的真不错,现在我才彻底明白了这话的意义,近不得的。我两年来狂费了多少心思,白呈了多少柔情蜜意,最可恨的是我有生以来第一次就把我那颗向来轻不示人的,万分珍重的赤热坦白诚实的心就错献在斌的身上!还是抱定敬鬼神而远之那种态度对她最好!我对斌的友谊,唉!不管称呼是恋爱之情还是友谊,到今天为止,不会再有进步了,一切我全归之于失望与悔恨我自己两途,我决不怨别人,更不怨斌!但是我心中的一角记着她吧！把她深深的埋藏在心中之一角吧！唉！斌！我两年来算是白费了我无数的心血和关心来爱你了！这无数的、纯洁的相思债，是你这生无法偿还我的哟！我很伤心，颓丧，我从今天起，将要像收回风筝似的慢慢地把我在这两年中几乎无时无刻不追随在你身边的灵魂和那一颗坦白赤诚的心收将回来！我将再没有什么话可说，只有暂时将息我这个弱小受了创伤的心！安宁静息的爱护它！极力避免使它再受你的，或是别人的冷的讽笑和侮辱，否则将要受不了。人心变幻莫测，人海沧桑，人情冷淡如此，近来我遇到的一切，都是那么令我惊讶，心灰愈透彻，人生愈无味，故年愈幼愈有趣，年愈长知愈多愈苦，正是浮生若梦为欢几何?!

12 月 10 日　星期日（十月三十）　晴

懒惰的我，今晨又误了一件事，缘昨日托夔洵的姊夫征电灯的事。今晨，就由其姊夫处送来一信，内容谓电灯公司新改章程，得按新户办理，否则撤表之一星期内或有办法，烦了！令我十时以前至其家面洽，但我起身甚迟，弄完一切已是十时半矣，至其家之已出门矣，幸其家在土地庙斜对过，不远，当明日下午去公司访之。因顺路遂至小刘家小坐，予久未至其家矣，仍有二月之久，不意高，程二人亦在彼，相与畅谈，甚有意思，至午归来，彼等留在用午饭，未留，因家中亦食饺子也，饭后看看贴的报纸本子，翻检旧作及书，惘然中即过一下午，本拟出门亦未果，心中烦闷异常，好友大多离平他去，亦无处可去，斌对我殊冷淡，又无事，亦不愿去，心中不快，百事心灰，诸事皆不愿作，亦未去溜冰。五时余即上供，大哥又未在家，情形令人生凄凉之感，把父相片嵌在祖宗龛框上，如此侮慢则皆对甚，平时恐速灵位皆无，思之可恨！闻言斌及慧去滑冰，亦未来招呼我同去，唉！人皆知面不知心，我每出去玩皆想到斌，而她却未必找我，忽冷忽热之情，变的快至如此，令人可疑，唉！我又胡想什么？没有了斌，我就不能生活下去了吗？从前不认识她的时候，不是一样过的好好的吗？真是痴情如我能有几呢!? 泓寄来一信，至今未见，此事殊可疑！询西院亦不知，此成大怪事也！昨，前二夜皆梦见斌，可恼！可恼！忘掉她吧！像忘掉一朵花！晚饭后一时诗兴大发，得三首七绝，并作二片，一与李永，一与庆华皆久

疏言问候矣!

仆媪张氏,一多年老仆也,日间不慎开水浇足,成泡疼痛异常,至艰于行,故连日皆母与李娘终日奔波屋中与厨房之间也,亦良苦,雇亦无之何也! 不知何年我得意亦令二老享清福也。

数月来心绪恶劣异常,充满烦闷与无聊,对人生大感悲观与暗淡,继以青年应振作有为,晚作自励诗一首以自勉,记录于下:

"男儿壮志在四方,少年意气应豪强;

勿做衰颓潦倒态,他年(异日)尚须美名扬!"

今日糊里糊涂过了一天,功课甚多未作,连日疏懒甚矣。恋爱一事,亦神秘不可言,亦平欲无可言,神秘者在其受所爱人之安慰与鼓励后,一切忧烦皆可弃于九霄云外,而精神百倍从事其所做各工作,则益努力读书,则益勤奋职业,亦更注意一切。亦感生气勃勃兴趣之至,其指挥一人之本性与一生之前途有如此之力量焉。我正被斌颠倒殊甚,独自吃苦构思不少,彼殊自不知耳,我又何苦? 且尚年轻,当日奋发,现抛开儿女之态可也!

12 月 11 日　星期一(十一月初一)　晴

太阳虽是升的老高,可是很小的风就令你觉得是如何的冷了! 这个是冬日的权威与力量! 中午归来,用饭看报,稍息,遂赴电灯公司拜访褚秘书,直到董事会中寻他,略谈,为人尚和蔼可亲,谓现在章程新改,日人把持势力,一切因种种困难无能为力,只好按新章程办理等语,因格于事实,无法,烦! 辞出,但彼允报后可催人速去检查安表也,心中稍慰,出来遂至北海赴小徐之约,溜冰。今日天气晴和,甚适于溜冰也,漪澜堂日票只售五分,其便宜大出我意料之外,我尚以为百物奇昂之际,今年溜冰必亦甚是也。与小徐跑双虹榭与五龙亭二次,人不多,实际冰场内冰面却不平,只有五龙亭前却甚平如镜。夏承楣与其妻周国淑亦去,二人翩翩起舞,滑冰技术确高人一等,引人注目不已。至五时许归来,门票冰票小费三者尚不到二毛,今日如去看电影则不止此数矣,且溜半晌,运动身体也。归来已暮,有凉意,晚整理上午之中国史学名著笔记,泓前信不见,实大奇事也,为自我与彼通讯以来所未有之现象也。电灯事决定明日令人来弄清线路，去报表，再托褚先生一下，没有电灯太不方便，煤油近亦昂贵异常，点不起，一斤四毛余，二三日即买一次，较电灯费多之矣。近来学校先生课后老叫做各书引用书目录，真腻透人了，不感兴趣！

12 月 12 日　星期二（十一月初二）　阴，下午风，凉

阴天，又起晚了，急急忙忙跑去，路上冒着小雪花走，到了学校，晚了二十分钟，可是还未点名，幸运！说文沈兼士也命做课外工作，烦透了，两三门功课，一点还未动手呢！中午和小徐一块回来，午饭杨智崇约他一块去中山公园溜冰，我想去看电影，真光的《红尘沦落》，华莱斯比雷及米凯罗尼主演的，新新是康丝，钿班尼主演的《风流女鬼》，都够好的，想都去看，又无分身术，来回赶，既心中不愿浪费又不愿晚上归来，饭后虽晴，但却继之以大风，谢谢大风替我解决了一切，哪也不去了，在家待着。点了十页的唐宋诗，在书房坐着，没有火愈坐愈冷，终于四点多跑进来坐，贴了一会报，又习了一刻大字，一个下午又告结束了。白天一天比一天短了，才五点半就黑了，看着油灯就生气，可是不用它又不行，电灯又有相当的麻烦！晚饭后又写了几张纸的大字，写了两封信，一给弼，一给泓的，里边各附一份小日历，辅大出版的，东西虽很粗，可是很好玩的，代价二毛一个。本来想买一个送斌的，可是因为她对我的冷淡和无情使我失望已极，且以前买的东西送她，而以前对她的情意，更非有价可言，她又何曾领受知道，我又何苦花这份冤枉大头令人看着可笑的钱！事情没有做多少，就又夜深了，不能多做，许多书都没有看呢！看了一本书许多日子了，还没有看完！天气冷得很，一起风了就似从春季到冬季了！今年想，各处冰场至少都去一次玩玩！活动活动！

12 月 13 日　星期三（十一月初三）　晴，下午有风

大学生活懒散者真懒散，紧张者真紧张，太不平均了。先生一吩咐下来什么课外工作，立刻就紧张起来了，下了唐宋诗，又到图书馆去待了一小时，没有看多少书，又去上第四小时的英文，中午饭后到第四宿舍宁越南屋待了半晌，

他们一屋子一天到晚,只是打闹,说笑满不在意,这屋外的世界是什么样子且不去管,这一间小小的屋子就是他们的乐园,同学数人,成天不愁吃喝穿住的,有空说说笑笑打打闹闹,毫无烦恼,也不错。去年冬我虽不似他们这般过分的欢乐无忧,也够高兴的,可是那般美丽的日子,又能维持到几何呢!? 不过才一年的光景罢了! 身家大变与前迥若两人了! 下午两小时的课也不感高兴,下课后和小徐一同跑到北大工学院去走走,惭愧得很,虽然几乎可以说是从小就在北平长大的,可是北平有许多地方没有去过,北大几个学院都未参观过,今天晚饭时斌母及慧忽来,稍坐即去,斌近不来亦好! 四弟过去搬回 Radio 亦好! 归来谓行伫在彼处走得很近! 不坏! 饭后看报,并与弟妹们谈笑,与四弟作文,未玩象棋游戏。小徐有一枝自来水笔是真正美国货的 Ranker,真的,我还没有用过好的笔,有钱非买几支用用不可,借他的用了数次好用的很。为了这边政府成立二周年纪念庆祝起见,明日各大中小学均放假一日,而我校却美其名曰"停课一日"。妙哉! 唯与各中小学之不上课则一也! 因明日不上课,今日亦未做什功课,书也未看,唯一天未做多少事即天黑,旋即夜深欲寝矣。时光催人白发,转瞬即了,即一生无为,可不惊悟乎!

12 月 14 日 星期四(十一月初四) 晴,有微风

九点才起! 懒得很! 因为懒,在家里走来走去的,就做不成什么事情了,除了只写一封信给乐成以外,快到中午了安电灯的才来,四弟去学校迟至十二时三刻才回来。饭后五弟又去孙家换鞋去了半天,来回一耗,直到二点半才出门。今天各校放假,所以早就答应五弟小妹带他们去溜冰,每次出门都得生气,尤其是带他们小孩子,真是麻烦透了,一肚子不高兴。我带小妹,出来在玻璃公司后边,突然由路旁跑出一个小猪,正压在车轮下,吱吱直叫,吓我一跳,因它往前一滚,我的车就倒了,两人闹了一身土,真是倒霉,幸而两人都没有摔伤,那车身出了点小毛病,到车铺去收拾,我更知道今天不顺心了! 但是已出来了就去吧! 到了公园,因为是放假日子,所以人多极了,到了后河一看,小小长方形的冰场上几乎全都站满了人,在铁栏边上站着看热闹的人更是不少,才换完衣服和鞋,遇见了五妹和小胖,又碰见了伯津,这倒是出我意料之外,由她

口中知道了斌和行佺也来了,先到后门,没有存车牌子,又跑到前门去存车去了,伯津在等他们俩。我听了心中一动,但是我没有说什么,先下去了。今天碰见不少人,陈志刚也去了,碰见李颖,和她点点头,又遇见增益,说了几句话,他家房子问题仍未能解决!增益又和一个新女朋友在一块,听行佺说是辅大的姓郑的,姓什么我也不认识,我不大愿意看见斌,不知是一种什么心理,只是觉得一天比一天和斌在疏远着,现在已是隔了相当的距离了,但是因为在一个冰场上总看得见的,无法子,只好和他们招呼了。我从心里厌恶她,不愿和她在一起。她和行佺来了,当然得和行佺在一块玩了。于是我只是一个人在场上,足跑一气很过瘾,累了就休息一会,或是照看小妹妹,她头一次溜冰,一点也不会,简直有点是活受罪!五弟好得多,不用人担心了。斌只是和行佺携手同溜,态度很是亲密,起初看了很是不自在,可后来一想也无所谓,那有什么,我总不愿和她在一块溜,所以总躲着她,只单独痛快的溜我自己的,只和她携手溜了二次,还是有行佺。只在这小小的冰场中就可以找出不少比斌强的女孩子来,何足留恋?!我此时很庆幸我自己能够跳出这圈子来,心中没有什么挂虑,可以安心地做我自己的事,也可以省下许多无谓的精神、时间和金钱,斌今天有意无意之间和我又表示起好感,赶着和我说话,我只冷淡地应付着,再也提不起我那真实的情感了!我真看透了她!面上装着不在意的样子,不知她心中作何感想,我真不知道在什么时候,什么地方,什么事情得罪了她!这回真应了那句话"近水楼台先得月呀!"不再记什么了,记了也无谓。日前偶作七绝二首,今录于下以留纪念(并可笑自己情痴愚呆也):

其一　红叶

美人(?)之情今已杳,红叶不能慰寂寥。

梦里不知虚幻景,半醒犹自呼娇娆

(注:日前连梦斌二日也)

其二　相思

空教(劳)相思二载深,梦想独思直至今。

痴情如我能有几,可恨彼姝非知音。

接到了朋友同学的来信,真是高兴,兴奋得很,侥幸同学们还都未全忘记了我。连着三天都有人来信,继乐成而后来的计有松三、李永、于政、庆华、桂

281

舟、华子等等,衷心稍慰,今发一信复乐成。今天为我溜冰之第三次,五点半归来,与斌行伶等同行,殊不耐,因彼等行甚慢也,晚饭只进二碗半,不觉饿,也因今日运动颇烈,归来觉腰背酸甚,卧床上休息一刻,因疲甚记完日记即休息,私念家中前途计划,则甚不得了,外间应酬人,我自然得在,但是家中一切用度如何省俭,如何调度? 如过穷日子,一切调度有致,预备周全,过个安适快乐和美的穷日子亦好。母亲可算不能干,一切通通没打算,一天只知用钱花就是了,这真是不得用心去念书呢! 唉! 命耶! 桂舟来信谓十六日左右又南下矣!

12 月 15 日　星期五(十一月初五)　阴凉

自从不住校了,这学期有的第一小时和第二小时的课时常迟到,尤其是每礼拜三天第一小时的词及词史,几乎没有一天不迟到的,迟到得我自己都厌烦了,所以今天发誓起早,早点去,决不迟到。昨夜因为自己犯了"眼不见,心不烦"的俗谚,所以昨天半夜之点醒来,失眠,再也睡不着了,心里自己说不再想这无聊的事吧! 可是那个可恶的影子老是浮印在脑中,那么清晰,辗转反侧,折腾了半晌,也不知在什么时候,精神疲乏中迷迷糊糊又睡着了,觉得才睡着不一刻,就被李娘唤醒了,急忙爬起来一看,已是快七点半了,怕弄得来又得迟到,于是一切加速动作,不刻二十分钟,由穿衣至吃完早点,一路驶来,到学校,还差几分钟上课呢! 真是开向未来有之纪录,待了一会才上课,孙老头真成,他向来不迟到的,专心注意的听了一小时的讲,心里很痛快,第二时的英文,忽然令我们在堂上做文一篇,题目是"A Good Time"。许多人抓瞎了,还要生字本,真讨厌,两小时空堂,看了看"以文会友"栏内的文章,孙明祯西一的文做的不坏,张月明国一的也不错,到图书馆去看图书集成,一小时半,紧翻着看,才看了四本多,还有《宋诗经眼录》一点尚未动手呢! 做目录,老做就没有意思了,跑不出去总是那些书,与学生利益甚少。中午饭后在教室看早就借来老未看的《娜娜》看上瘾了,本来约好今午去找老王也未去,到了上课时,我却又因为昨夜失眠的结果,困劲上来了,第一小时在迷惘中过去,第二小时好些。心中一动,立刻昨日下午斌和行伶那份亲热的劲的影子又映了出来,不禁我有点怒火中烧,过去两年中的一切不用再说,我没有什么对不起斌的地方,最近也没有！简直有点拿我耍着玩，那我就太傻了，那么夏日的热爱，完全是虚情假意吗?! 游戏一般！她愿意和行佺好，也没关系，不该在我面前做那怪样子，白白两年多的心血，结果如此怎不令人心冷!？ 为了以前爱她那么深切，所以现在想起来也是愈恨她的厉害！但是我知道，将来，不久的将来，行佺一样的是被她玩厌了又丢在一旁的，等着吧！初次尝着和女孩子在一起玩的滋味，现在正被她迷上了，乐的更不知如何是好呢!？ 我只可怜行佺，而恨斌的狂荡，在我附近住了这么一个小妖精却是够危险的。现在我很庆幸，我有机会，自己把自己的心从她身旁收回，并且把我自己从危险中摆脱出来，因为近日不去黄家，而相反的行佺，我想是几乎每日都去代替了我的一切（但和斌那么亲近，恐怕最近尚达不到我的地步），我下意识的觉得在他家对每位是比以前渐渐淡薄消失了，可怕的人情的变换。下第三小时的伦理学，已是薄暮了，今天决定先写一篇未发出的信，别的一切追录，当按小说体裁写出，那或者须在寒假中才能实现了。今日电灯安好，下午得威如三兄寄来大洋拾肆元，肆元系与李娘者，今日又恰系其生日。晚未在家，五姐请其去吃饭了，今天有点不舒适，写完日记发了一点积郁才好一些！

　　简直和游戏一般，斌对我态度的冷热和季节变更的一样真是游戏，为了这突然的变化，不由不使我疑心到那封泓寄来丢失未收到的信，我疑心是行佺拆开后，扣下与斌看了，以为斌对他好感的手段和工具，怪不得在前二个星期斌的态度已是渐渐变好，好似缺少不了行佺似的，那次看电影不是也硬要招呼行佺一块去吗？我那次花的真是大头钱，找罪受，但这不过是我的猜疑如此，我早就记过在日记上说，我和斌的将来在哪一方面说都没有结合的可能性，反正早晚得分开，早分开一些也好，省得将来出了事更麻烦！假如就是斌看见了那封信也没关系，何况我以前的心完全都用在她的身上（她不知道罢了），而来信去信与泓，也不过好似朋友的应酬罢了！和一个除了普通写信半年一年未必见着一次的人，怎么会有感情发生呢？现在好了，我的心全收回来了，现在不在任何人的身旁，我可以安心静气的做我自己应该做的事情了！

12月16日　星期六（十一月初六）　上午晴,下午狂风

　　下了今天唯一的一小时课,就到图书馆去看图书集成,一小时半看了九本半,还有一套就可以完了,可是下礼拜一可交不上,下礼拜再接着做储先生所要的《宋诗经眼录》,忙起来,加上沈院长的说文,外国人也跟着凑热闹,要生字本,真是都赶在一块了,真讨厌! 中午归来,不料天气陡变,狂风大作,虽未飞沙走石,其声势虽不吓人,但已是使人气为沮,目不能睁,只是尘土蔽天,令人不耐,由北往南,顺风尚好,只是快到家时,玻璃公司后及下斜街一带,尘土尤多,遮天漫日的伸手不见五指,简直好像掉在了土堆里,全身浴在土雨中一般,吹得你车也骑不了了,一阵紧接着一阵的吹个不停,真是邪乎,只差没有海浪了,几乎似在旷野中一般,四肢百骸都觉得不适,五官七孔都被土塞满了,一呼吸都是,难过得很。到家以后,脱下帽子和风镜等一看自己,不觉好笑,脸上在没有东西搅着的地方,一块黑,一块黑的,好不难看,赶紧洗了个净,窗外风姨还在那疯了一般扬起满天的土,弹着电线在狂笑,尖锐得怕人,摇撼着可怜的、干枯的树枝,来回乱摆,什么都潜伏起来了,就是少数的车子在它冷威下低着头赶路。风因为没有了阻碍愈发疯了一般的胡乱穿行,我只在屋中看着风姨在发狂,它几次扑着窗户向我扬威、放肆、骄傲、得意的呼喊,但我总不在意的看看,一边低着头沉静的做我的事,这般相持到下午四五点钟的光景,大约风儿也疲倦了,随着太阳回去睡觉了吧!

　　下午饭后把电灯的线路图画出来,接到了弼回我的一封信,勉励了我一番,我现在正缺少这种纯友谊的鼓励与指示和劝勉,我觉得弼的思想至少比一般普通只知道享乐玩,学摩登的强得多,可算有脑筋的、有正确思想的现代青年。一下午没有做什么事情,就快黑了。今日是九姊五十的生日,今晨着人来请,因等四弟至五时半尚未归来,不知跑到什么地方去了! 这孩子真野得不像话,说也不听,正不知如何是好,于是先和五弟去,小妹已先与李娘过去,只余娘一人在家了,到那已是两桌好战,一桌扑克了,满满四间屋子都是人,小妹也回来了,谈谈说说,一会五姊七姊河先少奶相继亦来,四弟亦来,烟气、人气、热气、粉香、汗臭、牌声、谈话声、咳嗽声、小孩喊闹声、走路声,各种声响夹杂起来,并且抽烟的烟雾和各类气息迷漫一室,真是另外形成那么一种说不出的郁闷来,我只觉得热的难过和空气太坏,呼吸不舒服,吃完饭待一会就赶快跑回来了。今晚偶闻斌母言斌又去跳舞了,虚荣心充满了她的整个灵魂,招惹不起,不得了,北京饭店! 回来记了日记,就休息了!

12月17日　星期日(十一月初七)　晴

　　钟敲了九下才起床,偶尔看报,今天新新早场是《风流女鬼》,本来我想看此片,后来因为以为花四角多去看有点不值,所以未去,可是连着演了好多天,不料今天早场又是,好像命里注定了我得看这片子,好机会,又不贵,于是急忙跑去。到了一会就开演了,人是不少,楼下满了,片子虽是无什价值,可是照的好,康丝·钿斑尼演的也好,相当滑稽可笑,散场后印名片。午间天气仍很好,可是我没有意思出门去,昨天本来想在家待一天,念点书,早场已是例外了,饭后唱了一会话匣子,看看报,一晃又是三四点了,日子过得特别快,又和五弟小妹一块贴了半天的报纸,转眼又是黄昏了,真糟,赶紧做点正经的,誊清新文艺的笔记,吃完晚饭又写了一会才弄清。今日天气甚佳,可是我没有出去玩,只在家闷着,只在家转来转去,可是有一样,省钱是真的,出去,总得花钱,今日下午贴完了父亲遗下的许潜夫游欧通讯,报纸条,我分贴在一本报纸上,五弟小妹帮我贴完了。上午在新新遇见了王贻,在学校看不见他,在这倒看见了,怪事! 因为没事,也懒得走,所以有两个礼拜没有去黄家了,听五弟说,五妹今天买了一辆自行车,下午写了一封信给褚秘书,托其迅速派人来查,能快些安表,不知有效否? 没电灯真不方便,明天下午决定自己去报表,并写信与华子,连日得了许多人的来信,又欠下不少的信债,又忙功课,又得整理家中事,在家待着又不知做什么好了!?

12月18日　星期一(十一月初八)　晴,微风

　　下礼拜一和下下礼拜一都放假,少上二次校长的课,今天幸未留下什么课外工作,图书集成多少典引用书尚未辑完呢! 学校今年未搭棚,就在第一宿舍

外球场里泼水成了一个小型冰场,没有钱的也不错,可以运动一下子,在中午没事的时候。这个时候都是赶上了运气,一腔热望又全化为乌有了。跑到了前门邮政总局去取威如三兄所寄来的十四元,四元与李娘的,可是领了牌子,一直等到五点多才领出来,人又多,又乱,又挤,空气又坏,又热,干站着在那里等,真是烦透了!倒霉的人处处都不如意,事事都不顺心!四弟又跑到东华门去,黑了才回来,骂了好多次也不听,四弟和五弟二人每天的小节都得令人骂,指导,真讨厌透了。一个下午就这样子全断送在邮局内了,真不值得,时间太不值钱了。晚饭后才做了一点事,闻说行佺又过黄家去了,真是着了迷,好笑!唉!不要管吧!忘了以前的事吧!

12 月 19 日　星期二(十一月初九)　晴

第一小时有课就得摸着黑起来,今天算又没迟到,很好。现在有点后悔不应该把沈兼士的课和校长的课选在一学期内,真够忙的。上午四小时,下课后碰见大马。我很喜欢大马,他有那么一种亲切之感,像大哥哥看护小弟弟似的。说了几句话就和小徐回来了,午后又听了一会话匣子,二点钟左右,娘、李娘及小妹去东城看看五姊及七姊去,只余我一人在家,便把生字查抄出来,又写了一篇文预备明天交何神父的,到了四点多五弟回来,一会四弟亦归来。写了一封信给华子,一气写了六张纸,六点半了吃晚饭,只四弟五弟和我三个人,这倒是很少这样的,饭后和四弟谈了一刻学校的事,又写了一封信答复于政,从昨日起继续弄清了《全上古三代秦汉三国六朝文》引用书目录,九点钟左右娘等归来。今日本来想做许多事情结果又只做了这么一点点,晚上过的特别快似的,一会就十点,十一点了,晚上真不能做多少事情,弄得一本书看了许多日子还未看完,而且借来许多书都未看一看呢!老说写信与伯法老未动手,不知写什么好呢!?今日听五弟说回来时碰见斌和三个同学出门,四点半了还出去!一到冬天她就疯一气,不知是什么缘故?去年这时候不是就够闹的吗?打扮得有点妖妖怪怪的不好看,今年这时候也不打字了,又没事了,又可以疯去了。听小刘说前天下午她一人去公园溜冰。

12 月 20 日　星期三（十一月初十）　晴

　　天天孤单的要骑车跑这么远的路，自己真觉得有点太累了呢！太委屈了自己，进了宣武门一眼望不见头的走，没有法子，咬着牙骑吧！每天至少有一小时的光阴断送在路上，合计起来，一学期却也不少呢！省了三十元的宿费和每天一元的饭钱，可是自己每天得流汗，受罪，受累，反正天下事是没有两全的，有利就有弊的。本来说是今早八点到学校去溜冰，可是没起来，带了冰鞋去也没溜，中午不开，下午四点才开呢！上午一小时空堂，到图书馆去看图书集成，本来打算这一小时就可以看完了，因为与同学说话没有看完。中午到小马屋子待了一会，他屋子到处都是零碎东西，大半都是由天桥护国寺，晚寺等地方买来的货，神啦瓜唧的。他同屋冯心理和小马有时都很小孩子气。我向来赞成返回天真的，能够保持天真性愈久愈好，但有时因环境和其他原因是不可能的，人家也许会笑你是呆子和小孩子气的，天下事都难说。下午二小时作文，是拟韩退之师说广义，心中烦得很，很快的写了一篇文，不得意但一时又想不起什么来，就交了。别人做的都很好，三点半往回走，顺道到郑家去看看，久未去了，看了维勤，没有事静默的待着，看看报回来了。在邮局寄了给华子的信。

12 月 21 日　星期四（十一月十一）　晴，午狂风

　　立志不再迟到，果然今日又未迟到。第二时是《说文》，今日又留一考试题目，意符字之研究，尚未起手做，又来一事，英文先生还要做什么文，真是都赶在一块了。两小时空堂在图书馆中消磨过去，今天看完校长指定的图书集成，还有两个礼拜，可以慢慢的抄，预备抄得好一点，《宋诗经眼录》也未做呢，真是够烦的了，恼得很，中午饭后到老王屋去坐着，看看报和《立言》画刊，并看了张思俊由沪寄来一片，他已去沪在复旦大学政经系二年级了，华子亦有一信来。一直到二点了，才又到大学去上课，两小时的小说史不感觉有什么兴趣，只是忙于抄笔记就很快的过来了。在下午遇见了刘厚祐，才知道前天厚沛

已离平去满洲国新京去做事了,真怪事,不往南跑,反倒出关去了! 怪人,想不透是什么缘故,是别有用意? 不明白! 归家来,晚饭后看了会《说文》,处处的不适意,什么都不高兴,心里总是不痛快,时间一天到晚总觉不够分配的! 连日发了几封同学的信,发发牢骚稍好一点! 电灯事,今日又有转机,果子巷电料行允改装不换里线,惟尚需九元五角,如能有电用虽再花如许亦认了! 油灯真太糟。

12 月 22 日　星期五（十一月十二）　晴

　　早上七点半才醒,去也是晚了,免得别人讨厌,加之英文也未做呢,一赌气刷他二堂,还有二小时空堂,于是一上午无事,睡到快九点才爬起来,弄得来。吃过早饭已是十点了,正在屋中看报时突然斌母来了,谈起来,才知道她昨今放了两天假,略谈一刻即去,其母尚未归去。早上本来想看点说文糊里糊涂就过来了,又混过了一个上午,真糟糕,这么办是太坏了! 一点事没做,整理点笔记还没有弄完,小妹因日前出门一次着凉,就病倒了三天,今日尚未大好,还吃九姊夫的药呢! 这不好过了,那又不舒服了,成天闹个不停,娘又喜欢顺着她的意思,娇得很。午饭后去学校上课,只上了二小时伦理学,先生又告假了,伏开鹏也很知趣,连着上了九个礼拜,他也讲烦了,我们也听腻了,告假大家都高兴。二小时的新文艺,把我们的作品都捧得太好了,聊去一小时,讲了一小时,发回的没有我的作品,又得等下礼拜了,有点失望。归来买了点文具纸张,东西贵得出奇,一元大洋比从前五毛买的还少,没法子,回来,收拾电灯的来了,这次是最后一招了,看这次成不成! 真是奋斗呼! 赵德培下午又没有来,真干一气,在家又弄说文呢! 近来赵德培一定很用功呢! 今天一篇新文艺习作"老王"备受先生赞美,却出我意料之外!

12 月 23 日　星期六（十一月十三）　晴

　　今日学校国剧社为粥厂赈灾演剧。下了第二小时,无课了,到第一宿舍看看,找大马不在屋,二十五日的音乐会票也没换,也不打算来看了。冰场今天十点多了还开，真差劲，只四五个人在溜，看得我脚一个劲痒痒，想溜又没有鞋，回到大楼来，大礼堂那里因为午后十二时半就开戏，工友们在忙着搬椅子，忙乱中呈一种欢乐的空气，可是我也不来看戏，与我就无啥关系了，布告牌上又出了一片欢迎大众参加晚上的 Party，还是那一套教会的词。二十五、二十六放两天假，在那种工友、同学、教会中人们共同忙乱的气氛中，我却感到另外一种不快与悲戚、怅惘。到图书馆去，赶忙看沈先生指定的参考书，看了一小时，连抄带讨论，只弄完了一种，还有一种没看呢！烦！《宋诗经眼录》也没有弄呢！都是下礼拜交，这几天也无处可玩，心里老不痛快。十二点正才跑出图书馆来，下午二点多到中南海去溜冰，遇见了小徐和杨志崇，行俭也去了，可是斌没和他去，奇怪。伯津也去了，瘾真不小。慧去了，是和她同学一块去，他们家不一致行动，各行各事，各不相干！今天是中南海冰场行开幕礼，不要门票，不要溜冰票，我只花了二分大洋，一直溜到黑了才走。我的身体真糟，今天下午玩了半天，回来就觉得很是疲乏，精神也不好，想做点事也不成。晚饭后躺在娘床上睡了一小觉，这么一会还做梦，梦见了斌和我言和，怪事，不想她会梦见她。脱了衣服便去睡觉，看了一会左拉的小说《娜娜》，我不感觉兴趣。

12月24日　星期日（十一月十四）　晴

身体真不强健，昨日运动了三小时，休息了十余小时，方好一些。可是起来还不早，十点半带了五弟、四弟去西单理发沐浴，到一点左右才回来。午饭后已是二点多了，四弟五弟到中南海去溜冰，我没去，在家想做一点事。下午看安装电灯的安的已是差不多，不知这次可能报下表来否。时间过的飞快，一会就快到黄昏了，放假了也不觉得有意思，上课也不感兴趣，不知道为什么近来心情变得这么忧郁性，这么冷淡，没有感情，真有点神经质呢！事情很多，可是想起来着急，又不愿意做，总觉得无聊，想给伯法写信不知又延迟了几多日子，搬开了《说文》集来查意符字，真不高兴看《说文》，干燥无味。五点多了，去西院看看，没上供呢！大哥在家吃元宵呢！徐延隆母来我就回来了，黄昏时候四弟五弟才回来，碰见不少熟人，伯津，伯长，行俭，维勤，孙祁等，七点了还没有来人说上供，吃饭吧！吃完了一会，八点多了，才说上供，到那一看，行俭

尚未回来,大哥出门去了,从前在我们这里时嫌这嫌那,搬到他屋子去,一次没有拜过。刚才还在家,这么会就又出去了,小毛病了,方才还在地下走,也不拜,行伍早就忘了。这时候还没回来,真是一堆混虫,忘了祖上,不认得父母,还要叫别人尊敬,这样为人的父、兄,夫复何言?晚看《说文》至十时半,夜眠久不入梦,心绪繁杂,听钟十二下。

12月25日　星期一（十一月十五）　晴

昨夜可算是失眠,这在我可算是一件少有的事情!晚上卧在床上直听到子夜钟声才睡着,清晨不知几点,天还黑着就醒了,半点的敲着,迷迷糊糊的不知几点,老睡不着,就这般半醒的挨到日上三竿,九点才起来,清晨醒后脑子里想的事情太多了,父死的状况,令我想到犹如目前,衷心悲痛之情未尝稍减。自感人生不过百年内,结果两手空空而去,生前所为尽无有,人生不过如是耳,熙熙攘攘又何为,古来豪杰于今又安在哉!?想到了伯法以及在南方的亲戚朋友,家人各个环境的不同,又想到大哥对我种种之不近情理处,又想到目下经济问题,现在生活程度之高,以后用完此千余元,又将如何?但未死时,总得生活下去。又想到中学朋友,如今流离四散,最后又想到斌的身上,真讨厌,愈想忘掉她,不想她,愈涌起夏日对她的柔情和亲密的事情来,心里难过得很,真是痴情的我能有几呢!?我也太无骨气,为什么老想着她!难道这就是所谓感情动物吗?也未免差劲点!我所引为遗憾的是我两年多对她这份心情,不知她知否?!她知道了,再丢开也认了,可是知道了也是丢开,又干吗非叫她知道呢!?就在心里深深地埋起来这棵被摧伤了的爱之苗吧!看报载小说《流莺舞蝶》,一男对一女之热情误会后,经一女友为之两方解释,完全明白,消除误会,但我这是畸形的,也没有人来替我向她说说心意,我也不必只让我自己知道吧!因为过去无事,今日本想过去,但终于没有过去,已有两个多礼拜了,觉得愈来愈疏远了似的。一上午看了会报,做了点事情就过去了。午后看《燕京新闻》,本拟去北平图书馆,终因懒未去,只在家看《说文》,又闷了一天,中午九姊来,看小妹略坐即去,谓七姊处有一袋面,夔秩一月七号或结婚。下午后泓来一信,彼谓不是不愿意见我面,但又未提到见面。又说通信很好,又怕人见着说闲话等,不明白是什么意思,还是不大方,怕见人,两人认识了就怕人吗? 一种说不清的隔膜在中间,不见就不见吧。晚看《说文》,一个圣诞节就这样在家寂寂无闻的过去了! 好无聊也! 也不想去什么地方玩,没有地方可玩,也无此雅兴,出去所见到听到的只能更增加我的烦恼而已! 还不如不出去在家一人静坐也。

12 月 26 日　星期二(十一月十六)　晴

卧在床上,脑筋又想起来,这个那个的想个没完,起来十点左右出去,先到恭弟学校给他送去大衣,等了半天,又到周力中家去借来了《宋诗经眼录》,顺便到志成转一转,学生真不少,自行车比我在那时还多呢! 回家来已是十二点左右了,午后也未出门,看了一会报,本想出去走走,因为讨厌有点小风,所以也未出去。二点多,开始整理《宋诗经眼录》,不二小时即弄完,正打算继续做别的,已是渐近黄昏,四弟回来告我今日去中南海溜冰,遇行伫与斌,不禁心中一动,颇受刺激,但后来自己宽慰极力忘掉。这颗心已被她所伤,现在慢慢静静的将息,好好保护,丢开她不要再想吧! 可是又爱听点关于她行动的消息,听了不免又要不安,真是矛盾得很,误会二人间本是有时免不了的,可是和行伫接近,这个是无法挽回的了,我也决心放弃了! 但早晚也是吹台,也是甩货大拍卖,我或者可以看得见的! 晚饭时突得强表兄一信,令我今日下午六时前去其家一谈。时已六时许,于是迅速吃过晚饭即去。一路月光甚明,阴历十六也,形单影只的往前跑去,至其家强表兄尚在吃饭,稍候始出。谓前与仲老信,言我或将辍学经过,来信谓仲老命强表兄调查我与四弟在校成绩,报告仲老,又来信谓可与揆初计议约能助我等千四五百元之谱,助令毕业,闻之心中且喜且惊且愧且感,喜能有此意外助金,读书或可不成问题,惊能于此世态炎凉之际,竟尚有此仗义之人,愧自己学问实甚差,而骤蒙青眼,自己家中无力,至今受人之助也,感其隆情盛意无以复加也。并谓文科实无出路,难道国文系果真无出路耶!? 何以多数人皆如此观点也!? 有欲令我改系意。此则大难矣,从一年级读起不言,即家中生活费问题亦不易解决。谈至此,已尽所欲言,遂辞归,至家正九时,归叙与娘,四弟,李娘等听,家人心中为之一慰,此或家父于生

前善行之报欤？但自身惭愧益甚，受人之资助，这应更如何努力勤苦奋斗前进耶！思之甚汗颜矣！

12月27日　星期三（十一月十七）　晴

上午第三时是空堂，和杨志崇到编辑处文学院长室去看说文林，预备做那篇古文，《说文》真干燥得很，不感兴趣。第四小时的英文，马马虎虎又过来了，讲的那篇文生字真不少，外国人说话又快，真不易懂。中午饭后无聊，于是一人跑到护国寺去看看，只在口外摊上转转，没有进去，遇见郑爕。下午两小时各体散文习作，发完文讲了两篇古文辞类篹中的《伯夷吹》（韩退之）及《封建论》（柳子厚）。下课后至宁岳南屋小坐，闻其言，行佺向彼等宣称谓昨日下午在中南海与其"表妹"一同溜冰，竟直认斌为表妹不讳矣，心窃笑之，亦甚有趣也。实在，我算怎么回事，提起来我比斌至少大一辈，要按斌母娘家来讲，还得大两辈呢！老和她拉近乎早晚也不是事，还是让行佺去吧！亲近女孩子的行佺，现在恐怕已被斌占有了他的心，着了迷？携手同溜时其心恐亦飘飘然了！归来阅报，饭后作一长信与伯法及家铭。因娘等弟妹等谈话，遂不时将思潮打断，遂竟至十一时许方始就寝。上礼拜六日冬至，现在已步入数九天，但连日却暖日高照无严寒情景亦殊怪！但贫民却受恶不浅。今冬只安一火炉，书房无火，我一人仍在书房睡亦不觉冷，多盖一被亦甚好，今冬拟不再移进睡矣。今日下午电料韩某来谓电灯公司说线路太长，外黑线需换粗者，明日来换，方来查表。安一电灯，至今新章程麻烦若干端，尚不知能否通过。

12月28日　星期四（十一月十八）　晴

早上第一时有课，晨两时钟均停，昨夜虽午夜方寝，但今晨未明即起，急忙赶去，至校方七时四十分也，尚差几分上课，实开以前未有之纪录，在操场步行顷刻，方始上课，予亦讶自己今日何以能来如是之早也。今发一信与伯法，内并附有家铭一信。上午三四小时空堂，遂至图书馆弄了半小时之宋诗，参考书因有人看，未弄完，继续抄《云谣集》杂曲子。午饭后至教室内看世界文学名著,法国左拉著之《娜娜》,下午两小时之中国小说史,这位孙先生教授法我认为不佳,不感觉兴趣,伦理学一小时中看完了娜娜,归途逢郑雯郑晏,在大街又遇张汝奎及孙祁,至家已暮。闻电灯公司已经派人来查过,马马虎虎的已经通过,不日即可上表有电,心为之一慰。今日复由七姊处得一面票,购得白面一袋代价柒元,放假三日,除去沐浴理发以外,未曾出门游嬉,只在家待着,并看《说文》。虽然天气甚佳,无兴致故耳。

12 月 29 日　星期五(十一月十九)　晴

起晚了,第一时又迟到了一刻钟,真泄气,还跑了一身汗,中间空二小时,到图书馆去补宋诗目录,并继续抄完了《云谣集》杂曲子。午后至大马屋中小坐,出来走走又回去和大马聊了一会,奇怪我和小马虽是一年级,可是却和他哥哥比较熟得多似的。下午《新文艺》还未发我的文,很失望,托大马的名义,借出一本《一个女兵的自传》来。第末时的伦理学刷了,在老宁屋中小坐,行伄亦在。大家向他开玩笑,因为都知道他和他表妹去溜冰去,他听了心里不定多么得意。我虽在旁边微笑,心中却老大的不自在,暗中烧起一股无名的火,几乎冲出口来,喊他们不要说吧! 如果我不极力抑制的话。归途在西单道上意外的遇到了多日不见的斌,但只一举手招呼而过。晚饭后过黄家送还一本书,和斌母说了几句话便回来了,只与斌互相看看,没有说话,她不言语,我也懒得说,也没有什么好说,总共不到五分钟。计自今日止,亦整整三个礼拜未过去! 灯下整理笔记,电灯已查好通过,电表今日尚未来安,希其年内有电。

12 月 30 日　星期六(十一月二十)　晴和

阳历年放假三天。上午弄了一上午的《说文》,至中午电灯公司派人来安表,不料来的人这么快,不半小时即安好,立刻有电,电灯都亮了,真痛快极了。娘和李娘都喜笑颜开了,本来吗! 没有电灯半年多,每天是油灯,不知多么别扭,麻烦窝心了。为了安电灯,改了章程,又不知费了多少劲,跑了多少路,花了多少钱,终于安好了! 到了有了电! 怎么不痛快!? 近来时常感觉自己除了

每天骑车以外，太缺乏活动了，自己身体太坏，得锻炼身体，强壮才好。今天下午一人去中南海溜冰，小徐没去，冰也不好，天热的关系，大半都化了，外边还好一些。一进门便碰见了斌，她皱着眉和我说了两句话。可惜今天行伫没有去，不然她又可以飞一般溜了。我小人，恕不能奉陪，我只一人溜我的，也不招呼她一块溜，她不来表示，我哪有那么贱骨头，而且也没有行伫溜的好，不会带她滑外刃呢！远远的看她那孤单单的样子，心里好笑，又可怜，另外一种心情生起，却感到了报复的愉快，脑中浮起了中山公园她和行伫二人携手的亲密劲，令我愈发离她远些。她不时东张西望的不知在找谁，许是在找行伫吧！可惜没来！但是同时又暗暗向她对不住，我两年来的热诚只换了一片虚情假意，玩耍一般，而又有点故意似的。那天我感到受了侮辱，在中山公园的那一幕，更令我不肯上前去和她再拉近乎了。场里冰坏，独自一人到场外野冰去玩，较硬，今滑外刃有进步，溜了半天回来，看见斌远远的在一个柱子边站着发怔，也不溜，不一刻踽踽的一个人走了。日衔西山的时候，我也兴尽归来。晚弄《说文》至十一时始寝，电灯光下，痛快得很。四弟晚过黄家，斌曾问他我几时回来，尚对我关心乎？有意乎？怪事？！

12月31日　星期日（十一月廿一）　晴，下午风

一九三九，今天是末一天了。今年是我一生变化最大的一年，世上最慈爱的父亲离我去了，是我无限的损失，跟着日子都是在烦恼忧愁中过去，没有一天舒心的。今天是末一天了，电灯都弄好了，多日不听的 Radio 今日又重新在屋中放出音乐来了，心里比较痛快点。上午在刘曾颐家待了一会，看见一个影星大月份牌很好，托他代购一个。午后去王家，弼去唐山，治华出去，王贻在略坐即出，访仁葵亦未去溜冰。归来看看书，至晚整理笔记。末一日矣，我只希望坏运气都随一九三九年走了，而随一九四〇年带来愉快和光明，给我们的国家和我的家庭！